001

REKI KAWAHARA abec

SWORD ART ONLINE Progressive

川原 礫

插畫／abec

Kadokawa Fantastic Novels

「……你剛才過度攻擊的程度也太誇張了吧。」
「……反正大家終究逃不過一死。」
亞絲娜
被關進「Sword Art Online刀劍神域」的其中一名玩家，不顧性命獨自一人持續與怪物戰鬥。
桐人
以到達「艾恩葛朗特」最上層為目標的劍士，決定成為只專注於強化自身能力的「獨行」玩家。

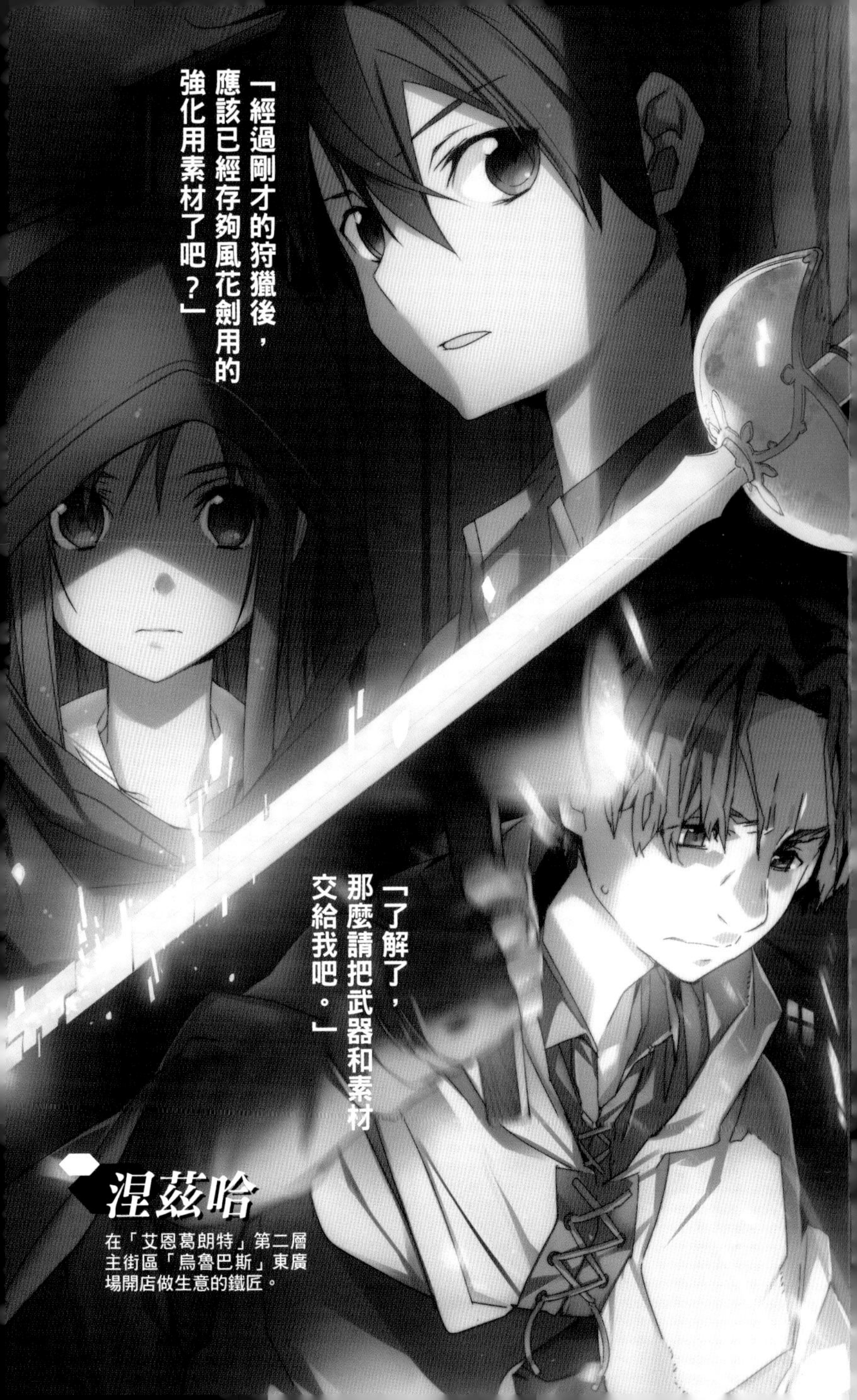
「經過剛才的狩獵後，
應該已經存夠風花劍用的
強化用素材了吧？」
「了解了，
那麼請把武器和素材
交給我吧。」
涅茲哈
在「艾恩葛朗特」第二層
主街區「烏魯巴斯」東廣
場開店做生意的鐵匠。

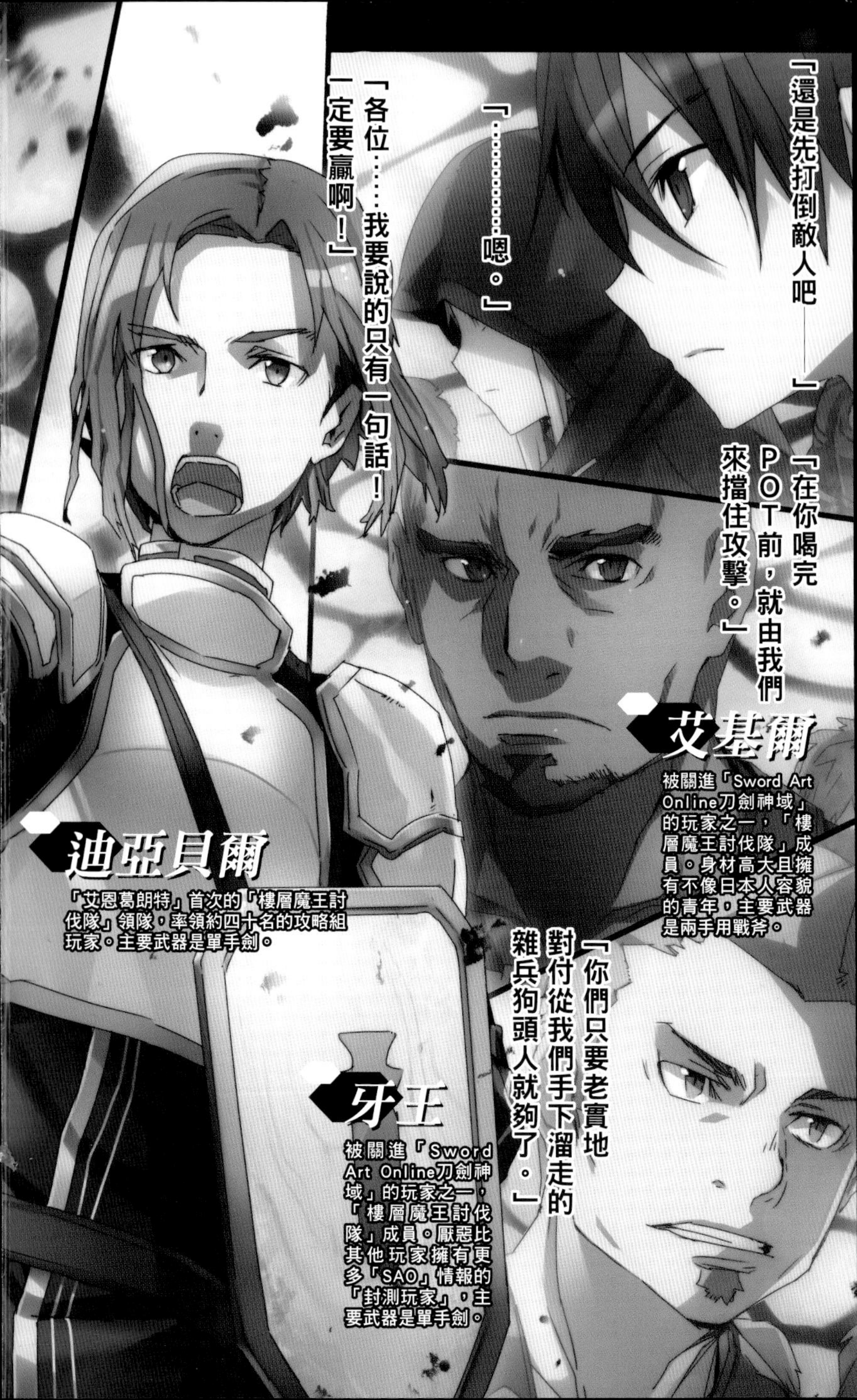
「還是先打倒敵人吧——」
「…………嗯。」
「各位……我要說的只有一句話！一定要贏啊！」
「在你喝完POT前，就由我們來擋住攻擊。」
艾基爾
被關進「Sword Art Online刀劍神域」的玩家之一，「樓層魔王討伐隊」成員。身材高大且擁有不像日本人容貌的青年，主要武器是兩手用戰斧。
迪亞貝爾
「艾恩葛朗特」首次的「樓層魔王討伐隊」領隊，率領約四十名的攻略組玩家。主要武器是單手劍。
「你們只要老實地對付從我們手下溜走的雜兵狗頭人就夠了。」
牙王
被關進「Sword Art Online刀劍神域」的玩家之一，「樓層魔王討伐隊」成員。厭惡比其他玩家擁有更多「SAO」情報的「封測玩家」，主要武器是單手劍。

「嗚咕嚕嚕哦哦哦哦哦哦哦哦——！」
狗頭人領主・伊爾凡古
潛藏在「艾恩葛朗特」第一層迷宮區第二十層樓最深處的樓層魔王怪物。

「嗚嗚嗚嗚哦哦哦哦哦哦哦————！」
公牛將軍・巴蘭
潛藏在「艾恩葛朗特」第二層迷宮區第二十層樓最深處的樓層魔王怪物。

「要來了！」

浮遊城艾恩葛朗特
各樓層檔案

■第一層

由於艾恩葛朗特整體為下寬上窄的構造，所以最下方的第一層面積當然最為寬廣。這個幾乎為正圓形的樓層直徑是十公里，總面積大約有八十平方公里。由於幅員遼闊，因此第一層裡可以見到許多種不同的地形。最南端有被城牆圍住直徑一公里的半圓形的「起始的城鎮」。而城鎮周圍是以山豬、野狼等動物型，以及蠕蟲、甲蟲、黃蜂等蟲型怪物為主的草原地帶。往西北方穿越草原之後則是一整片茂盛的森林，繼續往東北前進便會來到湖沼地帶。穿過這些地形之後，還有山脈、峽谷、遺跡與棲息於這些地形裡的怪物群在等待著玩家。

除了起始的城鎮之外，也有不少中小規模的城鎮散布於樓層各處，其中又以靠近迷宮區的山谷城市「托爾巴納」最為繁榮。樓層最北端聳立著直徑三百公尺高一百公尺的粗大高塔——也就是第一層的迷宮區。

第一層的魔王是「狗頭人領主．伊爾凡古」。武器屬於彎刀類。此外隨時會有三隻穿著金屬鎧甲，手拿斧槍的「廢墟狗頭人護衛兵」湧出。

■第二層

直徑幾乎與第一層沒有兩樣，是被草原與岩石所支配的無樹平原區域。當中可見到圓桌型山脈林立，以及有地下水脈流動的許多小洞窟。第二層可以分為寬廣的北部區域以及狹窄的南部區域，西邊的平原是有大型野牛怪物棲息的危險地帶，穿越平原之後的荒地區域則有更為高等的怪物四處遊蕩。

第二層的主要街道區——擁有通往各層「轉移門」的城鎮名為「烏魯巴斯」，該處是將直徑三百公尺的圓桌形山脈掏空之後只留下外圍部分的城市。距離烏魯巴斯東南三公里處，還有一座名為「馬羅梅」的小村莊存在。

（根據封測時的情報）第二層的魔王是「公牛將軍．巴蘭」。武器是閃爍金黃色光芒的雙手持用型戰槌。身邊跟有隨從「公牛上校．那托」。公牛族能使出「麻痺衝擊」這種帶有麻痺效果的劍技，是需要特別警戒的怪物。

SAO SWORD ART ONLINE

Progressive 001

SWORD ART ONLINE

REKI KAWAHARA

ABEC

川原 礫
插畫／abec

Kadokawa Fantastic Novels

無星夜的詠嘆調

艾恩葛朗特第一層　二〇二二年十一月

1

我只看過一次真正的流星。

不是外出旅行的時候，而是從自己房間的窗戶。如果你居住在空氣清淨且夜晚沒有光害的城市，那流星應該不是太稀奇的東西。但很可惜的是，我生活了十四年的埼玉縣川越市完全不符合這兩種條件。所以就算是在晴朗的夜裡，肉眼最多也只能看見二等星而已。

但是，在某個寒冬的半夜裡，當我不經意地往窗外看去時，我的確看見了……一瞬間的閃光垂直劃過幾乎沒有星星，而且即使是深夜也還帶著白色亮光的天幕。當時還是小學四五年級生的我馬上有了應該許願才對的天真想法……只不過，我許的竟然是「希望下一隻怪物能掉下稀有寶物」這種完全不浪漫的願望。因為我當時正在自己喜歡的ＭＭＯＲＰＧ裡衝等。

隔了三年（或許是四年）後，我又見到與那天同樣顏色與速度的流星。

不過這次不是肉眼所見，背景也不是暗灰色的夜空。

我是在「NERvGear」——世界首次出現的全感覺投入型ＶＲ介面機器所創造出來的微暗迷宮深處看見這種奇景。

那是只能用氣魄逼人來形容的戰鬥。

對方在極為接近的距離下閃過等級6的類人型怪物「廢墟狗頭人突擊兵」手裡揮落的粗劣手斧，那種驚險的模樣讓在旁邊觀看的我都感到背脊發冷。連續躲過三次攻擊後狗頭人的身體便會失去平衡，而對方也不放過這個機會，全力對怪物施放劍技。

使出的技巧是細劍類武器最先能習得的單發突刺劍技「線性攻擊」。雖然是把劍擺在身體中央，然後加上旋轉往前筆直刺出的簡單基本技，但速度實在相當驚人。這很明顯不是只靠系統的輔助動作，同時也加上了玩家本身的運動命令來幫忙提昇速度。

即使過去在封測期間就已經看過小隊成員以及怪物使出同樣的劍技，但這時我的眼睛還是沒辦法看見細劍的刀身，只能捕捉到劍技特有的光線特效所劃出來的軌跡。在缺乏光線的微暗迷宮裡，這道貫穿眼前空間的純白色光芒讓我想起那一天的流星。

細劍使在重複了三次連續躲過三記狗頭人斧頭攻擊→以「線性攻擊」展開反擊的固定攻防之後，就在毫髮無傷的情況下幹掉了這座迷宮裡算是強敵的武裝獸人。只不過，這對他來說似乎也不是場輕鬆的戰鬥。當最後一擊貫穿敵人胸甲正中央，怪物一邊往後倒一邊四處飛散時，細劍使就像是被沒有實體的多邊形碎片往後推般腳步一個踉蹌，背部直接撞在通路的牆壁上。接著就這樣滑坐到地上，不斷重複著急促的呼吸。

對方沒有注意到站在十五公尺之外十字路口角落的我。

平常在這個時候我通常就會默默離開去尋找自己的獵物。自從一個月前的那一天，決定要成為只為自己的獨行玩家之後，至少我就沒有主動與人接近。唯有看見在戰鬥中明顯陷入危機的玩家時，我才會打破這個原則。不過那個細劍使的ＨＰ條幾乎維持在全滿狀態，而且我也看不出他需要任何多此一舉的幫助。

但就算是這樣——

我在猶豫了整整五秒鐘之後，還是從十字路的陰影裡走出來，直接朝著坐在地面上的細劍使身邊前進。

對方的體格纖細，身材也算嬌小。裝備是暗紅色皮革長版短上衣加上輕量的銅製胸甲，下半身則是合身的皮革長褲與及膝的靴子。由於他把身上那件長及腰部的兜帽斗篷拉下來蓋住頭部，所以看不見他的臉。除了斗篷以外幾乎就是常見的擊劍士裝備，不過身為單手劍使的我其實裝扮也和他差不多。由於解開高難度任務所獲得的報酬——目前的愛劍「韌煉之劍」相當沉重，所以我為了確保劍技的俐落速度而極力避免配戴金屬防具，身上只穿著暗灰色皮革大衣以及小小的護胸。

注意到我靠近的腳步聲之後，細劍使的肩膀稍微震動了一下，但接下來就再也沒有任何動作。他應該已經從顯示在視野裡的綠色箭頭得知了我不是怪物才對。而從對方持續把頭深深埋在立起來的膝蓋裡這個動作，就能感受到他正強烈表達出要我趕快通過的意思──不過我還是在距離細劍使兩公尺的位置停下腳步，並且開口表示：

「……你剛才過度攻擊的程度也太誇張了吧。」

厚實布製斗篷覆蓋之下的纖細肩膀再次微微動了一下。兜帽緩緩地往上抬起了五公分左右，接著深處的兩顆眼睛便以銳利的視線瞪著我。我能看見的就只有淺棕色虹膜，完全無法窺見對方的臉龐。

細劍使用足以媲美剛才那種刺擊的視線盯著我幾秒鐘之後，終於微微把頭部往右邊傾斜。那應該是表示聽不懂我在說什麼的動作吧。

看到這裡，我內心馬上湧起「果然如此」的想法。

決定貫徹獨行玩家身分的我之所以沒有直接從旁邊經過，是因為他身上散發出一種強烈不合常理的感覺。

細劍使所施放的「線性攻擊」帶有令人顫慄的完成度。無論是短暫的準備動作與施技後的硬直，還有無法辨識的速度都令人嘆為觀止。我從沒見過那麼恐怖又美麗的劍技。

因此我一開始還以為他和我一樣是封測玩家。因為只有在這個世界成為死亡遊戲之前，就已經累積了長時間的戰鬥經驗才能夠展現那種速度。

但是看見第二次的「線性攻擊」時，我便對自己的推測產生了疑問。對方的劍技雖然相當完美，但戰鬥方式實在太過於危險。和格擋與封阻比起來，由「最小動作的腳步移動防禦」所展開的反擊速度當然比較快，而且也不會減少武器防具的耐久度，不過防禦失敗時所承受的危險也最大。一不小心被判定為反擊損傷的話，有可能馬上暫時無法行動。個人戰鬥時的暈眩狀態，會讓玩家陷入致命危機。

對方的完美劍技與單薄戰術醞釀出一種不平衡感。不知道為什麼，我忽然想得知對方以這種方式戰鬥的理由。所以才會上前向他搭話，告訴他剛才過度攻擊的程度實在太誇張了。

但是對方卻連這極為通俗的網路遊戲用語都沒聽過。這也就是說，眼前的細劍使不是封測玩家，甚至可能在來到這裡之前都沒有玩過ＭＭＯ遊戲也說不定。

我輕輕吸了口氣，開始詳細說明：

「所謂過度攻擊呢……就是給予ＨＰ所剩不多的怪物過量傷害的意思。剛才的狗頭人在第二記『線性攻擊』時就已經快掛點……不對，應該說到達瀕死狀態了。ＨＰ應該只剩下一點點而已，所以不必用劍技，只要用普通攻擊就夠結束牠的性命。」

在這個世界裡，好像已經有好幾天……甚至好幾週都沒說過這麼多話了，我一邊這麼想一邊閉上了嘴巴。

即使聽完國文不好的我拚命構思後所做出來的解說，細劍使還是有整整十秒鐘沒有任何反應。當我開始感到坐立難安時，終於有一道細微的聲音由深深拉下的兜帽裡發出來。

「……就算是過度，又有什麼關係呢？」

這個瞬間，我才遲鈍地發現，眼前這個蹲在地上的細劍使，是這個世界裡——尤其在迷宮深處更是如此——極為稀有的「女性玩家」。

世界首創的VRMMORPG「Sword Art Online 刀劍神域」正式營運開始到現在已經過了一個月的時間。

在一般規模的MMO裡，現在應該差不多是要出現到達初期等級上限的玩家，而地圖也快要從頭到尾被探險完畢的時期了。但在這款SAO裡，目前的頂級集團等級大概也只有10——不知道與一般玩家有多大的差距——左右而已。而遊戲舞台浮遊城艾恩葛朗特被踏破的部分也不過占全面積的百分之幾罷了。

這是因為現在的SAO已經不是鬧著玩的遊戲，而變成某種「監牢」了。在無法主動登出，角色死亡也就等於玩家真正死亡的狀況下，原本就沒有什麼人敢潛入聚集了危險怪物與陷阱的迷宮當中。

此外，在這個遊戲設計者將玩家與角色性別強制同一化的世界裡，女性玩家的數目可以說極為稀少。而且即使已經過了一個月，我認為大部分女性玩家應該都還只是待在「起始的城鎮」裡，事實上在這座巨大迷宮——「第一層迷宮區」當中，我的確只看過兩三次女性玩家，而且還全都是大規模隊伍的成員。

所以我完全沒考慮過這名在未標示區域附近遭遇到的獨行細劍使會是女性。

我一瞬間有了向對方含糊道個歉並離開現場的想法。雖然我對那種只要看見女性玩家就一定會上前搭訕的男性沒有什麼意見，但我自己實在不想被認為是這種人。

如果對方說出類似「那是我的自由」或者「要你管」的發言，那我應該會回答一句「說得也是」並且就此離開。但細劍使所提出的是短短的疑問句，所以我也只能拚命壓抑想要離開的衝動，再度運用貧乏的國文能力做出解釋：

「……過度攻擊在系統上是沒有什麼壞處，也不會遭受懲罰……但效率太差了。使用劍技必須要有高度的注意力，要是不斷使用的話精神會耗損得相當嚴重。何況還要考慮到歸途，所以還是採取不要過於疲累的作戰方式比較好。」

「……歸途？」

深深拉下來的兜帽裡再度發出帶著疑問的聲音。雖然聲音因為疲勞而變得相當沙啞，而且也沒有什麼抑揚頓挫，但我還是認為那是道相當悅耳的聲音。當然我不可能老實地把內心的想法說出口。

我緊接著又做出更多的解釋：

「是啊。從這邊附近光是要走出迷宮就得花上將近一個小時，而且要到最近的城鎮最快也得再花上三十分鐘對吧？過於疲累的話就容易產生失誤。我看妳應該是獨行玩家，自己一個人的話就算只是小失誤也會致命喔。」

我一邊動著嘴巴，一邊在心裡自問：為什麼要如此拚命地解說呢？因為對方是女性——我想應該不是如此，因為在得知對方的性別前我就已經說了一大堆話了。

如果立場顛倒的話，我一定會對這個自以為是上級玩家而想指導我的傢伙說「少多管閒事了」。但當我正要因為心口不一的行動而流下冷汗時，細劍使終於有所反應。

「……如果是這樣的話，那應該就沒問題了。因為我不會回去。」

「啥？妳……妳說不回城鎮……？那……藥水的補給、裝備的修理……還有睡眠等……」

面對我驚訝的反問，細劍使只是輕輕聳了聳肩。

「只要不受傷就不需要藥水，而且我買了五把相同的劍。另外……只要在附近的安全地帶裡休息就可以了。」

那異常沙啞的呢喃聲讓我暫時說不出話來。

所謂安全地帶，指的就是迷宮內部幾處怪物不會出現的房間。從掛在牆壁四個角落的特殊顏色火把就能夠分辨出來。雖然是狩獵與拓展地圖時可以拿來當成歇腳處的寶貴地點，但最多也只能提供一個小時左右的短暫休息。因為那房間裡當然不可能有床鋪，而且石頭地板又相當冰冷，還經常能聽見怪物的腳步聲與低吼從旁邊的通道傳過來。所以就算是膽子再怎麼大的玩家，也不可能在裡面熟睡。

但是從這名細劍使剛才所說的話聽起來，她似乎已經把安全地帶拿來當成城鎮裡的旅館來使用，然後一直窩在迷宮當中……應該是這樣沒錯吧？

「……妳這樣子狩獵幾個小時了？」

我畏畏縮縮地這麼問道──

結果細劍使一邊長長呼出一口氣一邊回答：

「三天……還是四天吧。可以了嗎……？這一帶的怪物應該已經復活，我也該走了。」

她將戴著皮革手套的纖細左手貼在牆壁上，然後搖搖晃晃地站起身來。

細劍使手上未入鞘的細劍就像是以單手拿著雙手劍一樣沉重地往下垂，而她也隨即轉身背對著我。

一步、兩步慢慢離我而去的斗篷，可以從上面各處的破洞看出耐久力已經消耗得相當嚴重。不對，應該說這種脆弱的布料裝備在撐過四天連續的狩獵後，還能保持這樣的外型已經算是奇蹟了。看來她剛才說的「只要不受傷」確實沒有誇大其辭……

雖然得知了這些事情，但我還是對著那瘦小的肩膀擠出連自己都意想不到的一句話來。

「…………妳繼續用這種方式作戰的話，會死喔。」

霎時停下腳步的細劍使把右肩靠在牆上，接著緩緩轉向我。兜帽底下那剛才看起來像淺棕色的眼睛，這時帶著微弱的紅光直盯著我看。

「…………反正大家終究逃不過一死。」

那沙啞且破碎的聲音讓微寒的迷宮變得更加寒冷。

「光是這一個月就死了兩千人，卻連第一層都還沒有突破。這個遊戲是不可能被攻略的。所以只是在什麼地方以什麼樣的形式，以及早死……晚死的差異而已…………」

她到目前為止所說出的，最長也最有感情的一段話在中途就開始變得微弱，最後倏然中斷。

當我反射性踏出一步時，眼前的細劍使就像是受到隱形的麻痺攻擊般緩緩癱倒在地。

2

倒在地板上的瞬間，腦袋裡浮現的竟然是「假想世界裡的昏倒究竟是怎麼回事」這種無趣的想法。

暈倒應該是流往腦袋的血液瞬間停滯而造成其機能暫時停止的現象。至於血液停滯的原因，則有可能是心臟或血管的機能異常、貧血或低血壓以及過度呼吸等等，但潛行進入ＶＲ世界時，現實世界的肉體應該是靜靜躺在床鋪或者總統座椅上。更何況被囚禁在「ＳＡＯ」這款死亡遊戲的玩家，肉體目前應該都被收容在各處的醫院裡，接受健康狀況的檢查與持續觀察，院方在必要時甚至會為這些玩家施打藥物。所以應該不太可能因為肉體的異常而昏倒——

在逐漸朦朧的意識裡思考到此後，昏倒的本人便湧起「算了，這不重要啦」的想法。

沒錯，已經沒什麼事情是重要的了。

因為自己將會死在這裡。在凶暴怪物四處遊蕩的迷宮裡昏倒，當然不可能會平安無事。雖然附近就有其他玩家在，但對方不可能冒著生命危險來救昏倒的陌生人。

說起來，就算想救也沒辦法救吧。在這個世界裡，系統已經嚴密地規定出一個玩家所能背負的總重量。而來到這種迷宮深處時，每個人身上一定都帶滿了到達載重界限的藥品、備用裝備，以及戰鬥中怪物掉落的金錢與道具。因此根本不可能做出把其他玩家整個扛起來的舉動。

——當思緒來到這裡時，才終於發現到。

以被強烈的暈眩感襲擊而快要倒到地面上的剎那間思考來說，這段時間也太長了一點。話說回來，身體下方應該是迷宮區的堅硬石頭地板，但背後的觸感卻莫名地柔軟。而且身體也相當溫暖，甚至感覺有平穩的微風輕撫過自己的臉頰……

細劍使立刻用迅雷不及掩耳的速度睜開眼睛。

結果這裡已經不是被厚重石壁包圍的迷宮區，而是森林當中的一塊空地。可以看見周圍是覆蓋著金色苔類的老樹與長著小花的荊棘林。自己就是在這直徑大約七八公尺，幾乎可以算是圓形的空間中央，如地毯般柔軟的樹底草皮上喪失意識，不對……應該說是睡在裡面。

但是——為什麼會這樣？為何在迷宮區深處昏倒的自己，會移動到如此遙遠的區域來呢？

而這個答案就存在於往右邊旋轉九十度後的視線前方。

空地角落一棵特別巨大的樹木根部，有一道灰色身影正蹲在那裡。那人用雙臂抱住略寬的單手劍，然後把低下來的頭部靠在劍鞘上。雖然臉龐被稍長的黑髮遮住而看不清楚，但從裝備與體格來看，他無疑就是昏倒前在迷宮裡向自己搭話的那名男性玩家。

應該是這個男人利用了某種手段將自己移動到迷宮外的這座森林當中。迅速眺望了一下遠方的樹林後，馬上就能從左側距離這裡大約一百公尺的地方，看見直達天空的巨大高塔——艾恩葛朗特第一層迷宮區聳立在那裡。

這時細劍使再度把視線移回右邊。可能是感覺到她的動作了吧，只見男性包裹在深灰色皮革大衣下的肩膀震動了一下，接著便輕輕抬起頭來。即使是在正午明亮的森林當中，男性的雙眼依然像無星夜般黝黑。

當視線與對方暗色眼睛交會的瞬間，感覺自己的頭腦深處似乎爆出了一道小小的火花。

亞絲娜——結城明日奈這時從緊咬的齒縫間擠出低沉且沙啞的聲音：

「多管閒事……」

自從被囚禁在這個世界以來，不知道已經這樣問過自己多少遍了。

為什麼那個時候要伸手拿起不屬於自己的全新遊戲機？又為什麼要把它戴到頭上，然後將身體靠到高椅背的透氣網椅上並且說出啟動的指令呢？

購買夢幻的ＶＲ介面，同時也是遭受詛咒的殺人機器「NERvGear」，以及廣大無邊的靈魂籠牢「Sword Art Online 刀劍神域」遊戲卡的並不是亞絲娜，而是年紀與她相差甚多的哥哥——浩一郎。但不要說是ＭＭＯＲＰＧ了，浩一郎根本從小就和遊戲扯不上任何關係。亞絲娜的哥哥身為大電子機器製造商「ＲＣＴ」董事長家裡的長男，從小除了接受成為父親繼承人所需要的所有教育之外，也被排除了生活中所有不必要的東西，這樣的一個人為什麼會對NERvGear……不對，應該說為什麼會對SAO有興趣，亞絲娜直到現在還是百思不得其解。

但諷刺的是，浩一郎根本沒有機會遊玩自己有生以來首次購買的遊戲。因為遊戲正式開始營運的那一天，他剛好也要到國外去出差。亞絲娜還記得哥哥出差的前一天，在晚餐餐桌前和他碰面時，他雖然用開玩笑的語氣抱怨著這件事，但內心應該真的頗感遺憾的情形。

雖然不像浩一郎這麼誇張，但亞絲娜在已經到了國中三年級的現在，也還只是偶爾玩玩手機當中的免費遊戲而已。當然她也知道有所謂的網路遊戲存在，但即將面臨高中入學考的她，原本應該沒有對這種東西抱持興趣的理由與動機——才對。

所以為什麼一個月前的那一天，也就是二〇二二年十一月六日中午過後，會跑到哥哥空無一人的房間裡，把桌上已經完全準備好的NERvGear套到頭上，然後叫出「開始連線」這句話，亞絲娜自己也沒辦法說明清楚。

唯一可以確定的是，那天改變了所有的一切……不對，應該說終結了所有的一切。

亞絲娜一開始時是躲在「起始的城鎮」某間旅館的房間裡，想要靜待整起事件平息，但在經過兩週後也沒收到任何現實世界的訊息時，她就放棄了等待來自外部的救援。而這個時候她剛好也得知玩家的死亡人數已經超過一千人，卻連最初的迷宮都還沒突破，於是了解在內部等待別人攻略遊戲也只是徒勞無功。

剩下來的就只有「要怎麼死亡」的選項了。

當然也有不論經過幾個月，不對，應該說不論經過幾年都持續躲在安全城鎮裡的方法。但是，沒有任何人能保證「怪物不會進入城鎮」的規則能夠永遠不改變。

與其害怕未來而一直沮喪地躲在又小又暗的房間裡，倒不如直接離開城鎮到外面去，在那裡竭盡所能地學習、鍛鍊、戰鬥。如果最後因此力竭而亡，最少不會為了自己一時興起的動作感到後悔，也不會捨不得因此而喪失的未來。

衝吧。勇往直前，然後直接消失，就像在大氣裡燃燒殆盡而瞬間發光的流星一般。

帶著這種信念的亞絲娜在離開旅館之後，馬上踏進連用語都完全不清楚的MMORPG世界的荒野當中。她只依靠自己選擇的武器與習得的單一劍技，就成功來到還沒有任何人到訪的迷宮深處。

然後到了今天，十二月二日星期五剛過凌晨四點時。想必是過於拚命的連續作戰所累積的疲勞終於造成了神經反射性暈厥，亞絲娜原本應該就此命喪於迷宮當中。放置在起始的城鎮的「黑鐵宮」裡的「生命之碑」左端附近，Asuna的名字上將劃過一條橫線，接著一切就此結束——事情原本應該是這樣才對。

「多管閒………」

亞絲娜再度擠出這句話後，蹲在四公尺外的黑髮單手劍使便輕輕垂下黑夜般的眼睛。雖然感覺對方年齡比自己大了一點，但他那令人意想不到的纖細動作讓亞絲娜輕輕皺起了眉頭。

不過幾秒鐘之後，男性的嘴角便出現覆蓋過剛才那種印象的冷冷笑容。

「我不是要救妳。」

那是低沉且平靜的聲音。聽起來雖然像是少年，但其中包含的某種情緒卻又讓他的年齡蒙上了一層薄紗。

「…………那為什麼不直接離開？」

「我之所以會把妳帶到這裡，只是為了妳所擁有的地圖檔案。在最前線待了四天，應該記錄了不少未到達的區域才對。就這樣和妳一起消失的話實在太可惜了。」

聽見對方提出如此符合邏輯與效率的言論之後，亞絲娜頓時說不出話來。這時如果他像過去搭訕的傢伙那樣說出什麼性命寶貴或者所有玩家同心協力一定會成功的言論，那麼自己一定會毫不留情地反擊——當然是口頭上的——但對方既然說出如此合理的論點，自己也就沒辦法再多說些什麼。

「…………你想要就拿去吧。」

亞絲娜低聲說完便叫出主選單。她以最近才好不容易習慣的動作切換標籤，進入地圖檔案之後，把它們全部複製到羊皮紙道具上。接著拿起實物化的小卷軸，把它丟到男性的腳邊。

「這樣你的目的已經達成了吧？那我要走了。」

當亞絲娜把手撐在草皮上準備站起來時，腳步還是有些虛浮。從表示在視窗上的時間來看，從昏倒到現在自己已經睡了整整七個小時，不過消耗的體力似乎還沒有完全恢復。但目前手裡還有三把備用的細劍。而且自己已經決定在最後一把的耐久度降到一半之前絕對不會離開那座塔了。

當然心裡還是帶著幾個疑問。像是灰色大衣的單手劍士到底是用什麼手段把自己從迷宮深處搬到這個森林的空地來的呢？而且為什麼不是把自己搬到迷宮裡的安全地帶，而是大費周章地搬到迷宮外面來呢？

只不過這也不是需要特別轉過頭去詢問的事情。因此亞絲娜便為了回到聳立於左邊樹林上方的黑色迷宮區而準備往前踏出一步。但——就在她這麼做之前……

「稍等一下，細劍使小姐。」

「…………」

無視對方的聲音往前走了幾步之後，再度傳過來的話卻讓亞絲娜的腳步停了下來。

「妳這麼努力基本上也是為了完全攻略遊戲，並不是為了死在迷宮裡吧？那要不要來參加『會議』呢？」

「…………會議？」

背對著單手劍使低聲這麼反問後，他改變語調的聲音便乘著森林的微風傳了過來。

「今天傍晚，在最靠近迷宮區的城鎮『托爾巴納』裡，將要舉行第一次的『第一層魔王攻略會議』。」

3

由於浮遊城為下寬上窄的構造，所以最下方的第一層面積當然最為寬廣。這個幾乎為正圓形的樓層直徑是十公里，總面積大約有八十平方公里。另外在這邊補充一個數據給大家作參考，有三十萬人以上生活在其中的埼玉縣川越市的面積大約為一百一十平方公里。

由於幅員遼闊，因此第一層裡可以見到許多種不同的地形。

最南端有被城牆圍住直徑一公里的半圓形的「起始的城鎮」。而城鎮周圍是以山豬、野狼等動物型，以及蠕蟲、甲蟲、黃蜂等蟲型怪物為主的草原地帶。

往西北方穿越草原之後則是一整片茂盛的森林，繼續往東北前進便會來到湖沼地帶。穿過這些地形之後，還有山脈、峽谷、遺跡與棲息於這些地形裡頭的怪物群在等待著玩家。而遙遠的樓層最北端則聳立著直徑三百公尺，高一百公尺的粗大高塔——也就是第一層的迷宮區。

除了起始的城鎮之外，也有不少中小規模的城鎮及村落散布於樓層各處，其中最大的是——其實整座村落的全長不過兩百公尺——靠近迷宮區的山谷城市「托爾巴納」。

在ＳＡＯ正式開始營運後過了三週，才首次有玩家來到這個排列著巨大風車塔的平靜城鎮。

在那個時候，犧牲者的總數已經高達一千八百人。

我帶著謎樣女性細劍使——其實還是保持著難以言喻的距離——走出森林，然後穿過托爾巴納的北門。

視線裡立刻浮現「INNER AREA」的紫色文字，告訴我們已經進入安全的街道圈內。這時雙肩忽然有種沉重的疲勞感，讓我忍不住嘆了口氣。

今天早上才剛離開這座城市的我都已經如此疲累了，想必背後的細劍使一定也好不到哪裡去，但當我轉過頭之後，馬上就發現穿著過膝長靴的她腳步完全沒有減緩。光是那幾個小時的睡眠不可能讓連續狩獵超過三天的疲勞消失，所以我想她應該還是在硬撐吧。即使內心有著回到城鎮裡時至少要讓身心（雖然假想世界裡這兩者幾乎是相同）休息一下的想法，但目前根本沒有能夠說些閒話的氣氛。

於是我只能對細劍使說出極為事務性的內容。

「好像是下午四點時會在城鎮的中央廣場召開會議。」

「…………」

被紡織品兜帽蓋住的頭部微微上下動了一動。但對方依然沒有停下腳步，纖細的身體就這樣從我身邊經過。

吹過山谷間的微風翻動著逐漸遠去的斗篷下襬。我雖然微微張開嘴巴，但也不知道應該說些什麼，只能又默默地閉了起來。仔細一想，這一個月來貫徹獨行玩家身分而不跟人打交道的我，根本沒有要求和人交流的資格。因為至今為止，我都只是汲汲營營於自己的生命……

「真是個奇怪的女人。」

忽然聽見背後傳來這樣的呢喃聲，於是我把視線從細劍使背部移開並且再次轉頭。

「……看起來馬上就會死，卻又活得好好的。怎麼看都是個外行人，但劍技的熟練度又相當驚人。她到底是什麼身分呢？」

持續以語尾帶著獨特鼻音的尖銳聲調說話的，是一名比絕對稱不上高大的我還要矮一個頭以上的小不點玩家。對方身上的防具也跟我一樣全是布料與皮革。武器是左腰的小型鉤爪以及右腰的飛針。雖然看起來不像是能來到這種最前線的裝備，但這個人其實另有最大的武器。

「妳知道那個細劍使的事情嗎？」

我下意識之下如此詢問，但馬上就預測到對方會有什麼樣的回答，便繃起臉來。結果果然不出我所料，鉤爪使伸出五根手指並且說：

「算你便宜一點，五百珂爾。」

她掛著滿臉笑容的臉龐上有一個非常顯眼的特徵。就是用化妝道具在兩邊臉頰上畫了三條類似動物鬍鬚的線條。這種模樣再加上她那頭金褐色的短捲髮，總是讓人無法不聯想到某種齧齒類動物。

我以前曾經問過她為什麼要在臉上做這種記號。但她先是生氣地對我說了「怎麼可以問女孩子化妝的理由」，然後馬上又表示「付十萬珂爾就告訴你」，於是我也只能默默地放棄追問下去。

總有一天，當我撿到超稀有道具時一定要付十萬珂爾買下這個情報——我在心中這麼暗暗發誓，然後繃著臉這麼回答：

「我不喜歡跟人買賣女孩子的相關情報，所以當我沒問過。」

「咿嘻嘻，不錯的原則喲。」

厚著臉皮丟出這麼一句話來後，應該是艾恩葛朗特首位情報販子，通稱「老鼠亞魯戈」的女孩子便嘻嘻笑了起來。

——要是和「老鼠」閒聊個五分鐘，在不知不覺間就會被拿走幾百珂爾的情報喔。千萬要小心。

我記得曾經有人給過我這樣的忠告。但據亞魯戈本人所說，她從來沒有賣過任何來源可疑的情報。只要是判斷有價值的話題，那麼就一定會付出等值的情報費，然後拚命取得證實之後才會拿來當成「商品」。其實仔細一想就能知道，只要賣過一次假情報，身為情報販子的信用便會掃地，所以這種生意和在迷宮裡搜集素材並且將其賣給ＮＰＣ又有不同的風險與辛勞。

雖然這個問題可能會有點性別歧視，但身為女性玩家的她為什麼會毅然從事這樣的工作呢……每次看見亞魯戈我就忍不住會有這種想法。但想到就算提出這種問題，對方一定還是只會要求「十萬珂爾」，所以我在乾咳了幾聲後就提出了別的問題：

「怎麼？今天又不是本業的交易，而是跟之前一樣的代理交涉嗎？」

結果這次換成亞魯戈繃起臉來，稍微瞄了一下街道上左右兩邊的行人後，隨即用指尖推著我的背部，讓我移動到附近的小巷子裡。由於距離「魔王攻略會議」還有兩個小時，所以目前玩家仍不是很多，但她好像還是不想讓其他人聽見這個話題。至於理由嘛——我想應該是關於情報販子的信譽吧。

在小巷子深處停下腳步的亞魯戈，把背部靠在民房（當然裡面的居民是ＮＰＣ）牆壁上，然後再度點頭說道：

「是沒錯啦，而且對方把價格加到兩萬九千八百珂爾囉。」

「二九八嗎……」

我苦笑了一下，接著聳了聳肩。

「……抱歉，不管加再多珂爾我的答案也是一樣。我不想賣。」

「我也是這樣跟委託人說的。」

亞魯戈的本業雖然是情報販子，但把能力點數全部加到敏捷力（AGI）上面的她也活用機動性經營著「傳話者」的副業。這原本只是口頭的傳言，或者把寫有簡短文字的捲軸送達的工作，但這一週以來一直藉由亞魯戈與我接觸的，似乎是個有點複雜……或許應該說有些麻煩的委託人。

他（或者是她）是想要購買我的單手用直劍，「韌煉之劍＋６（３Ｓ３Ｄ）」。

與現今的ＭＭＯＲＰＧ比較起來，ＳＡＯ的武器強化系統算是比較單純的。強化參數可分為「銳利度（Sharpness）」「速度（Quickness）」「準度（Accuracy）」「重量（Heaviness）」「耐久度（Durability）」等五個種類，只要委託ＮＰＣ或者有打鐵技能的玩家就能隨意嘗試性能強化。那個時候會按照想要提升的參數來繳交不同的專用強化素材，而且與其他遊戲一樣會有一定的失敗率。

每當出現強化成功的參數，裝備人偶上的道具名稱就會出現＋１、＋２的數字，而數字的「明細」只有直接觸碰武器打開屬性視窗才能看見。但每當玩家們在買賣武器時都要詳細說出「準確度＋１重量＋２……」的話也實在太過麻煩，所以比如說＋４的明細是準度１重量２耐久度１的時候，慣例都會用「１Ａ２Ｈ１Ｄ」的略稱來表示。

也就是說，我的「韌煉之劍＋６（３Ｓ３Ｄ）」是把銳利度與耐久度各自成功強化了三次的劍。在第一層就要有這樣的成果，老實說需要相當的耐心與運氣。因為在目前的狀況下，應該沒有什麼玩家會提昇與生存率沒有直接關係的打鐵技能，而ＮＰＣ鐵匠外表看起來雖然像矮人族，但熟練度卻相當讓人擔心。

就算是沒有經過強化，這把劍也已經是解開困難任務之後才能拿到的報酬，所以就現階段來說，我這把劍的性能已經幾乎是第一層所能達到的最大值了。話雖如此——它也還只算是「初階裝備」。所以最多只能進行幾次強化而已，因此到了第三或第四層左右就得換下一把劍，然後再度從頭開始鍛鍊。

因為有上面這些理由，所以我實在無法推敲出亞魯戈的委託人即使提出在這個時間點算是龐大金額的珂爾也要購買這把劍的動機。如果是普通的當面交易的話就能夠詢問對方理由，但現在連對方的名字都不知道也就沒辦法了。

「…………那傢伙付的封口費是一千珂爾嗎？」

聽見我的問題後，亞魯戈以稀鬆平常的態度點了點頭並且說：

「是啊，你想往上加嗎？」

「嗯……1k嗎……嗯——————！」

封口費也就是想買我這把劍的X先生為了不讓自己的名字曝光所提前付出的珂爾。如果我出價一千一百珂爾的話，亞魯戈便會傳送即時訊息告知對方我有這個意思，然後確定他要不要加價到一千兩百珂爾。如果對方同意，那麼我將被迫面臨是否提出一千三百珂爾的選擇。雖然只要在這場價格競賽裡獲勝的話就能得知對方的姓名，但結果就是，我的金錢反而會因為這次

「劍的買賣」而減少。我無論怎麼想都覺得這實在太過愚蠢了。

「…………真是的，妳不只是賣情報，就連不賣東西給妳，妳也能做生意……真的太會搶錢了…………」

聽見我的抱怨之後，亞魯戈便放鬆畫著鬍鬚的臉嘻嘻笑了起來。

「這便是這種生意的有趣之處啊！把情報賣給某個人的瞬間，就會多了『誰買了什麼情報』的話題喲。」

現實世界裡的律師是絕對不能犯下把顧客名字洩漏出去的禁忌，但對奉「能賣的情報一定全部賣掉」為圭臬的老鼠來說，根本不存在這種規則。雖然成為她顧客的人一開始就要有自己的名字也有可能被賣掉的覺悟，但她確實是非常優秀的情報販子，所以這些人通常也沒辦法抱怨什麼。

「……等有哪個女性玩家跟妳購買我的個人資料時記得來告訴我，我一定會出錢買下對方的名字。」

我混雜著嘆息這麼說完後，亞魯戈便發出愉快的笑聲，然後又改變表情對著我表示：

「那我就跟委託人說這次也被拒絕了，順便會告訴他這交涉不太可能成功。那我先走囉，桐仔。」

她揮了揮手後便轉過身子，然後以符合「老鼠」外號的敏捷動作跑到大路上離開了。我目送轉眼間便混入人群當中的金褐色捲髮離開，接著便茫然想著那傢伙一定不會在這款遊戲裡喪命。

被囚禁於ＳＡＯ這款死亡遊戲之後的一個月裡，我也學習到了幾件事情。

首先就是究竟是什麼樣的特質能夠決定玩家的生死。當然詳細的要素可以說趨近於無限——像是藥水的囤積數量或者探索迷宮時的撤退時機等等——但我認為存在於這些詳細要素核心的，應該是能不能無條件地相信「自己的信念」這一點。換言之，也就是能夠靠其存活下去的「最大武器」。

以亞魯戈來說的話應該就是「情報」吧。不論是湧出危險怪物的地點或者是效率好的獵場，那傢伙全都知道得一清二楚。了解所有事情的自信將會讓人冷靜，生存率自然也會提高。

而我桐人的「信念」，當然就是掛在背上的那一把劍了。正確來說，應該是達到人劍合一時才會出現的某種境界。雖然我進入那種境界的次數並不多，但我就是保持著有一天一定要完全到達那種境界，在那之前絕對不能死的想法才能夠一直存活到現在。在強化韌煉之劍時，之所以各分配了3點點數在銳利度（Sharpness）與耐久度（Durability）上而無視速度（Quickness）與準度（Accuracy），是因為前者為單純的性能數值提升，但後者卻是系統輔助的強化，如果加強後者的話揮劍感覺將會有所改變。

——不過，話又說回來了……

今天在迷宮區最前線遇見的那名細劍使，她的「信念」究竟是什麼呢？

雖然我把昏倒的她從迷宮區裡搬到外面來（使用的手法不太能透露給她本人知道），但我一直認為如果我不在現場的話，在下一隻狗頭人接近的瞬間，她一定也會在無意識的情況下站起身來，然後施放如流星般的超高速「線性攻擊」解決掉敵人……

到底是什麼原因讓她必須進行如此不顧生死的戰鬥，而又是什麼信念讓她一直存活到今天的呢？我想那應該一定是我所不知道的「實力」吧。

「…………還是付五百珂爾給亞魯戈吧……」

我剛低聲說完便輕輕搖了搖頭，然後仰望著天空。

成為托爾巴納地標的風車塔，白色外牆已經稍微染上了一絲橘色。目前的時間才剛過三點。為了參加應該會花上不少時間的魔王攻略會議，是時候先找個地方填飽肚子了。

我想四點開始的會議一定會出現混亂的局面。

因為潛藏在SAO世界裡的一道鴻溝，今天將會首次暴露在多數玩家的面前。沒錯——就是「新手玩家」與「封測玩家」之間那道不可忽視的鴻溝……

能賣的情報一定全部賣出的「老鼠亞魯戈」，唯一只有一種情報是她絕對不會拿來當成商品的。那就是究竟誰是封測玩家。不對，其實不只是亞魯戈而已。就連封測玩家之間，當然不是透過認臉，但有時從姓名或講話語調辨認出對方，也絕對不會提及對方原本的身分。事實上剛才就是最好的證明。亞魯戈和我都確定對方是封測玩家，但我們就是會想盡辦法兜大圈子來避開這個話題。

理由其實相當簡單。因為要是被確認是封測玩家的話，可能就會有生命危險。

而且不是在迷宮裡被怪物殺害。而是單獨走在圈外時，遭受新加入的玩家們進行「處刑」。

這是因為他們認為，封測玩家必須負起一個月裡出現兩千名犧牲者的所有責任。

其實就連我也無法完全否認這種指責。

4

隔了三天，或許是四天後的首次進食，亞絲娜所選擇的是ＮＰＣ麵包店裡最為便宜的黑麵包一塊，以及街上到處都可以汲取的泉水一瓶。

雖然在現實世界裡也沒有從用餐裡感受過什麼樂趣，但在這個世界裡進食的空虛感可以說是筆墨難以形容。因為就算吃了再怎麼豪華奢侈的美食，真正的肉體卻連一粒砂糖都沒嚐到。即使有乾脆把用餐這種系統與空腹感、飽足感一起取消算了的想法，但每天還是會出現三次餓肚子的感覺，而且不攝取假想食物就沒辦法讓這種感覺消失。

雖然目前自己在進入迷宮時，已經可以靠著意志力來阻斷這種虛偽的空腹感，但只要一回到城鎮裡就一定會想要進食。即使選擇了最廉價食物來做無謂的抵抗，但就連這種硬梆梆的黑麵包，在小口小口地啃食之後也會讓人覺得美味，這一點實在令人感到非常不甘心。

坐在托爾巴納的中心部，噴水池廣場角落一張簡單木製長椅上的亞絲娜，目前還是深深拉下兜帽，不停咀嚼著嘴裡的麵包。當她好不容易把這雖然只賣一珂爾但卻份量十足的麵包吃完一半時——

「那還滿好吃的對吧。」

右側忽然從傳來這道聲音。亞絲娜停止準備撕下麵包的手，以銳利的目光瞄了旁邊一眼。站在那裡的，是幾十分鐘前才在城鎮入口分開的那個男人。也就是黑髮，穿著灰色大衣的單手劍使。不知道用什麼手段把亞絲娜從迷宮深處搬到外面來，讓原本應該已經結束的旅程又得繼續下去的好事者。

當亞絲娜注意到是那個人後，兩頰便瞬間開始發熱。這是因為嘴裡雖然說著死了也沒關係，但活下來之後就厚著臉皮吃東西的畫面被對方給看見了。內心強烈的羞恥感，讓亞絲娜頓時不知道該怎麼辦才好。

「可以坐妳旁邊嗎？」

平常的話，亞絲娜一定會默默起身，然後看都不看對方一眼便離開現場。但現在因為承受著在這個世界裡沒什麼體驗過的動搖，所以一時不知道該做何反應。可能是把亞絲娜僵硬的動作解釋為同意了吧，只見男性在板凳最右邊的位置上坐下，然後掏摸起大衣口袋。結果他拿出來的，竟然也是黑色圓形物體——售價一珂爾的黑麵包。

這時亞絲娜立刻忘記羞恥與混亂，只是驚訝地看著眼前的男性。

從能夠到達迷宮區深處的實力，以及全身裝備的等級來看，這名單手劍使應該已經賺取了在餐廳裡吃頓大餐也無關痛癢的金額才對。如果是這樣的話，那他不是超級鐵公雞，就是——

「……你真的覺得那很好吃？」

亞絲娜在下意識當中小聲地問道。結果男人像是感到很意外般動了一下眉毛，然後才用力點頭回答：

「當然囉。來了這個城市之後，我一天一定會吃一次。嗯……不過還是需要加點料啦。」

「加料……？」

由於不了解這是什麼意思，只見兜帽底下的頭略微傾斜。但單手劍使沒有回答問題，反而立刻把手伸進另一邊的口袋，從裡頭拿出一個小小的素燒陶壺。他「咚」一聲把壺放在板凳中央並且說：

「把這個用在麵包上看看。」

亞絲娜瞬間考慮了一下「用在麵包上」的意思，接著才想到這是網路遊戲裡獨特的講法。就跟「把鑰匙用在門上」「把瓶子用在泉水上」一樣。亞絲娜畏畏縮縮地伸出右手，用指尖碰了一下陶壺的蓋子。從浮現的彈出視窗裡選擇「使用」選項後，指尖馬上發出朦朧的紫色光芒。在這被稱呼為「對象指定模式」的狀態下，碰了一下左手上吃到一半的黑麵包。

結果麵包的單面便隨著一陣細微的效果音染成了白色。那滿滿，不對，應該說厚厚一層物體，怎麼看都像是——

「……奶油？這個世界竟然有這種東西……？」

「在前面的村子裡可以接受『逆襲的母牛』任務，而這就是任務的報酬。要完成任務得花不少時間，所以沒什麼人挑戰就是了。」

一臉認真地回答完後，單手劍使便用熟練的動作，自己也將「陶壺用在麵包上」了。裡面的奶油可能已經用盡了吧，只見陶壺在發出小小的聲音與光線後便消失了。單手劍使立刻大口咬下同樣塗滿奶油的黑麵包。看見他那種似乎要發出「咂咂」效果音的咀嚼模樣，亞絲娜突然也感覺出現在自己胃部的不是平常那種令人難受的疼痛，而是久違的健康空腹感。

於是她便畏畏縮縮地咬了一口左手上那塊塗滿奶油的黑麵包。

結果平常吃進嘴裡只有硬梆梆口感的麵包，如今竟是宛如變成了厚實的田園風味蛋糕的口味。奶油又香又滑，而且還帶有近似優格的清爽酸味。在臉頰內側遭受那種讓人瞬間麻痺的充足感襲擊之下，亞絲娜只能拚命地動著嘴巴啃食麵包。

回過神來時，雙手裡的食材道具已經是連一片都不剩地消失了。急忙看了一下右邊，才發現自己似乎比單手劍使快了兩秒將麵包吃完。亞絲娜內心再度湧起一股強烈的羞恥感，讓她當場想就此逃走，但接受他人招待後還做出這種動作的話實在是太沒禮貌了。

深呼吸了幾次，好不容易讓自己冷靜下來之後，亞絲娜才用幾乎快聽不見的聲音說：

「謝謝招待……」

「不客氣。」

自己也吃完麵包的單手劍士拍了拍戴著半指皮手套的雙手拂去渣渣，接著繼續表示：

「剛才提到的母牛任務，如果有興趣的話我可以告訴妳祕訣。有效率地解任務的話只要兩個小時就能結束了。」

「…………」

老實說還真有些心動。如果有那種優格奶油的話，一珂爾的黑麵包也會變成很棒的美食。雖然是味覺重現引擎所製作出來的虛構滿足感，但還是忍不住想再一次……不對，可以的話每天都想吃一次。

但是——

亞絲娜卻低下頭去，然後輕輕搖了搖兜帽下的頭部。

「……不用了，我不是為了吃美食才來這個城鎮的。」

「這樣啊，那是為了什麼？」

單手劍士的聲音雖然稱不上悅耳，但也沒有任何讓人感覺不愉快的部分，總之就是帶著某種少年般的爽朗。可能就是因為這樣，亞絲娜才會在無意識之中，便把來到這個世界後就從來沒對別人說過的內心話講出來。

「為了……能保持自我。與其躲在起始城鎮的旅館裡慢慢等死，我到最後的瞬間都想要保持自我。就算因為輸給怪物而喪生，我也絕對不想敗給這個遊戲……或者應該說是這個世界。」

亞絲娜——結城明日奈的十五年人生可以說是一連串的戰鬥。從幼稚園的入園考試開始，她便得面對不斷降臨到自己身上的大小試煉，而且也全部都獲得了勝利。由於認為只要失敗一次自己就是沒用的人類，她才會持續承受著這樣的壓力奮鬥過來。

而歷經十五年的戰爭後，最終降臨在她身上的，就是這名為「Sword Art Online 刀劍神域」的試煉，但自己似乎沒辦法獲勝了。除了擁有極度未知且異質的規則與文化之外，這也是無法靠個人力量獲勝的戰鬥。

規定的勝利條件是前往多達百層的浮遊城頂端並且打倒最後的敵人。但遊戲開始已經一個月的現在，已有五分之一的玩家退場，而且他們全都是有經驗的玩家。殘餘的戰力實在太過於不足，而接下來要闖的路途又實在太過於漫長了……

就像內心的水龍頭被轉開一樣，亞絲娜開始一點一點地講出這些內容。黑髮單手劍士只是默默地聽著這斷斷續續且頭尾不一的獨白——但是當亞絲娜的聲音像被晚風帶走而中斷時，他便低聲短短地說了一句話：

「抱歉…………」

經過數秒之後，亞絲娜才對他為什麼說出這種話感到疑惑。

和這名單手劍士是今天初次見面，他應該沒有什麼向自己道歉的理由才對。從兜帽底下瞄了一下旁邊，結果發現只淺淺坐在長椅上的灰色大衣男竟然把雙肘靠在膝蓋上並且低下頭去。

他的嘴唇微微一動，亞絲娜也再度聽見聲音。

「抱歉……讓這種狀況出現……換句話說，也就是把妳逼到如此地步的，某方面來說就是我……」

但接下去的話就聽不清楚了。那是因為聳立在街道中央的一座巨大風車塔裡，靠風力運轉的時鐘忽然發出尖銳的鐘聲。

下午四點，「會議」開始的時間。仔細一看就能發現，稍遠處的噴水廣場裡在不知不覺之間已經聚集了許多玩家。

「……走吧，是你約我來參加會議的吧。」

亞絲娜說完便站起身來，而單手劍士也點了點頭並緩緩撐起身體。他剛才是想說什麼呢——雖然想著「算了，反正再也不會跟他說話」，但總覺得有根小刺卡在自己的心頭。

想知道，或者不想知道。連亞絲娜自己也不清楚究竟哪一種想法比較強烈。

5

四十四個人。

這就是聚集在托爾巴納噴水池廣場的玩家總數。

我只能說這比我預期——或者期待的人數少了許多。這款SAO裡一個小隊最多可容納六個人，此外還可以結合八個小隊組成共計四十八人的聯合部隊。根據封測時期的經驗，要在沒有任何犧牲者的情況下打倒樓層魔王，最好是能夠組成兩組聯合部隊進行交替攻擊，但目前的人數就連一個聯合部隊的上限都不到。

我原本為了嘆氣而吸入空氣，但卻失去了將其吐出的時機。

「……竟然有這麼多人……」

那是因為左後方那名穿著連帽斗篷的細劍使這麼低聲說道的緣故。我忍不住轉過頭反問她：

「這種人數算多……？」

「嗯。因為……這是第一次為了挑戰這層魔王而召開的會議吧？在知道有全滅可能性的情況下還有這麼多人……」

「原來如此…………」

我點了點頭，再度確認起廣場上三三兩兩聚在一起的玩家臉孔。

互相知道名字的玩家大約有五六人，此外在前線附近的城市或迷宮曾經看到過的大約有十五人，剩下的二十人左右幾乎是沒看過的生面孔。當然男性的比例遠超過女性。大致上看來，應該只有細劍使一名女性玩家，但因為她戴著遮住容貌的兜帽而看不出性別，所以除了我之外的其他人應該都認為在場的只有男性玩家。雖然可以看見「老鼠亞魯戈」坐在廣場另一邊的高牆上，但她應該不會參加魔王攻略戰。

正如細劍使所說，這些人都是要挑戰誰都沒見過的——當然指的是這次的艾恩葛朗特——第一層魔王。ＨＰ歸零，也就是死亡的危機應該是至今為止在本層所進行過的大規模戰鬥當中最高的。這也就表示，聚集在廣場的所有人都有了死亡的覺悟，並且也接受成為之後玩家攻略參考的事實才會來到這裡……只不過……

「嗯……也不見得都是這樣……」

我不自覺地發出這樣的呢喃。細劍使從兜帽深處對我投射出訝異的眼神。於是我只能一邊選擇用詞遣字一邊回答：

「雖然不是所有人都是這樣，但應該也有不少人並非因為『自我犧牲的精神』，而是因為

『害怕慢人一步』才會來到這裡的。因為說起來我也是屬於後者……」

「……慢人一步？什麼意思？」

「就是不想脫離最前線啊。雖然害怕全滅，但也害怕魔王在自己不知道的情況下被打倒。」

原色布料的兜帽微微傾斜。原本認為——如果她是線上遊戲的初學者，那麼應該難以理解我所說的話才對，但……

「……是跟不想掉出全校排名十名之外，或者是想把入學考ＰＲ值保持在七十同樣的心態嗎？」

「………………」

這次輪到我說不出話來了。但考慮一下之後，我便用微妙的角度點了點頭。

「嗯……應該……可以這麼說吧……」

結果——

從兜帽下方可以看到姣好嘴唇稍微往上揚起，甚至可以聽見細微的「呵呵」聲。她是在笑嗎……？這名對幫忙從迷宮區把她搬出來的我丟下一句「多管閒事」，而且能夠施放超高完成度「線性攻擊」的細劍使竟然笑了？

正當我無法克制想窺看兜帽底下容貌的衝動時，幸好現場情況率先產生了變化。一道清晰的聲音隨著「啪啪」的拍手聲傳遍了廣場。

「注意！雖然遲了五分鐘，但我們差不多要開始了！各位請往前一點……那邊，再往前三步好嗎！」

以大方態度說話者，是一名高大身軀上穿戴各種閃亮金屬防具的單手劍使。他沒有助跑就跳上了廣場中央噴水池的邊緣。從穿著那種裝備還能一跳便登上那種高度的邊緣來看，就能知道他的筋力、敏捷力都相當高。

看見轉過身來的單手劍使之後，四十幾個人的其中一部分隨即產生小小的騷動。其實我也能了解他們的心情。因為站在噴水池邊緣的男性，是個會讓人覺得這種傢伙怎麼會來玩ＶＲＭＭＯ的大帥哥。此外他臉頰兩側的波浪狀長髮還染成了鮮豔的藍色。由於第一層商店裡並沒有販賣染髮道具，因此只能靠著撿取怪物身上的稀有掉寶或者向擁有道具的玩家購買才能獲得。

雖然心裡想著如果他是為了今天這個舞台特別下功夫設計了髮型髮色的話，那麼只有一名女性玩家（而且還穿著連帽斗篷無法從外表辨認）的現況應該會讓他很失望才對，但男人臉上卻浮現出將我這種小人之心全部消除的爽朗笑容並且表示：

「謝謝大家特別回應我的召集來到這個地方！雖然有人已經認識我了，但我還是先自我介紹一下！我叫『迪亞貝爾』，心理上認為自己的職業是『騎士』！」

結果噴水池附近的一群人馬上產生騷動，隨著口哨與拍手傳出「其實你是想說『勇者』吧！」的聲音。

ＳＡＯ的系統裡並沒有「職業」存在。每個玩家能夠自由地選擇各種技能，並將其設定在「技能格子」裡加以修練。說到例外的話，就是以生產系或交易系技能為主的玩家通常會被冠以「鐵匠」或「裁縫師」、「廚師」等職業名稱——但我倒是從來沒有聽過「騎士」或者「勇者」這樣的職業。

不過這麼一來要自稱從事什麼樣的職業當然就是個人的自由了。仔細一看之下，這名自稱迪亞貝爾的男性，除了胸口、肩膀、手臂與腳踝全都被青銅系防具覆蓋之外，左腰上還掛著一口大直劍，背部也背著一面鳶形盾。這的確就是所謂的騎士類裝備。

我一邊從人群最後方凝視著他落落大方的模樣，一邊迅速地搜尋著腦袋裡頭的索引。雖然因為裝備和髮型不同所以有些難以辨認，但總覺得曾經在前線的村落與城市裡看過那張臉好幾次。至於在這之前——不是此處的「另一個艾恩葛朗特」裡的話嘛……我只能說，不記得有這個名字……

「像這樣請各位在最前線活動，也就是封頂玩家來到這裡的理由，我想不用說大家也已經知道了……」

聽見迪亞貝爾再度開始演說，我也就暫停思緒把精神集中在他身上。藍髮騎士迅速舉起右手，一面指著聳立在城市遠方的巨塔——第一層迷宮區，一面繼續表示：

「……今天我們的小隊發現了通往那座塔最上層的樓梯。也就是說，明天……最晚後天就能夠到達第一層魔王的房間了！」

玩家之間立刻產生一陣騷動。連我也稍微感到有些驚訝。第一層迷宮區足有二十層樓高，我（和旁邊的細劍使）今天潛入的是要從十八層上到十九層的附近，根本不知道十九層的地圖檔案已經收集完成了。

「一個月。我們花了整整一個月才來到這個地方……但我們還是得藉由打倒魔王並前進到第二層來告訴其他在起始的城鎮裡等待的玩家，這款死亡遊戲總有一天會被完全攻略。這就是目前在這裡的高等級玩家們所應該負起的義務！大家說對不對啊！」

再度有喝采聲響起。這次除了迪亞貝爾的同伴之外也有其他人開始拍手了。他所說的確實沒有任何可以非議的地方。不對，應該說根本不應該有意圖提出反論的想法。這時候我也應該對這名主動出頭來統合眾多最前線玩家的騎士大人拍拍手才對——

「騎士先生，給我等一下。」

這時忽然有一道低沉的聲音傳了出來。

歡呼聲倏然停止，接著前方的人牆便分為兩半。站在空隙中央的，是一名個頭雖小但身體相當結實的男性。從我的所在位置只能看見他背上那把略大的單手劍，以及像是某種仙人掌般的尖刺狀茶色頭髮。

踏出一步的仙人掌頭用跟迪亞貝爾的美聲完全相反的混濁聲音低聲說：

「在這之前，不先把這件事說清楚的話，我可沒辦法陪你們玩友情遊戲啊。」

面對這突然的打岔，迪亞貝爾的表情還是幾乎沒有改變。他帶著滿臉笑容招手一邊表示：

「你說的是什麼事情呢？嗯……不管是什麼事，還是很歡迎大家發表意見。不過要發言的話，還是應該報上姓名才對吧。」

「哼…………」

仙人掌頭以鼻子用力哼了一聲後，隨即往前走了一兩步，來到噴水池前面時才轉過身來。

「我叫作『牙王』。」

說出勇猛角色名稱的仙人掌頭單手劍士，立刻就用細小但卻發出銳利光芒的雙眼睥睨著廣場上所有玩家。

他橫掃過來的視線來到我頭上時似乎稍微停頓了一下——不過可能只是我想太多。因為我沒聽過他的名字，也不記得曾在哪裡見過面。牙王花了好一陣子看完所有人，然後才用低沉又沙啞的聲音說：

「這裡面應該有五到十個得先道歉的傢伙在才對。」

「道歉？跟誰道歉？」

背後依然站在噴水池邊緣的「騎士」迪亞貝爾用帥氣的動作舉起雙手。但牙王沒有看向他，只是惡狠狠地丟出這麼一句：

「哈，那還用說嗎？當然是對目前為止已經喪生的兩千名玩家啊。因為那些傢伙獨占了所有的資源，所以才會在一個月裡就死了兩千人！難道不是這樣嗎！」

原本還在低聲說話的四十幾名聽眾瞬間靜了下來。這時所有人才終於了解，牙王所說的話究竟有什麼含意，當然我也是一樣。

在沉悶的氣氛之下，只能聽見NPC樂團演奏的傍晚BGM靜靜在現場流動。沒有任何人打算開口說話。大家似乎都害怕——開口的話，就會被歸類為「那些傢伙」的一分子。不對，應該不是似乎。至少我就是真的感到害怕……

「——牙王先生，你所說的『那些傢伙』……也就是封測玩家嗎？」

雙手環抱胸前的迪亞貝爾以至今為止所見過最嚴肅的表情這麼確認。

「那還用說嗎？」

牙王鏘琅抖了一下在皮革上縫著厚重金屬片的鱗甲，瞥了身後的騎士一眼才又繼續說道：

「那些封測玩家，從這款該死的遊戲一開始當天就馬上衝出起始的城鎮。他們就這樣捨棄了還搞不清楚狀況的九千多名初期玩家。那些傢伙獨占了優良狩獵場以及能獲得大量利益的任務，只顧著自己變強，然後還一直裝出一副毫不知情的模樣。這群人裡面應該也有一些……隱藏自己是封測玩家而跑來想要加入魔王攻略的狡猾傢伙。不讓這些傢伙下跪，然後把手裡的金錢與道具全吐出來提供給這次作戰的話，我實在沒辦法和他們待在同一個小隊並且把生命交到

他們手上！」

人如其名的牙王說完巴不得狠咬封測玩家一口般的指責之後，果然還是沒有任何人發出聲音。就連身為封測玩家的我，也只能咬緊牙根，屏住呼吸，持續保持著沉默。

當然我心裡不是沒有想放聲大叫的衝動。我想告訴他，難道你以為封測玩家沒有任何人犧牲嗎？

一週前左右，我向亞魯戈買了某項情報──正確來說，應該是我委託她進行了一項調查。調查的內容是估計封測玩家的死亡人數。

今年夏天所舉行的ＳＡＯ封測僅僅只有一千個名額。雖然這些人全部擁有優先購買正式版遊戲的權利，但從封測末期的登入狀況來看，我便推測並非一千個人全部都繼續參加遊戲的正式營運。我想大概只有七八百人──而這應該就是死亡遊戲開始時的封測玩家總數了。

但是要調查「誰是封測玩家」不是那麼簡單的事情。如果彩色浮標上有「β」標誌的話當然就簡單多了──不過或許應該說幸好沒有這樣的存在，而且角色的外表又因為ＧＭ茅場晶彥的考量而恢復成現實世界裡的容貌。所以唯一只能夠從名字來獲得線索，但也有不少人會在正式營運時使用與封測不同的名字。順帶一提，我和亞魯戈之所以能夠確認對方是封測玩家，是因為最初遇到時的狀況，不過那又是另一個故事了。

總之因為上述的原因，亞魯戈的調查工作應該會有一定難度才對。但她只花了三天就給我一個明確的數字。

大概是三百人。這就是亞魯戈推算的，封測玩家死亡者人數。

如果這個數字正確的話，目前為止的兩千名犧牲者裡，應該有一千七百人是新手玩家。以比率來看的話，新手玩家的死亡率大約是百分之十八。相對的，封測玩家的死亡率——則將近百分之四十。

知識和經驗不一定都會帶來安全。有時候反而會變成陷阱。在死亡遊戲開始當天，我自己也差點在率先接受的任務裡喪生，而且還有其他外在因素存在。ＳＡＯ正式營運之後，雖然地形、道具和怪物都和封測時差不多，但偶爾還是會有稍微的差異，像是帶著猛毒的小針頭一樣隱藏在遊戲中…………

「我可以發言嗎？」

這時一道非常有彈性的男中音響徹於夕陽照射下的廣場。我由沉思當中回過神並抬起頭之後，馬上就看見人牆左端走出一道身影。

那是一名身高應該有一百九十公分左右的高大男子。雖然說角色的身高不會對能力值產生影響，但掛在他背上那粗獷的雙手用戰斧這時看起來就相當輕。

而且他的外貌也跟所持的武器差不多粗獷。除了頂著一顆大光頭之外，膚色也是巧克力色。但是這種大膽的打扮又相當適合他那輪廓相當深的臉龐。他看起一點都不像日本人……甚至有可能原本就是不同的人種。

來到噴水池旁邊的肌肉巨漢對四十餘名玩家微微點頭，接著便轉向身高與他有極大差距的牙王。

「我的名字叫艾基爾。牙王先生，你想說的就是封測玩家沒有照顧新手，才會造成這麼多人死亡，所以要他們負起責任向大家謝罪並且賠償囉？」

「是……是啊。」

牙王瞬間像是有點膽怯而往後退了一步，但馬上又恢復往前傾的姿勢，以發出燦爛光芒的小眼睛瞪著名為艾基爾的斧使並叫道：

「如果那些傢伙沒有棄我們於不顧，那兩千人就不會死了！而且可別小看了兩千這個小數字，他們全是在其他ＭＭＯ裡封頂的老手喔！如果那些混蛋封測玩家願意分享情報、道具與金錢的話，現在這裡應該會有十倍的人數……不對，現在一定早就突破第二層或第三層了！」

——那兩千人裡面有三百個人就是你口中的混蛋封測玩家啊！

我拚命壓抑住想這麼大叫的衝動。除了沒辦法提出如何得到三百這個數字的根據之外，當然也有害怕被當成罪人攻擊的私心。但更重要的是，我實在不認為在這個時候承認自己是封測玩家並提出反駁會對狀況有所幫助。

目前據信剩下四～五百人的封測玩家已經有驚無險地融入新手玩家當中。不論是等級或者裝備應該都沒有特別醒目的差異才對。在這種狀況下，就算我自己承認是封測玩家，可能不會促進和諧，反而有可能造成類似狩獵魔女的危機。最糟糕的是，甚至有可能讓在前線的玩家分為新手與封測玩家兩派並且展開鬥爭。這是我如論如何都想要避免的狀態。因為這款SAO裡，在練功區或迷宮這些所謂的「圈外」是允許攻擊其他玩家的……

「牙王先生，雖然你這麼說……不過封測玩家或許沒有提供金錢與道具，但至少有提供情報喔。」

當我沒出息地低下頭去時，艾基爾這名斧戰士再度用漂亮的男中音這麼回答。強壯肌肉快繃破覆蓋的皮革鎧甲的他，從掛在腰部的大型腰包裡拿出將羊皮紙裝訂起來的簡易書本道具。書本的封面上畫著圓耳朵與左右各三根鬍鬚的「老鼠標誌」。

「你應該也有拿到這本導覽吧，因為在霍魯卡與梅代伊的道具店裡就可以免費入手了。」

「……免……免費？」

我忍不住輕聲這麼叫道。正如封面所表示，那是情報販子——老鼠亞魯戈所販賣的「樓層別攻略冊」。裡面包含了詳細地形、出現的怪物、能獲得的道具以及任務解說，封面下部用巨大字體寫著「有了亞魯戈攻略冊包你不用擔心」的廣告詞，真的一點都不誇張。雖然有點難以啟齒，但我為了彌補記憶模糊的地方也已經收集了所有的攻略冊——只不過我記得那每一本都花了我五百珂爾這種絕不便宜的價格……

「……我也拿到了。」

在我身邊一直保持沉默的細劍使也這麼低聲說道。我一詢問：「免費嗎？」，對方便點頭回答：

「雖然是交給道具屋寄賣，但價格是0珂爾，所以大家都拿了。而且非常有用。」

「到……到底是怎麼回事……」

那隻「老鼠」——那個只要有錢賺就連自己的能力值也能賣掉的生意人，竟然會免費提供情報？當我投以「那怎麼可能！」的視線時，數分鐘前亞魯戈還坐在上面的石牆已經是空無一人了。雖然很想在下次遇到她時詢問這麼做的理由，但我已經能預見她一定會回答「這個情報值一千珂爾」了。

「——是拿到了，那又怎樣？」

牙王惡狠狠的聲音讓我不得不中斷思緒。艾基爾把攻略冊收回腰包裡，然後將雙手環抱在胸前並這麼說道：

「當我到一座新村落或是城鎮時，道具屋裡一定會有這本導覽。我想你一定也是一樣。你不覺得情報實在太快了嗎？」

「是沒錯，但快又怎麼樣呢！」

「把記載在這上面的怪物和地圖檔案提供給情報販子的，我想一定是封測玩家才對。」

玩家們一口氣騷動了起來。牙王這時也緊閉起嘴巴，而他身後的騎士迪亞貝爾也像要贊同言之有理般點了點頭。

艾基爾把視線移回玩家們身上，用響亮的男中音高聲說道：

「所以說，不是沒有情報。但還是有許多玩家死亡。我認為理由正是因為他們是ＭＭＯ老手的緣故。他們用跟其他遊戲相同的準則來衡量這款ＳＡＯ，結果便錯失了撤退的時機。我想現在不是追究責任的時候。我認為這場會議將會左右我們自己會不會也變得跟那些人一樣。」

自稱艾基爾的雙手斧使的態度極為光明正大，而且發表的言論也極為有道理，因此牙王也找不到任何可以反駁的破綻。如果艾基爾以外的某個人提出同樣的主張，那麼牙王一定會用「我看你就是封測玩家才會說這種話吧」的藉口來展開反擊，但他現在卻只能恨恨地瞪著眼前這名巨漢。

在無言對峙著的兩人身後，站在噴水池邊緣的迪亞貝爾搖了一下接受夕陽照射而逐漸變成紫色的長髮，並且再度點頭說道：

「牙王先生，我可以理解你說的話。我也是在完全不熟悉的練功區裡經歷了數次瀕死經驗後才達到今天的地步。但是正如這位艾基爾先生所說的，現在應該是往前看的時候才對吧？就算是封測玩家……不對，應該說封測玩家更加能成為我們攻略魔王的戰力。排除他們而造成攻略失敗的話，那不就沒有任何意義了嗎？」

這種爽朗的辯駁態度讓人覺得他的確是有自稱為騎士的資格。這時聽眾裡也出現了幾個深表同意的人。感覺到應該處罰封測玩家的氣氛已經有所改變，我也忍不住想吐口放心的氣。雖然對這樣的自己深感到羞恥，但我還是豎起耳朵傾聽迪亞貝爾接下去說的話。

「我想各位一定都有自己的想法，但現在還是希望大家能夠同心協力突破第一層。無論如何都不想和封測玩家一起作戰的人，雖然很可惜，但現在可以離開沒有關係。因為魔王戰最重要的就是要能互相合作。」

看了一遍在場所有人的騎士，最後又用嚴肅的表情凝視著牙王。仙人掌頭的單手劍使承受了他的視線好一會兒之後，才以鼻子用力冷哼一聲並且壓低聲音說：

「…………好吧，現在就先聽你的。不過魔王戰結束後，一定要把這件事弄清楚才行。」

牙王說完便轉身，鏘琅晃動身上的鱗甲回到集團的前列去了。而斧使艾基爾似乎也為了要表示自己的話到此止般張開雙臂，然後退到原來的位置。

結果剛才那一幕就變成了這次會議的高潮。因為就算想要討論詳細的對魔王戰略，目前也僅處於好不容易到達迷宮區最上層的狀況。在連魔王長什麼樣子都沒人看過的狀態下，怎麼可能討論出什麼作戰方式呢……

——不過，事實上也不全然是這樣。因為我早知道艾恩葛朗特第一層的魔王是超大型狗頭人，而牠的武器是巨大彎刀，此外還會湧出共計十二名重武裝狗頭人親衛隊這些事情了。

如果我當場表明自己是封測玩家，然後提供魔王的情報，那麼攻略的成功率或許會有某種程度的提昇也說不定。但這麼做的話也有可能會被反問「那之前為什麼不說」，然後讓懲罰封測玩家的氣氛再度出現。

此外怎麼說這些都是從舊艾恩葛朗特裡得來的知識，也有可能隨著正式營運開始而把整隻魔王甚至是細部配置都更換掉了。要是以封測時的情報訂定作戰計畫，等到衝入現場才發現魔王的外表與攻擊模式完全改變了……這麼一來，聯合部隊將會因為混亂而崩潰。所以還是得先打開魔王的房間，然後讓裡面的主人湧出後才能夠進行下一步計畫。

我持續像是在找藉口般對自己這麼說道，然後一直保持著沉默。

會議最後就在騎士迪亞貝爾超級開朗的呼口號聲，以及參加者們附和他的盛大吼叫之下結束了。我雖然在形式上跟著舉起了右手，但旁邊的細劍使別說是大叫了，她根本連一隻手也沒有從斗篷裡伸出來。在「解散」的聲音響起前就已經靜靜轉身的她，臨去之前用只有我能聽見的聲音呢喃著：

「如果我們兩個都能在魔王戰裡存活下來……那就告訴我會議之前你原本想說的話。」

面對朝著微暗小巷深處逐漸遠去的背影，我無聲地這麼回答。

——嗯，那個時候我會告訴妳，我為了自己的存活而拋棄了所有其他的事物。

6

雖然是沒有任何實務性討論的會議，但似乎還是有效地提昇了玩家們的士氣，第一層迷宮區第二十樓的地圖檔案很快就被收集完全了。會議的隔天，十二月三日星期六下午，終於有第一隻小隊（這次也是迪亞貝爾帶領的六人小隊）發現樓層最深處的一扇對開大門，他們的歡呼聲也傳到單獨在附近戰鬥的我的耳裡。

迪亞貝爾他們很大膽地當場打開魔王房間的門，然後窺看了裡頭魔王的長相。當天傍晚再度於托爾巴納噴水池廣場舉行的會議裡，藍髮騎士很驕傲地向大家報告這件事。

魔王是高達兩公尺的巨大狗頭人。名字叫「狗頭人領主・伊爾凡古」，武器是彎刀類。身邊會出現三隻穿著金屬鎧甲並拿著斧槍的「廢墟狗頭人護衛兵」——

目前為止的情報都和封測時完全相同。我的記憶正確的話，魔王總共有四條ＨＰ，每當減少一條時就會再度有「狗頭人護衛兵」湧出，所以總計得打倒十二隻護衛兵，但我還是沒有在會議上把這些情報說出來的勇氣。反正也不可能馬上正式攻打，這些都是只要經過數次偵查戰就能夠知道的情報——雖然我這麼告訴自己，但會議當中馬上就有一項物品讓我發現內心的糾葛只是多餘。

在同一個廣場的角落展店的NPC露天攤販裡，該樣「熟悉的物品」又已經被寄賣了。那是由三張羊皮紙裝訂起來的書，不對，應該說是手冊。正是──亞魯戈的攻略冊第一層魔王篇，售價從一開始就是0珂爾。

當然會議馬上暫時中斷，所有參加者都向NPC購買（或者應該說拿取）攻略冊並且熟讀內容。

雖然一直是如此，不過裡面確實記載了大量的情報。除了剛得知的魔王名字之外，連預測HP量、主要武裝圓月彎刀的長度與劍速、傷害值以及使用劍技等情報都鉅細靡遺地寫在前三頁當中。第四頁則是隨從「狗頭人護衛兵」的解說，裡面也寫了會湧出四次，也就是有十二隻護衛兵會出現。

把冊子合起來時，可以看見封底上用鮮紅字體寫著之前「亞魯戈攻略手冊」從沒出現過的一行文字。那是──

「內容為SAO封測時的情報，可能出現與現行版本有差異的情況。」

我一看到這裡，馬上反射性地抬起頭來在廣場上尋找亞魯戈的身影。但今天卻看不見那隻穿著低調皮革鎧甲的「老鼠」。我再度低下頭，小聲呢喃著：

「……展開反擊了嗎……」

這紅色字體所寫的注意事項，已經打破亞魯戈原本——「只是從誰都不知道的封測玩家那裡買來消息的情報販子」的立場了。看過這本冊子的所有人，一定都會抱持老鼠本人就是封測玩家的懷疑。當然目前還沒有任何的證據，但以後新手玩家與封測玩家間的爭執更為嚴重時，她很有可能最先被當成撻伐的對象。

但從另一方面來看，這本攻略冊也的確讓我們可以省略麻煩且危險的偵查戰。看完冊子的四十幾名玩家像是要讓領袖來做出最後的決定般，全部看向跟昨天一樣站在噴水池邊緣的藍髮騎士。

迪亞貝爾像是在考慮什麼事情一樣低著頭又過了數十秒之後，才終於迅速恢復姿勢並且用充滿活力的聲音叫道：

「各位——我們現在應該感謝這份情報！」

聽眾們隨即產生一陣騷動。這是因為由這種發言便能做出他放棄了與封測玩家對立，而選擇與他們融合的解釋。原本以為牙王一定會再次跳出來反對，但人牆前方隱隱約約可以見到的褐色仙人掌頭目前倒是沒有什麼特別的反應。

「先不要管出處，但靠這本攻略冊，就能讓我們省略原本得花上兩三天時間的偵查戰。老實說我真的非常感謝提供者，因為最有可能出現犧牲者的就是偵查戰了。」

廣場上每個角落的不同玩家都不斷點著頭。

「……如果這份資料是真的，那從能力值來看，魔王也不是那麼恐怖。如果ＳＡＯ是普通ＭＭＯ的話，只要大家的平均等級有三……不對，有五的話應該就能把牠打倒了。所以我們只要擬好戰術，然後帶上許多回復藥水，應該就有可能在沒有任何犧牲者的情況下打倒牠。抱歉，我說錯了。應該說我絕對不會讓犧牲者出現，我賭上騎士的名譽跟大家約定！」

「帥喔，騎士大人！」的歡呼聲過後便是盛大的拍手。就連我這個孤僻的獨行玩家都不得不承認迪亞貝爾是一名相當有領導能力的人。雖然到第三層才能夠成立公會，不過一旦開放之後他一定會建立一個很大的攻略公會才對……

當我正感到佩服時，騎士接下來的發言卻讓我稍微嗆了一下。

「……那我想立刻開始進行實際的攻略作戰會議！不過還是得先組成聯合部隊才能夠劃分負責的工作，麻煩各位先和同伴或者附近的人組隊吧！」

你說什麼……………

聽見這讓人想起小學體育課的發言，我便急忙在腦袋裡計算了起來。ＳＡＯ的一個小隊是六個人。而在場共有四十四名玩家……所以組成七個小隊之後還會多出兩個人。如果要讓人數更均衡一點的話，應該是組成四個六人小隊，再加上四個五人小隊比較好吧？但像這樣的分組，如果領袖沒有特別指定的話就很難實現了…………

呆立在現場的我雖然腦袋裡迅速進行著這樣的思考，但最後還是徒勞無功。在迪亞貝爾發出指示後不到一分鐘的時間裡，其他人很快地便組成了七個六人小隊。我知道騎士大人原本就有一個六人小隊，但就連看起來就像一匹孤狼的牙王與給人孤獨巨人感覺的艾基爾都能在頃刻之間找到五名同伴。難道說沒有受到其他玩家邀請的，真的就只有我一個人而已嗎——

好險並不是這樣。

伏下視線環視著周圍的我，馬上發現獨自站在稍遠處那名穿著連帽斗篷的細劍使，於是我悄悄地接近到她身邊。

「妳也是多出來的嗎…………」

小聲問完之後，帽子下方馬上釋放出如烈火般的視線，同時有一道壓低的聲音回答我說：

「才不是這樣呢…………周圍的人好像原本就是同伴，所以我才沒主動過去說要加入罷了。」

這就叫作多出來的啦。

我很聰明地沒有說出這樣的揶揄，只是用認真的表情點著頭表示：

「那要不要跟我一組？聯合部隊最多只能有八個小隊，我們兩個不組隊就沒辦法加入了。」

看來提出系統方面的理由已經奏效，細劍使在猶豫了一下子後便冷哼了一聲並且說：

「你提出組隊申請的話，我是可以答應啦。」

上個月開始我就決定不能再有孩子氣的想法，於是我也不做出「是我主動找妳的，所以應該由妳提出申請」這種無意義的爭吵。我只是點了點頭，然後碰了一下視線裡對方的彩色浮標來提出小隊參加申請。細劍使冷冷地按下ＯＫ鍵後，視線左側隨即出現第二條略小的ＨＰ條。

我凝視著表示在下方的簡短英文字母。

「Ａｓｕｎａ」。這就是那名不可思議且能施放神速「線性攻擊」的細劍使的名字。

騎士迪亞貝爾不只有口頭的指揮能力，連實務方面都相當優秀。

他馬上檢視組成的七組六人小隊，在進行最簡單的更動後就完成了七隻肩負不同任務的部隊。首先是兩組重裝甲坦克部隊，另外則是三組高機動高火力的攻擊部隊，最後再加上兩組裝備長武器的支援部隊。

坦克部隊將交替擔任狗頭人領主的目標。攻擊部隊的其中兩組專門負責攻擊魔王，另一組則以殲滅隨從為優先。至於支援部隊則是利用長柄武器所擁有的行動延遲技能來盡可能阻礙魔王與隨從的攻擊。

這樣的組織雖然簡單，但也因此而沒有什麼太大的破綻，我認為這是個不錯的作戰計畫。當我正暗自感到佩服時，騎士大人最後來到多出來的兩人小隊（當然就是我和細劍使）前面，他考慮了一陣子之後才爽朗地說道：

「可以拜託你們協助Ｅ小隊，幫忙解決沒有被殺死的狗頭人隨從嗎？」

按照解釋方式不同，這句話聽起來也有「麻煩你們乖乖待在後面，不要阻礙到魔王戰」的意思。察覺身邊那名應該叫作「亞絲娜」的細劍使正欲顯露出不友善的態度，我馬上伸出一隻手制止她並且微笑地回答：

「了解了。這是很重要的任務，就交給我們吧。」

「嗯，拜託了。」

騎士大人說完便露出潔白的門牙，然後回到噴水池前面去。這時我左耳附近馬上傳來一道氣呼呼的聲音。

「……哪裡是重要的任務了。根本連一次都沒辦法攻擊魔王戰鬥就結束了啊。」

「有……有什麼辦法嘛，我們只有兩個人而已。根本連切換進行ＰＯＴ輪值的時間都沒有啊。」

「……切換？ＰＯＴ……？」

聽見對方疑惑的呢喃後，我便再度體認到這個細劍使真的是個什麼都不懂的新手，而且還在這樣的狀態下離開起始的城鎮，自己一個人努力來到這個地方。就只靠著她應該沒經過強化的五把商店貨細劍以及劍技「線性攻擊」——

「……我等一下會全部跟妳詳細說明，這不是站在這裡就能說完的話題。」

雖然認為有五成的機率對方會回答「沒有必要」，但細劍使沉默了幾秒鐘後便以極輕微的動作點了點頭。

第二次魔王攻略會議在被分為A到G組的各個小隊隊長簡短的自我介紹，以及確認過魔王戰時獲得的金錢與道具分配方針後便結束了。斧使巨漢艾基爾是負責抵擋魔王攻擊的B隊隊長，而對封測玩家有強烈敵意的牙王則是負責攻擊的E隊隊長。由於E隊的工作是殲滅狗頭人隨從，所以我和細劍使這對多餘人士拍檔便得負責幫忙牙王。老實說我實在不太想接近他，但是——對方應該不知道我是封測玩家才對。另外值得一提的是，聯合部隊裡果然看不見「老鼠」的身影。當然我完全沒有指責她的意思。光是提供那本「攻略冊」，她就算是盡了自己的責任了。

至於掉寶的分配，則是採取了珂爾由構成聯合部隊的四十四個人自動平分，而道具屬於拾獲的人所有這樣的簡單規則。近年的MMO裡，怪物掉下來的寶物通常是由想要的人之間擲骰子來決定，但SAO不知道為什麼在這方面還是採取老舊的系統，寶物會忽然出現在某個人的道具欄裡，而且別人還無法得知這件事。也就是說就算設定「魔王掉下來的寶物得擲骰子決定歸屬」的規則，也得要實際獲得寶物的人願意誠實地把寶物交出來才行。我在封測時期也曾經有過幾次這樣的經驗，而那的確需要相當強大的意志力。應該說實際上也有不少次在魔王戰之後由於沒有人主動承認獲得寶物（也就是有人把掉寶占為己有），於是只能在非常險惡的氣氛下解散。

我想迪亞貝爾就是想防止這種情形出現，才會採用「寶物屬獲得的人所有」這樣的規定吧。這個騎士大人真的是設想周到啊。

下午五點半，和昨天同樣在「加油吧！」「喔～！」的歡呼聲下解散，攻略集團便三三兩兩地走進了附近的酒場或是餐廳。當我一邊動著忽然覺得特別僵硬的肩膀，一邊湧起「這僵硬感是錯覺嗎，或者現實世界的肉體實際上也感到緊張？」的無聊想法時——

「…………那要在哪裡說明？」

思索了一下才想起是怎麼回事的我急忙轉向細劍使。

「啊……對喔……我都可以啊。那邊附近的酒場如何？」

「…………不要，我不想被人看見。」

雖然這句話一瞬間讓我很受傷，但我馬上擅自安慰自己對方省略的不是「和你在一起」，而是「和男性玩家一起」並藉此重新打起精神，最後才能平靜地點了點頭說：

「那像是某個ＮＰＣ的房子……不過，有可能會有其他人走進來。如果是旅館房間的話就能上鎖，不過這應該也不行吧。」

「那還用說。」

聽見這像細劍劍尖般的回答，我這次真的受到了輕微的貫通傷害。因為這裡是假想世界所以才能像這樣和女性玩家對話，但一個月前我還只是個連跟妹妹溝通都有困難，對人技能極低的國二學生。說起來，為什麼一直貫徹獨行玩家之道的我會陷入這樣的狀況當中呢？雖說是因為了解魔王戰一定得加入團體才能有所貢獻，但仔細一想之後便發現其他七個小隊的成員全都是男性，加入他們那邊的話就不用有那麼多的顧忌了……

當我湧起這種鬧彆扭的想法時，細劍使便參雜著嘆息這麼表示：

「……說起來呢，這個世界的旅館啊，裡面的房間根本都不像樣嘛。只不過是在六張榻榻米不到的空間裡擺張床與桌子，這樣一個晚上竟然還要收十五珂爾。食物也就算了，這個只有睡眠是真實的世界，至少也該提供好一點的房間讓人休息吧。」

「咦……會……會嗎？」

我忍不住歪著頭這麼問道。

「只要找一下就會有更棒的地方了吧？當然價格多少會貴一點……」

「有什麼好找的，這個城市裡也不就那三間旅館而已嘛。每一間的房間根本都差不多。」

一聽見她的回答，我才終於了解是怎麼回事。

「啊……原來如此。妳只找過有掛『ＩＮＮ』招牌的商店嗎？」

「因為……ＩＮＮ不就是旅館的意思嗎？」

「是沒錯，但在這個世界的低樓層裡，那也代表著最便宜且最陽春的旅店啊。除了旅館之外，還有很多付出珂爾就能租借的房間。」

我一說完，細劍使便呆呆地張大了嘴巴。

「什……你……你早點說嘛…………」

感覺好不容易找到反擊機會的我，馬上朝對方笑了一下，然後開始炫耀起目前租下來的房間。

「我在這個城市裡租到的呢，雖然是農家的二樓而且一個晚上要八十珂爾，但有兩個房間而且可以牛奶喝到飽，不但床相當寬敞窗外的景觀也很不錯，甚至還有浴室……」

當我得意忘形地說到這裡，下一個瞬間……

細劍使的右手便以幾乎快發動防止犯罪指令的來勢緊緊抓住我灰色大衣的領子，而剛才那種速度幾乎已經可以媲美我在迷宮深處所看見的「線性攻擊」。緊接著，她低沉、沙啞的聲音便壓迫感十足的地響了起來。

「…………你說什麼？」

7

亞絲娜剛才自己也曾經說過，在這個世界裡的所有行為當中，唯一能夠稱為實物的就只有「睡眠」而已。

其他任何東西都是虛構的幻覺。跑步、走路、談話、進食與戰鬥都是一樣。這些動作以及結果都只是運作 Sword Art Online 刀劍神域的伺服器演算之後所發出的數位訊號罷了。不論角色想做什麼，現實世界裡的真實肉體也只是躺在某一個地方，連一根手指都不會動一下。唯一的例外就是角色躺在床上睡覺時，真正的腦部應該也會跟著休息。所以希望至少在城鎮裡的旅館休息時能夠熟睡——但這卻是相當困難的一件事。

在練功區或迷宮裡時通常會專心於戰鬥，所以沒有時間想起目前的狀況，但回到城鎮裡並躺在旅館的床鋪上時，總是會不斷想起自己一個月前的那個行動。為什麼那一天會一時興起呢？為什麼光是撫摸 NERvGear 不能讓自己感到滿足呢。為什麼會戴上那個硬邦邦的頭盔，然後低聲說出那句「開始連線」呢——

隨著這樣的悔恨陷入淺眠狀態時，不久後一定會作惡夢。夢裡頭能看見那些嘲笑亞絲娜在國中三年級冬季這種重要時刻還因為一款遊戲而跌了一大跤的同學們。還有同情自己已經從接下來還要持續許多年的競賽中落敗的親戚們。以及——持續低頭凝視躺在某家醫院病床上昏睡的亞絲娜，但是卻看不見表情的雙親——……

這時亞絲娜通常會嚇得身體一震而從床上跳起來。但看向視線左下方的時間顯示，就能發現最多也不過睡了三個小時左右。接下來就算緊閉起眼睛，意識也只是越來越清醒。反過來說，如果每天晚上都能夠順利熟睡的話，說不定亞絲娜就不會強迫自己連續三四天待在迷宮裡進行激烈的戰鬥了。

因此亞絲娜便時常盼望存下來的珂爾至少能花費在高級寢室以及床鋪上。這個世界裡頭的旅館，房間通常又窄又暗，而且床墊用的也不知道是什麼素材，只會讓人覺得異常堅硬。如果這是義大利製高反發性高科技泡棉……當然這是不太可能，但只要是普通的乳膠，說不定就能讓三個小時的睡眠變成四個小時了。如果可以的話，還希望房間裡能有浴室，不然至少也要有淋浴間。當然洗澡也不過是假想的感覺，現實世界的身體在醫院裡應該會獲得一定程度的清洗，不過這件事真的就是心情上的問題了。雖然有了獨自在迷宮深處死去的覺悟，但就算是假想的感覺也沒關係，還是希望死前能夠再次躺在熱水當中盡情伸展手腳……

——剛才黑髮單手劍使所說的話就是直接衝擊到有這種悲願的亞絲娜了。

「…………………你說什麼？」

在無意識當中抓起對方衣領的亞絲娜用沙啞的聲音這麼質問著。如果不是大腦聽覺皮質區產生錯覺的話，劍士剛才的確說了……

「牛……牛奶喝到飽……？」

「在那之後。」

「床……床又大視野又好……？」

「在那之後。」

「有……有浴室……？」

——看來自己沒有聽錯。放開對方的短大衣之後，亞絲娜便急促地繼續說道：

「你說現在住的房間一個晚上八十珂爾對吧？」

「是……是說了。」

「那個地方還有幾間空房間？地點在哪裡？我也要租一間，快點帶我去。」

單手劍使似乎到這個時候才終於了解目前的狀況。他乾咳了一聲之後，才用有點詭異的嚴肅表情說道：

「那個～我剛才應該有說過是租借農家的二樓了吧？」

「……是說了。」

「那就表示整個二樓都被我包了。所以沒有其他空房間。順帶一提一樓沒有房間出租。」

「什………………」

亞絲娜瞬間像是要癱到地上，但在緊要關頭勉強撐住了。

「……那……那個房間…………」

光是說到這裡，桐人似乎就察覺到對方省略的是哪些話了。只見他黑色的眼珠開始游移，然後很不好意思般地低聲說著：

「哎呀，我也已經享受了將近一週，所以也不是不能讓給妳啦……但我已經先付了房屋租借系統的最高天數……也就是十天份的租金了，然後一旦付款就不能取消。」

「什…………」

亞絲娜的身體再度晃動了一下，但最後終於還是挺住，不過內心卻產生了極大的糾葛。

眼前的劍士表示除了旅館之外還有其他能租借房間的地方，而且那些地方還有豪華的房間存在。那麼只要尋找的話，這個托爾巴納說不定還有其他附有浴室的房屋。只不過目前已經有數十名為了攻略本層魔王的玩家擠到這個城鎮來了。所以較好的房間一定早已客滿，而黑髮劍士就是因為預料到會有這種狀況，才會先訂下該房間能承租的最大天數。

這樣的話，那就回前一個村子去吧？但是這附近的練功區只要太陽一下山就會出現不容輕視的強力怪物到處肆虐，何況明天早上十點就要在噴水池廣場集合了。雖然原本不太想參加這種團體的魔王攻略戰，但既然已經被分配到任務——即使只是被當成多餘的存在——自己就不喜歡遲到或者無故缺席。

這樣的話，就只剩下一個選項了。

亞絲娜在短短幾秒鐘裡，內心便產生了前所未見的糾葛。這是在現實世界當中打死她都不會做的舉動。但這裡只是萬物皆由數位檔案構成的假想世界，當然也包含了自己這個角色在內，而且對方也不算是毫不認識的陌生人了。兩個人曾坐在一起啃過奶油麵包，魔王攻略戰也被分在同一個單位。沒錯，說起來這個男人剛才本來就表示要找個地方幫自己說明一些事情了。如果是為了聽他的說明而順便的話，應該也還算得上言正名順吧……一定不會錯的。

亞絲娜對著視線依然到處遊移的劍士低下頭——接著用對方幾乎快聽不見的聲音說道：

「你房間的浴室，借我用一下……」

黑髮劍士租借的農家位於托爾巴納東方一片小小牧草地邊緣。它的占地比想像中還要大。把廄舍跟大屋合起來的話，面積可能和亞絲娜現實世界的家差不多。

建築物旁邊有條清澈的小河流過，設置在河邊的小水車正不停發出平穩的轉動聲。大屋是兩層樓建築，一樓是NPC農夫一家人生活的場所，亞絲娜才剛走進玄關，看來相當開朗的女主人便對她露出滿臉的笑容。暖爐附近的搖椅上，像划船般晃動的老婆婆頭上立刻出現「！」

符號——也就是任務開始點的表示——這雖然令人有點在意，但現在還是先不理會這件事。

跟著劍士爬上穩固的樓梯後，馬上可以看見短短的走廊盡頭有一扇門。劍士碰了一下門把，隨即自動傳出解開門鎖的聲音。如果是由亞絲娜觸碰的話，這扇門便絕對不會開啟。而且開鎖技能對玩家承租的房間完全沒有效用。

「……那……那麼，請進吧。」

推開門的劍士以僵硬的動作請客人入內。

「謝謝……」

亞絲娜輕聲道完謝後便進入房間——但一走進去隨即忍不住叫了起來。

「這……這也太寬敞了吧……這……這裡和我的房間只差三十珂爾？太……太便宜了吧……」

「能迅速找到這種房間呢，也算是很重要的系統外技能喔。不過……我的話呢……」

這時劍士唐突地不再繼續說下去，於是亞絲娜便把視線移到他身上，但對方只是輕輕搖了搖頭。亞絲娜接著再次環視了一下室內，然後用力嘆了口氣。

兩人現在身處的房間最少也有二十張榻榻米那麼大。如果東邊牆上的門通往寢室的話，那麼該處的空間應該也跟這裡差不多才對。此外西邊牆上可以看見一扇掛著「Ｂａｔｈｒｏｏｍ」牌子的門。以有些詭異字體寫成的英文，對亞絲娜散發出魔法般的吸引力。這裡的家具雖然簡樸但卻別有一番風味，劍士迅速把背上的單手劍與手腳防具等武裝解除後，馬上用力坐到看來非常柔軟的沙發上。

他全力伸展手腳，然後像想起什麼事情般看著亞絲娜，接著一邊乾咳一邊說著：

「呃～那個……應該看了就知道，浴室就在那邊……妳……妳請便吧。」

「啊……喔……嗯。」

來到人家的房間就馬上衝去洗澡似乎不是什麼禮貌的行為，但事到如今也沒什麼好客氣的了。低聲說了句「那就不客氣了」後，亞絲娜便準備朝浴室走去，這時劍士又補上一句：

「對了，還是先告訴妳，洗澡沒辦法完全和現實世界裡一樣。NERvGear 好像不太能模擬液體環境……所以妳別太過於期待。」

「……只要有很多熱水我就滿足了。」

亞絲娜以真心話回應，接著打開浴室的門。一走進裡面，隨即用力將門拉緊。

……其實除了熱水之外，還希望浴室能夠有門鎖。

亞絲娜凝視剛關上的門並且在心裡加上這麼一句話，但很可惜的是看來她的願望無法實現了。門把附近完全沒有凹槽或者按鈕般的東西，即使試著用指尖碰了一下門把，但不是房間承租人的亞絲娜果然沒辦法叫出操作選單。

但在這種狀況下能不能上鎖已經是小事，因為自己都已經衝到昨天才認識的男性房間並且向他借浴室洗澡了。雖然黑髮單手劍士——現在才發現自己連他的名字都不知道——的年齡與性格相當難以捉摸，但他應該不是那種忽然衝進浴室裡來的人才對。就算對方真的衝進來好了，在那個叫什麼「禁止犯罪指令」規範下的「街道圈內」，他應該也不能對我怎麼樣……

亞絲娜想到這裡才終於把視線從門上移開，然後把身體面向南側。

「…………太豪華了…………」

她隨即忍不住小聲地這麼說道。

這個房間也相當寬廣。北半邊屬於脫衣處，地板上鋪著厚厚的地毯，牆壁上還有嵌死的原木架子。南半邊的地板則鋪設石板地磚，而且有大部分面積是被如船一般的白色浴缸所占據。西側煉瓦牆壁的高處設有怪物臉孔狀的出水口，從該處不斷有大量透明液體落下。這些液體一邊冒出白煙一邊盈滿浴缸並且從邊緣溢出，最後流進地磚角落的排水口。

——以常識來判斷的話，這座應該是模仿中世紀歐洲莊園的大屋裡，應該不可能存在如此奢華的給水設備才對。但亞絲娜心中完全沒有責備這個假想世界考證不完備的意思，她以輕飄飄的動作打開選單視窗，按下畫面右半邊「裝備人偶」的武器防具完全解除按鍵。

至今為止一直蓋住臉部的連帽斗篷、覆蓋胸口的銅甲、雙手上的長手套以及雙腳上的靴子，還有掛在腰間的細劍一口氣消失，她長長的栗色直髮也跟著流洩到背後。目前身上只剩下七分袖的羊毛針織衫以及緊身皮革製長褲而已。這時剛才的按鍵已經變成「全服裝解除」，於是亞絲娜再次按下按鍵。結果上衣與褲子也跟著消失，全身上下僅剩簡單的棉質內衣褲。

亞絲娜再度瞄了一下門口，然後按下變成「內衣完全解除」的按鍵。只靠三次操作就讓角色成為完全無裝備狀態，假想的冰冷感立刻撫摸著亞絲娜的肌膚。擁有艾恩葛朗特這個奇怪名稱的城堡，四季基本上是與現實世界同期，所以十二月初的現在即使在室內溫度也相當低。

亞絲娜迅速橫越房間並跨過似為陶瓷製的浴缸，當她將左腳浸入熱水的瞬間，所產生的複合感覺訊號馬上就直衝她的腦門。強忍住全身躍入熱水裡的衝動，首先把頭伸向由出水口流出的水流。當溫熱的感覺遍布全身表面，與大氣的溫度差較為緩和時——

嘩啦。

再由背部整個浸到熱水當中。

「…………嗚啊啊…………」

亞絲娜再次忍不住發出聲音。

的確如黑髮劍士所說，這裡無法完全重現現實世界裡洗澡的情況。無論是肌膚浸入熱水的感覺、靠在身上的水壓以及在臉部下方搖晃的水面反射光，這些現象全部都帶著某種不對勁的感覺。

但和用餐時一樣，會有事先調整過的「正在洗澡」的感覺傳送進腦部，只要閉上眼睛並伸直手腳的話就不會在意這些細微的差異了。這就是真正的泡澡，而且還是在熱水奢侈地不斷流出，浴缸長約兩公尺的豪華浴室裡。

在閉上眼睛的狀態下把嘴巴沉入熱水當中，亞絲娜一邊放鬆全身的筋骨一邊想著。

——這下子不論什麼時候死去都沒關係了，我沒有任何遺憾了。

這是從兩週前離開起始的城鎮後，就一直盤繞在腦袋裡的想法。既然這是一款不可能被攻略的死亡遊戲，那麼被關在裡面的一萬名玩家總有一天會全部死亡。而那個時候來得早或晚，在萬物皆為虛假的虛擬世界裡根本不具任何意義。既然如此，那倒不如拚命往前進，等筋疲力盡時就倒地死亡即可。

昨天與今天舉行「攻略會議」時的模樣亞絲娜雖然都看在眼裡，但內心總是帶著一絲冷笑。什麼誰是封測玩家（雖然也不清楚這個名詞的正確意義）、道具如何分配等等根本一點都不重要。明天星期日所要挑戰的，可是至今為止已經吞噬兩千人性命的艾恩葛朗特第一層最後且最大的難關啊。這絕對不是靠這四十幾個人，而且還是初次挑戰就能夠克服的關卡。有很高的機率會全滅，就算沒有那麼糟糕，應該也會淪落至敗北、潰走的下場。

亞絲娜之所以完全違背日常行動規範也要泡澡，完全是為了想滿足「死前的心願」。既然這個願望已經達成，那麼就算在明天的魔王戰裡喪生，也不會有任何遺憾…………

——那塊塗了奶油的黑麵包。

——死之前真想再吃一次啊…………

這突然出現在心頭的欲望讓亞絲娜感到相當困惑。她睜開眼睛，稍微從熱水裡撐起身體。

那麵包的味道確實不差。但是，那完完全全是假貨。只不過是由多邊形所組成的圖樣，以及事先設定好的味覺訊號。真要說的話，其實這泡澡的經驗也是如此。這些看起來像熱水的東西，充其量不過是把穿透率與反射率設定為近似水面的數學境界面而已。包圍全身的溫熱感，根本只是 NERvGear 所發射出來的電子訊號的羅列。

但是……但是……

一個月前生活在現實世界裡時，自己有如此渴望吃到某種食物的經驗嗎？有如此不顧一切也想要泡澡的想法嗎？

明明不想吃，但在父母命令下以機械式動作將其送進嘴裡的有機食材套餐，跟光是想到嘴裡便不停湧出口水的假想奶油麵包。到底哪一種才算是「實物」呢…………？

亞絲娜忽然發現自己似乎正在想著某種非常重要的事情，而這種感覺也讓她不由得屏住了呼吸。

8

想不到光是要強迫自己別把視線往浴室門口移去，就需要如此高難度的意志力判定。

我把身體用力靠在客廳的沙發上並且集中所有精神，持續把視線貫注在今天拿到的「亞魯哥攻略冊，第一層魔王篇」上。但就算書本上面印著再怎麼適合閱讀的日文字體，我的腦袋還是裝不進任何內容。

——不過唯一值得慶幸的是，這裡不是現實世界。

如果，假設，萬一這裡真的是我位於埼玉縣川越市的家裡，而同班的女孩子也真的因為某種理由而在媽媽與妹妹外出時到我家洗澡好了。那個時候我該怎麼辦呢？其實答案很明確了。那就是躡手躡腳地從玄關外出，然後跨上愛車ＭＴＢ，由51號縣道往荒川方面直奔。

但幸好這裡是建立在浮遊城艾恩葛朗特第一層托爾巴納郊外的農家二樓，我也不是線上遊戲狂的男國中生，而是單手劍士桐人。既然只是假想世界裡的角色，那麼就算名為亞絲娜的女性細劍使從浴室裡出來，應該也不會有什麼事情發生才對。但是呢，也有可能這一切全都是精心計畫好的陷阱，當接下來換我去洗澡時她便會帶著客廳收納櫃裡的所有東西一起消失無蹤，不過反正箱子裡也只有幾個打倒雜兵怪物獲得的低等級素材而已。應該說我也沒有和她輪流進去洗澡的理由，她一走出來我便說聲「那麼明天加油囉」，然後送她離開就可以了。一切就是這麼簡單。

當我用力甩了甩頭並且把攻略冊放回矮桌上時……

門口——不是浴室，而是通往走廊那扇門——忽然傳來「叩、叩叩叩」的急促聲音。

那的確是敲門聲。但是敲門的不是這個農家的女主人。現在這個敲門節奏，是我和某個人物之間決定好的暗號。

我立刻全身緊繃，畏畏縮縮地轉過頭去——看向應該正站在厚重橡木門後的老鼠亞魯戈。

——從南邊窗戶逃到房屋的前庭，然後跨上繫在廄舍裡的驢子，通過穿越森林的小徑直接朝迷宮區前進。

我瞬間興起這樣的念頭。但SAO裡的各種騎乘動物都相當難以駕馭。雖然只要鍛鍊騎乘技能動物就會慢慢聽從指示，但我目前根本沒有多餘的格子可以選擇這種興趣類技能。

因此我只能從沙發上站起身並且觀察一下浴室的情況，現在細劍使亞絲娜小姐正在那扇門後面暢快地入浴當中。這件事要是讓亞魯戈知道的話，她的情報手冊裡一定就會追加上一條「桐人是會把初次見面的女孩帶回房間的男人」。而這種情報要是流出去的話，我也沒有臉繼續打著獨行玩家的招牌了。

不過——不知道該不該說是幸運，這個世界所有的門在特定條件下都擁有完美的隔音性能。就我所知，只有①喊叫聲②敲門聲③戰鬥效果音等三種聲音能穿透關上的門。平常的說話聲或浴室裡的水聲，就算是把耳朵貼在門上也聽不見。

因此就算進到這個房間，應該也不會注意到有玩家正在使用旁邊的浴室才對。萬一亞魯戈還在時細劍使真的走出來的話——那就從窗戶跳下去然後騎驢子逃走吧。

我用足以媲美戰鬥時的速度做出這種判斷後，隨即走向靠近走廊的門並下定決心將其拉開。

我一看見對方的臉……

「真是難得耶，妳竟然還特別到房間來找我。」

隨即說出腦袋裡準備好的台詞。情報販子「老鼠亞魯戈」畫著特有鬍子線條的臉頰瞬間露出訝異的表情，但馬上就聳聳肩這麼回答：

「是啊，因為委託人要我一定得在今天內得到你的回覆。」

說完便踩著輕鬆的腳步走進室內，然後一屁股坐到我剛才所坐的沙發上。我將門關好之後，一邊拚命壓抑自己看向浴室的衝動一邊往房間角落的推車前進，接著從大水壺裡倒了兩杯新鮮的牛奶。回到沙發組旁邊並且把牛奶放到矮桌上，「老鼠」隨即揚起一邊的眉毛笑著說：

「桐仔什麼時候變得這麼貼心了，裡面不會加了讓人昏睡的毒吧？」

「……那原則上對玩家無效吧，說起來在圈內就算讓妳睡著也不能怎麼樣啊。」

聽見我的反駁後，亞魯戈停頓了一下才點頭回答「說得也是」。她隨即拿起杯子把牛奶一飲而盡。

「多謝招待。雖然是免費的不過味道倒是設定得很不錯嘛，不能裝瓶到外面賣嗎？」

「很可惜，這牛奶拿到屋子外面的話，五分鐘就耐久值全損了。而且還不會消失只是變成超級難喝的液體……」

「哦～這我倒是不知道，畢竟沒有比免費更恐怖的東西嘛。」

……在進行這樣的對話時，我心裡還是只有「快點進入主題啊！」的念頭，完全不知道要是被對方識破的話該怎麼辦。我接著又裝出沒事的表情，拿起丟在桌上的「亞魯戈攻略冊，第一層魔王篇」並砰一聲拍了一下。

「說到免費，我就想起這個。雖然每次它都幫了不少忙，但為什麼我總是得花五百珂爾買這本書……昨天的會議上，那個叫作艾基爾的斧使說這是免費發布的耶？」

我一用有些怨恨的口氣說完，老鼠就嘻嘻笑了起來。

「當然是要靠桐仔和其他的樓層急先鋒幫忙購買初版，我才有資金增印免費發布的第二版啊。放心吧，初版封底還有贈送亞魯戈小姐的親筆簽名喲。」

「…………原來如此，那以後也還是得支持才行囉。」

——也就是說，免費發布的版本就是身為封測玩家的亞魯戈負起自己責任的方式。雖然想問得更加詳細一點，但就連我和亞魯戈這麼熟的關係，也還是存在不能提到封測這個字眼的禁忌。不對，應該說同樣是封測玩家但卻沒有任何貢獻的我根本沒有資格提問。

亞魯戈這時甩了一下金褐色的捲髮來改變現場一瞬間變得沉重的空氣。

「那我可以說今天來這裡的正事了嗎？」

請啊請啊快點說吧！我在內心這麼大叫著並且輕輕點了點頭。

「我想聽到我說委託人的時候你就應該知道了。就是要買桐仔的劍那件事……對方說今天內答應的話，願意出三萬九千八百珂爾喲。」

「………………三……………」

我好不容易才忍住想大叫「三九八？」的衝動。我先用力吸了一口氣，然後考慮了幾秒鐘才開口說：

「……我沒有侮辱妳的意思……但這不會是什麼詐欺吧？怎麼想這把劍也不值四萬珂爾。因為沒有加強過的『韌煉之劍』我記得大概是一萬五千珂爾左右對吧？再加上兩萬塊的話，幾乎就能順利買足強化到＋6用的素材道具。雖然得花點時間，但算起來三萬五千珂爾就能弄到一把跟我一樣的劍囉。」

「我也這麼跟委託人說過三次了！」

攤開雙手的亞魯戈臉上也很難得露出了「我也搞不懂！」的表情。

我將雙手環抱在胸前並且把背靠到沙發上，暫時因為懊惱而忘記了關於浴室的種種事情。因為這件事而浪費自己的金錢實在很讓人火大，但放著內心的疑問不管則又覺得更為難過。我下定決心後便對艾恩葛朗特首次出現的情報販子說：

「……亞魯戈，我花一千五百珂爾買妳委託人的名字。妳先確認一下對方要不要加價。」

「……我知道了。」

老鼠點了點頭並且打開視窗，然後以高速打字傳送了即時訊息。

一分鐘後，看見回訊的她忽然動了一下單邊眉毛，接著才用力聳了聳肩。

「對方說告訴你也沒關係。」

「…………」

我在丈二金剛摸不著頭腦的情況下打開視窗，然後將一千五百珂爾實體化。接著便把出現的六枚硬幣疊在亞魯戈面前。

用指尖把它們捏起來，然後一枚一枚彈進道具庫的老鼠點頭表示「數目沒錯」——然後開口說道：

「……桐仔早就知道那個傢伙的長相跟名字囉，因為他在昨天的會議上鬧了一陣子。」

「…………難道…………是牙王嗎？」

老鼠以明確的點頭動作回應我的呢喃。

——牙王。對封測玩家有強烈敵意的男人。那傢伙竟然出四萬珂爾的鉅款要買我的劍？那傢伙掛在背上的武器確實是跟我一樣的單手用直劍。但我和那傢伙昨天應該是初次見面才對。不過亞魯戈早在一週前就已經來找我談這件收購案……

花費一千五百珂爾所得到的情報只是讓我陷入更加混亂的狀況。面對在沙發上盤腿而坐並拚命考慮究竟是怎麼回事的我，亞魯戈像是要確認般再度問了一次：

「……你應該還是不同意這次的交易對吧？」

「嗯………」

當然，不論對方出多少價錢我還是不打算賣出我的愛劍。半自動地點完頭後，我便感覺老鼠已經無聲地站了起來。

「那我也要走了，那本攻略冊應該有幫上忙吧？」

「是啊………」

「那在回去前，抱歉先跟你借一下隔壁的房間，因為我想換上夜間裝備。」

「好………」

——現在回想起來，昨天的會議上，走到大家面前的牙王好像曾一瞬間把視線停留在我身上。那麼當時的視線並不是懷疑我是封測玩家，而是在看我的劍囉……？不對，還是兩種都有可能……？

——嗯，等一下。亞魯戈那傢伙剛才說什麼？

把八成思考能力都放在牙王身上的我茫然抬起頭來。

這時視線角落裡的亞魯戈正在轉動門把。那不是通往外面走廊的門，也不是東側牆壁上連接寢室的門——而是掛著浴室門牌的那扇門。

在我茫然的視線注視下，老鼠嬌小的身影瞬間消失在浴室的門後。

三秒鐘後。

「哇啊啊！」

除了這樣的驚呼聲之外……

「…………呀啊啊啊啊啊啊！」

還有一聲淒慘的悲鳴震動了整間大屋，然後就有一名並非亞魯戈的玩家從門裡衝出來。

再接下來的事情我就沒有記憶了。

9

十二月四日星期日，上午十點。

這款死亡遊戲是從十一月六日星期日的下午一點開始，所以再三個小時就剛好經過四週。

一開始注意到沒有登出鍵時，我還以為是系統故障，只要幾十分鐘後就能到「外面」去了。不過不久後便被扮成無臉遊戲管理者的茅場晶彥強迫接受必須攻略總共一百層的艾恩葛朗特才能獲得解放的條件，當時我只能茫然地預測可能要被關在遊戲裡一百天左右。也就是說我認為平均一天能夠攻略一層。

真沒想到──即使已經過了四週，我們卻還沒踏上第二層的土地。

雖然只能對自己過於天真的計算啞然失笑，但今天這場魔王攻略戰的結果已經變得事關重大，什麼需要多少時間才能獲得解放早就不是重點了。目前聚集在托爾巴納噴水池廣場前的四十四名玩家，可以說是集合了這個時間點所能獲得的最高戰力所組成的集團。萬一這些成員全滅，不對，就算是半毀，這樣的消息也會馬上傳遍起始的城鎮，而「ＳＡＯ不可能被攻略」的悲觀想法也會滲透進第一層每個人的心裡。到時候應該得花上更多時間才能再次組成第二次攻略部隊——甚至有可能再也沒有人會挑戰魔王。即使想提昇等級再戰，老實說第一層怪物所能提供的經驗值效率也已經到達上限了。

而攻略的成功與否，就得看「狗頭人領主・伊爾凡古」的強度是否和封測時有所不同了。如果是我記憶中的狗頭人國王，那麼在這個等級與這樣的裝備之下，即使只有一組聯合部隊應該也有可能不出現犧牲者便打倒牠。當然也得看大家是否能在賭上性命的戰鬥裡冷靜地互相合作直到最後……

腦袋想了這麼一大串事情後，忽然看向旁邊玩家的我先是短短吸了一口氣，接著便隨著苦笑將其吐出。

因為細劍使「亞絲娜」一半覆蓋在兜帽下方的側臉，就跟前天早上在迷宮區裡首次見到時沒有兩樣。連那種如流星般虛幻，但又帶有鋼鐵般韌性的站姿也完全相同。和她比起來，反而是我顯得緊張多了。

我一直看著她，接著亞絲娜便突然轉頭回瞪我。

「…………你在看什麼？」

細微但充滿魄力的呢喃聲讓我急忙搖了搖頭。至於女孩從一大早就不高興的原因嘛，由於她說過要是想起來的話就要我喝下一大桶酸牛奶，所以我完全想不起來是怎麼回事。

「沒……沒什麼。」

我說出彆腳的回答後，亞絲娜便再次用類似細劍尖端的眼神瞥了我一眼，接著才轉身向後。這樣下去今天的作戰真的沒問題嗎？不過我和她只是連編號都沒有的小隊，當我想到這裡的時候——

「喂……」

後方傳來很難稱為友好的聲音，讓我馬上轉過頭去。

站在那裡的，是一名把茶色短髮弄得像刺蝟的男性玩家。看見他之後，我不由得把身體往後傾。那是因為我原本以為只有這個男人——牙王是今天絕對不會跟我搭話的人。

我頓時不知道該說些什麼。這時從牙王較低位置以帶有強烈敵意的眼神瞪著我，然後用更加低沉的聲音說：

「聽好了，今天就給我乖乖待在後面啊。你們的任務是要幫忙我們這個小隊。」

「…………」

雖然我本來就不太會說話，但現在的狀況還真讓我不知該做何反應才好。因為這個男人昨天開了四萬珂爾的高價要收購我的劍，但被我一口回絕，而且寧願透過代理人也要隱藏的身分現在也被我得知，以常識來判斷的話應該會覺得很尷尬才對。如果立場對換的話，我一定不願意靠近對方半徑二十公尺之內。

但是牙王展現出來的態度卻好像我才是應該感到尷尬的人一樣。他把充滿怨恨而扭曲的臉龐更加往前推，然後丟出一句：

「你們只要老實地對付從我們手下溜走的雜兵狗頭人就夠了。」

牙王說完又在地上吐了口假想的口水，然後才轉身離去。原本我還是只能茫然望著他走回E小隊同伴身邊的背影，但旁邊傳過來的聲音頓時讓我回過神來。

「那是什麼意思……」

這當然是由被歸類為「你們」的另一名成員亞絲娜小姐所發出來的聲音，而且視線還比剛才牙王看著我時凶狠了三倍左右。

「誰……誰知道……可能是要獨行玩家別太得意忘形吧……」

雖然是沒想太多就做出的結論，但我忽然注意到一件事，於是便在內心又加了一句。

——或者是要封測玩家別太得意忘形。

如果這是事實的話，從那種態度就能夠知道牙王幾乎已經確定我是封測玩家了。但——他是根據什麼而做出這種判斷？就算是老鼠亞魯戈也絕不會把誰是封測玩家當成情報來販賣，而我至今為止也從沒跟人提起過這件事。

於是我便帶著跟昨天一樣的不愉快感，持續凝視著牙王逐漸遠去的背影。

「…………咦……？」

接著忽然注意到某件事的我馬上就發出聲音。

那個男人昨天提出了四萬珂爾的高價想購買我身邊的韌煉之劍＋6，這是可以確定的事實，而他的目的當然是要在今天的魔王戰裡使用那把劍。先不管是否能夠馬上習慣這把因為耐久性＋3而變得更加沉重的劍，但他獲得強力武器並在大舞台上活躍，然後藉此增加發言力量與信賴度的動機其實不難理解。

不過如果是這樣的話，在今天這個時間點，他應該已經用四萬珂爾買下新的武器與防具了才對。

但牙王現在所穿的鱗甲以及掛在背上的單手劍，看起來都跟昨天開會時裝備的沒有兩樣。雖然不是什麼劣質的武器，但有四萬珂爾的話應該可以更新成更強的裝備才對，而且時間也還相當充裕。事實上，旁邊的亞絲娜腰上的細劍就是在聽了我的建議後，昨天晚上才把它由商店販賣的「鋼鐵細劍」升級為掉寶道具「風花劍＋4」。面臨今天這種一個搞不好就會死亡的戰鬥，省下那四萬珂爾的鉅款又有什麼意義呢。

——但我的思緒在這個地方就被打斷了。

曾幾何時，跟之前一樣站在噴水池邊緣的藍髮騎士迪亞貝爾，又用已經相當熟悉的美聲開始說話了。

「各位，雖然有點唐突——但我要先說聲謝謝！目前確認所有小隊總共四十四個人已經全員到齊了！」

馬上有「唔喔喔」的歡呼聲晃動整座廣場，接下來便是震耳的掌聲。這時我只能中斷思緒，也跟著大家拍起手來。

以笑臉環視眾人之後，騎士便用力舉起右拳，然後放聲大喊：

「現在這個時候才能告訴大家，其實只要缺了一個人，我便打算中止今天的作戰了！但……這種擔心根本是對大家的侮辱！我真的很高興……能夠組成這麼棒的聯合部隊……雖然人數沒辦法到達上限就是了！」

這時隨即有人發笑、有人吹起口哨，甚至有人跟他一樣舉起了右拳。

事到如今，迪亞貝爾的領導能力當然已經是無庸置疑了，但我內心還是忍不住覺得場面會不會太過於熱絡了。正如過於緊張會產生恐懼這種毒素一般，過於樂觀也容易讓人大意。在封測時代的話，過於大意而失敗還能夠當成笑話來看待，但現在可是每一次失敗就可能讓一個人死亡的狀況。有些緊張感的話反而會對戰況比較有幫助吧？

帶著這種想法的我看了一下後方的集團，馬上就發現B隊隊長雙手斧使艾基爾以及其他幾個人都以嚴肅的表情雙手抱胸站在那裡。真正緊急的時候，他應該會是個可靠的同伴。至於E隊隊長牙王則是因為背對著我而看不見表情。

等大家都叫過一陣子後，迪亞貝爾才終於舉起雙手壓下歡呼聲。

「各位……我要說的只有一句話！」

他先把右手放到左腰上，然後尖聲拔出銀色長劍——

「…………一定要贏啊！」

我忽然覺得這時響起的巨大歡呼聲，跟四週前起始的城鎮中央廣場上由一萬名玩家發出的慘叫有點相似。

10

一大群人由托爾巴納前往迷宮區高塔的行程對亞絲娜的一部分記憶產生了刺激。她探索了幾分鐘後，才終於想起是哪件事。

那是今年一月才舉行過的校外教學，目的地是澳洲的昆士蘭。從正值嚴冬的東京一下子被丟到盛夏中的黃金海岸，讓同班同學們的心情就像上了天堂般興奮，因此不論到什麼地方都是一陣喧囂。

不論是狀況——還是其他地方都沒有任何共通點，但走過樹下通道的四十幾個人，在氣氛上卻與當時那些學生十分相似。只見大家不停地說話，並且頻繁地傳出爆笑的聲音，唯一不同的就只有不時從左右森林裡衝出來的怪物而已吧。只不過牠們也只能被這群喜歡炫耀自己能力的集團瞬間打倒罷了。

走在隊伍最後方的亞絲娜暫時忘記昨天發生的慘劇，直接對身邊的單手劍士搭話道：

「喂……你在來這裡之前應該也玩過其他……應該是叫作『ＭＭＯ遊戲』的東西吧？」

「嗯……是……是啊。」

即使還是覺得有些尷尬，黑髮依然上下晃動了一下。

「其他遊戲在移動的時候也是這樣嗎？怎麼說呢……就好像遠足一樣……」

「哈哈……遠足倒是不錯的比喻。」

劍士短短笑了幾聲，接著輕輕聳了聳肩。

「很可惜，其他遊戲很難出現這樣的畫面。因為非完全潛行型的遊戲，移動的時候一定得操縱鍵盤或是滑鼠來控制角色。根本沒什麼時間在聊天欄打字。」

「……哦哦，原來如此……」

「嗯，當然搭載語音聊天功能的遊戲就不一樣了，不過我沒玩過那種類型的。」

「這樣啊……」

亞絲娜在腦袋裡描繪出一群在平面螢幕上持續默默衝刺的遊戲角色集團，接著再度低聲說道：

「不知道真實的情況是怎麼樣喔？」

「啥？真……真實的情況？」

面對投射出訝異視線的單手劍士，亞絲娜隨即說明起出現在腦海當中的影像：

「我是說……如果真的有這種奇幻世界……然後有劍士和魔法師等一群人在裡面冒險，而他們正要去打倒怪物頭領。那個時候他們在路上不知道會說些什麼……或者只是默默行走。我的意思就是這樣。」

「…………」

由於劍士停頓了很奇妙的一段時間，所以亞絲娜便朝對方看了一眼，這時她才發現自己剛才提出了一個非常孩子氣的問題。當她反射性地別開臉，準備說出「算了，這不重要」來結束話題時——

「通往死亡或者光榮的道路嗎……」

平靜的呢喃聲就傳進了她的右耳。

「如果是過著這種日子的人……應該就會像去餐廳吃晚飯時一樣吧。有話想說就說，沒有的話就保持安靜。我想攻略魔王的聯合部隊有一天也會變成那樣，如果挑戰魔王變成日常生活的一部分。」

「呵呵、呵……」

劍士的回答實在認真地有點可笑，讓亞絲娜忍不住輕聲笑了起來。但馬上就有點像在找藉口般繼續說道：

「抱歉，忍不住笑了。但……你說的答案真的很奇怪啊。這個世界已經是究極的非日常，還有什麼日常生活可言呢？」

「哈哈……確實如此。」

同樣笑了一下之後，劍士才平靜地表示：

「但是呢，到今天已經整整過了四週囉。就算今天能夠打倒第一層的魔王，上面也還有九十九層。我啊……已經做好得花上兩三年的覺悟。持續那麼長的時間，非日常也會變成日常了吧。」

如果是以前的亞絲娜，這些話應該會給她相當大的打擊才對。但早已放棄一切的她現在只感覺到一陣乾燥的風吹過自己心頭。

「…………你真是堅強，我就辦不到了。因為在這個世界裡持續生活好幾年……比在今天的戰鬥裡喪生更讓我覺得恐懼。」

結果劍士在短短瞄了她一眼後，便把雙手插進灰色大衣口袋裡，接著丟出一句：

「可惜啊……到上層的話，還有更棒的浴室呢。」

「…………真……真的嗎？」

忍不住這麼反問之後，亞絲娜才回過神來。她屏除快要再次襲上心頭的羞恥感，壓低聲音做出這樣的宣言：

「……你想起來了對吧？真的會叫你喝一桶酸牛奶喔。」

「那至少今天得活著回來。」

劍士這麼回答完後便笑了起來。

11

上午十一點，到達迷宮區。

中午十二點半，到達最上層階梯。

到目前為止沒有任何犧牲者已經讓我在暗地裡鬆了一口氣，因為大部分的人都是初次經歷將近四十八個人的聯合部隊行軍。而在這個世界裡，「第一次」的行為通常包含著發生意外的危險性。

實際上也有三次讓人捏把冷汗的情況出現。像都是裝備長槍、斧槍這種長裝備的F、G隊忽然遭受接近攻擊型的狗頭人由橫向通路上發動奇襲的時候。SAO裡頭，在混戰當中即使武器偶然擊中玩家也不會造成傷害（也不會成為犯罪者），但會當成接觸到障礙物而讓劍技與普通攻擊中斷。而長型武器當然特別容易發生這種危險，所以遭受近身戰怪物的奇襲可以說相當不妙。

但騎士迪亞貝爾即使面對這樣的小危機還是能夠發揮準確的指揮能力。他只留下小隊長一人而大膽地讓周圍其他成員都退到一邊去，然後以沉重的劍技使怪物後退，然後馬上與裝備近距離武器的成員進行切換。如果不是平常就當慣領導者的人，很難立刻做出這樣的反應。

從這一點來看，身為獨行玩家的我在出發前所擔心的「氣氛過於熱鬧」，根本就只是杞人憂天罷了。迪亞貝爾應該有自己的一套領導哲學，這個時候應該全面信任他才是身為部隊成員應盡的義務。

——當我體認到這一點時，也正好可以從集團後方略微墊起腳尖來仰望終於出現在眼前的一扇對開巨門。

那扇門的灰色石材表面上有著恐怖的獸頭人身怪物浮雕。在其他ＭＭＯ裡狗頭人這種怪物可能是雜兵中的雜兵，但由於牠是類人型怪物，所以在ＳＡＯ當中算是不可小覷的強敵。因為這些傢伙擁有能使用劍或者斧頭的能力，也就是能夠施放劍技。「劍技」除了速度、威力遠超過普通攻擊之外，還帶有命中補正，就算只是最初級的技能，只要在無防備狀態下遭到會心一擊，還是會被奪走大量的ＨＰ值。從站在旁邊的細劍使亞絲娜光是靠一招「線性攻擊」即可到達迷宮區最上部，就能知道劍技的威力與恐怖了……

「聽我說一下……」

我靠近亞絲娜並且壓低聲音說道：

「今天我們要對戰的『廢墟狗頭人護衛兵』雖然只是魔王身邊的雜兵，但也算是強敵。我昨天也大概跟妳說明過了，因為牠的頭與身體大部分都覆蓋在堅硬的金屬鎧甲底下，所以不能光是施放『線性攻擊』。」

結果細劍使一邊從兜帽下方以銳利的視線回看著我一邊點著頭回答：

「我知道，能夠貫穿的只有喉嚨那一點對吧。」

「沒錯。我會先用劍技反彈牠們的長柄斧，然後馬上進行切換由妳發動攻擊。」

亞絲娜用力點了點頭後便轉身面對大門，而我又凝視著她的側臉幾秒鐘的時間。

所以只是在什麼地方以什麼樣的形式，以及早死晚死的差異而已。

第一次見面時，她曾經對我這麼說過，但我不能讓她證明這句話。可能連亞絲娜本人都沒有注意到，她的「線性攻擊」已經展露出她驚人的天賦。並不是所有的流星在通過大氣層後都會因為燃燒殆盡而消失。還是有承受焚身之火而到達地面的星星。

只要在今天的戰役當中活下來，亞絲娜將來一定會變成比任何人都快且比任何人都美麗的劍士，而且名聲還將傳遍整座艾恩葛朗特。她將用流星般的光輝來照亮、指引陷入恐懼與絕望當中的許多玩家，我相信她一定能辦得到。而這也是背負著封測玩家烙印的我絕對無法完成的工作。

在心中下定某個決心後，我也跟著轉向正面。這時前方的迪亞貝爾正結束讓七支小隊排列整齊的工作。

就連騎士大人也無法在這裡帶領大家大喊「一定要獲勝！」，因為人型怪物會對喊叫聲產生反應而聚集過來。

迪亞貝爾只是高高舉起銀色長劍並用力點了點頭。其他四十三名聯合部隊成員也各自拔出武器，然後也對迪亞貝爾點頭示意。

騎士拖著藍色長髮轉過身去，把左手放在大門中央——

「——要走囉！」

簡短叫了這句話後，隨即用力把門推開。

這裡頭有那麼寬敞嗎？

隔了將近四個月後才又來到魔王房間的我首先有了這種感覺。

這個地方是往深處延伸的長方形空間。左右的寬度大概有二十公尺，從大門到深處的牆壁約有一百公尺。第二十樓除了魔王房間以外都已經被記錄在地圖當中，所以從地圖的空白部分就能算出這個房間的實際大小，但真正走進來之後卻覺得深度遠超過算出來的數字。

而這個距離其實潛藏著很大的陷阱。

艾恩葛朗特的魔王房間，即使在戰鬥開始之後大門也不會關上。所以看見敗色濃厚時便不用等待全滅而可以直接逃走，但只是轉過身子往前直衝的話，可能會因為背部遭受長射程劍技攻擊而陷入行動遲緩狀態，甚至有可能完全無法行動。因此必須把身體面對著魔王往後退，但真正面臨那種狀況時，一百公尺會讓人覺得像永無止盡那麼長。在可以獲得「轉移水晶」這種瞬間移動道具的上層裡，魔王戰的撤退可能還比較輕鬆呢。不過水晶是得花上驚人天價才能購得的道具，可以確定撤退之後負債的數字一定會激增。

當我想到這裡時，原本暗沉的魔王房間，左右兩邊牆壁上的簡陋火把忽然啵一聲燃燒了起來。然後就是接連不斷的啵啵聲，火把的數量也往內側不停增加。

有了光源之後，內部的明亮度當然也隨之上升。這時已經可以看見有著裂縫的石頭地板與牆壁、裝飾在各個地方的骷髏頭，還有設置在房間最深處那張簡陋且巨大的王座，以及坐在王座上的某個身影——

騎士迪亞貝爾迅速把高高舉起的長劍往前揮落。

總數四十四人的魔王攻略部隊配合他的動作發出吼叫聲，然後一口氣往大房間裡衝。

衝在最前面的是高舉像鐵板般逆襲盾牌的戰槌使以及他所率領的Ａ隊，斧戰士艾基爾率領的Ｂ隊則跟在他們的左斜後方，右邊是迪亞貝爾和他五名同伴組成的Ｃ隊，以及由高大兩手劍使擔任隊長的Ｄ隊。再後面則是由牙王率領的游擊Ｅ隊、裝備長柄武器的Ｆ隊、Ｇ隊等三小隊並排在一起。

而墊底的就是多餘的兩人部隊——

當Ａ隊隊長與王座的距離剩下不到二十公尺的瞬間，之前一直沒有任何動作的巨大身影猛然跳了起來。怪物在空中轉了一圈後，隨著巨大聲響落到地面，然後扯開像野狼般的下顎全力吼叫：

「咕嚕嚕啦啊啊啊啊！」

獸人之王「狗頭人領主．伊爾凡古」的外表和我記憶當中的一模一樣。身披青灰色毛皮的牠有著超過兩公尺的強壯軀體，渴望血液的獨眼正發出金紅色光芒。右手上拿著用骨頭削出來的斧頭，左手則是以皮革貼合起來的小圓盾，腰部後方還插著一把長約一公尺半的彎刀。

狗頭人領主先是高高舉起右手的骨斧，然後用力朝Ａ隊隊長砍下。隊長以手裡厚重的逆襲盾牌擋下這發攻擊後，炫目的光影特效與強烈的撞擊聲馬上震撼了整個房間。

這道聲音就像某種訊號一般，讓三隻重武裝怪物由左右兩邊牆壁高處的幾個開口跳下，那是狗頭人領主的隨從「廢墟狗頭人護衛兵」。牙王率領的Ｅ隊以及支援他們的Ｇ隊立刻朝三隻怪物衝過去並且與其作戰。我和亞絲娜看了對方一眼，然後也朝最近的狗頭人護衛兵衝刺。

就這樣，十二月四日下午十二點四十分，首次的對魔王戰鬥開始了。

「伊爾凡古」的ＨＰ共有四條。到第三條消耗完前都會用右手上的斧頭與左手的盾牌進行戰鬥，但來到第四條ＨＰ時便會丟下這兩樣武器而拔出腰間的彎刀。這時牠的攻擊模式也會完全改變，而這也就是這場魔王攻略裡得面臨的最大難關，不過亞魯戈的攻略冊也已經清楚地記載了這一點。最初的骨斧就不用說了，連切換為彎刀後所能施放的劍技以及應對方法，我們都已經在昨天的會議上確認過了。

我一邊對付E隊和G隊來不及應付的「狗頭人護衛兵」，一邊還持續用眼角觀察著最前線的戰況，不過目前倒是沒有任何戰術出現破綻的感覺。坦克部隊與攻擊部隊的切換以及POT輪值都進行地相當順利，表示在視線左端的微小各部隊平均HP值殘量也都維持在八成以上。

拜託，就這樣——就這樣持續到最後吧。

雖然在獨自戰鬥時完全不會做這種事，但我這時卻全心全意地對某種存在這麼禱告著。

12

當黑髮單手劍士把昏倒的自己從幾乎是迷宮區最深處救出來時（雖然手段不明），亞絲娜就預測他擁有相當的實力。

但首次看見劍士戰鬥的模樣後，亞絲娜才知道自己還是太過於小看他。

——實在太強了。

不對，他的戰鬥裡還藏有某種無法只用實力堅強來形容的存在。是超越了力量與速度等衡量尺度，讓人感覺到「不同次元」的某種感覺。

但對網路遊戲與完全潛行環境可以說是門外漢的亞絲娜來說，實在難以表達那究竟是什麼感覺。如果硬要她說的話，應該是經過最佳化了吧。由於沒有任何一絲多餘的動作，所以劍技速度相當快，砍擊也相當沉重。他靠著瞬間的斬擊就能把重武裝狗頭人護衛兵揮動的恐怖長斧彈到遙遠的空中，然後隨著「切換！」的單字輕輕往後飛退。這時候就算亞絲娜衝進狗頭人面前，敵人也還處於整個身體後仰的狀態，很簡單就能用「線性攻擊」貫穿敵人毫無防備的喉頭弱點。

這時亞絲娜又想起初次見面時他所說的話。面對他「過度攻擊效率太差」的糾正，亞絲娜只是回答「就算是過度又有什麼關係呢」。但現在看起來問題可大了。省略多餘的動作便能消除緊張，而輕鬆的心情又會讓視野更加開闊。「護衛兵」比當時對戰的「突擊兵」還要強得多，但亞絲娜眼裡卻能看清怪物一舉手一投足的動作──

喉嚨的弱點被「線性攻擊」刺入的狗頭人衛兵，ＨＰ值馬上只剩下一點點。如果是以前的亞絲娜，一定會等待敵人反擊並在危險的距離下躲過攻擊，接著施放下一記「線性攻擊」。但那只是無謂的過度攻擊。當從施放過劍技的硬直裡恢復過來時，馬上用最小的動作刺入同一個地點。這樣就能讓敵人的ＨＰ歸零，然後變成藍色碎片消失無蹤。

「ＧＪ（Good Job）。」

背後的黑髮劍士輕聲呢喃道。雖然不知道這簡稱是什麼意思，但還是先跟對方說了句「你也是」。

這個時候，狗頭人魔王第一條ＨＰ消失了。當最前列的迪亞貝爾大叫了一聲「第二條！」，馬上就又有新的「狗頭人護衛兵」從牆壁上的開口跳下。

亞絲娜忘了自己只是多餘的部隊，和搭檔直接衝向附近的一隻衛兵。右手上拿的雖然是昨天才剛購買的劍，但手掌卻傳來相當熟悉的感覺，而且施放劍技時也有明確的手感。就好像從包裹皮革的劍柄到發出銳利光芒的劍尖都是自己手臂的一部分。

——如果這才是這個世界的「戰鬥」，那我到昨天為止進行的根本就只是虛有其表的行為。

——接下去一定還有更漫長的「未知道路」，在旁邊奔跑的劍士已經跑到我前面很遠的地方去了。雖然這只是個虛幻的假想世界，所有行為都不是真的……但是……我也想看看他注視的事物……這樣的心情絕對不是虛假。

劍士將衛兵揮下的斧頭高高彈了起來。下一個瞬間，亞絲娜主動叫出「切換！」，然後隨著愛劍朝敵人衝去。

13

狗頭人國王與其衛兵對上四十四名玩家的戰鬥，在比我想像中還要來得順利的情況下進行著。

迪亞貝爾的C隊削除了第一條HP，D隊打完了第二條，現在擔任主要火力的G隊與F隊已經讓第三條消失了一半。到目前為止負起坦克部隊任務的A隊與B隊HP值雖然數次變成黃色，但從來沒有跌入紅色危險區域。E隊與多餘的兩人部隊也很輕鬆就解決掉護衛的重裝兵，所以G隊到了中途甚至還能去支援主要戰場。

其中特別引人注目的就是細劍使的奮戰模樣。初次見面時就讓我感到驚嘆的劍技「線性攻擊」，在得到更加強力的劍後也變得更加敏銳，總是能正確地貫穿唯一存在於狗頭人衛兵喉頭的弱點。劍技的第一個動作到造成傷害的時間，幾乎只有光靠系統輔助來施放劍技時的一半。光看速度的話，即使從封測玩家時期就已經特別練習推動劍技的我，可能也沒辦法做到那樣的加速。

只知道一種劍技的初學者就已經能達到這樣的程度。今後增加知識且更加磨練判斷力的話，究竟能成長到什麼樣的地步，光是想像就讓我背部一陣打顫。

如果可以的話，真想在旁邊觀看她的成長——雖然腦袋裡興起這樣的念頭，但我馬上強迫自己將它壓了回去。一個月前，從我決定成為自私的獨行玩家以便在這個世界生存下去的那一天開始，我就沒有要求和別人有所交流的資格了。克萊因是我在這個世界裡第一個認識的朋友，而他為了讓所有伙伴存活下來，現在應該也還在起始的城鎮周邊持續提昇自己的等級……

在想起了苦澀回憶的我視線前方，亞絲娜正給第二隻獵物最後一擊。雖然比不上魔王，但「廢墟狗頭人護衛兵」是只有在這裡才會出現的稀有怪物，所以打倒牠還是能獲得大量的經驗值、金錢還有道具。當中只有金錢會自動與所有聯合部隊成員平分，但經驗值只會加到一起組隊亞絲娜和我身上，而命中最後一擊的亞絲娜則有較高的機率獲得掉寶道具。

所以同樣負責解決狗頭人護衛兵的E隊隊長牙王，應該很想全部由自己的小隊來解決掉牠們吧。但我和亞絲娜這對多出來的拍檔，打倒怪物的速度卻遠比足足有六個人的E小隊還要快速許多。這樣的話，他們應該就沒有什麼好抱怨的了——

當我想到這裡的瞬間。背後忽然就傳來牙王本人的聲音。

「你沒想到會這樣吧，活該啦。」

「…………你說什麼？」

不了解意思的我轉過頭去這麼問道。由於第三回合湧出的三隻狗頭人護衛兵裡已經有兩隻快要被打倒了，所以在下次湧出前還有些時間能和他對話。仙人掌頭的單手劍使先是皺起眉毛瞪著我，然後稍微提高了聲音丟下這麼一句話：

「別再演這種彆腳戲了，我早就知道你混進魔王攻略部隊來的動機了。」

「什麼動機……？除了打倒魔王之外，還能有什麼目的？」

「怎麼，敢承認了嗎？這就是你的目的對吧！」

這次的對話在前提部分可以說完全牛頭不對馬嘴。面對湧起異樣焦急感而忍不住咬緊牙根的我，牙王終於說出最為關鍵的一句話：

「我非常清楚。因為我早就聽說了……你以前老是用些下流的手段來搶奪魔王的ＬＡ！」

「什……………」

——ＬＡ。最後一擊（Last attack）。

在過去多次的魔王戰裡，我的確擅長計算敵人的ＨＰ殘量並使出最大威力的劍技來取得ＬＡ獎勵。但那不是在目前的世界。而是以前，在只存在一個月的另一個浮遊城——「Sword Art Online 刀劍神域 Closed Beta Test」裡面所發生的事。

牙王不但知道我以前是封測玩家，甚至相當清楚我當時玩遊戲的習慣。不對，等一下。這個男人剛才確實表示是「聽說」的。這也就是說，是從別人那裡聽來的情報。但到底是從誰那裡呢…………

這時我的腦袋裡產生第二次像電擊般的靈感。

牙王在這週裡一直透過情報販子——老鼠亞魯戈想高價收購我的「韌煉之劍＋6」。昨天終於提出四萬珂爾這種超過市價的金額，但即使我最後還是拒絕這筆交易，他也沒有把這筆錢用在別的地方。

不對，應該說他根本沒辦法用。因為那筆錢根本不是他的。

不只是亞魯戈，就連牙王本身也是代理人。所以被我拒絕進行交易的隔天，他也可以若無其事地跟我搭話。

真正的委託者另有其人。提出四萬珂爾的就是那個傢伙，再透過另一個人和亞魯戈連絡的話，不管我付出多少購買情報的珂爾都無法買到真正出資人的姓名。

就是那個幕後的黑手給予牙王我封測時代的情報，並藉由煽動他對封測玩家的敵意來操縱他。這樣的話，那個傢伙的目的就不是要靠「韌煉之劍＋6」來增加自己的攻擊力。不對，應該說這也是目的之一，但還有其他更重要的目標。也就是——削弱我的攻擊力。藉由降低我的攻擊力，好讓我沒辦法使出過去的得意技來獲得ＬＡ獎勵——

「…………牙王。跟你講這些事情的傢伙，是怎麼獲得封測時期的情報的？」

「那還用說嗎？當然是花了一大筆錢從『老鼠』那裡買來封測時期的情報啊。這都是為了找出混進攻略部隊裡的土狼。」

——這絕對是謊言。亞魯戈寧願出賣自己的能力值，也不可能賣出關於封測時期的情報。

當我用力咬緊牙根時，前線也發出「太棒啦！」的歡呼聲。魔王多達四條的ＨＰ終於只剩下最後一條了。

我像被吸引過去般往那邊看去。這時成功削除第三條ＨＰ的長柄武器部隊Ｆ隊、Ｇ隊已經退到後方，改由已經完全恢復的Ｃ隊朝著魔王衝去。Ｃ隊小隊長同時也是聯合部隊司令官的騎士迪亞貝爾，他的藍色頭髮即使在微暗迷宮當中也能發出顯眼的光芒。

「嗚咕嚕嚕哦哦哦哦哦哦哦——！」

「狗頭人領主‧伊爾凡古」發出更為凶猛的吼叫聲。同一時間，牆壁上的開口也跳出最後三隻「廢墟狗頭人護衛兵」。

「……再給你一隻雜兵狗頭人吧，這樣別人才能順利完成ＬＡ。」

牙王用充滿恨意的聲音如此宣告完後，隨即跑回Ｅ隊同伴身邊去了。

雖然還沒由衝擊與混亂當中恢復過來，但我還是只能轉過身子與站在稍遠處的亞絲娜會合。

「…………你們說了些什麼？」

她小聲地這麼問道，但我現在只能搖著頭回答：

「沒什麼……還是先打倒敵人吧。」

「嗯……………」

簡短的對話之後，我們便開始對付一隻往我們這裡衝過來的狗頭人護衛兵。

剎那間——

忽然感到有點「古怪」的我，瞬間朝主戰場的方向瞄了一眼。

狗頭人領主正同時丟掉左右手上的骨斧與皮革盾牌。牠再度發出尖銳的吼叫，接著把右手往腰後方伸去。握住被破布隨便捲起來的刀柄後，隨即拔出凶惡的長彎刀。

我在封測初期已經見過許多次牠這種準備改變攻擊模式的動作，接下來到死亡為止牠都只會使用彎刀類劍技。在狂暴狀態之下的瘋狂攻擊看起來固然相當恐怖，但卻比之前還要容易應付。由於使用的都是直線長射程的直斬系劍技，所以只要仔細注意劍技發動時的軌道，就算待在魔王身邊也還是能避開攻擊。

在迪亞貝爾的指示下，C隊六個人馬上圍繞在魔王周圍。在能夠使出橫掃攻擊的骨斧裝備時絕對不可能採取這種陣型，這種漂亮的指揮讓人很難相信他只是在事前熟讀了那本薄薄的攻略冊而已。接下來那六個人只要躲開不斷揮落的彎刀，就能拚命發動攻擊直到魔王喪生為止………

「………嗚……？」

我在無意識中從喉嚨深處發出聲音。

玩家X交給牙王四萬珂爾的巨款，並且想藉此收購我的劍，而他的目的是為了妨礙我取得狗頭人領主的LA。我剛剛才做出了這樣的推測，雖然沒辦法奪走我的劍，但玩家X的目的幾乎已經達成了。在聯合部隊裡只是拖油瓶小隊的我目前只能對付狗頭人護衛兵，根本連魔王的半徑十公尺內都無法靠近。

但這樣說來……

X的真實身分，應該就是這個瞬間想要獲得魔王LA的玩家了吧？因為出了四萬珂爾的巨款還只能妨礙我的話，那實在是太划不來了。只有自己能夠取得LA，才可以期待這筆投資能帶來相當的獲利。

也就是說……操控牙王的玩家X，是從封測時期就認識我的人，而那傢伙的名字是………

「——過來了！」

亞絲娜尖銳的聲音讓我再次中斷瞬間的思考。我隨即在下意識當中發動單發劍技「斜斬」，用力將狗頭人護衛兵揮下來的斧槍彈了回去。

「切換！」

大叫並且飛退之後，亞絲娜立刻取代我衝到衛兵面前。於是我再度瞄了左邊二十公尺左右的主戰場。

這時正是魔王的無敵狀態結束，戰鬥再次展開的時候。一開始成為魔王目標的藍髮騎士，正以沉穩的動作準備彈開魔王的初擊。

我對著他的背部暗自呢喃著。

——是你嗎？

——騎士迪亞貝爾，這一切……都是你所策劃的嗎……？

當然我得不到任何答案。反而是伊爾凡古發出轟然巨吼，接著高高舉起右手微彎的刀……

我的腦袋深處再度閃現「古怪」的感覺。

總覺得有點不對勁，好像有哪裡不一樣。那個魔王怪物和我所知道的狗頭人領主有些微不同，但不是顏色也不是大小，更不是臉孔與聲音。不對勁的源頭不是牠的身體……而是右手的武器。

從我的位置幾乎只能看見大概的輪廓……但那把刀不會太細了嗎？略為往外翻的刀刃的確和封測時期相同，但刀的寬度……以及發出的光芒不太一樣。那種材質不是粗劣的鑄鐵，只有經過鍛煉與打造的鋼鐵才有那樣的色澤。我曾經在第十層……看過類似的武器。那是身上包裹著紅色甲冑，封測時期最大的強敵們所拿的彎刀。同時也是玩家無法使用，屬於怪物專用類的……

「啊……啊啊…………！」

從我的喉嚨發出抽筋般的聲音。我奮力將空氣吸進快合起的狹窄氣管裡，然後竭盡所能用能夠發出的最大音量大叫：

「不……不行啊，快退後！快點全力往後跳————！」

但我的喊叫已經被伊爾凡古發動劍技的聲音特效給掩蓋過去了。

狗頭人領主的巨大身軀讓地板晃動了幾下後，隨即垂直跳了起來。牠在空中扭過身體並且在武器上蓄力，在落下的同時，馬上就將儲存的力量變成深紅色光芒，然後像龍捲風般將其解放出來。

軌道——水平。攻擊角度——三百六十度。

那是大刀專用劍技，廣範圍攻擊「旋車」。

迸發出來的六道鮮紅特效光看起來就像血柱一般。

表示在視線左方角落的Ｃ隊ＨＰ平均值一口氣降到五成以下的黃色區域。雖然用指尖觸碰一下就能看見六個人個別的ＨＰ，但現在就算叫出數值也沒有意義。因為Ｃ隊成員很明顯受到同樣數值的傷害。

明明是廣範圍攻擊，但卻擁有一擊就能奪走一半ＨＰ值的驚人威力，而且劍技的效果還不只如此。倒在地上的六個人，頭上全都出現旋轉的朦朧黃色光芒。那代表暫時無法行動——也就是暈眩狀態。

ＳＡＯ的十幾種異常狀態當中，最恐怖的還是要屬麻痺與盲目狀態了。雖然效果時間最長也不過十秒，但不僅是即時發動還沒有任何回復手段。因此前線的成員要是陷入暈眩狀態，同伴必須不等待切換而直接衝入戰局，好代替對方成為怪物的攻擊目標——但是現在……

現場沒有任何人能做出反應。由於事前已經開過縝密的作戰會議，而且到目前為止攻略一直相當順利，但可靠的隊長迪亞貝爾本人這時卻被一擊打倒，這突然的狀況讓C隊以外的所有人都不知該如何是好。奇妙的寂靜當中，狗頭人領主已經由使出超大技後略長的硬直當中恢復過來。

這時終於回過神的我馬上開口大叫著：

「追擊來……」

同一時間，位在前線的雙手斧使艾基爾以及其他幾名玩家也準備上前援助。

但已經來不及了。

「嗚咕嚕哦！」

獸人用力嘶吼，接著把兩手握住的大刀——不對，武士刀由幾乎快擦到地板的軌道往上高高砍起。這是劍技「浮舟」，而目標是倒在牠正面的騎士迪亞貝爾。像被帶著淡薄紅光的弧形牽引一般，穿著銀色金屬鎧甲的身體浮到高空中。騎士受到的傷害其實不大，只不過狗頭人領主的動作仍未停止。

牠跟狼一樣的大嘴露出了猙獰的笑容。

武士刀刀身再度被紅色特效光包圍。「浮舟」乃是連續技的起手式，被這招砍中的話，千萬不要做無謂的掙扎，只能縮起身體擺出最大防禦姿勢。但首次見到這招式的人不可能知道該怎麼應對。

迪亞貝爾在空中揮動長劍，準備使出反擊的劍技。但系統沒有將他不安定的動作判定為劍技的起始動作，巨大武士刀就這樣由正面襲向白白高舉長劍的騎士。

首先是連眼睛都無法捕捉的上下連擊，接著是停頓了一拍之後的突刺。我記得這是名為「緋扇」的三連擊技。

立刻有三道傷害特效包圍騎士的身體，而從特效光發出的強烈色彩以及撞擊聲來判斷，就能知道它們全是會心一擊。騎士的虛擬身體直接越過聯合部隊成員頭上，整個被彈到將近二十公尺之外，最後幾乎是以倒栽蔥的方式跌落到在最後方與狗頭人衛兵作戰的我身邊。這時他的HP條已經變成鮮紅色，而且從右端開始急速減少。

「…………！」

我從喉嚨深處發出奇妙的聲音，然後用盡全身的力量對衛兵由正面逼近的長斧使出「斜斬」。長斧的斧柄立刻從中折斷，而站立的狗頭人也陷入短暫的暈眩狀態，這時亞絲娜迅速地將整把細劍刺進牠的喉嚨。

我沒等怪物變成爆散的碎片，便馬上轉過身子看著倒在地上的迪亞貝爾。這是我首次由一公尺這麼近的距離看見騎士的眼睛，結果腦袋裡瞬間有種爆出火花的感覺。

——我認識這名玩家。

雖然因為姓名與容貌完全不同而認不出來，但我以前確實曾在另一個艾恩葛朗特裡和他碰過面，甚至還可能談過話。迪亞貝爾果然和我一樣是封測玩家。而且也一樣隱瞞過去的身分一路作戰到今天。不對，隱瞞身分的他竟然還能夠結交那麼多同伴，看來他承受的壓力應該多過我好幾倍。

但封測玩家的知識卻在這個能否突破第一層的緊要關頭裡成為致命的毒藥。

雖然我已經不記得他，但是對方卻很早就認出長相不同的我桐人就是那個在封測時期多次奪取魔王ＬＡ的同名玩家。於是他認為我這次可能也有同樣的企圖。從樓層魔王身上掉落的稀有道具是這個世界裡唯一的高性能物品，只要獲得就能大幅提昇戰力。在ＳＡＯ成為死亡遊戲的現在，戰鬥力也就等同生存的力量。迪亞貝爾為了今後也能夠在這個世界生存下去——不是以孤獨的獨行玩家，而是以站在集團前方的騎士身分——才會不擇手段地想要入手從伊爾凡古身上掉落的稀有裝備……

倒在地上的迪亞貝爾似乎也察覺我剎那間理解了所有事情。這時和他頭髮同樣湛藍的雙眸瞬間為之一沉，但馬上又發出某種純粹的光芒。他的嘴唇顫抖，接著用只有我能聽見的音量表示：

「……接下來就拜託你了，桐人先生。打倒魔……」

但還來不及把話說完——

艾恩葛朗特首位攻略魔王的聯合部隊指揮官，騎士迪亞貝爾的身體就變成藍色玻璃碎片並往四處飛散。

14

「嗚哇啊啊啊啊」的叫聲──或者可以說是悲鳴立刻傳遍了整個魔王房間。

幾乎所有聯合部隊成員都死命緊抓住武器然後瞪大雙眼，卻沒有人展開行動。領隊最先被打倒，不對，應該說最先死亡的情況實在太過超乎想像，他們已經無法判斷應該做何反應。

其實我也跟他們一樣。

腦袋裡只有作戰或逃走這兩種選擇交替明滅著。

依照常識來判斷的話，我們正面臨「魔王使用的武器、劍技與戰前情報不同」、「領隊喪生」這兩種嚴重的意外，應該所有人馬上撤退到魔王的房間外才對。但把背部朝向能使出長射程範圍大刀劍技的伊爾凡古逃亡的話，最後方的十人，甚至比這更多的玩家會和迪亞貝爾一樣在暈眩狀態下遭受連擊而喪失所有ＨＰ。但面對擁有未知劍技的對手，要一邊把身體面向前方一邊防禦並且撤退可以說是相當困難的事。除了比轉身直接逃跑還要花時間之外，也有可能因為ＨＰ慢慢被削減而出現相同程度的死者。

而且最嚴重的是，出現這麼多死者──甚至包含領隊──還沒辦法擊敗魔王的話，可能會造成再也無法組成同規模聯合部隊的危機。而這也就等於無法完全攻略ＳＡＯ這款死亡遊戲。生存下來的八千人將不是假想世界的戰士而是俘虜，只能被關在第一層裡等待某種「結束」的來臨……

這時兩道聲音同時響起並衝擊仍在猶豫的我。

其中一道是來自於最前線再度由硬直當中恢復過來並開始攻擊的伊爾凡古。我先是聽見金屬聲與悲鳴，接著目擊一大片傷害特效光在微暗的空間裡晃動著。

而另一道則是跪在我身邊的牙王所發出的聲音。

「…………為什麼……為什麼呢……迪亞貝爾啊，身為領隊的你怎麼會最先被……」

——那是因為他想取得魔王的ＬＡ。

雖然告訴他實情是相當簡單的事，但我還是沒辦法開口。

我忽然回想起來，在第一次會議上，牙王對迪亞貝爾提出異議的那一幕。當時牙王提出封測玩家必須謝罪並繳出不正財產否則無法把他們當同伴的激烈言論，而迪亞貝爾也沒有阻止他說下去，甚至還把該言論當成議題。

那樣的對應正是迪亞貝爾給牙王的報酬——或者應該說是交換條件吧。如果願意代替他進行收購我愛劍的麻煩工作，那麼就在攻略會議這種公開的場合裡，讓牙王有機會可以一吐胸中對封測玩家的憤怒。雖然因為半途殺出艾基爾合情合理的論點而不了了之，但只要今天的魔王攻略戰能夠按照原訂計畫順利結束，那麼牙王一定打算在之後的反省會或者某種會議上重新提出相同的言論。也就是說，眼前的牙王完全沒有懷疑過迪亞貝爾是封測玩家。他把迪亞貝爾當成與卑鄙封測玩家對峙的正規玩家代表，對迪亞貝爾充滿著信任與期待。這個時候給這樣的牙王更大的打擊又有什麼意義呢？

於是——我反而抓住沮喪的牙王左邊肩膀，然後硬是把他拉了起來。

「現在不是難過的時候了！」

我剛低聲叫完，對方小眼睛裡隨即閃過早已相當熟悉的敵意。

「……你……你說什麼？」

「你這個E隊隊長這麼垂頭喪氣的話，同伴也會跟著喪生喔！聽好了，狗頭人護衛兵有可能會繼續出現……不對，是一定會出現。你得負責把牠們處理掉！」

「……那你打算做什麼，自己一個人夾著尾巴逃走嗎？」

「怎麼可能，那還用說嗎……」

我晃動右手上的韌煉之劍讓其發出聲響，接著說道：

「——我當然是去奪取魔王的ＬＡ啦。」

被囚禁在這個世界一個月以來，我執行了所有能夠幫助自己維繫生命的行動。沒有與任何人分享封測時期獲得的龐大知識，盡情享受高效率的練功場與任務所帶來的恩惠，只專注於強化個人的實力。

如果要貫徹獨行玩家的行動規範，那麼我就應該趁魔王怪物和我之間還有許多聯合部隊成員的現在朝出口全力狂奔。不管狂暴的狗頭人領主要殺掉多少同伴都不再回頭，甚至積極地把他們當成盾牌來確保自己的安全。

但這個瞬間，我的腦袋裡完全沒有浮現這樣的想法。只有類似火焰般的感覺流經全身血管，讓我的雙腳朝生死交界線走去。而這或許也跟騎士迪亞貝爾打算留下的遺言有關。

打倒魔王——他當時想說的是這句話，而不是讓大家逃走吧。他雖然執著於能夠大幅提昇取得稀有道具機率的最後一擊，最後甚至因此而喪命，但他的確擁有卓越的指揮能力，這樣的迪亞貝爾最後所下的決斷不是「撤退」而是「血戰」。如此一來，身為聯合部隊其中一員的我當然要遵從他的意思……不對，應該說是遺志。

不過，我內心還存在著一個無法消除的猶豫。

那是在這場戰役開始之前，我自己在內心下的決定。我決定不惜生命也要保護細劍使「亞絲娜」，因為她有我難以望其項背的才能。身為一個深深為ＶＲＭＭＯ遊戲著迷的人，我實在沒辦法容忍這樣的才能在開花結果之前就消失。

在往前跑之前，我看了一下站在左邊的亞絲娜並準備對她說「妳留在後面，看見前線崩潰的話就馬上脫離現場」。但她就像先一步查覺到我的想法般，搶先用堅定的態度開口宣布：

「我也要去，因為我們是搭檔。」

我已經沒有時間來反駁她的理由或者說服她留在後方了。在揮除瞬間的猶豫後，我隨即點了點頭。

「……知道了，那就拜託妳囉。」

於是我們兩人同時改變身體的方向，朝著廣大房間的深處跑去。前方不斷傳來怒吼與慘叫聲，雖然在迪亞貝爾之後還沒有出現新的犧牲者，但前衛部隊的平均ＨＰ已經全部低於五成，失去隊長的Ｃ隊甚至已經不到兩成。當中還有完全陷入恐慌狀態而四處逃竄的玩家，這樣下去的話，再過幾十秒整個陣型就會瓦解了吧。

首先得讓大家冷靜下來才行。但在這種狀況之下，一長串的指示只會被噪音掩蓋過去。所以我需要簡短而且帶有強烈衝擊性的一句話，但沒有指揮大部隊經驗的我根本無法馬上想出應該喊些什麼……

這個時候。跑在我旁邊的亞絲娜似乎是嫌劇烈飄動的連帽斗篷太過於礙事，只見她抓住斗篷，一口氣把它從身上拉下來。

忽然間，左右牆壁上無數火把的光亮似乎全都凝聚在她身上。光滑的栗色長髮現在竟發出強烈的金黃色光芒，一口氣便把魔王房間的微暗一掃而空。

拖著長髮往前急驅的亞絲娜，簡直就像從黑暗深處突然出現的一道流星。就連陷入極度恐慌的玩家們都被她淒絕的美麗所吸引並陷入沉默，我不放過這奇蹟般出現的片刻寂靜，立刻扯開喉嚨大叫：

「所有人往出口方向退十步！只要不包圍魔王，牠就不會使出廣範圍攻擊！」

在我喊叫餘音消失的同時，時間也再次開始流動。最前線的玩家們全都「沙！」一聲從我和亞絲娜的左右兩側退到後方。狗頭人領主跟著他們的動作改變身體的方向，直接面對並排往前跑的我們。

「亞絲娜，進攻的程序跟護衛兵一樣！要上囉……！」

在被叫到名字的瞬間，細劍使稍微朝我瞄了一眼，但馬上就把視線移回前方並且回答：

「知道了！」

前方的狗頭人領主原本是用雙手握住武士刀，但牠這時放下左手，並且準備把刀擺到左腰間。那個動作的確是——

「…………！」

我先屏住呼吸，然後也開始發動自己的劍技。我也把右手的劍擺在左腰，接著將身體往前傾斜到快要撲倒的狀態。因為不到達這個角度的話系統將不會認為這是起始動作，我從快趴到

地面的極低位置用力踩下右腳。接著全身包圍在淡藍色光芒下的我，頓時衝過與魔王之間的十公尺距離。這是單手劍基本突進技「憤怒刺擊」。

同一時間，魔王擺在腰間的武士刀也出現閃亮的綠色光輝，然後以肉眼不可見的速度砍了過來。這是大刀直線遠距離技「旋風」，由於這是拔刀系的技巧，所以看見發動之後才對應就來不及了。

「嗚……哦哦！」

我隨著咆哮由左邊往上突刺的劍，直接與伊爾凡古的武士刀互相交錯。立刻有大量火花伴隨尖銳金屬聲爆出，我則因為和魔王的劍技互相抵消而往後彈了兩公尺以上。

亞絲娜用足以媲美我突進技的速度追了上來——而且漂亮地掌握住我造成的空隙。

「嘿呀！」

隨著簡短吼聲所施放出來的「線性攻擊」，直接深深刺進了狗頭人領主的右腹部。這時可以確定魔王的第四條ＨＰ稍微減少了一點。

我一邊注意殘留在右手上的強烈手感，一邊同時把勝利與危機感往肚內吞去。

封測時代的我沒辦法用自己的劍技完全抵銷當時那隻伊爾凡古所使出的彎刀劍技。不過可能是大刀比彎刀還要輕的緣故吧，即使經過剛才的撞擊，我的ＨＰ還是完全沒有減少。但對方劍技的速度也相對變得極為恐怖。我真的能夠在不犯任何錯誤的情況下，持續預測出對方要使出的劍技嗎？

此外還有另一件值得憂心的事。亞絲娜雖然使出三記「線性攻擊」就能解決突擊兵，另外四發就能幹掉護衛兵，但魔王的ＨＰ值不是那些雜兵比得上的。她一個人不知道要使出多少記線性攻擊才能削除第四條ＨＰ。魔王由於身體龐大，所以能夠由多人同時進行攻擊，這對玩家來說算是相當有利，因此可以的話希望左右兩邊能夠再各加一名攻擊手，但是背後的Ａ到Ｇ隊玩家的ＨＰ都已經大幅減少。在用藥水回復所有ＨＰ前根本沒辦法要他們前來支援。

——只有靠我和亞絲娜硬撐下去了。說起來我剛剛不是還打算自己一個人解決這件事嗎？

現在有兩個人已經相當不錯了。

「……下一擊要來囉！」

從施技後硬直狀態恢復過來的我這麼大叫，然後把所有精神集中在魔王準備揮落的大刀上。

今年八月，在招募了一千人的「Sword Art Online 刀劍神域 Closed Beta Test」裡，我雖然到達了第十層，但沒辦法看到該層的魔王。

該層的迷宮區名為「千蛇城」，而我無論如何都無法突破守護迷宮區的武士型怪物「禁衛兵．大蛇」的湧出地點。該種怪物能夠自由地操縱怪物專用的大刀劍技，而我每遭到攻擊就會拚命記住追加在索引裡的技名與軌道。當我好不容易記住牠們所有劍技的預備動作時……就已經是八月三十一日了。

大蛇與伊爾凡古的模樣與身材雖然完全不同，但同屬於人型怪物，目前看來使用的技巧也相同。因此我才能夠按照四個月前的記憶持續抵消狗頭人領主包含拔刀系在內的所有攻擊。

當然這是像在走鋼絲般的行為。魔王的斬擊基本上傷害值相當高，只使出靠系統輔助的基本技「斜斬」或「平面斬」的話一定會被彈開。不在發動時特意運動身體來增加劍技的速度與威力的話，根本沒辦法承受魔王的攻擊。

不過這種系統外技能，運用得宜的話的確威力強大，但一個搞不好就將為自己帶來相當大的危險性。因為只要動作稍微有點錯誤就會阻礙到系統輔助，最糟糕的時候還可能讓劍技中途停止。

在我包含封測時期的兩個月ＳＡＯ遊戲經歷裡，從來沒有持續集中注意力這麼長一段時間。終於，在第十五或第十六次攻擊時，我的注意力中斷了。

「糟糕……！」

我咒罵了一聲，隨即準備取消即將使出的「垂直斬」。原本認為伊爾凡古的刀將進行上段攻擊，但刀刃卻劃了個半圓轉到正下方去了。這是由同一個起始動作亂數發動的劍技「幻月」。

我拚命把右手的韌煉之劍拉回來，但隨即有一股讓人不舒服的衝擊感襲來，讓我整個人無法動彈。

「啊……！」

身邊的亞絲娜輕聲叫了一下時，由正下方往上挑的武士刀已經從正面砍中我的身體。

像冰一樣冷的觸感以及強烈的衝擊立刻朝我襲來，接著便是全身麻痺，ＨＰ條也迅速減少了三成。

我整個人被彈開，用膝蓋硬撐著不讓自己倒下去，這時亞絲娜取代我衝向魔王。我立刻想大叫「不行啊」，因為「幻月」的技後硬直時間相當短，結果高高砍起的刀刃馬上又發出血一般的光芒。糟糕，這是剛才殺害迪亞貝爾的三連續技「緋扇」………

「唔……哦哦哦！」

在武士刀快要擊中亞絲娜時，一道雄渾的吼叫聲響起。

拖著綠色光芒的巨大武器隨即掠過她的頭部往前轟去——那是雙手斧系劍技「流流」。

武士刀的初擊與龍捲風般迴轉的雙手斧劇烈碰撞在一起。一陣讓魔王房間產生震動的衝擊過後，伊爾凡古整個被彈到後面去。但攻擊者在穿著皮革涼鞋的雙腳用力一踩後，只退了一公尺左右便停了下來。

衝進戰局的正是有著褐色肌膚與魁梧身材的Ｂ隊隊長——艾基爾。他回頭看向跪在地上並在大衣口袋裡找東西的我，然後咧嘴笑著說道：

「在你喝完ＰＯＴ前，就由我們來擋住攻擊。一直讓打手負責坦克的工作，我們的面子要往哪放啊。」

「抱歉…………拜託你們了。」

我簡短回答完，隨即把即將湧出胸口的某種感情隨著回復藥水硬吞回去。

往前加入戰線的不只有艾基爾而已，以他B隊伙伴為主的幾名受傷較輕的玩家也完成回復再次前來支援了。

我用視線向亞絲娜傳遞了「我不要緊」的訊息後，隨即用盡全身的力量對劍士們大叫：

「把魔王團團圍住的話牠就會使出全方位攻擊！我會告訴大家劍技的軌道，在正面的人請把它接下來！不必特別用劍技將它抵銷，只要用盾牌或武器擋下來就不會受到什麼大傷害！」

「喔！」

可能是聽錯了吧，總覺得男人們渾厚的聲音裡，也參雜了狗頭人領主焦躁的吼叫聲。

在退到牆壁附近等待低級藥水緩慢的回復效果時，我順便也瞄了一下後方的狀況。

雖然在發現魔王武器有所變更時就有所預感，但「廢墟狗頭人護衛兵」的湧出次數果然也增加了。牙王率領的E隊以及裝備長柄武器且受傷較輕的G隊正同時對付四隻重裝衛兵，目前看來還沒受到什麼傷害。但只要伊爾凡古還活著，牆壁的開口裡應該就會定期湧出四隻護衛兵才對，這樣的敵人數要光靠兩隻小隊來應付終究還是有其界限。

此外，在前線與後方之間還有C隊生存者與其他受重傷的聯合部隊成員跟我一樣正等待著HP回復。但是這款遊戲的回復藥水實在是相當考驗人耐性的物品，它的效果是時間持續回復……也就是說喝完藥水後HP不會瞬間回滿，而是一丁點一丁點地慢慢增加，而且喝完一瓶後視線下方將會出現藥水效用期間的圖像，在它消失前就算喝下另一瓶藥水也不會有效果，此外第一層NPC商店販賣的低級品可以說相當難喝。

口味糟糕也就算了，但重傷的回復卻因為這效用期間的設定而得花上大把的時間。因此通常在受到一瓶藥水能恢復的傷害時就會和同伴進行切換（也就是所謂的POT輪值），但只要預期之外的重傷者增加到一定程度，輪值就很容易會崩壞。由於在上層能獲得瞬間能讓HP條恢復原狀的夢幻道具「回復水晶」，所以不考慮收支損益的話應該就能維持住輪值，但現在根本沒有那種東西。

因此現在代替我擋下魔王猛攻的艾基爾等六個人的HP能支撐多久，將會是左右這場戰鬥勝負的關鍵，所以我必須在伊爾凡古擺出準備動作的瞬間便看出牠要施放的劍技。

我以單膝跪低的姿勢蹲在地上，運用包含雙眼在內的所有感覺捕捉伊爾凡古的動作，一判別出劍技便馬上開口大叫著「右水平斬！」、「左垂直斬！」等名詞。

按照我的指示，艾基爾等六個人不強行挑戰抵消劍技，而是用盾牌與大型武器進行徹底的防禦。由於他們原本就是坦克型玩家，所以防禦力與HP值都相當高，但還是不可能在不受傷的情況下擋住魔王施放的劍技。每當有華麗的聲音特效炸裂，他們的ＨＰ條便會緩緩減少。

而有一名身輕如燕的細劍使就飛舞在這群坦克部隊之間，不用說那當然就是亞絲娜了。絕對不繞到魔王正面與身後的她，只要看見伊爾凡古稍微陷入硬直狀態，便會將全力施放的「線性攻擊」轟進魔王的身體裡。當然持續這麼做之後，魔王對亞絲娜的憎恨值便不斷增加，但坦克部隊的六個人也會適時使用「威嚇」的挑釁技能來讓魔王把目標放在他們身上。

只要有任何一項要素出現破綻，戰線馬上會徹底崩潰的危險戰鬥就這樣進行了將近五分鐘之久。

終於魔王的ＨＰ值只剩下不到三成，最後一條ＨＰ已經開始進入紅色區域了。

這個瞬間，一名坦克部隊的成員可能因為一時的鬆懈而沒有踩穩。腳步踉蹌的他一個不小心就站到伊爾凡古的正後方。

「……快點移動！」

我反射性這麼大叫，但還是遲了零點一秒。魔王感應到「遭包圍狀態」，隨即發出更為凶猛的吼叫聲。

牠巨大的身軀往下一沉，接著使出全身力道垂直跳起。在跳躍的軌道上，武士刀與牠的身體已經像是旋緊的發條一樣。這是全方位攻擊「旋車」——……

「嗚……哦哦啊啊！」

我簡短地吼了一聲，忘記自己的HP仍未完全恢復，直接從牆壁邊衝了出去。

我擺出像把劍扛在右肩上的姿勢，左腳全力往地板一踢。依照原本的敏捷力絕對不可能出現的加速度從背後襲來，讓我的身體像砲彈般往斜上方飛出。這是單手劍突進技「音速衝擊」。雖然射程比「憤怒刺擊」短，但能夠把軌道朝向空中。

右手的劍隨即被鮮豔的黃綠色光芒包圍。前方來到跳躍頂點的伊爾凡古，手裡的武士刀也正產生深紅色的光輝。

「千萬要……砍中啊————！」

我一邊大喊一邊伸長右手臂，然後把劍揮落。

愛劍韌煉之劍＋6的劍尖在空中畫出一條長長的拱形，最後砍中了正要發動「旋車」的伊爾凡古左腰。

「沙啉！」的強烈斬擊聲響起。會心一擊特有的光線特效在我眼射出。下一個瞬間，狗頭人領主的巨大身軀便在空中傾斜，接著更在無法產生必殺龍捲風的狀態下跌到了地面上。

「咕嚕嗚！」

牠一邊呻吟一邊揮動手腳想站起身來。這是人型怪物特有的異常狀態「翻倒」——

好不容易沒有摔倒而順利著地的我，一轉向伊爾凡古便擠出肺部所有的空氣大叫著：

「所有人——全力攻擊！把牠圍起來！」

「哦……哦哦哦哦哦！」

艾基爾等六個人像是要把之前全力防守所累積的鬱悶爆發出來般大叫著。他們圍住倒在地上的狗頭人領主，同時發動直斬系劍技。被各種顏色光芒包圍的斧頭、鎚矛、鎚頭，隨著它們主人魁梧的身軀轟了下去。近似爆炸的光線與聲音炸裂，固定顯示在視線上方的伊爾凡古ＨＰ值開始迅速地減少。

這其實是一場賭注。如果能在狗頭人領主站起來之前把牠的ＨＰ歸零，就是我們的勝利。但這傢伙如果能順利脫離「翻倒」狀態的話，一定會馬上再次使用「旋車」，而所有人這次一定會被牠砍倒。由於我的「音速衝擊」仍在冷卻當中，所以已經沒辦法進行空中攻擊了。

從技後硬直狀態恢復過來的艾基爾等人開始進入下一發劍技的準備動作，同時狗頭人領主也不再掙扎，為了站起來而撐起上半身。

「…………來不及嗎！」

我壓低聲音這麼叫道，然後高聲對著不知什麼時候已經站在附近的亞絲娜叫著：

「亞絲娜，拜託和我一起使出最後的『線性攻擊』！」

「了解！」

剛說完亞絲娜便立刻回答，我忍不住就揚起單邊嘴角笑了起來。

六個人的武器再次同時發出低吼，魔王的巨大身軀遭受光線特效吞沒。

但等不及光線變淡，魔王便隨著吼叫聲撐起身體。牠的ＨＰ值僅僅剩下百分之三，並且閃爍著紅光。

艾基爾等人再度陷入硬直狀態而無法動彈。相對的，在「翻倒」當中遭受攻擊的伊爾凡古沒有陷入暈眩或者被彈開，於是牠馬上進入垂直彈跳的準備動作。

「衝……啊！」

我剛發出叫聲就和亞絲娜同時往地面踢去。

穿越艾基爾等人之間的縫隙後，首先是亞絲娜的「線性攻擊」刺進了魔王的左側腹。遲了一會兒，我帶著藍色光芒的劍也從狗頭人領主的右肩口一直砍到了牠的腹部。

ＨＰ值……還剩下百分之一。

獸人似乎用鼻子冷笑了一聲。但我也報以猙獰的笑容，然後迅速把手腕轉過來。

「哦……哦哦哦哦哦！」

劍隨著我用盡全身力量的吼叫往上彈。經過激戰而出現數處缺口的劍刃與剛才的斬擊形成Ｖ字型的軌跡，最後由伊爾凡古的左肩口拔出來。這是單手劍二連技「圓弧斬」——

狗頭人領主的巨大身軀忽然失去力量，接著往後方倒去。

似狼般的臉龐朝向天花板，同時發出輕微且尖銳的吼叫聲，牠的身體開始出現碎裂的聲音並且出現許多裂痕。

魔王鬆開雙手，武士刀跟著滾落在地板上。下一個瞬間，艾恩葛朗特第一層魔王「狗頭人領主．伊爾凡古」的身體就變成無數玻璃碎片朝整個朝四方散開。

我因為受到無形壓力而往後仰的視線裡，「You Got the Last Attack！」的紫色系統訊息正無聲地閃爍著。

15

在魔王消滅的同時，殘留在後方的狗頭人護衛兵也隨即灰飛煙滅。

掛在周圍牆壁上的火把從暗橘色變成明亮的黃色，覆蓋在魔王房間的微暗一口氣消失，從某處吹過來的涼風跟著帶走激戰所造成的餘溫。

沒有任何人想打破到訪的寂靜。最後方的E、G兩隊依然站著，而中陣的A、C、D、F隊則維持單膝跪地的回復待機姿勢，另外以艾基爾為首的B隊「最後的坦克」們全都坐到地板上，茫然地環視著四周，看起來簡直就像害怕獸人之王再度復活一般。

至於我則是保持著右手的劍往上砍的姿勢，一動不動地站在原地。

這樣真的結束了嗎？接下來不會又有「和封測時些微的差異」出現了吧……？

就在這個時候，一隻嬌小雪白的手悄悄碰了一下我的右臂，緩緩讓我把劍放下來。站在那裡的是細劍使亞絲娜，栗色長髮隨風搖盪的她一直凝視著我。

我這個時候才注意到，她脫下連帽斗篷之後顯露出來的臉龐，竟然美麗到讓人懷疑：這真是屬於玩家的容貌嗎？面對我茫然注視著她美貌的視線，亞絲娜——可能也只有現在——完全沒有露出厭惡的表情，只是默默地持續承受著，最後終於輕聲呢喃：

「辛苦了。」

聽見這句話後，我終於確信一切都結束了……八千人的玩家持續被關在第一層裡的這個最大障礙終於解除了。

這時系統簡直就像在等候我的認知般，在我視線當中顯示了新的訊息。那是獲得的經驗值與分配到的珂爾，以及——獲得的道具。

在場看見相同訊息的所有人，這個時候臉上才又有了表情。經過一瞬間的醞釀後，立刻爆發出「哇！」的歡呼聲。

當中有高舉雙手歡呼者、與同伴互相擁抱者，甚至還有表演亂七八糟舞蹈者。在暴風般的喧囂當中，有一道人影緩緩從地板上站起身並往我這裡靠近，原來是雙手斧使艾基爾。

「……很漂亮的指揮，當然最後的劍技更是精采。Congratulation，這是屬於你的勝利。」

巨漢以完美發音說出途中那個英文單字後，隨即閉起嘴巴露出粗獷的笑容，他握緊巨大的右拳並朝我伸過來。

我雖然想著應該怎麼回答，但腦袋裡卻連一句帥氣的台詞都想不出來，於是只能低聲說了句：「過獎了……」。我接著又覺得至少該跟對方碰個拳頭而舉起右手。

就在這個時候。

消失。

「——為什麼！」

背後忽然傳來這樣的叫聲。那帶點沙啞，幾乎像在哭喊般的聲音讓大房間裡的歡呼聲瞬間消失。

把視線從亞絲娜與艾基爾身上移開而往後看的我，一瞬間想不起眼前這名穿著輕鎧甲的男性短彎刀使究竟是什麼人。但當他從扭曲到極限的嘴巴裡擠出下一句話時，我終於了解了。

「——為什麼你要見死不救，就這樣讓迪亞貝爾隊長喪命呢！」

這個男人一開始就是C隊……也就是目前已亡故的騎士迪亞貝爾的同伴。稍微移動一下視線，就能看見他身後四名剩下來的成員也表情扭曲地站在那裡。其中甚至有人已經流下眼淚。

我再度看了一下短彎刀使，接著低聲說出真的搞不懂是什麼意思的一句話。

「見死不救……？」

「沒錯！因為……因為你不是知道那個魔王使用的劍技嗎！你要是一開始就提供這些情報的話，迪亞貝爾隊長就不會死了！」

他這泣血般的叫聲讓剩餘的聯合部隊成員產生了騷動。接著更傳出「話說回來好像真是這樣……」「為什麼……？攻略冊裡明明沒有寫啊……」等聲音並逐漸影響在場的所有人。

這時回答這個問題的，果然是我早已預料到的牙王——

結果並非如此。他只是站在遠處，像是在忍耐什麼般緊閉著嘴巴。但是他指揮的E隊裡跑出一個人，來到我附近後便用右手食指指著我大叫：

「我……我知道！這傢伙是封測玩家！所以不論是魔王的攻擊模式還是高獲利的任務與練功場他全都知道！明明知道卻瞞著我們！」

即使聽到他這麼說，短彎刀使等C隊成員臉上也沒有出現驚訝的表情。因為雖然應該沒有從迪亞貝爾那裡聽見消息——和我同樣是封測玩家而對同伴隱瞞身分的迪亞貝爾，應該不會主動提出封測玩家的話題才對——但當我分辨出所有人應該都是初次見過的大刀劍技時，他們就已經確信我是封測玩家了吧。

這時短彎刀使的雙眼反而出現強烈的恨意，接著再度想要大叫些什麼。

這時阻止他的，是和艾基爾一起擔任坦克部隊直到最後的鎚矛使。他禮貌地舉起右手，以冷靜的聲音說：

「不過昨天發布的攻略冊裡，就已經寫著魔王的攻擊模式是封測時期的情報了對吧？如果他真的是封測玩家，應該也只擁有和攻略冊裡同樣的知識吧？」

「這……這個…………」

這時短彎刀使又代替安靜下來的E隊成員，以充滿憎惡的口氣說出：

「那本攻略冊也是騙人的，是那個叫作亞魯戈的情報販子所發布的假情報。我想那傢伙一定也是封測玩家，所以怎麼可能免費告訴人真正的情報呢。」

──糟糕，現在的情況非常不妙。

我默默地屏住呼吸。如果目標只是我的話，我願意接受任何的指責。但無論如何都不能讓這些人把恨意也轉移到亞魯戈以及其他封測玩家身上，但是──但是，我該怎麼做…………

瞬間低下頭去的我，看著淡黑色地板的視線裡再度鮮明地浮現出依然存在的系統訊息。上面標示著獲得經驗值、珂爾以及道具…………

剎那間。

我的腦袋裡出現一個點子，但馬上就有強烈的心理糾葛襲上心頭。如果實行這個點子，那麼我今後不知道會遭受到什麼樣的報復，甚至有可能遭遇到我過去相當害怕的暗殺。但是──說不定可以避免這些人把敵意放在亞魯戈等其他封測玩家身上……

看見我保持著沉默，身後一直忍耐到現在的艾基爾與亞絲娜終於同時開口了。

「喂，你這人……」「我說你啊……」

但我的雙手用微妙的動作制止了他們兩個。

我往前走出一步，故意做出驕傲的表情並以冷淡的眼神看著短彎刀使的臉。我接著又聳了聳肩，盡可能以不帶任何感情的聲音宣告：

「你說我是封測玩家？拜託別拿我和那些外行人相提並論好嗎……」

「你……你說什麼……？」

「給我聽好了，你先仔細想想。ＳＡＯ的ＣＢＴ（Closed Beta Test）可是相當相當難被抽中的。你以為被抽中的一千個人裡面能有幾個真正的ＭＭＯ遊戲玩家？那些人幾乎都是連怎麼練功都不知道的初學者啊，現在的你們都比那些人還要強呢。」

聽見我極度輕視的發言後，其他四十二名玩家全都靜了下來。這時現場的空氣變得跟魔王戰之前一樣冰冷，而且還化為無形利刃劃過我的皮膚。

「——但我和那些傢伙不一樣。」

我故意露出冷笑，接著繼續說下去：

「我到達了封測玩家裡沒人能夠到達的樓層。之所以會知道魔王的大刀劍技，是因為我在更高的樓層裡和使用大刀的Ｍｏｂ戰鬥過幾百次了的緣故。我當然還知道許多其他的情報，亞魯戈那些根本算不了什麼。」

「…………怎麼這樣……」

一開始指責我是封測玩家的Ｅ隊男隊員以沙啞的聲音說道。

「你比封測玩家還要誇張……根本是作弊了嘛，應該叫封弊者才對！」

周圍開始傳出幾道「沒錯，封弊者，封測玩家裡的作弊者」的聲音。最後聲音全都混在一起，而「封弊者」這個帶有奇妙語感的名詞也傳到我的耳裡。

「……『封弊者』，這倒是不錯的稱呼。」

我笑了一笑，然後一邊環視在場的眾人一邊以清晰的聲音宣布：

「沒錯，我就是『封弊者』。今後不要把我當成一般的封測玩家了。」

——這樣就可以了。

這樣就可以把目前應該還剩下四～五百人的封測玩家再細分為兩個種類。一種是占大多數的「只比初學者好一點的封測玩家」，而另一種就是極少數的「獨占所有情報的卑鄙封弊者」。今後新手玩家的敵意應該全部會朝向封弊者才對。就算封測玩家的身分被發現，應該也不會馬上被仇視了。

但相對的，我將再也無法以公會或小隊成員的身分在前線作戰……不過這其實也沒有多大的改變。我本來就一直是一個人，而且今後也將貫徹獨行玩家的身分，事情就是這麼簡單。

把視線從臉色蒼白而默默無語的短彎刀使、C隊隊員以及E隊的男性身上移開之後，我便打開選單視窗並且以指尖叫出裝備人偶。

我拉下目前裝備在身上的深灰色皮革大衣，把剛才魔王掉落的稀有品「午夜大衣」設定在身上。結果立刻有一道小小的光芒包圍我的身體，破舊的灰色料子開始變化為帶有光澤的漆黑皮革。而且下襬也變得相當長，底端一直來到我的膝蓋下方。

我迅速翻動這件黑色長大衣，朝背後——魔王房間深處的一扇小門轉去。

「我會去把通往第二層的轉移門有效化。從上面的出口到主要街道區之間還必須經過一部分練功區，敢跟過來的話就要有覺悟可能會被首次看見的Ｍｏｂ幹掉。」

這時艾基爾與亞絲娜一直凝視著準備往前走的我。

他們兩個人都露出已經了解一切的眼神。而這也讓我內心稍為感到救贖。我對兩個人露出些微的笑容，然後大步前進，直接推開設置在領主王位正後方那道通往第二層的門。

爬完狹窄的螺旋狀樓梯後再度出現一扇門。

我靜靜將其打開，結果馬上就有難以置信的絕景映入眼簾。門的出口被設置在陡峭的懸崖中段，雖然可以看見通往下方的平台狀階梯沿著岩石表面往前伸展，但我還是先環視了一下第二層的全景。

與富含各種地形的第一層不同，第二層盡是連結在一起的圓桌狀岩山。山的上部覆蓋著看起來非常柔軟的綠草，此外更有許多大型的野牛系怪物緩步於其中。

第二層主要街道區「烏魯巴斯」是將整座圓桌形山脈中央部分掏空之後所形成的城市。我走下這裡的樓梯之後，只要穿過方才提及的大約一公里左右的練功區，然後觸碰設置在烏魯巴斯中央廣場的「轉移門」，該設施便會開始運作並與第一層「起始的城鎮」的轉移門連結。

即使我不幸死在半途——或者只是呆呆坐在這裡，魔王消滅的兩個小時後轉移門還是會自動打開。但今天最初的攻略部隊將挑戰魔王的消息應該已經傳遍起始的城鎮，所以目前一定有許多玩家聚集在轉移門前，等待著藍色傳送大門出現。雖然為了這些引頸期盼的玩家，我應該盡快趕到烏魯巴斯去……但我應該還是有再享受一下眼前絕景的權利才對。

我往前走了幾步，在從岩石表面伸展出去的平台邊緣坐了下來。

在峰峰相連的岩山遠方，可以從艾恩葛朗特的外圍開口處看到些許藍天。

我也不知道自己在這裡待了幾分鐘。結果不久之後，便從身後的螺旋階梯傳來一道往上爬的細微腳步聲。看見我沒有回頭，腳步聲的主人也在走出門口的地方站了一會兒，接著輕呼出一口氣之後才再度走到我旁邊坐下。

「我不是說別跟過來了嗎…………」

我剛這麼低聲說完，闖入者便用不滿的聲音回答：

「你才沒說呢，你是說有被幹掉的覺悟就可以過來吧。」

「是這樣嗎……那抱歉了。」

我縮了縮脖子，接著瞄了一眼坐在旁邊的細劍使那無論從哪個角度看都相當美麗的臉龐。她也一瞬間把淺棕色的眼睛朝向我，但隨即把視線移回下方的風景上，混雜著嘆息說了句「真是漂亮」。

「艾基爾先生和牙王有話要告訴你。」

「是嗎……他們說什麼？」

「艾基爾先生說『第二層魔王攻略戰也一起努力吧』。而牙王則是說……」

亞絲娜輕輕咳嗽了一聲，然後一臉認真地試著學牙王講話的口氣說：

「……『雖然你今天救了我，但我還是沒辦法認同你。我會用自己的方法來攻略遊戲』。」

「這樣啊……」

這句話在我腦袋裡重複了幾次之後——亞絲娜又輕輕咳了一聲，然後一邊別過頭說：

「還有……這是我的傳言。」

「什……什麼？」

「你在戰鬥中叫了我的名字對吧？」

我先愣了一下才想起的確有這件事，我確實在某個時間點直接就叫出了她的名字。

「抱……抱歉，直接就叫妳的名字……還是說我的發音錯了？」

這次換成亞絲娜露出驚訝的表情。

「發音錯了……？說起來——我沒告訴你我的名字，而你也沒告訴過我吧？你是從哪裡知道的？」

「啥？」

我忍不住叫了出來。還問從哪裡知道的——我們現在仍是同一小隊，所以我視線上方依然表示著一大一小兩條ＨＰ條，而小條ＨＰ的下面清楚地顯示著「Ａｓｕｎａ」五個英文字母……

「啊……難……難道……妳是第一次和人組隊……？」

「是啊。」

「……原來如此。」

我忍不住露出微笑，接著舉起右手指著亞絲娜視線的左端附近說：

「這邊附近應該可以看見自己之外的追加ＨＰ條吧？下面沒有寫什麼嗎？」

「咦……」

亞絲娜低聲回應了一下，接著便把臉往左轉，而我的指尖也反射性地撐著她的臉頰。

「臉動的話ＨＰ條也會跟著動啊。妳要固定臉部，只把眼睛往左移動。」

「這……這樣嗎？」

亞絲娜僵硬地移動淺棕色眼珠，最後終於捕捉到我看不見的文字。她帶有光澤的嘴唇隨即發出兩個音節：

「桐……人……桐人？這就是你的名字？」

「嗯。」

「什麼嘛……原來一直寫在這種地方啊……」

如此呢喃著的亞絲娜，身體忽然間震動了一下。這時我才發現自己的手掌還放在她臉頰上，這樣簡直就像——某種預備動作一樣嘛。

我急忙放開手，然後以迅雷不及掩耳的速度把頭轉到一邊去，結果幾秒鐘後，我似乎——聽到了嘻嘻的竊笑聲。咦，難道她在笑嗎？雖然內心想著「那個使出超絕『線性攻擊』來無情屠殺狗頭人的亞絲娜小姐笑了？」，並且湧起想看看那張臉的強烈欲望，但我還是拚命忍耐。

可惜的是笑聲馬上就消失，取而代之的是一道平靜的聲音。

「其實呢……桐人，我是為了跟你道謝才會追過來的。」

「……是為了奶油麵包和浴室嗎？」

我忍不住這麼詢問，結果有些恐怖的聲音先回答了「才不是呢」，但馬上又接著說「嗯……這兩件事也包含在內啦」。

「總之……有很多事。很多事都該跟你道謝。我……第一次在這個世界裡，有了自己的目標與想追求的東西。」

「這樣啊…………是什麼？」

亞絲娜瞄了我一眼，短暫地微笑了一下後才說了一句：

「祕密。」

接著她便站起身來往後退了一步。

「……我會努力，努力地存活下來並且變強。為了能夠達到自己的目標。」

我依然背對著她，緩緩點了點頭後表示：

「嗯……妳一定可以變強。我指的不只是劍技，妳將會獲得比劍技更強大更貴重的力量。所以……如果哪一天有妳信任的人邀請妳加入公會，那就不要拒絕。因為獨行玩家有絕對無法跨越的界限……」

「……………」

幾秒鐘內，只能聽見亞絲娜的呼吸聲。

但她不久後卻說出令人出乎意料的話。

「……下次見面的時候，告訴我你是怎麼把我搬離迷宮區的。」

「嗯……」

原本想說「那很簡單」的我把話吞了回去。最後只回答了一句「好吧」，但忽然又想起某件事情而開口繼續說道：

「對了……還有一件事情得對妳說。就是前天會議開始之前，我準備跟妳說些什麼……」

沒錯——我現在一定得訴她這件事才行。身為自私的封測玩……不對，應該說是「封弊者」，我應該要負起一部分造成兩千人喪生的慘劇，並把她逼入絕望深淵裡的責任。

但就在我準備把事實說出口前，亞絲娜已經靜靜地搖了搖頭。

「不用了。你一路走來的道路……以及你接下來要獨自前往的地點，我都已經知道了……

但是……但是我總有一天也會…………」

細微的呢喃聲到此中斷。在短暫沉默之後，我又聽見沉穩的道別聲。

「那……再見囉，桐人。」

接著就是開門聲、腳步聲以及砰磅的關門聲。

我就這樣一直坐在突出於斷崖的平台上，直到假想空氣不再記述亞絲娜殘留下來的香味情報。雖然想思考她所說的話究竟是什麼意思，但又覺得現在不了解也沒關係。

我深深吸了一口氣並站了起來。先瞄了一眼亞絲娜離開的門，接著才改變身體的方向，開始一步步走下由懸崖往下降的階梯。

不知不覺中，我已經數起了這不斷蜿蜒的階梯數量，結果發現每四十八階就會轉折一次。稍微想了一下這個數字有什麼意思後，隨即發現這是六×八——也就是聯合部隊的人數。如果以這樣的陣容挑戰第一層魔王，而且又沒有任何犧牲者出現的話，那麼從樓梯的這個轉角平台到下個轉角平台之間就會擠滿了人。

但是設計這個區域的遊戲設計師應該沒想到最後會是由一名玩家獨自走下階梯吧。

這條道路好像是在暗示我今後的際遇一般。不論往前或往後看，都看不見任何人影。我只能一個人獨自走在這不斷下降的階梯上…………

但是。

當我不知道來到第幾個轉角平台時，視線右端忽然有一個小小的來信圖樣閃爍著。

這是即使不在同一層也能接收的朋友訊息，而我登錄為朋友的玩家就只有兩個人而已。一個是最初交到的朋友克萊因——而另一個則是情報販子，老鼠亞魯戈。

當我一邊想究竟是哪一個一邊打開訊息後，馬上發現寄件人是亞魯戈。

「好像給你添了很大的麻煩啊，桐仔。」

這個開頭讓我忍不住說出「消息傳得太快了吧！」。我為了繼續閱讀而捲動文章，發現下面只寫著另一行字。

「我願意提供一個免費的情報當作賠罪。」

——哦？

我忍不住笑了一下，然後一邊繼續行走一邊叫出全息圖鍵盤，迅速地打起回信來。

「那親口告訴我妳畫鬍鬚的理由。」

當我按下傳送鍵並再次發笑時，剛好也來到第二層的大地，於是我便開始朝著主街區「烏魯巴斯」走去。

幕間

鬍鬚的理由

艾恩葛朗特第二層主街區「烏魯巴斯」是將直徑三百公尺的圓桌形山脈掏空之後，只留下外圍部分的城市。

從南邊大門走進街道，視線馬上浮現出「ＩＮＮＥＲ　ＡＲＥＡ」的字體，耳朵也能聽見節奏緩慢的街道區ＢＧＭ。跟以弦樂器為主的第一層各街道區不同，這裡的主旋律是帶著憂愁感的雙簧管。往來於街頭的ＮＰＣ，在服裝設計上也有了微妙的改變，讓人重新體認到「已經來到新樓層」了。

由大門往前走了十公尺左右後環視了一下周圍，但果然沒看見任何顯示為玩家的綠色浮標，不過這也是理所當然的事。因為通往第二層的螺旋階梯原本是在第一層的魔王「狗頭人領主・伊爾凡古」保護之下，而該魔王在四十分鐘前才剛被打倒而已，除了我之外的攻略組成員應該都已經回第一層的據點去了。

也就是說，現在這個瞬間，存在於廣大第二層裡的玩家就只有我——「封測玩家」，現在被稱為「封弊者」的桐人一個而已。

雖然這是相當令人羨慕的狀況，但當然不可能一直持續下去。樓層魔王被消滅的兩個小時後，存在於下一層主街道區（也就是烏魯巴斯）中央的「轉移門」將會自動有效化，然後與下層主要街道區連結起來。那個瞬間，一定會有許多期待已久的玩家從轉移門裡衝出來。

不過反過來說，這也就表示如果我願意的話，就能在剩下來的一個小時二十分鐘裡——獨占這座城市，或者可以說這一整層的空間。

有這樣長的一段時間，應該就能夠解決兩個，不對，應該是三個通常會和人爭搶怪物湧出地點的虐殺系任務。對一個極盡自私的獨行玩家來說，這的確是相當有吸引力的點子，不過一想到有數百……甚至數千人以上的玩家正焦急地等待轉移門開通，我也就不敢做出這種絕對會犯眾怒的事情了。

因此我只能小跑步從烏魯巴斯中央大道往北邊前進，在爬上寬廣的階梯來到一座廣場之後，隨即走向設置在中央的一扇大門。

雖然稱之為門，不過它其實是一座由石頭堆積起來的拱門，所以並沒有任何門板或是柵欄，直接就能通過它走到後面去。但近看之後就能發現，拱門中央的空間正微微地晃動著。看起來簡直就像是籠罩著一層薄薄的水膜一樣。

我到了拱門前面便環視了一下周圍，確認好退路之後，隨即朝著晃動的透明薄紗緩緩伸出右手。包裹著黑色皮革手套的指尖一觸碰到垂直展開的水面——下一個瞬間。

鮮豔的藍色光芒開始往外溢出並覆蓋住我全部的視線。

光線一邊呈同心圓狀震動，一邊往寬度約有五公尺的拱門擴散開來。當它填滿整個空間時，轉移門便會產生效用，也就是所謂的「城鎮開拓」。這時第一層各個城鎮裡的拱門應該也發生了同樣的現象，在門前等待的眾多玩家也差不多注意到，不用等待兩個小時後的自動開通轉移門就開始有效化，現在應該正準備全力往前衝刺了吧。

但我不打算把自己引發的現象看到最後，直接就轉身離開。

我朝著事先觀察好的廣場東邊一座類似教堂般的建築物猛衝。一跳進大門便連滾帶爬地衝上內部的階梯，把背靠在三樓小房間窗邊靜靜地低頭看著廣場。

這時拱門內側正發出一波更為強烈的光線，廣場角落的NPC樂團也開始吹奏起「城鎮開拓號角」。

霎時間，無數的玩家形成一道彩色奔流由盈滿藍光的拱門裡溢出。

裡面有人站在廣場中央左顧右盼，有人單手拿著應該是從情報販子那裡買來的羊皮紙，一轉眼便往外跑去。還有人——舉起雙拳高聲喊著「來到第二層啦————！」。

其實封測時期就已經進行過九次同樣的「城鎮開拓」，當時打倒前一層魔王的聯合部隊都會排在轉移門前，接受下層轉移過來的玩家們熱情的掌聲與稱讚。但這次因為我這個唯一的「開通者」直接逃走了，所以也就沒有這樣的情形出現。雖然在廣場前左顧右盼的玩家們可能是在找尋我的身影，但我還是沒辦法主動跟他們表明我就是開通者。

幾十分鐘前，我在魔王被打倒之後已經向四十幾名玩家做出了宣言。本人「桐人」不只是封測玩家，而是在一千人的封測玩家裡曾到達過最高層，而且擁有最多知識的「封弊者」。

其實我也不是故意要扮黑臉，只是反射性地想阻止所有新手仇視封測玩家才會這麼做，結果現在我的惡名應該已經以超高速傳遍於高等級玩家之間了吧。這個時候要是出現在眾人面前的話，決不可能獲得什麼掌聲，甚至還有可能會被所有人唾棄。更何況我個人也沒有這種笑罵由人的精神力。

因此我便決定在轉移門廣場的祭典氣氛告一段落前都躲在教堂的三樓。但是——

「……………咦？」

低頭茫然看著廣場的我忽然發現有點異常的光景，於是發出小聲的呢喃。

從轉移門裡跳出來的一名女性玩家絲毫沒有停下腳步，直接就往西邊的街道衝了過去。如果光是這樣看起來還有可能是想急著去找武器或任務ＮＰＣ，不過問題是出在緊接著衝出的兩名男性身上。他們環視了一下四周，發現急奔而去的女性玩家身影，跟著馬上也往同樣的方向猛衝。這怎麼看都是一幅「男追女跑」的景象。

雖說這裡是禁止犯罪指令有效圈內，而且我平常也都不會管這種閒事，不過被追的是自己的熟人那就又另當別論了。從金褐色捲髮與暗沉顏色的皮革裝備就能知道那是情報販子「亞魯戈」，不會錯的。

當然難免有人會討厭將「能賣的情報決不保留」當成座右銘的老鼠，但像這樣在街道裡也不顧他人眼光地全力追趕她，情況就可能真的不怎麼妙了。我稍微猶豫了一下，最後還是把腳站上教會的窗框，接著往正下方的屋頂跳去。

在被廣場上的玩家們發現時，我便用敏捷力(AGI)補正全開的速度跳到另一棟建築物的屋頂，而且就這樣不斷在屋頂上朝亞魯戈與另兩名男性離開的方向前進。這是只有在建築物高度幾乎相同的烏魯巴斯才能辦到的事情。

我一邊跑一邊揮動右手叫出主選單視窗，然後由技能標籤裡按下「搜敵」。接著又從浮現的副標籤裡選擇「追蹤」。在繼續出現的輸入欄位裡打上「Argo」的名字後，視線右下角的道路上隨即出現淡綠色光芒的足跡。

「追蹤」是提升「搜敵」技能熟練度後所能習得的衍生技能，一般是用在提升狩獵怪物的效率上，但也可以用來追蹤朋友登錄上的玩家。不過因為熟練度還相當低，只能看見一分鐘前的足跡而已。於是我只能追著一趕上便消失的小小足跡拚命往前跑。

不過話又說回來了，那兩個男人竟然連全力提升敏捷力(AGI)的亞魯戈都甩不開，看來也不是什麼簡單的角色。雖然沒有在魔王攻略部隊裡看見他們，不過等級應該也相當高才對。而且足跡不知道為什麼直接往西向的大道前進，經由把圓桌形山脈的外輪山掏空後的城門來到圈外。

這個烏魯巴斯西方平原是有許多大型野牛怪物遊蕩的危險區域。目前的狀況可以說越來越是可疑。我咬緊嘴唇，毫不放慢腳步直接衝進假想世界的無樹平原裡。

經過這片草原後便是荒地區域，就算以我現在的等級，單獨進入依然是相當冒險。不過幸好印在草地上的足跡已經越來越鮮明（也就是亞魯戈奔跑的速度已經減緩），而且在兩座小型岩山中間的山谷深處也能聽見熟悉的聲音傳出。

「……不是說過很多次了嗎！這個情報就算多少錢都不賣！」

那種語尾帶有妖豔鼻音的聲音很明顯來自於亞魯戈，不過這時聽起來比平常要生氣。接著便是似乎也怒氣沖沖的男性聲音。

「妳不打算獨占情報。但也不打算公開情報。這樣在下會認為妳只是想藉機提高情報的價值！」

——在下？這樣的自稱讓我皺起眉頭並停下腳步，接著開始爬起了旁邊的岩壁。ＳＡＯ裡有不少乍看之下不能入侵，但只要多下點工夫或努力就能攀登或是爬下的地形。我最大的願望是，有一天要試試看能否從浮遊城的外壁爬到下一層去。但現在之所以會從亞魯戈等人的死角爬到山上，並不是出於挑戰的精神而是為了保障自己的安全。

爬了五公尺左右後發現了一處平台狀的狹小平面，於是我便趴在上面匍匐前進。這時爭執的聲音已經幾乎是從我正下方傳來。

「不是價格的問題！我說過是不想因為賣出情報而遭到怨恨了吧！」

聽見她這麼說後，第二名男性便如此反駁：

「為什麼在下等人會怨恨妳呢？只要妳願意賣出隱藏在這層裡的——獲得『特別技能』的任務相關情報，在下願意付出任何金額，而且還會很感謝妳！」

…………他剛才說什麼？

我停住原本只是壓低的呼吸。所謂的特別技能，是只有在滿足特殊條件或是選項才會出現的「隱藏技能」。封測時期只發現過一種特別技能，就是藉由集中精神（的動作）來加快ＨＰ回復速度或者提升消滅異常狀態機率的「冥想」技能，但由於性能相當微妙而且動作又相當難看而幾乎沒有人願意取得。雖然我認為第十層的武士型怪物們以及狗頭人領主所使用的「大刀」也是特別技能的一種，但現在還是不清楚習得的條件。

不過可以確定亞魯戈與兩名自稱在下的神祕男人所討論的不是「冥想」這個技能，因為傳授這個技能的ＮＰＣ是在更上方的第六層裡。這也就是說，這個第二層裡有我不知道（應該也等於所有封測玩家都不知道）的，能夠解除特別技能封印的任務，而自稱在下的男人們之所以會緊追亞魯戈——就是要亞魯戈把任務的情報賣給他們。

當我推論到這裡時，男人們又加大了聲音的音量。

「在下今天絕對不會退讓！」

「在下等人要功德圓滿就一定需要那個特殊技能！」

「你們聽不懂人話嗎！在下……不對，我無論如何都不會賣出那個的情報啦！」

當我感覺空氣中的緊張感又往上提升了一個層次時——馬上從岩石平台上站起，接著從五公尺的高度一躍而下。最後準確地落在亞魯戈與男人之間的位置。由於敏捷力(AGI)還不足以讓我從這種高度跳下而不受到傷害，於是我便先採取彎曲膝蓋的防禦姿勢來緩和衝擊，然後馬上挺直了身子。

「——來者何人？」

「是他藩的細作嗎？」

自稱在下的男人們同時叫了起來，看見他們的打扮之後，我便感覺記憶的角落開始受到強烈刺激。他們全身都穿著深灰色防具，上半身的防具下似乎還穿有鎖子甲，武器則是掛在背上的小型短彎刀，此外頭上還戴有同樣是灰色的頭巾與海盜面罩。

整體來看呢，可以說是利用自己的創意來重現「忍者」的外表。而我感覺好像在封測時期就曾經看過好幾次做這種打扮的人了。

「嗯~那個……你們的確是……風、風車，不對，風水，也不對……」

「是風魔！」

「公會『風魔忍軍』的小太郎與伊介指的便是在下二人！」

「對啦，就是這個名字！」

記憶碎片被補足的滿足感讓我啪嘰一聲彈響右手手指，這兩個人在封測時期就是以疾風般的動作而被人畏懼的忍者公會成員。但我必須解釋一下眾人畏懼他們的原因，他們所有人都跟亞魯戈一樣把敏捷力（AGI）提升至極限，然後在最前線不斷進行只有ＡＧＩ坦克型玩家才能使出的炫目戰鬥。但只要一有危險便立刻發揮腳力逃走，讓怪物把目標轉移到附近的小隊身上，而這種種惡劣行徑讓人覺得這些傢伙根本是邪惡的忍者軍團。

雖然不知道這些傢伙在ＳＡＯ正式營運而變成死亡遊戲後也貫徹著忍者之道，但這件事我倒是覺得沒有什麼好非議的（目前為止）。不過兩個大男人追著怎麼說也是女生的亞魯戈跑，並且強行要她提供情報我可就看不下去了。

我做出要亞魯戈退到後面的手勢，一邊把手往掛在背上的愛劍「韌煉之劍＋６」摸去一邊說道：

「身為幕府的忍者，我不能放任風魔忍者做出這樣的惡行。」

下一個瞬間——

冒牌忍者頭巾底下，小太郎氏與伊介氏的雙眼同時發出光芒。

「「可惡，你這傢伙是伊賀忍者嗎！」」

「啥？」

看來我隨口說出的台詞已經觸發他們二人內心重要的開關了，兩人的右手以完全相同的動作緩緩朝背上的忍者刀（其實是小型短彎刀）移動。

難道——他們想要拔刀嗎？這裡是沒有防止犯罪指令的「圈外」，玩家攻擊其他玩家的話將會造成對方的ＨＰ減少，同時攻擊方的彩色浮標也會變成橘色，成為無法進入城鎮裡的「犯罪者」。就算是忍者，也敵不過統率整個世界的系統之神。

是不是該表示不是伊賀而是甲賀忍者，這樣說能夠迴避眼前的問題嗎？當我考慮起這嚴重又愚蠢的問題時——

困境卻因為出乎意料之外的狀況而獲得了解決。

我剛才之所以沒有站在小山谷的入口，辛苦爬上山壁來聽取亞魯戈與忍者們的對話，是因為這個地方不是城鎮而是練功區。要是呆呆站在同一個地方太久，一定有某種情況會發生。

我一邊往後退了一步一邊小聲地說：

「後面。」

「「在下才不會上這種當呢！」」

「沒騙你們，你們看一下後面嘛。」

我聲音裡所包含的某種感情似乎打動了生性多疑的兩個忍者，一起往後看去的小太郎與伊介馬上輕輕跳了起來。因為不知道什麼時候——已經有個新的闖入者，不對，應該說是闖入牛出現在他們眼前。

牠的正式名稱是「顫抖公牛」。是第二層特產的，光到肩膀就有兩公尺半高度的巨大牛型怪物。除了外表所見的高防禦力與攻擊力之外，最難纏的是牠那超長的目標持續時間與距離。我之所以會退避到岩石平台上，就是因為害怕被這傢伙給盯上。

「哞哦哦哦————！」

牛一發出怒吼……

「「在……在下先走了————！」」

忍者也跟著發出悲鳴。下一個瞬間，身穿灰色忍者裝束的兩個人便以令人嘆為觀止的速度往城鎮的方向跑，但怪物牛也發揮出與巨大身軀不符的敏捷力追了上去。才不過五秒鐘的時間，地面震動的感覺與喊叫聲便消失在遠方的地平線上。照這樣子看來，怪物牛應該會追著小太郎與伊介直到他們逃進烏魯巴斯裡吧。

好不容易阻止超級忍者大戰發生的我，一邊鬆了一口氣一邊低頭看著自己的身體。一個小時前還是黑色皮長褲與木棉襯衫加上深灰色皮大衣的超級土氣打扮，但當場穿上第一層魔王掉下來的特殊裝備「午夜大衣」後，再配合原本的頭髮與眼睛，我已經全身上下都是黑色了。雖然滿適合「卑鄙封弊者」的身分，不過看起來也的確有幾分像忍者。由於實在不想以後出現「桐人是伊賀忍者」的謠言，所以還是改變一下內衣的顏色吧——正當我這麼想的時候。
再次有出乎意料之外的事情發生了。
從背後伸過來的兩隻小手用力抱住了我的身體。跟著背後傳來溫暖的觸感，此外還有細微的呢喃聲傳進耳裡。
「這樣太帥了啦，桐仔……」
這道聲音當然是來自至今為止一直保持沉默的亞魯戈。但是包含在聲音裡的感情，卻和平常那種讓人感覺有些市儈的「老鼠」不太一樣——
「這樣的話，姊姊會忍不住想打破情報販子的第一條禁忌啊。」
……姊……姊姊？情報販子的禁忌……？
雖然這些話都讓人相當感興趣，但我這個一個月前對人技能還是掛零的國二遊戲狂，根本不知道在這種情況下應該做出什麼反應才算正確。全身僵硬的我只能拚命絞盡腦汁，而以下就是我好不容易才從嘴裡擠出來的話。
「……因為妳還欠我一個人情啊。在告訴我畫鬍子的理由前，妳要是有個三長兩短我會很困擾的。」
情報販子「老鼠」亞魯戈的左右臉頰上各有三條清楚的黑色鬍子狀彩繪。雖然這也就是她被人稱為老鼠的原因，但卻沒有人知道塗上這種彩繪的理由。這是因為這條情報被標上十萬珂

爾這種恐怖的價格。

但是先前的魔王戰裡，我因為自己貼上「封弊者」的標籤而與大多數封測玩家分隔開來，獨自承受了新手玩家們原本可能會發洩在亞魯戈等封測玩家身上的仇恨。可能是為了這點而跟我道謝吧，亞魯戈寄給我一封寫著「免費提供一條情報」的訊息，而我也回答她「那就告訴我妳畫鬍鬚的理由」。

雖然我剛才的發言是為了緩和目前的尷尬，但亞魯戈聽見之後卻反而更用力把臉貼在我背上，然後呢喃道：

「…………好啊，那我就告訴你。不過等一下，我先把彩繪弄掉……」

咦？

彩繪……也就是說要把那對鬍鬚拿掉？這也就表示，她準備讓我看見沒給別人看過的真面目囉？這句話裡面是不是含有什麼我應該審慎考慮的意義啊？

我瞬間面臨精神負荷不斷上升的危機，於是趕緊在亞魯戈移開身體前大叫著：

「……原本是有這種打算，但還是換一個情報好了！告訴我剛才那兩個傢伙所說的，這一層的隱藏技能！」

亞魯戈隨即離開我的背部並且繞到我面前，幸好——不知道是否該這麼說，她左右臉頰上還是能看見三根鬍鬚。感覺她在離開我背部的時候好像說了句「桐仔這個膽小鬼」，不過我想應該只是自己聽錯了吧。

已經變回原本那種大剌剌表情的「老鼠」先把雙手環抱在胸前，然後才說道：

「既然已經說過要免費提供情報，我當然會遵守諾言。不過，桐仔你要先答應我一件事。就是不論結果如何，你都不能恨我！」

「……妳剛才也對那兩個忍者這麼說，不過這到底是為什麼？把誰都想知道的特別技能情報賣給對方，人家感謝都來不及了怎麼還會恨妳呢？」

聽見我的問題後，老鼠只是露出一個燦爛的笑容。

「這條情報就要收費囉，桐仔。」

我把嘆息吞了下去並點頭回答：

「那好吧，我保證。我對天……不對，應該說對系統發誓，之後不論發生什麼事情都不會恨妳。」

即使習得特別技能的任務會造成生命危險，我也可以自己判斷是不是要挑戰該任務。聽見我的誓言後亞魯戈便用力點了點頭，說了句「跟我來」後便轉過身子。

接著她便帶我走上除非先買了地圖，不然就是需要無限大的好奇心與忍耐力才能通過的一段道路。

我們爬上廣大——直徑幾乎和第一層一樣——第二層裡到處可見的圓桌型岩山，接著鑽進小小的洞窟，並且順著類似滑水道的地下水流往下滑。雖然途中也發生過三次戰鬥，但那些怪物對為了攻略魔王而已經在第一層練到封頂的我來說根本不是什麼強敵。而這樣的移動整整持續了三十分鐘左右。

從整體地圖上的位置來判斷，我們似乎是來到第二層東邊角落的一座高聳岩山山頂附近。這個地方是一處四周被岩壁包圍起來的小空間，可以看見裡面有一道泉水、一棵樹，以及——一間小屋。

「…………就是這裡？」

聽見我這根本不用提出的問題後，亞魯戈先是點了點頭，接著便毫不猶豫地往小屋走去。目前看起來應該還沒有危險。下一個瞬間，她就在我眼前迅速打開房門。

房裡面只有幾樣家具以及一位NPC存在。那是一位剛邁入老年的肌肉大漢，頭上光溜溜的沒有任何頭髮，而嘴巴附近則蓄著茂盛的鬍鬚。這時老人頭上出現「！」的符號。而這也就是任務開始點的證據。

「那傢伙就是傳授特別技能『體術』的NPC，我提供的情報就到這裡為止。至於要不要接受任務就看桐仔自己的選擇囉。」

「……體……體術？」

從封測時期到現在，從來沒聽過這樣的技能。亞魯戈先說了句「這是免費贈送的」，接著便又告訴我幾條情報。

「根據我的推測……『體術』應該是不用武器而以徒手攻擊的技能，在武器掉落或者因為耐久度歸零而壞掉時應該滿有效的吧。」

「呃……喔……和『冥想』不一樣，這好像滿有用的。不過……原來這就是剛才那兩個忍者這麼想學這個技能的原因啊……」

看見亞魯戈露出疑問的表情，我也先說了句「這是免費贈送的」，然後才開始解釋：

「提到忍者的武器，通常會想到忍者刀或者是手裡劍對吧，不過遊戲業界就有點不一樣了。自古以來，遊戲裡的最強忍者一定都要會徒手摘下人頭這招。小太郎他們為了成為忍者的『完成型』，所以才無論如何都想要學會體術技能。不對——等一下。那兩個傢伙既然不知道這個地方，為什麼會知道體術技能的詳情和亞魯戈知道這些情報呢？」

「……再度免費贈送喲。當封測快要結束時，第七層的NPC曾透露出『第二層的體術大師』這樣的情報。不過我在那之前就已經自己找到這個任務了。那些忍者應該是封測的時候從第七層的NPC那裡聽到這件事了吧。然後等正式營運一開始，他們就跑來找我要買第二層特殊技能的相關情報。」

「那……那妳那時候為什麼不說『不知道』呢？這樣他們也就不會死纏著妳不放啦……」

面對我這理所當然的問題，亞魯戈只能露出尷尬的表情並且說：

「…………因為情報販子的自尊心不容許我說出『不知道』這三個字啊。」

「…………所以妳便回答『雖然知道但不賣』？嗯……我也不是不能了解妳的心情……」

把嘆息吞下肚後，我再度看向在小屋中央類似榻榻米的地方擺出打禪姿勢的ＮＰＣ。

「而妳不賣的原因，是因為不想被買下情報的人怨恨。不過呢，雖然這麼說有點不禮貌，但妳的職業原本就樹立不少敵人了吧……」

「情報販賣上的恩怨，只要過三天就會忘光了啦！不過這就不一樣了！搞不好的話，會一輩子受到影響……」

我凝視著嬌小的亞魯戈渾身發抖的模樣，猶豫了幾秒鐘後才用力點了點頭。

「接下來只有靠我自己來親身體驗一下了。別擔心，我剛才已經發過誓，無論發生什麼事情都不會怨恨亞魯戈。」

於是我便踏進小屋，站到正在打禪的大叔面前。穿著破爛道服的大叔看見我後隨即開口：

「是來拜師的嗎？」

「沒錯……」

「修行之路可是漫長又危險喔。」

「求之不得。」

結束簡短問答之後，大叔頭上的符號由「！」變成「？」，我的視線裡也出現接受任務的紀錄。

大叔，也就是師父把我帶到小屋外，接著走到被岩壁包圍的庭園角落一塊巨大岩石前面。師父拍了拍那塊高兩公尺寬一公尺半的岩石，接著一邊用左手摸著下巴的鬍鬚一邊說道：

「你唯一的修行就是用自己的雙拳擊破這塊岩石。只要成功，吾便傳授你全身的技藝。」

「等……等一下……………」

我因為這出乎意料之外的發展開始慌了手腳，馬上輕輕敲了一下巨大岩石。習慣遊戲之後，光是靠觸感就能夠知道對象擁有何種程度的耐久度。這時我手掌所感覺到的是「幾乎與無法破壞的物體相同」的超強硬度。

嗯，不可能。

做出如此判斷的我，為了取消這個任務而轉向師父。但對方卻比我快了一步——

「在擊破這塊石頭前不准下山，我將在你身上留下修練中的證明。」

丟下這句台詞的師父，隨即從道服裡拿出奇妙的玩意兒。他左手拿著一個小壺，而右手則拿著一根又粗又漂亮的——毛筆。

一股貫穿全身的強烈不祥預感，讓我感覺自己頭上好像真正浮現「這下不妙」的立體字樣。

那……那個，我決定要放棄了！

在說出這句話之前，師父的右手已經用驚人的速度揮舞了起來。毛筆尖端插進壺裡，接著沾滿墨水的筆尖便──「唰唰唰唰！」的在我臉上炸裂。

這個瞬間，我終於了解了亞魯戈臉上鬍鬚的祕密。

她在封測初期就自己發現了這位大叔並接受了任務，不過我想大部分的人都會接受。接受了之後便一樣被要求得擊破岩石，接著臉上也被毛筆做了記號。而記號當然就是──左右各三根的鬍鬚。

「哦……哦哇啊啊！」

發出丟臉悲鳴並往後仰的我，直接和站在稍遠處的亞魯戈眼神相對。她那張老鼠臉上出現帶有深沉的悲哀與共感──以及拚命忍住笑意的表情。

由毛筆攻擊下解放出來的我，急忙用雙手擦著自己的臉。但師父的墨汁似乎有急速快乾的特性，我手上已經沾不到任何黑色液體了。師父看了一下被做了記號的我並點了點頭，接著又說出具有衝擊性但我早已預料到的話來。

「這個『證明』在你擊破岩石結束修行前絕對不會消失。徒弟啊，師父相信你能辦到。」

說完他便踩著沉重腳步回到小屋，然後消失在房間深處。

呆呆站在現場足有十秒鐘的我，以非常微妙的表情看了一下亞魯戈並且問道：

「原來如此…………亞魯戈，妳在封測時期接下這個任務……然後放棄了修行對吧。所以在不得已的情況下頂著那張鬍鬚臉直到封測結束。結果因為情報販子『老鼠』的名聲已經傳開，在開始正式營運的現在也為了做生意而繼續臉上的彩繪……我說得沒錯吧？」

「漂亮！完美的推理！」

老鼠拍了拍手後又繼續說：

「哎呀，你算是賺到了，桐仔～結果同時得到了『鬍子的理由』與『特別技能』的情報！我就再送你一個情報當禮物吧。那塊岩石……硬得超乎想像喲！」

「我想也是…………」

我拚命忍住想雙膝跪地的衝動，賭上最後一絲希望對著亞魯戈這麼問道：

「那個……我臉上的圖案是和妳一樣的鬍鬚嗎？」

「嗯——差滿多的喲。」

「哦……那……那是什麼圖樣？」

如果不是太顯眼，或者就算顯眼但卻頗為帥氣的圖樣，那我就還有背負著這個烙印回歸正常生活的選項。亞魯戈花了三秒鐘的時間，重複看了好幾次我自己不敢到泉水前去照照看的臉——接著開口說：

「這個嘛～用一個名詞來表現的話……應該是『桐仔A夢』吧。」

這時她似乎再也忍不住，直接就趴在地上，一邊踢著雙腳一邊滾動……

而我耳裡只能聽見永無止盡的「喵哈哈哈！喵～哈哈哈哈哈！」爆笑聲。

接下來我便在山裡躲了整整三天，在歷經千辛萬苦之後終於擊破了岩石。也因此得以不用一輩子怨恨亞魯戈。

幻朧劍之迴旋曲

艾恩葛朗特第二層　二〇二二年十二月

1

「別……別開玩笑了！」

聽見前進方向傳來有些沙啞的吼叫聲後，我不由得停下腳步。

橫向移動了幾步之後，隨即把背部貼在NPC商店的牆壁上並觀察前方的情況。通道前方是一座還算寬敞的廣場，而騷動就是來自那裡。

「還……還給我！把它變回來！它原本是＋4的啊……至……至少要把它恢復原狀！」

叫聲再次響起，內容聽起來似乎是玩家之間發生了紛爭。不過這個地方是「防止犯罪指令有效圈內」——艾恩葛朗特第二層主街區「烏魯巴斯」的中心部附近，兩方面的玩家都不可能受到實質性的傷害，而且我這個毫不相干的人應該也沒有必要躲躲藏藏。

但就算腦袋裡相當清楚，警戒心還是無法避免地提升了三成左右。因為本人，等級13單手劍使桐人，目前是艾恩葛朗特最不受歡迎的獨行玩家……「第一個被稱為封弊者的男人」。

二〇二二年十二月八日星期四，死亡遊戲SAO開始到現在已經是第三十二天了。第一層的魔王怪物「狗頭人領主・伊爾凡古」被打倒，通往烏魯巴斯的轉移門開通後很快就過了四天。

這四天當中，第一層魔王房間裡發生的事情，在經過一些加油添醋後應該已經在最前線玩家之間傳遍了吧。

魔王怪物學會了戰前情報裡沒有的大刀劍技，聯合部隊的領袖「騎士」迪亞貝爾因此而死。另外還有在封測時期就到達比任何人都要高的樓層，然後用在那裡獲得的知識來打倒魔王，取得了最後一擊獎勵的一名「封弊者」。

不知道該不該說是幸運——雖然桐人這個名字瞬間傳了開來，但知道我長相的玩家最多也不過只有四十個人左右。而且這款SAO裡，浮標不會對沒有關係的陌生人顯示玩家的姓名。因此我現在才能像這樣，即使走在路上也沒有被人丟石頭。不過就算被丟了，也會有紫色障壁把石頭擋下來就是了。

不過為了小心起見，我還是解除了第一層魔王掉下來的「午夜大衣」，然後在額頭上綁了一條相當寬的頭巾，老實說連我都覺得自己的這種行為很丟臉。之所以寧願變裝也要進入主街區，並不是因為渴望與其他人接觸，而是為了補充藥水與乾糧，以及進行裝備的保養。雖然距離主街區烏魯巴斯東南方三公里處也有一座名為「馬羅梅」的小村莊，而且裡頭也有道具屋，但是商品的種類實在不多，而且也沒有可以進行保養的NPC鐵匠。

當我因為這些原因，先在烏魯巴斯的南市場裡把補給物資塞進道具欄，然後為了進行接下來的預定而走在路旁時，就聽見了剛才的叫聲——這就是事情的大致經過了。

反射性地確認「別開玩笑了」的謾罵不是針對自己後，隨即因為仍算不上堅定的覺悟嘆了口氣，然後才朝著接下來的目的地兼騷動發生處的烏魯巴斯東廣場走去。

不到一分鐘，我就來到那個像研磨缽一樣下陷的圓形開放式空間。以下午三點的「攻略時刻」來說已經算熱鬧，但這應該是因為城市開通——也就是轉移門開通的日子尚淺，所以有許多玩家從第一層「起始的城鎮」來到這裡觀光的緣故吧。

這些人群全都擠在廣場的一角，人群後面則可以斷斷續續聽見跟剛才同樣的叫聲。靠近人牆的我一鑽進縫隙，馬上就為了得知騷動的原因而伸長了脖子。

「現……現……現在該怎麼辦！能力下降了這麼多！」

我依稀記得這個滿臉通紅且不停大叫的男人。他應該不是觀光客，而是在最前線戰鬥的玩家。雖然沒有參加第一層魔王的聯合部隊，但從他全身的金屬防具以及長了三隻大角的頭盔，就能知道他的等級並不低。

其中最引人注目的，應該就是三隻角男右手上緊握的那把出鞘的單手用直劍了。因為是在圈內，所以劍刃不可能傷害到任何人，但在這麼多人當中揮舞還是有點恐怖。但男人這時似乎已經相當憤怒，只見他把劍尖往腳邊的石頭敲去後還是大叫著：

「什麼叫作連續四次的大失敗！怎麼可能變成＋0呢，這樣我去找NPC還比較好！給我負起責任啊，你這個臭鐵匠！」

——一名身穿土氣茶色圍裙的嬌小男性玩家，即使承受這極為嚴厲的謾罵數分鐘的時間，也只是露出困擾的表情靜靜站在那裡。

廣場的一角放著一塊灰色的絨毯，毯子上方還擠了椅子、鐵砧、陳列架等各種物品。那條叫作「攤販地毯」的絨毯絕不是什麼便宜的道具，只要將它鋪在地上就能夠開起簡易的玩家商店，可以說是剛成為商人的玩家不可或缺的道具。

當然就算沒有地毯也可以把道具擺在地上販賣，但變成放置狀態後道具的耐久力會不斷減少，而且也無法預防一些前來行竊的宵小。在封測時期，各層主街區的主要通道上都可以看見商人們攤開各色絨毯熱鬧地進行買賣，但SAO正式營運並成為死亡遊戲後，我還是第一次看見這條絨毯。不對，真要說的話，我還是第一次看見不是NPC，而是由玩家擔任的鐵匠。

確認這些狀況後，我終於了解騷動的原因了。

不停用劍敲著地面並且大叫的男人，應該是委託默默垂著頭站在那裡的鐵匠進行那把劍的「強化」吧。一般來說，玩家鐵匠的成功率會高於同等級的NPC。當然，鐵匠也需要確實提升過相關技能的熟練度，但這方面的能力大概從外表就能判斷出來了。因為生產系技能所使用的道具──打鐵的話是「鐵匠榔頭」系──得經由相當詳細的熟練度數值設定才能決定是否能夠裝備。現在意氣消沉地站在我數公尺前的鐵匠，放在鐵砧上面的是「鋼鐵榔頭」，它需要的技能數值已經比這條街上的NPC使用的「青銅榔頭」要高了。

也就是說，那名鐵匠的武器強化成功率應該會高於NPC才對。反過來說，不是這樣的話他就沒辦法做生意，而三隻角男也是因為這樣才會把愛劍交給他。

但很可惜的是，在SAO裡面如果沒有相當高的熟練度，那麼武器的強化成功率就不是百分之百。比如說失敗的機率如果是三成，也還是會有百分之九的機率會連續兩次失敗，連續三次則大約是百分之三，而大概會有百分之〇．八的機率會發生連續失敗四次的悲劇。

恐怖的是在線上RPG世界裡，這種程度的數字可以說是「一段時間就會出現的現象」。我以前玩的遊戲裡，甚至存在掉寶率設定為只有百分之〇．〇一這種讓人想大罵「別開玩笑了！」的道具，但還是有不少超幸運的玩家能夠得到它。雖然很希望SAO不要有這種沒人性的稀有道具，但我想一定還是會有，而且我也會為了得到它而窩在迷宮裡頭……

「這騷動是怎麼回事……」

忽然從右邊傳來這樣的呢喃聲，嚇了一跳的我立刻轉過頭去。

站在那裡的是一名身材纖細的細劍使。身上穿著白色皮上衣與淡綠色皮革緊身褲，胸口戴著銀色護胸。這樣空靈的打扮讓人聯想到艾恩葛朗特裡不存在的精靈族玩家，但從頭部一直蓋到腰部附近的死板灰色連帽斗篷卻又毀了全體的印象。

不過這也是沒辦法的事。因為如果「她」把兜帽拿下來，露出光亮的栗色長髮與媲美精靈的美貌，那麼周圍的觀眾一定會把注意力全都集中到她身上。

我深深吸了口氣讓頭腦冷靜下來，然後對這個世界裡少數……其實只有五個人左右的「朋友」說道：

「好像是那個三隻角男要強化劍……」

當我說到這裡才終於想起自己也跟身邊的這個女性一樣進行了變裝。而且以簡單的皮革鎧甲取代黑色大衣，頭上還綁著黃藍色條紋頭巾的精心變裝不可能那麼容易被看穿。所以這時候還是先裝成首次見面比較好。

「……那……那個……我們之前在哪裡見過嗎？」

話一說完，灰色兜帽深處立刻射出足以媲美細劍水平二連擊的銳利視線，並且深深刺進我雙眉之間。

「不但見過面，還一起吃過飯，一起組隊過呢。」

「…………啊，我想起來了，現在剛想起來。還來我的房間借過浴室……」

喀。長靴的腳跟——正式名稱是「鞋跟蜂刺」迅速在我的右腳背上炸裂，讓我喪失了一部分的記憶。

我乾咳了一聲，用手指抓住細劍使連帽斗篷的衣角，把她拖到數公尺外無人的地點後才再次跟她打招呼。

「嗨……妳好啊，亞絲娜。好久不……不對，兩天沒見了。」

「你好啊，桐人先生。」

兩天前在前線遇見她時，已經跟她說過反正都是遊戲角色，就不用加什麼「先生」了。但是對VR遊戲入門者的她來說，這好像是無法妥協的堅持。但我也跟著叫她「亞絲娜小姐」時，她卻又表示「太麻煩了，不用加小姐」，老實說我還真是搞不懂女性的心理。

總之呢，總算順利打完招呼的我，隨即一邊把視線朝依然喧鬧不已的露天打鐵舖看去，一邊簡短地做出說明：

「好像是三隻角男拜託鐵匠幫他進行劍的強化，結果連續四次失敗讓數值變回+0，所以才會氣沖沖地引起這陣騷動。嗯……我也了解他的心情，因為連續失敗四次實在……」

結果這名就我所知是艾恩葛朗特最快最冷靜的（因為不想抵觸性騷擾防範指令，所以就省略最漂亮這個稱呼）玩家——細劍使亞絲娜只是輕輕聳了聳肩，接著便做出了評論：

「他在拜託對方時，應該就知道可能會失敗了吧？那位鐵匠也把店裡每種武器的強化率一覽表貼出來了不是嗎？而且在失敗時也只會收取強化用素材道具實際的使用費用，不會另外收手續費。」

「咦，真的嗎？那還真是有良心……」

我一面回想那個一直低頭的矮小鐵匠玩家一面這麼低聲說道。老實說，我對三隻角男的同情心原本有四成左右，但聽到亞絲娜這麼表示後，立刻只剩下兩成左右。

「……應該是第一次失敗後，馬上氣急敗壞地要求再次強化，然後一直重複同樣的錯誤。每個賭徒都是一樣，只要腦充血就會不顧一切放手一搏……」

「好有真實感的評論。」

「沒……沒有啦，我說的只是普遍的現象。」

直覺這時候直接陳述封測時期在第七層怪物競技場壓下全部財產的經驗也不會提升對方的好感度，反而會造成反效果，於是我馬上把視線移開。幸好亞絲娜只是露出懷疑的表情好幾秒，就又把話題拉回來了。

「嗯……我也覺得他很可憐啦，但也不用這麼悲憤吧……重新累積購買素材的金錢，然後再次挑戰不就得了。」

「嗯……我想已經沒辦法再次挑戰了。」

「為什麼？」

亞絲娜露出狐疑的表情，我隨即一邊用拇指指著背上的愛劍「韌煉之劍＋6」一邊解釋：

「那三隻角男的劍和我一樣是『韌煉之劍』。應該是努力完成第一層的任務之後得到的吧。接著又努力讓NPC鐵匠強化成＋4。不過通常到這裡為止都會成功。但從＋5開始成功率就會大幅下降了，所以他才會來委託玩家鐵匠。只是想不到一開始的強化就失敗，數值降成＋3。為了彌補錯誤而再次請對方強化後，結果又失敗而變成＋2。再來就不斷重複同樣的過程了。第三、第四次的強化也都失敗，最後以＋0的結果作收……我想應該是這樣吧。」

「…………但是，歸0之後就不會下降了吧，只要重新挑戰＋5……」

當亞絲娜說到這裡時，似乎就想到我剛才沒有提及的內容，於是兜帽深處的栗色眼睛便稍微瞪大了一些。

「對喔……還有『強化次數上限』。我記得韌煉之劍的次數上限是……」

「八次。也就是說四次成功四次失敗，已經把次數用光了。那把劍再也不能強化了。」

沒錯——這就是SAO裡頭武器強化系統棘手的地方。

這個世界裡所有能強化的裝備，都有「強化次數上限」的屬性設定。它不是「可強化等級的上限」。而是「最多可以嘗試強化幾次」的數字。比如說初期裝備的「小劍」強化次數就只有一次，一旦強化失敗，這把劍就絕對不可能變成＋1了。

更讓人頭痛的是，強化的成功率在某種程度上可經由玩家控制。尋找高明的鐵匠就不用說了（極端一點還有自己鑽研打鐵技能的手段，但目前這種狀況不可能實現，所以先不提），還可以不惜血本地在質量與數量上提供強化所需的素材道具來增加成功率。

通常玩家鐵匠會把委託強化的費用設定在成功率七成左右。如果委託人想提升成功率的話，可以多付一筆錢來增加素材道具的量，不然就是自己收集素材。

所以，真要說那個三隻角男有什麼不對之處，大概就是不顧一切地不停委託對方進行強化吧。第一次失敗時如果能深呼吸讓自己冷靜下來，然後多付一筆錢或者之後再來就好了。這樣的話，就可以避免那把貴重的韌煉之劍變成＋0並且用光強化次數的悲劇。

「…………原來如此。這樣的話……我稍微……真的是稍微能夠了解他悲憤的心情了。」

當我點了點頭表示同意亞絲娜的評論，並且在心裡替那把可憐的劍默哀時，男人原本不停大叫的聲音忽然消失了。一看之下才發現是他的兩名同伴趕了過來。他們從兩側把手放到男人肩上，拚了命地安慰他。

「哎呀……算了啦，留費歐爾。從今天開始，我們會再次幫忙你完成韌煉之劍的任務。」

「再努力一週就能拿到了，這次一定要讓它變成＋8。」

……哦哦，現在三個人一起挑戰任務還得花上一週嗎？幸好我早一步完成任務了。

當我以這種現實的感想……

……你啊，要好好珍惜那兩個朋友啊。還有下次別硬是要賭運氣了。

以及心有戚戚焉的感慨注視著這三個人時，三隻角的留費歐爾先生似乎終於恢復冷靜，只見他垂頭喪氣地準備離開廣場。

這時一直默默承受著痛罵的鐵匠忽然畏畏縮縮地從後面對他搭話道：

「那個……真的很抱歉。下一次，我一定、一定會更努力的……啊，當然也有可能再也不想委託我了……」

停下腳步的留費歐爾看了一下鐵匠，然後用跟剛才完全不同的無力聲音說道：

「…………不是你的錯。抱歉…………把你罵得那麼難聽。」

「沒關係……這也算是我份內的工作……」

仔細一看之下才發現，雙手在皮革圍裙前互握，然後不停低頭的男性鐵匠竟然還很年輕，年齡大概只有十幾歲而已。雖然這麼說好像有點不太厚道，但他在加上略細的下垂眼睛與隨便中分的髮型後，完全就給人一種「生產系角色」的感覺。如果再矮胖一點的話，就一定是「矮人」族……不對，他沒有鬍子所以應該是「地精」吧。

邊這麼想邊看著他們的對話時，鐵匠忽然往前踏出一步，再次深深地鞠躬並且表示：

「那個……我也知道這樣算不了賠罪……但韌煉之劍怎麼說也是因為我的疏失而以＋0作

收，您願意的話，我可以用八千珂爾把劍買下來……」

四周看熱鬧的人群立刻產生一陣騷動，連我的喉嚨也發出低沉的「哦哦」聲。

就現在的市場來看，完成任務而剛入手的全新韌煉之劍＋０大約值一萬六千珂爾。鐵匠出了八千珂爾也就是半價，不過雖然同樣是＋０，留費歐爾那把已經是用完強化次數，通稱為「結束品」的劍了。因此拿到市場上的話，價格可能還要再減半，也就是四千珂爾左右。以道歉來說，這已經是破天荒的價格了。

留費歐爾和他的兩名伙伴愣了一陣子，三個人互相看了對方一眼後才緩緩點了點頭。

一連串的騷動落幕，三人組與好事者們全都消失後，廣場上便又開始響起相當有節奏感的打鐵聲。露天商店的矮人……不對，鐵匠又開始在鐵砧上製造起武器來了。

我和亞絲娜並肩坐在圓形廣場對面的長椅上，茫然聽著打鐵的聲響。

原本我也不會長時間待在這座廣場，迅速結束要辦的事情後，應該就已經離開烏魯巴斯了。讓我變更計畫的理由有二。第一是因為遇上了亞絲娜這個艾恩葛朗特裡少數幾個不會叫我「卑鄙封弊者」的人，所以便決定留下來稍微練習一下日文，再來就是——我原本要辦的事情，就是強化我背上的韌煉之劍＋６啊。

因為昨天在馬羅梅村裡聽到……正確來說應該是偷聽到消息，據說烏魯巴斯東廣場出現了技術高超的鐵匠。剛好我也覺得是時候挑戰＋7了，所以就帶著強化用的素材，甚至還變裝回到了烏魯巴斯，但這出乎意料之外的騷動卻澆了我一盆冷水。

其實我也可以現在就站起身來，走到鐵匠身邊去對他說「抱歉，請你幫我強化」。因為這還是第一次和那個矮……不對，第一次和那個小哥見面，所以他應該也不可能會回答「我的榔頭不會幫封弊者進行強化，快走開！」才對。

但是剛才在我眼前發生的事情多少還是給了我壓力。同樣的韌煉之劍，成功率設定在七成，竟然從＋4變成＋0。以機率來說這的確是有可能發生的事，但無疑是一件超級悲劇。如果同樣的命運也降臨在我身上，就算不會像那樣大吵大鬧，應該也會躲在旅館裡三天不想外出吧。

雖然很失禮，但總覺得在這種精神狀態下委託對方進行強化的話，一定會被留賁歐爾先生的倒楣運影響，讓我的劍也因為強化失敗而變成＋5。然後我就會叫著「啊哇哇哇哇」，並且沒有追加素材便再次挑戰，結果再次變成＋4。當然沒有任何理論可以證明我的預感，但「網路遊戲的強化賭注」是一個不能光用邏輯來思考的世界啊……

「…………接下來呢？」

旁邊忽然傳來這樣的聲音，於是我便茫然地把視線移過去。

「咦？什麼？」

「…………還問我什麼，是你帶我來這裡坐下的吧。」

亞絲娜狠狠瞪了我一眼。

「咦?啊,是……是這樣嗎?抱歉,正好在想點事情……」

「想事情……桐人先生不是來這裡拜託那個鐵匠進行強化的嗎?」

「咦,妳……妳怎麼知道?」

我一嚇得往後仰,細劍使便用受不了你的表情說道:

「前天晚上在馬羅梅見面時,你不是說過要去狩獵『紅斑點甲蟲』了嗎?不用想也知道一定是要去收集單手劍用的強化素材嘛。」

「哦……哦哦……」

我不由得發出感嘆的聲音。

「……這是什麼反應?」

「沒有啦……只是想不到四天前連小隊成員的名字都找不到的人竟然會說這種話……啊,我……我沒有諷刺的意思喔,是真的很佩服。」

「…………」

應該是了解我說的是真話吧,只見亞絲娜雖然露出微妙的表情,但還是以稍微和緩的語調低聲表示:

「我最近學了很多知識。」

不知道為什麼覺得很高興的我，隨即一邊點頭一邊滔滔不絕地說道：

「這樣啊，嗯，這是件好事。MMO世界裡，知識的差異將給所有行為帶來完全不同的結果。如果有什麼想知道的事情，盡量問我沒關係，因為我是封測玩家，所以到第十層為止的所有街道的商品，還有Mob的叫聲全都一清二楚……」

當我得意忘形地說到這裡時，才發現自己正犯下一個極大的錯誤。

正如自己剛才所說的，我不但是封測玩家，還是「利用龐大知識來追求自己利益的卑鄙封弊者」。除了在第一層魔王戰時死亡的騎士迪亞貝爾的同伴們之外，應該也有不少高等級玩家視我為眼中釘。就算以皮革鎧甲與頭巾來變裝，還是會有近距離下看見我的長相就知道我是桐人的玩家，而那個人很可能會認為和我並肩坐在一起談話的亞絲娜也是封弊者的同伴。結果我竟然還在人群眾多的地方優閒地發表長篇大論，實在是太粗心大意了……

「啊……抱……抱歉。忽然想起我有急事。」

說完彆腳的藉口後，隨即準備站起來——

但是細劍使卻用細長的食指前端放在我肩上來阻止我的動作，然後用細微但是堅定的聲音呢喃著：

「……雖然覺得獨自肩負對封測玩家的忌妒與怨恨有點耍帥過頭了……但既然是你的選擇，我也沒什麼好說的。但這樣的話，你也要尊重我的選擇才對。我根本不在乎別人怎麼想，如果不願意被當成你的朋……伙伴，我打從一開始就不會跟你搭話了。」

「……………認輸了。全部……都被妳料中了嗎？」

低聲說完後，我就再次坐回到長椅上。

當她分毫不差地說出在第一層魔王房間裡自稱封弊者的動機，以及幾秒鐘前想要逃走的理由後，我當然也沒辦法再多說些什麼了。看見我輕輕舉起雙手做出投降的手勢，亞絲娜便在兜帽深處露出微笑，然後繼續說道：

「如果你是艾恩葛朗特的職業級玩家，那一直就讀女校的我就是心理戰專家了。看出玩家的臉色對我來說根本是小事一樁。」

「真……真是看不出來……」

「所以也差不多該告訴我，你猶豫著不去進行武器強化的理由了吧？其實呢，我今天也是想委託那位鐵匠幫我強化才會來到這裡。」

「咦……」

這出乎意料之外的發言，讓我看向亞絲娜掛在腰間的細長武器。收在象牙色劍鞘裡，有著綠色劍鍔的細劍名為「風花劍」。為了攻略第一層魔王而跟她組隊時，我特別要她用這把掉寶道具換掉初期的劍。這把劍其實是相當稀有的道具，好好強化的話，至少用到第三層中盤都沒有問題。

「妳那把劍現在是＋4？」

亞絲娜點了點頭來回答我的問題。

「自備強化素材嗎？妳帶了多少過來？」

「嗯……四塊『普朗克鋼』，還有十二隻『風黃蜂的毒針』。」

「哇，還不少嘛。不過……」

我大略心算了一下成功補正率，然後低聲說道：

「嗯……但＋5的成功率還是只有八成左右。」

「這已經很值得一試了吧？」

「嗯，一般來說是這樣啦……但看見剛才那一幕後……」

我朝廣場另一邊那個以一定節奏揮動榔頭的……像矮人一樣的鐵匠玩家瞄了一眼。亞絲娜也往同一個方向看了一下，接著便輕輕聳了聳肩。

「丟銅板時，呈現正面的機率和上一次的結果無關，一直都是百分之五十喔。所以剛才那個人不論失敗幾次，都跟我的強化無關吧？」

「是……沒錯啦……」

我一邊吞吞吐吐地說著話，腦袋一邊考慮著許多事情。細劍使亞絲娜小姐看來是那種信奉科學與理性的人，要是我在這時候表示「賭博還是要看運勢」，她應該也不會聽才對。因為我自己的左腦也相當清楚，自己感覺到的「倒楣運勢」沒有任何根據。

但右腦卻又有相當清晰的預感。不論是我的韌煉之劍還是亞絲娜的風花劍，只要現在去委託那名鐵匠進行強化，就算追加了素材來提升成功率也一定會失敗。

「亞絲娜啊……」

我整個身體向右轉來面對她，然後以最嚴肅的聲音與表情說道。

「怎……怎麼了？」

「成功率九成應該比八成還要好吧？」

「…………那是當然啦。」

「九成五又比九成要好對吧？」

「…………那還用說嗎？」

「這樣的話，我覺得不應該在此妥協。既然已經有這麼多素材了，應該更努力一點朝著九成五邁進才對。」

「………………」

細劍使以非常懷疑的表情看了我幾秒鐘後，忽然像是想起什麼事情般緩緩眨了眨長睫毛，然後才說：

「嗯，我的確不喜歡妥協。但我同樣討厭只出一張嘴而不行動的人。」

「…………咦？」

「既然你都這麼說了，應該就會幫忙我一起追求完美吧，桐人先生。順帶一提，『風黃蜂的毒針』掉寶率大概是百分之八喲。」

「…………咦？」

「既然已經這麼決定了，那我們趕快去狩獵場吧。兩個人的話，在天色變暗前應該可以打倒一百隻吧。」

「…………咦？」

我頓時露出難以置信的表情，亞絲娜站起來拍了拍我的肩膀，接著微微蹙起姣好的眉毛，給了我致命的一句話。

「還有，如果要和我組隊打怪的話，拜託你把那條顯眼的頭巾拿下來。雖然這麼說有點不好意思，但真的一點都不適合你。」

2

劍技——「Sword Art」應該是這款名為SAO的遊戲最大的賣點了，所以這裡的人型種類怪物也比其他MMORPG多出許多。

但這種傾向要到下一層才能看出來，第一層第二層裡還是以非人類型態的怪物占大多數。這也就表示，對初學者來說動物與植物型怪物比能使用劍技的人型Mob好對付，不過裡面還是有例外存在。

其中又以擁有麻痺毒與腐蝕酸等極危險特殊技能的怪物最有代表性，但「飛行型Mob」其實也是相當難纏的伏兵。因為SAO裡面沒有魔法，能夠進行遠距離攻擊的就只有「飛劍」類武器，而且它們其實都被當成輔助武器來使用。

把能力值全賭在飛劍技能上，然後不停丟出飛刀來打倒飛行Mob的攻擊模式當然也很令人憧憬。但很可惜的是，我的精神力還沒強韌到在這種死亡遊戲的狀況下，還去建構這種玩票性質的能力。何況SAO的投擲武器還有數量限制，只要丟完手邊的武器就只能等待悲劇降臨了。

因此——

當我這個極為普通的平衡型單手直劍使桐人，接到以比我長不了多少的細劍為主武裝的細劍使亞絲娜委託……或許該說是命令，要我和她一起去第二層西方練功場狩獵飛行型怪物「風黃蜂」時……心裡只有一種想法。

那就是……嗚咿～太麻煩了吧。

從第二層主街區「烏魯巴斯」西門離開的我，隨即操縱裝備人偶，把綁在頭上的黃藍條紋頭巾拿下來。接著又瞄了一下瞬時垂到眉毛下方的黑色瀏海並嘆了口氣。由於不願意和現實世界一樣頂著這個髮型，所以SAO剛開始時設定的那個令人懷念的帥哥角色，頭髮其實是帥氣的中分，但遊戲開始一個月的現在，卻發現還是最習慣這個髮型。

走在右邊的亞絲娜瞄了一眼這樣的我，用鼻子輕哼了一聲後才說：

「說起來呢，你也太天真了吧，真以為光靠那一條頭巾就能變裝嗎？沒有蓋住整張臉，或者是進行臉部彩繪根本沒有效果嘛。」

「嗚…………」

這句話刺激了我恐怖的記憶，讓我一個忍不住就發出低沉的呻吟。

其實不用亞絲娜說，我的臉到前天晚上真的都還塗著黑色顏料。但那應該——跟紋面或者在額頭畫上倒十字的帥氣造型差了十萬八千里。之所以會說應該，是因為我怕到不敢用自己眼睛確認的緣故，而唯一看過的人則做出了——「桐仔A夢」的評語。

那是接受了某項任務後就一定會被塗在臉上，而且在完成任務前都無法消除的恐怖顏料，所以我只能含著眼淚，專心地解任務。接下任務後的第三天晚上終於克服了難關，當委託人NPC，也就是我的鬍子師父幫我消除顏料時，那種成就感真是筆墨難以形容。結果消除顏料的方法竟然是從他道服裡頭拿出來的一條淡茶色手帕，但過於感動的我也不願多加追究了。

雖然遇見了這樣的事情，但從第二層開通後已經浪費了五十小時以上的我，在臉恢復原狀後還是立刻衝到最前線的「馬羅梅」村，然後繼第一層分手後再次於當地和亞絲娜碰面——事情的經過大概就是這樣。

因此，不知道我為什麼會有這種奇妙反應的亞絲娜只是稍微皺起眉頭，並且露出訝異的表情。而我則是急忙乾咳了一聲把事情帶過，接著開口表示：

「啊～對……對了。那下次去烏魯巴斯的時候，我也穿上連帽斗篷好了。妳那件是在哪裡買的？」

「這是在『起始的城鎮』的西市場裡，某個NPC的……」

亞絲娜回答到這裡便迅速閉上嘴巴，然後從兜帽深處投射出烈火般的視線。

「喂……別跟我買一樣的好嗎！這樣簡直就像情侶……不是，簡直就像是固定的小隊成員嘛！想遮住臉的話，直接戴麻袋啦！」

說完便迅速別開臉，打開視窗觸碰裝備人偶。土氣的灰色連帽斗篷隨即散發出些許光線特效並且消失，長長的栗色直髮在午後陽光照射下發出炫目光芒。

好久……正確來說，自從第一層魔王攻略戰之後，隔了四天才又看見亞絲娜的臉龐，一看之下立刻覺得確實是美得難以形容。雖然老實說出口一定會被揍飛，但的確會覺得她可能是遊戲裡唯一一個因為遊戲管理員兼世界支配者的茅場晶彥不小心而沒被恢復成原本面貌的人。

由於現在的攻略據點馬羅梅村位於烏魯巴斯東南方，所以這條朝向西南方的街道上看不見其他玩家的人影。對一個正處於思春期的國二男生來說，能在充滿殺伐與死亡氣息的艾恩葛朗特裡，和這麼漂亮的大姊姊並肩走在一起，真的應該要感謝天神能夠賜予我這麼幸福的一段時間才對。即使在前方等著我的，是狩獵大量飛行型Ｍｏｂ的麻煩任務也無所謂了。

「……但是戴麻袋變裝的話可能會被誤認為ＰＫ耶。那不同顏色的可以嗎？」

「不！可！以！」

「……遵命。」

我一邊和她對話，一邊再次操縱起裝備人偶。接著讓變裝用的土氣皮革鎧甲也消失，將打倒第一層魔王後掉落的漆黑「午夜大衣」實體化。

亞絲娜側眼看著翻動大衣長長衣襬的我，似乎想說些什麼而張開嘴唇，但四目相交後馬上再次把頭轉開。我到這個時候才開始考慮起自己為什麼要幫這個人蒐集強化素材，然後才又想起是因為自己慫恿她提升成功率的緣故。

算了，狩獵風黃蜂雖然很麻煩，但提升經驗值的效率倒是相當高。牠也算是晚餐前賺取經驗值的好對手了。而且心地善良的亞絲娜應該會請我吃晚餐來當成幫忙的報酬吧，我想一定會的，應該啦。

前進的方向可以看見一座南北向的寬廣峽谷分隔了巨大牛隻悠閒吃著草的草原。只要經過那裡，就是風黃蜂會出現的區域了。

「……我看妳已經打了不少次了，所以應該不用說也知道才對，但被黃蜂的毒針刺中時，會僵硬兩三秒的時間。一看見對方出現僵硬狀態立刻就要進行掩護，這一點一定要牢牢記住。」

「了解了。」

聽見我的指示後，亞絲娜這次乖乖點了點頭，但馬上又接著說：

「太往南邊移動的話會引來『鋸齒蟲』，這點也要注意。」

「……了……了解了。」

封測時代的記憶現在才復甦的我，想起的確有這麼回事後也跟著點了點頭。

穿越巨牛區域，就可以看見一座天然石橋架在約十公尺深的峽谷上方。雖然寬度相當充裕，但帶著緊張的心情順利過橋後，兩個人還是同時鬆了口氣。

「剛才那座橋……掉下去不知道會怎麼樣喔？」

我聳了聳肩並且回答亞絲娜的呢喃：

「等級到達5的話應該就不會死吧。但一直往南方前進才有爬上來的路，然後谷底還會冒出一堆黏糊糊的怪物，要走回來可以說相當麻煩。」

「這樣啊。」

細劍使點了點頭，感覺這時她臉上閃過一絲除了放心之外的表情，於是我便一直盯著她看。結果亞絲娜似乎敏銳地察覺到我的疑問，隨即一邊看著背後的峽谷一邊說道：

「只是覺得……面對怪物時，不論是偵查、提升等級或者攻略作戰，如果拚命努力還是落敗，心裡也只會浮現『沒辦法了』的想法……但我絕對不願意不小心從高處摔下去而死。」

「……說得也是。一般MMO的話，摔死也只會被拿來當成笑話……但這個世界就代表真的完蛋了……」

我點了點頭，考慮了一下後又補充道：

「但是呢，妳不覺得現實世界裡幾乎不存在覺得努力過了就能放心死去的狀況嗎？不論是生病還是發生意外，死時都只會留下一堆遺憾……所以……怎麼說呢，在這個艾恩葛朗特裡死亡時，如果能有自己已經盡力的滿足感……那麼…………」

很可悲的是，此時我這個十四歲網路遊戲玩家的表達能力已經來到極限，所以只能拚命揮動雙手與開合著嘴巴。亞絲娜以大剌剌的視線看著我這種模樣一陣子後，才簡潔地說道：

「這樣也是個不錯的結局，雖然我還不想有這種滿足感就是了。」

「嗯……嗯。」

「那麼就得先盡最大的努力來攻略第二層的魔王囉，你幫忙我強化武器也算是這目標的一部分啦。」

「……嗯……嗯。」

「既然意見相同，那我們馬上開始吧。目標是兩小時一百隻！」

做出這樣的結論後，亞絲娜隨即鏘一聲抽出細劍，然後率先往石橋另一邊——被矮木圍住的窪地衝去。

兩小時一百隻的話，一隻就是七十二秒？真的假的？

在腦裡完成這令人恐懼的計算後，我也只剩下以無力的聲音叫了聲「喔～」的選擇了。

「風黃蜂」是黑色身軀上有綠色條紋的蜂型怪物。全長五十公分的牠，出現在現實世界裡的話一定會是世界最大的昆蟲，但在棲息於艾恩葛朗特的怪物群裡，牠是被分類為尺寸最小的怪物。以第二層練功場的Ｍｏｂ來說，牠的ＨＰ與ＡＴＫ等能力也不算高。

話雖如此，但看見比人頭還要大的蜜蜂以屁股上媲美冰錐的閃亮毒針發動攻擊時，大腦的原始部分還是會發出緊急迴避的最優先命令。因此狩獵風黃蜂的時候，如何用理性壓抑本能的恐懼心就是最大的重點了。

由於亞絲娜怎麼看都不像擅長應付蟲子的人，所以我便帶著一絲的擔心看著她究竟能不能辦到這一點——

「……喝！」

結果她隨著叫聲所施放的細劍用劍技「線性攻擊」就這樣在空中劃出銀色軌跡，最後準確地貫穿黃蜂肚子底部的弱點。巨大黃蜂在發出「嘰——」的金屬質悲鳴後，隨即變成多邊形四處飄散。小隊成員的我，視界裡也出現了增加經驗值與珂爾的符號。

「二十四！」

應該不是我的錯覺吧，這時稍微瞄了我一眼，然後簡短叫道的亞絲娜眼裡稍微露出一些驕傲的神色。心裡想著「這傢伙」的我，也隨即把右手的劍對準新湧出的黃蜂。

由於我已經進入黃蜂的反應圈，所以牠以彎曲的複眼看見我之後隨即高高地飛了起來。牠先在上空五公尺處盤旋了一下，接著從腹部發出「嗡～」的振動聲並且緊急下降。這時候如果黃蜂的身體伸直的話就是以巨大下顎來發動噬咬攻擊，如果彎曲成く字形就是毒針攻擊了。不先看穿攻擊模式的話就會搞錯對應方式——但即使我在封測時期就跟這傢伙，以及比牠高等的「風暴黃蜂」對戰過許多次了，腦袋裡還是會浮現「好恐怖！」的想法。

不過我還是成功壓下恐懼心，確認黃蜂已經挺出肚子。判斷這是針刺攻擊後，便立刻停下腳步。

黃蜂朝我面前衝了過來，接著再次簡短地盤旋。可以看見從尾端伸出來的巨大毒針帶著淡黃色光芒。等到這一刻，我才用力往後跳去。隨著「鏘嘰！」的效果音刺過來的毒針只能空虛地刺中空氣。

這時黃蜂隨即陷入一‧五秒的攻擊後硬直狀態。我當然不會錯過這個機會，直接使出單手劍二連擊「圓弧斬」。劃出銳利Ｖ字形的劍刃伴隨著清脆效果音連續擊中黃蜂，直接削除了敵人六成的ＨＰ。

從硬直恢復過來的黃蜂立刻高高飛起，緊急迴旋後再次朝我襲來。但這次卻挺直了身體。我瞪著敵人的巨大下顎，不等牠發動攻擊就直接往旁邊避開，接著從後面追上剛經過左邊的黃蜂。不放過牠轉身前一瞬間停滯的空檔，順手使出一記單發「斜斬」。

這時如果再次使用「圓弧斬」就能確實地殺掉牠，但可惜的是，這招劍技在視界下端的冷卻符號還在閃爍當中。即使是「斜斬」，只要擊中弱點就能完全削除敵人的ＨＰ——但是在巨大翅膀的阻擋下實在很難辦到這一點。會心一擊失敗之後，可以看見黃蜂的ＨＰ條仍剩下一成左右。我心裡咂了一下舌頭，等硬直一解除便追加了通常攻擊。幸好長劍在敵人發動反擊的噬咬前就擊中對方，這次黃蜂就真的變成藍色玻璃碎片四處飛散了。

「——二十二！」

我先叫了一聲，然後立刻尋找新的獵物。

等級與主要武裝的能力明明都是我占上風，但是獵殺的敵人數量卻不及亞絲娜，最大的原因是亞絲娜的會心一擊率實在太高了——換句話說，就是她擁有百分之百貫穿黃蜂弱點的準確度。

我的「圓弧斬」在一般情況下能夠削除黃蜂六成的ＨＰ，而亞絲娜以「線性攻擊」造成的會心一擊直接能奪走五成多的ＨＰ。而且單發技的冷卻時間較短，每次都能趕得上黃蜂所露出來的空檔。

這樣的話，我也以基本的「斜斬」或「平面斬」來造成會心一擊不就得了？但很不甘心的是，我對自己的準確度沒有那麼大的自信。雖然這麼說可能是藉口，但我的愛劍「韌煉之劍＋６」的強化內容是「３Ｓ３Ｄ」，也就是銳利度＋３，耐久度＋３的分配。相對的亞絲娜的細劍「風花劍＋４」應該是「３Ａ１Ｄ」，亦即準度＋３耐久度＋１，所以才能有這麼高的機率出現會心一擊。

但話又說回來了，不管武器如何強化，也只有身負高超技術與冷靜判斷力的玩家才能讓所有攻擊全都變成會心一擊，當然還有經驗也相當重要。

我想自從第二層開通以來，亞絲娜應該就花了許多時間和這些巨大黃蜂對戰吧。但我覺得她除了是要收集風花劍的強化素材之外，應該還有更重大的理由存在才對。至於那個理由嘛——我想一定不是追求數值上的能力，而是玩家本身的強化吧。由於飛行型怪物的動作相當不規則，所以只要能夠做到準確其攻擊弱點，那麼和地上型怪物對戰時，牠們的動作看起來就會變得相當緩慢了。

亞絲娜在第一層迷宮區的深處首次跟我相遇時曾經這麼說過。

——反正大家終究逃不過一死。

——所以只是在什麼地方以什麼樣的形式，以及早死晚死的差異而已。

當時亞絲娜眼裡露出黯淡光芒，而且在接下來的戰爭裡尋找的不是希望而是絕望，但看見她現在像這樣專心一志地想「變強」的確讓我覺得很高興。如果是她的話，有一天一定能夠變成站在所有玩家前方來給予眾人希望的存在。

但是……

現在這個時候，我絕不能在「誰先獵到五十隻黃蜂」的比賽中落敗。

因為在戰鬥開始前，亞絲娜已經一臉平靜地說出極為恐怖的提議了。她說「今天晚餐就由我請客，但我們來比賽誰先獵到五十隻黃蜂，然後輸的人要請吃甜點，你覺得如何？」。

沒有考慮太多的我一口就答應了下來，結果開始打怪後才終於發現她的企圖。主街區「烏魯巴斯」的某ＮＰＣ商店當中，有一種大量使用了本層特產的巨大牛牛奶所製成的奶油草莓蛋糕。那種蛋糕確實很美味，好吃到幾乎讓我忘記第一層裡相當喜歡的奶油醬黑麵包。但這樣的美味售價也相當高，一塊就得花上一大半這次狩獵所賺到的珂爾。

亞絲娜的目的一定是這款蛋糕。要是必須付甜點的費用，那麼就算她請吃晚餐我也得付出一大筆錢。所以——我無論如何都必須在這場比賽裡獲得勝利！

「嗚哦哦哦哦哦哦！」

我從丹田發出吼叫聲，然後朝重新湧出的黃蜂衝去。

但下一刻就聽見亞絲娜以綽綽有餘的態度叫著「二十五！」，而這也讓我頓時墜入絕望的深淵。

目前差了三隻。過半數就出現這種差距的話實在不太妙。如過按照剛才的速度打怪，差距只會愈來愈大。如果不和亞絲娜一樣兩招就解決一隻黃蜂，後半段就絕對不可能逆轉了。

於是——

我稍微瞄了背後一眼，確定亞絲娜正背對著我進行戰鬥之後，隨即再次瞪著目標。

黑綠色的黃蜂按照以往的模式，在高空中停頓了一下後便緊急降落來發動攻擊。牠的身體彎成く字形，銳利的毒針也對準了我。

我依照應對方式停下腳步，等敵人靠近並讓毒針攻擊落空後才使出圓弧斬。雖然傳出「嚓咻嚓咻！」的爽快斬擊聲，但依然只削除敵人6成的ＨＰ。這時要是讓敵人脫逃，下一次攻擊如果不是會心一擊的話就沒辦法兩招打倒牠了。

「…………！」

我默默在心裡大叫，並且握緊左拳。

使用完劍技後的我，原本應該陷入硬直而無法展開追擊。但我一把左拳擺到左腹部，它立刻就發出些許紅色效果光。而且身體也半自動朝著被砍飛的黃蜂逼近。

滋喀！

接著傳出一聲與劍技完全不同的聲響。我的拳頭一直線往前突刺，直接轟在黃蜂圓滾滾的腹部。這是「體術」的基本技，單發突刺「閃打」。ＨＰ條立刻又減少了兩成左右。

這時黃蜂往後倒的時間結束，開始飛離我身邊，而我則是轉過脖子看著牠離開的模樣。結果第二次下降又是毒針攻擊。但我的硬直時間也已經結束，於是便輕鬆地閃開毒針，最後以一招「斜斬」來結束牠的生命。如此一來，打倒牠的時間就跟使用兩招劍技差不了多少。

這樣的話，只要能快速找到湧出的怪物，應該就有機會能追上亞絲娜了。我想應該有可能才對。

我瞪大了雙眼，一看見出現多邊形塊狀物的湧出前兆就立刻衝了過去。

一個小時後——

當狩獵完目標的五十隻黃蜂時，我整個人已經燃燒殆盡而坐在地上，結果亞絲娜又從我身後拍了一下我的肩膀。

「辛苦了，桐人先生。」

她的聲音幾乎沒有疲勞的感覺。她接著又繞到我面前，一面露出微笑一面繼續說道：

「那我們回烏魯巴斯吃晚餐吧。等你請我吃甜點時，再來好好聽聽關於你所使用的空手技能吧。」

「…………」

面對已經說不出任何話來的我，美麗的細劍使又補上了致命的會心一擊。

「真令人期待，我早就想吃那種蛋糕了。雖然只差一隻，但贏了就是贏了。男子漢大丈夫應該會遵守諾言吧。」

3

回到主街區烏魯巴斯的同時，街上各處的鐘樓也剛好傳出清澈的鐘聲。那讓人感到些許鄉愁的緩慢旋律，正告知玩家夜晚已經來臨。晚上七點，正是到練功場去的玩家們一起回來的時候。

我在SAO之前玩的MMORPG裡，七點算是遊戲開始熱鬧的時間帶。通常這個時候伺服器的人才會開始增加，到十點左右會創下最多人數的紀錄，一些強者甚至會持續攻略到隔天早上才休息。

由於我還是接受義務教育的學生，所以平常再怎麼晚也是凌晨兩點左右就下線了，但這個時候還是有許多認為夜晚才剛開始的傢伙不停地縱橫於練功場當中，老實說我當時真的很羨慕這些人。

所以在目前這種想去上學也沒辦法去的情況下，別說是凌晨兩點了，就算要在練功場待到五點還是八點都無所謂。但不可思議的是，只要天一黑就一定會回到街上來一次。

當然，有很多時候也是吃完晚飯並且完成補給與保養後就再次衝到外面去，一直狩獵到隔天早上為止——在第一層迷宮區裡第一次遇見亞絲娜的晚上就是這種狀況——但只要鮮紅的夕陽從外圍部分照射進來，而且顏色又從紫色變成藍色時，不知道為什麼就會有種靜不下來的感覺，讓我自然朝著街道前進。

從烏魯巴斯主街道上的玩家都露出鬆了口氣的笑容來看，就能知道不是只有我一個人有這樣的傾向。並排在街道兩側的餐廳與酒吧都傳出熱鬧的作樂聲，同時還經常參雜著慶祝今天又平安生還的乾杯聲。

我在第一層最前線的城鎮或村莊也見過這樣的光景。但是似乎已經很久沒有聽到這麼多爽朗的笑聲……應該說，自從被囚禁在艾恩葛朗特以來，這似乎還是我第一次有這種經驗。

「……今天是我第一次在這種時間回到烏魯巴斯來……這裡平常都是這樣嗎？還是說，今天是什麼特別的日子？」

我一邊想著「十二月八日應該不是假日」，一邊對走在旁邊的亞絲娜這麼問道，這時再次用連帽斗篷把美麗臉龐遮住的細劍使便以奇怪的眼神從兜帽深處看著我。

「我想這幾天烏魯巴斯和馬羅梅大概都是這樣吧。你不只是白天，連晚上都躲在某個地方嗎？」

「沒……沒有啦，這個嘛……」

亞絲娜的問題，應該是在問我有必要如此在意他人的眼光嗎？但我其實是有想來也不能來的原因，才會不在晚上來到烏魯巴斯。要談到「體術」技能的話，一定就會提及這方面的事情，但這絕對不是能邊走邊交代清楚的內容。

「要說躲嘛，好像可以說是，也可以說不是啦……」

聽見我模稜兩可的回答後，亞絲娜便用更加懷疑的表情看著我。

「我不是說過，你真的想太多了！剛才有好幾十個玩家從你身邊經過，就算沒有變裝，也沒有任何人找你麻煩不是嗎？」

正如她所說的，我現在沒有裝備那條帥氣的條紋頭巾。雖然脫下黑色大衣，但面貌與髮型都還是保持原樣。但這與其說是玩家們在知道我是「邪惡封弊者桐人」後還丟著我不管，倒不如說是生還的喜悅與對晚餐的期待，讓他們根本無暇去注意一個黑漆漆男劍士所帶來的結果。

因此我在無意識中還是保持著把身高差不多的亞絲娜當成掩蔽物的狀態，然後輕咳了幾聲。

「咳咳……或……或許吧。對了，關於剛才的話題……那就是說，這條街晚上都毫無理由就這麼熱鬧囉？」

「也不是毫無理由吧。」

亞絲娜這時再次閉上嘴巴，然後一直盯著我的臉看。

「……應該說，有七成的理由是因為你吧。」

「咦？因為我？」

看見我嚇了一跳後，細劍使隨即用「真的受不了你」的表情長長嘆了口氣。

「唉～……我說啊，稍微考慮一下就能知道大家為什麼在笑了吧。當然是因為這裡是第二層啊。」

「……妳的意思是？」

「我可不是在跟你猜謎啊。當被困在第一層一個月時，大家都比現在還要不安。都覺得可能再也無法回到真實世界而感到絕望，當然我也是一樣。但是最後終於組成了第一層魔王的攻略部隊，而且第一次挑戰就打倒魔王，開通前往第二層的轉移門。大家這才覺得，說不定有一天真能攻略這一款遊戲。所以才能像那樣露出笑容。說起來呢……魔王戰的時候要不是某個人硬撐住戰局，這樣的景象也就不復存在了。」

「……………」

這時我才終於理解亞絲娜的言外之意，雖然知道了，但我還是一樣不知道該如何反應。因此只能乾咳一聲，思考了好一陣子後，才終於開口表示：

「這……這樣啊～那麼，我想那個人做的事應該足以讓人請他吃飯後的甜點吧，嗯。」

聽見我最後掙扎的發言後……

「這兩件事完全不相干！」

亞絲娜便這麼回答。

從東西向的主街道走進往北的小巷弄，再往右與左邊轉彎後就能看見目標的餐廳了。

我之所以會知道這家店（以及剛才提到的蛋糕），當然是因為封測時期曾經在烏魯巴斯的街頭巷尾探險的緣故，所以來到第二層並不是太久的亞絲娜竟然能夠發現這種隱密的好店倒是讓我有點意外。坐到深處的位子上並且點完餐後，我便先試著詢問她這件事情。

「對了……亞絲娜是聞到這家店奶油的香味才找到這……」

這時立刻被她從兜帽深處狠狠瞪了一眼，於是我只能改口說：

「……我想應該不可能喔。難道是偶然發現的？這裡的入口很狹窄招牌也很小，應該很難偶然找到這裡來吧。」

當然，艾恩葛朗特裡面不會發生隨便晃進去的店竟然是超級黑店的事情（應該啦），但有可能因此被捲入活動型的自動發生任務。雖然在圈內的話ＨＰ會受到保護（應該啦），但對不習慣這種遊戲的人來說，這會是讓人嚇破膽的發展。我就是認為亞絲娜不是會追求這種刺激的人才會這麼問，結果她的回答卻又出乎我意料之外。

「我跟亞魯戈小姐買了情報。我問她烏魯巴斯有沒有玩家比較少的ＮＰＣ商店。」

正如她所說的，目前店內沒有其他玩家的身影。亞絲娜打開視窗把斗篷消除後，隨即甩了甩長髮並鬆了口氣。

「……這……這樣啊。原來如此，我知道了……」

讓亞絲娜與亞魯戈見面的人的確是我。正確來說，是亞絲娜到我在第一層托爾巴納租的房間來借浴室，然後亞魯戈又很巧地跑來找我，結果我死命的努力最後還是白費，兩個人在浴室裡面碰頭之後，亞絲娜嚇了一大跳，而且還一邊發出悲鳴一邊衝到我待的房間——

「我是覺得不會啦……不過你該不會想起絕對不能想起來的事情了吧。如果是這樣的話，就要請我兩塊蛋糕了。」

「沒有喔……我沒想起什麼。」

用力搖著頭的我立刻接著說道：

「這樣啊，不過呢……亞魯戈的情報雖然又快又準確，但跟她打交道時還是要注意一下。那傢伙的字典裡，沒有『嚴守委託人的祕密』這幾個字喔。」

「那……照你這麼說，我也可以要求她賣給我所有關於桐人先生的情報囉？」

當我覺得自己真是畫蛇添足時，一切都太遲了。

「可……可能是可能啦……但一定很貴喔。我想總額一定不低於三千珂爾。」

「……不高不低的價錢耶。如果是這個價格的話，好像值得一試……」

「N……NO！這……這樣的話，我也要買亞絲娜所有的情報喔！而且那傢伙還看過亞絲娜的……」

這時我喀一聲閉上了嘴巴。

坐在對面的亞絲娜則是露出燦爛的笑容並說道：

「我的什麼？」

「呃，嗯……這個嘛……」

不知道是不是神明的布局，這時NPC服務生很給面子地把料理送了過來，讓我得以避開悲劇性的結局。

當兩個人吃著沙拉、奶油濃湯以及麵包等樸實的料理時——但這在第二層已經是最高級的了——亞絲娜眉間依然飄盪著火爆的氣息，不過等餐後甜點隆重登場時，她也就恢復原狀了。

亞絲娜按照約定付了晚餐的費用，但甜點則是由我來負責。恐怖的是光是一塊蛋糕，價格就已經比主菜的三道料理還要貴，但對連使出隱藏的「體術」技能都沒辦法贏得比賽的人來說，現在也沒什麼好掙扎的了。所以我只能不斷地反省自己的技巧仍未臻純熟。

坐在對面的勝利者不知道是否看出我內心的想法，只見她瞪著屹立在淡綠色盤子上的純白巨峰後，眼睛馬上發出燦爛的光芒，接著又用興奮的聲音叫道：

「哇～太棒了！看見亞魯戈小姐的情報裡寫著『顫抖草莓蛋糕值得一試喲』之後，我就一直很想吃吃看了！」

——蛋糕的名稱之所以有「顫抖」這個單字，很明顯是來自於在第二層練功場裡遊蕩的恐怖超巨大「顫抖母牛」。牠們擁有超過公牛近兩倍大的身軀，算是小王級的怪物，而眼前的蛋糕就是大量使用了這種母牛的牛奶（設定上是如此），但現在提出這個話題實在是太煞風景了。

說起來呢，不論跟巨大的牛有沒有關，光是一大塊生奶油矗立在大盤子上的雄偉模樣就已經夠讓人顫抖了。雖然確實有蛋糕從圓柱裡被切出來的三角外型，但一邊的長度就有十八公分，高則有八公分，而且頂點的角度也有六十度。

這也就是說，這塊蛋糕的體積是18×18×3．14×8的六分之一……竟然有一千三百五十立方公分啊。光是使用的鮮奶油應該就超過一公升了吧。

「這……這一點都不短嘛……」（註：草莓蛋糕的日文為ショートケーキ，來自於英文的Shortcake，而Short有短之意）

聽見我的呻吟後，亞絲娜便一邊拿起按照蛋糕比例稍微放大的叉子一邊說道：

「你不知道嗎？Shortcake裡的Short不是『短』的意思喲。」

「咦？那是什麼意思？是大聯盟的傳奇遊擊手發明的？」（註：遊擊手的英文為Shortstop）

完全無視我精心的搞笑後，細劍使便繼續說明道：

「原本的意思是使用了起酥油（Shortening）來製造出酥脆口感的蛋糕。在美國，蛋糕底層好像都是使用酥脆的餅乾。但日本則是使用柔軟的海綿蛋糕，所以就失去它原本的意思了。這塊蛋糕不知道是哪一種喔……」

把叉子放在三角型頂點，接著切下約八十立方公分的面積後，立刻可以從斷面看見金黃色的海綿蛋糕。看來內部是海綿蛋糕↓加有草莓果粒的奶油↓海綿蛋糕↓加有草莓果粒的奶油這樣的四層構造。當然正上方也放了一大堆鮮紅色的草莓（正確來說應該是像草莓的水果）。

「……看來是海綿蛋糕，我還是比較喜歡這種的。」

亞絲娜說完便露出燦爛的笑容，怎麼說呢，我不否認那種充滿魅力的模樣，甚至讓我覺得輸掉賭注而付出巨額珂爾也無所謂。

不對，這時候我的金錢得失根本不重要。在第一層迷宮深處，蒼白肌膚上露出深沉絕望表情的女孩，目前在溫暖油燈的光芒下竟然能夠露出這樣的笑容，這本身就是件「好事」了。

另一方面，桌上如果出現另一盤同樣的蛋糕則是讓我「最害怕的事」。雖然一開始也想打腫臉充胖子直接點兩人份，但丟臉的是標記在菜單上的價格馬上讓我冷靜了下來。

因此我只能發揮僅有的紳士技能，一邊擠出最為自然的笑容一邊揮著手說道：

「不用管我，盡量吃吧。」

而亞絲娜則是用同樣的笑容回答：

「嗯，我本來就打算這樣了。那我不客氣囉。」

她過了兩秒後才噗哧一聲笑了出來，然後從旁邊的餐具籃裡拿出另一根叉子，一面遞給我一面加了一句：

「開玩笑的啦，我也沒那麼壞心眼。可以分你三分之一喲。」

「……謝……謝謝。」

我表面上以感動的表情道謝，但腦袋裡……

——三分之一的話，就表示可以進攻到四百五十立方公分！

當然很快就開始了這樣子的計算。

離開餐廳後，街道已經完全覆蓋在夜色當中了。

身邊的亞絲娜大大吸了口氣，然後一邊深深嘆息一邊低聲說道：

「…………真好吃…………」

我能夠了解她的心情。因為剛才的蛋糕，應該是她被關進這個世界之後，首次嚐到的真正甜點。跟她有同樣感想的我也嘆了口滿足的氣，然後以感慨良多的口氣呢喃著：

「感覺好像比封測時期好吃多了……不論是入口即化的奶油，還是不會太甜也不會太膩的口感……」

「……我看是你想太多了吧？不過是從封測進入正式營運，真的會進行那麼細微的調整嗎？」

亞絲娜露出懷疑的表情，而我則馬上一臉認真地反駁：

「只是更新味覺引擎的再生檔案，應該花不了多少時間才對。而且味道就算了，封測時期絕對沒有這個效果喔。」

話一說完，我便指著視界左上方自己HP條的下側。

上面亮起了一個吃蛋糕前不存在的支援效果圖標。那個四葉酢漿草的圖案，代表著「幸運獎勵」的支援效果。通常除了在教會捐一大筆錢來獲得祝福之外，還能藉由裝備有這種效果的首飾，或者品嘗特殊食物與飲料等方法來取得這樣的支援。

SAO裡頭明確表現出數值的能力就只有筋力與敏捷度(STR、AGI)，可以說是款走簡約風格的遊戲，但還是存在會受裝備的特殊效果與各種支援、阻礙與地形效果而有所增減的「隱藏參數」。而「幸運」就是其中一種，它對中毒與麻痺攻擊的抵抗判定與武器掉落、翻倒的發生率，甚至是稀有寶物的掉寶率都會有所影響，可以說是相當重要的參數。

我想一定是某個ARGUS的員工認為，那種蛋糕既然如此昂貴，那麼除了味道之外再加上一些特典也不為過，所以在正式營運後才會加上這樣的支援效果。效果的持續時間是十五分鐘。如果在迷宮區休息時品嚐的話，之後的戰鬥就能享受到絕大的幸運，但是——

「……很可惜的是，就算現在再去練功場打怪，也沒剩下多少時間了。」

似乎也有相同想法的亞絲娜聳了聳肩並且這麼說道。

確實從這裡跑到城鎮外面去，在效果結束之前應該也沒辦法打倒多少怪物。而且城鎮周邊的練功場裡，Ｍｏｂ本來就不會掉落什麼有用的道具。

「不過……難得有這樣的效果……」

貪小便宜的我瞪著不斷減少的效果時間，一邊絞盡腦汁想著該怎麼利用這次的幸運獎勵。

兩個人趴在地上尋找失物（偶爾真的會有錢幣或者寶石掉落在地面）——亞絲娜應該不願意做這種事才對。到賭場去押下全部財產——這個主意雖然不錯，但可惜要到第七層才會有博弈類的商店登場。在我左思右想的期間，效果的期限也不斷逼近。就沒有什麼可以試試運氣的機會嗎……還是乾脆低頭向旁邊的細劍使小姐表示「請跟我交往！」……等等，這好像不是系統支援效果能夠影響的事情…………

在快從耳朵裡冒出煙來的我就要做出喪失理性的行動前。

忽然聽見從遠方傳來熟悉且有節奏感的金屬聲。那噹、噹的榔頭聲確實是——

「啊……」

我終於想到方法能有效利用（或許吧）剩下十二分鐘的支援效果，於是啪嘰一聲彈響手指。

4

隔了五個小時才又回來的烏魯巴斯東廣場上，幾乎看不見觀光客的身影了。現場只有幾名玩家站在晚上才會出現的NPC露天商店周圍，再來就只有坐在外緣長椅上的兩三對情侶而已。但是我和亞絲娜來這裡的目的當然不是並肩坐在長椅上，然後眺望取代星空的上層底部。

在廣場東北角攤開地毯，然後上面放了小小的鐵砧與武器陳列架的矮小玩家。應該是SAO正式營運並且成為死亡遊戲之後，第一個正式出來做生意的工匠階級……「鐵匠」，他才是我們兩個人的目標。

「亞絲娜，經過剛才的狩獵後，應該已經存夠風花劍用的強化用素材了吧？」

向身旁的細劍使確認之後，再次裝備上連帽斗篷的她便輕輕點了點頭。

「嗯。還多了一些，所以我想把它們拿去換成現金，然後兩個人平分……」

「明天賣就可以了。這樣的話，要不要現在先嘗試＋5呢？」

聽見我的提案後，亞絲娜的眼睛便瞄了右上角一眼。

「……原來如此。但『幸運獎勵』的支援也能夠影響武器強化嗎？實際進行強化的人不是我而是那名鐵匠吧？」

「是沒錯啦，但請那個鐵匠吃剛才的蛋糕又有點太『那個』了……」

這邊的「那個」，指的當然是經濟問題。這時我又歪著脖子繼續表示：

「……確實很難說一定有效果，但怎麼說妳也是劍的所有人，而且說不定真的有成功率獎勵作用啊。至少不會發生負面效果，所以試試看應該不會有損失吧。」

當我們說話時，支援的有效期間已經剩不到七分鐘。這時亞絲娜先點了點頭……

「好吧，反正原本就決定今天要強化了。」

接著這麼說道並把細劍從腰間拿下來，然後直接朝鐵匠的露天商店走了過去。而我也默默跟在她後面。

從近處看這名矮小的鐵匠玩家，感覺就更像矮人了。他有著寬大的體格與看起來非常篤直的圓臉。嘴巴與下顎沒有鬍子實在是太可惜了。在ＳＡＯ裡頭，只要到ＮＰＣ商店或利用道具就能簡單地設定髮型與是否有鬍子，所以既然已經這麼像了，何不乾脆追求完美，說不定還能夠多招攬到一些客人呢……

這時亞絲娜的聲音打斷了我無謂的思考。

「晚安。」

鐵匠立刻把視線從鐵砧上抬起來，然後急忙行了個禮。

「晚……晚安，歡迎光臨。」

聲音和經常出現在矮人身上的男中音有段差距，一聽就知道是年輕的少年。角色的聲音採自於玩家現實世界的聲音，所以雖然和臉一樣會有些微差距，但給人的印象大致上不會有變化。正如第一次看見他時所感覺到的一樣，他的年紀大概是十幾歲，說不定跟我沒差多少。

立在旁邊的招牌，在價格表最上方寫著「Nezha's Smith Shop」。應該是唸作涅茲哈吧，我想這就是他的名字了。雖然不太容易發音，但包含SAO在內的網路遊戲，本來就會出現許多難以理解的玩家姓名，所以也不用一一深究。第一層魔王的攻略部隊裡，就有一名叫「Hokkaiikura」的三叉戟使，我想了老半天才認為應該是「赫克．飯塚」先生，最後當我知道是「北海鮭魚卵」時還真是感到一陣愕然。所以「Nezha」當然可能有其他發音，但初次見面也很難尋問對方唸法。

總而言之，鐵匠涅茲哈先生迅速站了起來，然後再次低頭並且說道：

「購……購物還是保養呢？」

聽見他這麼問後，亞絲娜便用雙手舉起從腰間拿下來的風花劍，然後流暢地回答：

「請幫我強化武器。要把風花劍從＋4強化到＋5，種類是準確度，強化素材自備。」

涅茲哈瞄了風花劍一眼——原本已經有些下垂的眉毛，不知道為什麼像是覺得更加困擾般貼得更近了。

「好……好的……那麼數材的數量是……？」

「加到上限為止。鋼鐵板四塊，風黃蜂的毒針二十根。」

我一邊聽著亞絲娜立刻回答的聲音，一邊在腦袋裡再次進行確認。

SAO的武器強化素材有「基材」與「添加材」兩種，基材是固定且一定需要的物品，而添加材則是由玩家自行決定數量。由使用何種添加材，以及多少數量來決定強化的種類與成功率。

風黃蜂的毒針是強化「準度」的添加材，所以成功的話亞絲娜的會心一擊率又會再次上昇。我沒記錯的話，把風花劍從＋4變成＋5時，如果添加二十根毒針，就能把成功率提昇到上限的百分之九十五。

因此這對進行強化的鐵匠玩家來說也是不錯的買賣。最棒的客人當然是連素材也跟鐵匠購買，但就算是素材自備，也比沒有任何添加材就委託強化，最後造成失敗要好多了。

但是涅茲哈聽見亞絲娜的回答後，八字眉就下垂得更誇張了。那無論怎麼看都是覺得困擾的表情，但他當然也沒有就此拒絕委託，只是再次低下頭表示：

「了解了，那麼請把武器和素材交給我吧。」

亞絲娜也行了個禮並說了聲「拜託你了」，接著就先把風花劍交給涅茲哈。然後又操縱視窗，把事先裝進一個布袋的基材與添加材實體化。這些素材也經由交易視窗交到鐵匠手上。最後又支付了寫在招牌上的強化手續費，完成了所有準備工作。

這個時候，「幸運獎勵」效果已經剩下四分鐘了。如果是戰鬥中的話就有點危險，但強化一把武器應該綽綽有餘才對。當然，還是不清楚究竟能不能對系統發生效果，但這可是吃了昂貴蛋糕後得到的效果啊，把成功率從百分之九十五升到九十七也不為過吧。

我對系統之神提出了有些無理的禱告後，結束委託前半段工作的亞絲娜便往後退了兩步，站到我的左側。然後簡短地呢喃著：

「手指。」

「咦？」

「伸出左手手指。」

不清楚究竟怎麼回事的我，只能稍微抬起左手並且伸出食指。結果亞絲娜就用戴著淡茶色皮革手套的兩根右手手指抓住我的指尖。

「那個……這究竟是……？」

「這樣的話，你的支援效果說不定也能加進去啊。」

心裡想著「怎麼可能」的我反射性地回答：

「……那……那至少……要牽手之類的……」

結果兜帽深處立刻投射出冰冷的視線。

「我和你之間不是那種關係吧。」

「那這種狀況是什麼關係啊！」——雖然這麼想，但因為聽見確認完強化素材的鐵匠說出「數量沒錯」，所以只好在指尖被抓住——或是支援效果被吸走的狀態下閉上了嘴巴。

在我和亞絲娜越過招牌的視線前方，鐵匠涅茲哈先是轉過身子，把右手朝設置在鐵砧後方的攜帶型火爐伸去。雖然是同時能熔煉的鑄塊相當少——也就是無法製作大型長兵器與金屬鎧甲的類型，但以露天商店來說已經足夠了。

在彈跳視窗裡把攜帶火爐從製造模式改成強化模式，接著又設定了強化的種類，然後把從亞絲娜那裡拿來的素材全放進火爐裡。

四枚薄鋼鐵板與二十根銳利的毒針馬上燒得火紅，最後爐裡便發出藍光——表示「準度」的顏色。準備完成後，鐵匠便把手裡的風花劍從劍鞘裡拔出來，橫放在缽形的火爐上。

藍色光芒立刻包裹住細長的劍身，最後整把劍都開始發出淡藍色光輝。

涅茲哈迅速把細劍移到鐵砧上，右手握住打鐵用的榔頭，然後高高舉了起來。

這個剎那——

有一種極其細微，但是十分確定的感覺閃過我的腦袋。這種感覺……就跟白天讓我中止自己的「韌煉之劍＋6」強化的時候一樣——

於是我就在想大叫「停手！」的衝動驅使下張開了嘴巴。但這個時候，鐵匠的榔頭已經發出最初的敲打聲。

充滿節奏感的「鏘！鏘！」一聲響徹整座廣場，鐵砧也爆出橘色火花。一旦開始強化，就再也沒辦法停止了。不對，應該說可以強行停止，但這樣就一定會失敗了。目前我只能默默地看強化進行到最後。

這種危機感完全沒有任何根據。只是我愛擔心的個性又再次跑出來罷了。將強化素材加到上限，鐵匠也是能力高於ＮＰＣ的玩家，再加上兩人份的幸運效果。這樣應該不可能會失敗才對。

不知道什麼時候已經屏住呼吸的我，就這樣看著上下揮動的槌頭。和製造不同，強化只需要揮動十下槌頭。六下、七下，槌頭以確實的頻率敲打著發出藍色光輝的劍身。八下、九下——然後到了第十下。

完成所有程序後，鐵砧上的細劍一瞬間發出炫目的光芒。

我一邊再次在腦海裡喊了一遍「不可能會失敗！」，一邊咬緊牙根。

一秒鐘後。出現的現象卻遠比我不祥的預感還要糟糕許多。

發出脆弱，甚至可以說優美的清澈金屬聲後——風花劍＋４就從劍尖開始一路粉碎到劍柄。

細劍的所有人亞絲娜就不用說了，就連跟班兼效果增幅員的我，以及引起這種現象的鐵匠本人都好一陣子沒辦法反應過來。

如果還有其他觀眾的話，說不定就能想辦法解決這種籠罩在現場的冰冷空氣了，但現在三個人就只能一直凝視著鐵砧上方。不對，說起來我這個非當事人應該要想辦法解決現場的空氣，但腦袋已經被一個疑問……以及提問前的驚愕所占領，所以根本無法思考別的事情。

——這怎麼可能！

瞪大眼睛的我，不停在心裡這麼大叫著。

不可能發生這種事。ＳＡＯ這款遊戲裡，武器強化失敗時的懲罰就只有「＋數值維持原狀，只消耗強化素材」、「＋數值的性能產生變化」、「＋數值減少１」等三種而已。

也就是說，就算是情況最糟糕的失敗，亞絲娜的「風花劍＋４」也只是數字會變成＋３而已，而且它的發生率也僅僅不到百分之五。當然，ＭＭＯ裡也有許多直接抽中這百分之五命中率的事情……但絕對不可能發生武器完全消滅的現象。

但是在鐵砧周圍閃閃發亮的銀色金屬片，數秒鐘之前還是亞絲娜的愛劍也是無庸置疑的事實。

因為這一切都是我親眼所見。亞絲娜親手把從腰上解下來的細劍交給涅茲哈，而涅茲哈也一邊用左手拿著劍一邊用右手操縱攜帶型火爐，最後把出鞘的劍放進火爐裡。一連串的動作並沒有什麼可疑之處。

寂靜當中，飄散在火爐周圍的碎片就像溶入空氣裡一樣消失了。如果劍刃或劍尖是被怪物的武器破壞技融化或是打出缺口就還能修理，但劍身整個破碎時耐久度就一定是歸零了。也就是說——亞絲娜的愛劍在這個瞬間，不只是變成出現在我們眼前的現象，同時也被從ＳＡＯ遊戲伺服器的資料庫裡刪除得一乾二淨……

最後的碎片消失的同時，鐵匠涅茲哈率先有所行動。

他丟下右手的榔頭，彈跳般站起身來，轉身對著我們低了好幾次頭。將馬桶蓋般的髮型稍微中分的瀏海下方，傳出了強行壓抑住傷痛一樣的悲鳴。

「對……對不起！對不起！我會把手續費全額退還……真的很抱歉……！」

雖然不斷地道歉，但當事人亞絲娜卻只是瞪大了眼睛而沒有任何反應。沒辦法的我只能跨出一步，對涅茲哈搭話道：

「不是吧，那個……先等一下，在談到手續費之前，想請你先說明一下。ＳＡＯ的強化失敗……應該沒有『武器消滅』這個罰則吧？」

結果涅茲哈終於停止上下振動的頭，畏畏縮縮地抬起臉來。這時他眉毛的角度已經垂到了極限，看起來相當篤直的圓臉也扭曲到了極點。看見他純度百分之百的內疚表情之後，連我也開始覺得不好意思，但還是絕對無法說出「那就算了」這樣的話。

於是我便極力保持冷靜，然後繼續說道：

「……我是封測時期的玩家，當時官網上面的遊戲指南也只寫了『損失素材』、『屬性轉換』與『屬性減少』這三種強化失敗的懲罰。這一點我相當確定。」

身為「卑鄙封弊者」的我平常一定不會提及封測時代的話題，但現在已經不是考慮什麼明哲保身的時候了。我說到這裡便閉上嘴巴，等待對方的回答。

鐵匠涅茲哈雖然不再低頭，但還是維持視線看著正下方的狀態，以細微的聲音表示：

「那個……可能正式營運後……又增加了第四個罰則也說不定。我之前……也曾經發生過一次同樣的狀況。所以，機率雖然很低，但是……」

「…………」

對方這麼表示的話，我也沒什麼根據可以反駁他了。說起來呢，如果涅茲哈所言不實，那就是他在我們面前表演了系統上不存在的「消滅懲罰」。這才是真正不可能發生的事情吧。

「…………這樣啊……」

聽見我無力的呢喃後，涅茲哈便稍微抬起視線，然後再次小聲地道歉：

「那個……真的不知道該怎麼賠罪才好……雖然很想賠償一把同樣的武器，但我這裡剛好沒有『風花劍』的庫存……所以……雖然等級有點下降了，但是不是可以考慮改拿『鋼鐵細劍』呢……？」

我當然沒辦法回答這個問題。於是我便轉向左邊，看著一直保持沉默的亞絲娜。

雖然低著頭的細劍使臉部完全被兜帽給遮住了，但還是能看見嬌小的下巴稍微左右動了一下。於是我便轉向涅茲哈並且表示：

「不用了……我們自己想辦法就可以了。」

雖然對表示要彌補損失的涅茲哈不好意思，但「鋼鐵細劍」是第一層「起始的城鎮」也能夠買得到的武器，在第二層使用實在有些不足。至少也要是比風花劍低一個等級的「護衛細劍」才能夠派上用場。

而且——說起來武器強化失敗的風險原本就應該由武器所有人負擔，而不是怪罪代理進行強化的鐵匠。「涅茲哈的打鐵舖」招牌上，也明確地表示了現在的技能等級能有多少成功率了。就算倒楣地碰上了出現率只有百分之五……不對，可能只有百分之一的「武器消滅」，也應該由自己負起所有責任。就連白天因為「韌煉之劍」變成＋0而大鬧一場的留費歐爾先生，最後都還是接受自己運氣不好的事實。

我的回答讓涅茲哈更加垂頭喪氣，先小聲說了句「這樣啊」，然後又繼續表示：

「那……至少讓我歸還手續費……」

這時我又按住他準備揮動的手。

「不用了，你也很努力地揮動榔頭了，所以沒必要這麼做。雖然敲打的次數都一樣，但玩家鐵匠也有人只是隨便敲一敲而已……」

我隨口這麼回答，結果鐵匠不知道為什麼像是嚇了一跳般，把脖子縮得更短了。只見他整個貼在身體上的雙臂發著抖，然後擠出最後一句話來。

「…………真的很抱歉…………！」

聽見如此悲痛的謝罪，我也沒辦法再多說些什麼了。

於是我便往後退了一步，催促亞絲娜先離開這裡到別的地方去。

這個時候我才發現，細劍使原本只是抓住我手指的右手，不知道什麼時候已經緊握住我的左手了。

我緩緩拉著保持沉默的亞絲娜，從北邊離開了烏魯巴斯東廣場。

這附近沒有什麼ＮＰＣ商店或餐廳，只有一整排用途不明的建築物——說不定一段時間後會以玩家小屋的方式把它們賣掉——而且幾乎沒有任何行人經過。

我們就這樣走在偶爾會出現小小旅館招牌的路上。

不要說目的地了，就連今後的行動方針都想不出來。雖然了解身邊保持沉默的細劍使那把和她共同經歷過多場戰鬥的愛劍只因為一次強化失敗就完全消失，以及她抓住我左手腕的手是那麼地冰冷與僵硬，但很可悲的是，我這個國中二年級的網路遊戲玩家在經驗與器量上都無法判斷出接下來該怎麼做才好。唯一知道的是，「甩開這隻手直接逃走」是最糟糕的選擇。雖然很想乞求偶然出現某個救星，但ＨＰ條下方的「幸運獎勵」圖標早已經消失了。

——還是先別繼續走下去了吧。

好不容易有這種想法的我，發現道路前方不遠處設有長椅，於是便把該處定為目的地。

再往前走了十五公尺左右，我隨即停下來開口說道：

「這……這裡有長椅耶。」

說完才在內心大叫「這是什麼爛藉口！」，幸好細劍使可能也察覺到我的意圖了，只見她默默改變身體的方向，無聲地坐到椅子上。手被拉過去的我當然也自動坐到她身邊。

幾秒鐘後，亞絲娜的手才鬆開手指，放開我的手腕，直接落到長椅上。

心裡雖然知道應該說些什麼，但是越這麼想就越說不出話來。實在很難想像我在第一層魔王的房間裡，面對數十名強者傲慢地說出「我就是封弊者！」這種話。不對——不只是這樣。我在第一層的迷宮區首次遇見亞絲娜時，不就主動對表情比現在還要恐怖好幾倍的她搭話了嗎？雖然是「你剛才過度攻擊的程度也太誇張了吧……」這種索然無味的內容，但有可能當時能開口現在卻辦不到嗎？不對，不可能會這樣。

「我說啊……………」

經過死命的努力才張開嘴巴，幸好接下來就自動發出聲音了。

「風花劍確實很可惜……但是，第二層裡頭，只要到馬羅梅的下一個村莊，就能在店裡買到比它稍微強一點的劍了。當然售價是不便宜啦……但是，這件事說起來我也脫不了關係，所以我會幫忙一起賺取資金……」

以這個世界裡如果有MP存在的話，一定一瞬間就會被我用光的精神力說出這些話後——亞絲娜便用即使在這麼近的狀態都快要聽不見的細微聲音回答：

「但是…………」

她說的話一碰到夜色就融化了。

「但是那把劍……對我來說，那把劍是…………」

藏在她聲音裡的某種感情，讓我像是被吸引過去般看著亞絲娜的臉。

連帽斗蓬底下，那張受到藍白色光芒照射的臉頰上，無聲地滑下兩行透明的淚水。

當然我也有在近距離看見女孩子哭的經驗。

但經驗的來源全都是妹妹直葉，而且有九成以上還是很久之前，雙方都還念幼稚園與小學低年級時發生的事。

最後看見她流眼淚，是我被關在死亡遊戲的三個月前，她因為在劍道的縣大會裡落敗而坐在庭院角落流下悔恨的淚水。當時我沒有特別說什麼，只是從右手上的超商塑膠袋裡拿出某牌棒棒冰，折成兩半後硬是塞了一半到她手裡。

也就是說，我對「應付女孩子哭泣」的熟練度幾乎是零，不對，應該說連學都還沒有學會。光是沒有加快腳步逃走，我就很想好好稱讚自己一番了。

話雖如此——從客觀角度來描寫狀況的話，就是整個僵住的我只能默默地看著低頭的亞絲娜不停流淚。老實說，這樣實在太丟臉了。至少應該有所行動或者說些什麼話，但就算想行動，我的道具欄裡也沒有棒棒冰，而且想說話也不知道讓亞絲娜哭泣的真正理由。

當然我也了解目睹主武裝的劍粉碎並且消滅一定會受到很大的打擊。如果我背上的韌煉之劍忽然消失了，我可能也會眼眶含淚吧。

但是——老實說，我完全不認為亞絲娜是「這種類型」的人。所謂這種類型，指得是把劍當成自己的分身，對其抱有很深的感情，不但經常會進行保養，甚至會對著它說話……總之就是像我這樣的人啦。

亞絲娜應該是完全相反的人種，認為劍怎麼說也不過是戰鬥力的一部分，如果從怪物身上掉下更強的劍，一定馬上就會捨棄原來的武器。因為第一次見面時，她就帶了好幾把商店販賣的細劍到迷宮裡，然後完全沒有保養，只要有損毀就把劍丟棄。

從那天之後也不過經過一週的時間。到底是什麼原因，讓亞絲娜在這七天裡有了這麼大的變化呢——

不對……

不論是什麼原因，現在不是在意這個的時候了。她喪失了這七天來獨一無二的愛劍，並且流著眼淚。而我也能夠理解這種心情，這樣子就夠了。

「……真的很遺憾。」

我再次低聲說道，結果亞絲娜嬌小的背部立刻震動了一下。我一邊感覺到她這個角色真的就像娃娃一般嬌小，一邊開口繼續說道：

「但是……雖然這麼說可能有點冷漠……不過如果亞絲娜為了要攻略這款死亡遊戲而一直在最前線作戰的話，就一定得不停地更新武裝才行。就算剛才的強化成功，風花劍到了第三層後半段也沒辦法繼續使用了。我的韌煉之劍在第四層一開始的城鎮裡也得換成下一把劍。MMO……不對，RPG就是這樣的遊戲啊。」

雖然這段話讓我很懷疑到底能不能安慰人，但這已經是我目前所能表達出來的所有心意了。

亞絲娜在我閉上嘴巴後還是有好一陣子沒有任何反應，最後才從兜帽深處傳出一道軟弱的聲音：

「我……討厭這樣。」

她在穿著皮革裙子的膝蓋上輕輕握住右手。

「……我原本一直認為劍只不過是道具……不對，只不過是多邊形檔案而已。這個世界裡只有自己的技術與覺悟才代表強度，但是……在第一層裡，第一次使用你幫我選的風花劍時……

雖然很不甘心，但我真的很感動。它就跟羽毛一樣輕，劍尖也像是被自己瞄準的地方吸過去一樣……簡直就像劍以自己的意志來幫助我……」

濕濡的臉頰開始震動，接著嘴唇露出了微微的笑意。雖然這時候這麼說好像不太好，但是我覺得到目前為止，亞絲娜在我眼前展露的各種表情當中，就屬它最為美麗。

「……我一直覺得，只要有這孩子在我身邊就沒問題了。我想一直和這個孩子一起戰鬥下去。也決定就算強化失敗，也絕對不會把它丟掉。之前的劍都被我用過就丟……所以我已經決定要一直好好珍惜它了…………」

新的淚水滴落在皮革裙子上後發出細微的聲響，接著立刻消失不見。這個世界裡，東西一旦消失就不會留下任何痕跡。不論是劍、怪物……還是玩家。

亞絲娜默默搖了搖頭，已幾乎聽不見的聲音呢喃著：

「如果真如你所說的，一定得不斷更新武器才行……那我就不想到上面去了。因為……這樣不是太可憐了嗎？它和我一起努力……作戰並且活下來……但是馬上就要被丟掉了……」

亞絲娜的話讓我想起另一段與目前這種情況有點不同的記憶。

那是一輛有著黑色車身的小孩子用自行車。它有20英吋的輪胎與六段變速，是我上小學當天親自挑選後請父母買給我的車子。當時僅是個小孩的我，就這樣以超齡的細心保護著這輛兒童用登山車。每週一定會充一次輪胎的氣，一下雨就馬上把它擦乾並且在驅動軸的部分上油保養。不過把爸爸的汽車用化學劑塗在車身讓它擁有防水效用是真的有點太過火了。

在我精心呵護下，腳踏車過了三年依然宛如全新，但這可能也是災難的開始。到後來腳踏車真的太小了，於是父母便買了一台24英吋的新車給我，但同時也宣布要把我一直小心保護的一號車送給家裡附近的小男孩。

國小三年級的我，隨即開始前所未有的抵抗。堅決地表示這樣我就不要新的腳踏車，最後還拜託跟我很熟的腳踏車行老闆讓我把車子藏在他那裡。

結果老闆便這麼對我說。他說我幫你把這台車的靈魂轉移到新車上。然後便在啞然的我面前拿出六角扳手，瞬間把右曲軸的固定螺栓拆下來。他接著又用嚴肅的聲音說，這是腳踏車所有的螺絲裡最重要的一顆。所以只要把這傢伙加到新的腳踏車上，車子的靈魂就可以轉移過去了——

現在當然知道只是騙小孩子的手段，但我現在騎的26英吋的車子，馬鞍包裡也還放著一號車與二號車的螺栓。

我一面回想起這件事，一面對亞絲娜說：

「即使得和劍告別，也有方法可以把它的靈魂帶走喔。」

「…………咦……？」

我對著稍微抬起頭來的細劍使豎起兩根指頭。

「而且還有兩種方法。第一種是把能力不足的劍變回鑄塊，然後以它為素材打造新的劍。另一種就是單純把舊的劍保留在道具欄裡。兩種都有缺點，但我認為就是這樣才有它的意義。」

「缺點是……？」

「首先是把它熔煉成鑄塊，這時如果遇到怪物身上掉下來的強力武器，就有點考驗人的意志力了。因為換成這把掉寶的武器時，『血統』就會中斷了。當然也可以把掉寶的武器熔煉成鑄塊，然後合在一起打造成新的劍，不過還得多浪費一筆錢。然後呢……一直保留在道具欄的話，當然是會占住容量。到時候在迷宮裡沒辦法再收納道具時，意志力也會受到強烈的考驗。不過不論哪一種——都會被務實派的玩家取笑根本沒有意義就是了……」

我一閉上嘴巴，依然低著頭的亞絲娜似乎就陷入了沉思，不過她隨即抬起臉來用手指擦掉淚水並且說：

「……你準備持續其中一種方法嗎……？」

「我是鑄塊派的，不過有點擴大解釋了……不只是劍，也可以把它們融進防具或首飾裡。」

「這樣啊…………」

細劍使點了點頭並且再次露出微笑。這次的微笑已經比剛才的還要明確，但是悲傷的神情當然還沒有消失。

「……如果我那把風花劍的碎片也能熔煉成鑄塊就好了……」

這時我只能用力點頭同意她的呢喃。最先與亞絲娜心靈相通的劍，已經連碎片都消失得無影無蹤了。所以根本沒有取回其靈魂的方法……

這時細劍使又對再次陷入沉默的我說了句：

「謝謝……………」

「咦……？」

雖然這麼反問，但亞絲娜也沒有再重複一次剛才的話，只是把腳往前伸直並從長椅上站了起來。

「結果已經這麼晚了，差不多該回去旅館了吧——明天我要去買新的劍，你可以幫忙嗎？」

「啊……嗯，當然。」

點了點頭後，我也急忙站了起來。

「那……我送妳回旅館吧。」

但亞絲娜輕輕搖了搖頭拒絕了我的提議。

「我不想回馬羅梅，今天就住在烏魯巴斯了。剛好那邊就有旅館。」

一看之下，發現道路前方的確有一塊「ＩＮＮ」的招牌正在發光。仔細一想之後，也覺得在失去主武裝的狀態下到圈外去實在太危險了。今天還是先住在這裡，等明天再去烏魯巴斯的市場買劍比較好。

我點了點頭，和亞絲娜一起走到短短二十公尺外的旅館，並且看著她完成住房手續。對爬上二樓的她揮了揮手，然後與她分開。就算殺了我，我也沒膽子敢說出要住在同一間旅館裡。

而且我今天晚上還有一件事情要做。

來到路上的我，再次快步往南邊——烏魯巴斯東廣場走去。

5

晚上八點的鐘聲響起時，之前一直沒有間斷的榔頭聲停了下來。

我又加快了速度，穿越烏魯巴斯東廣場的拱門。一邊避開街燈的照耀效果範圍一邊移動，最後來到廣場東側一棵闊葉樹旁，然後把背部貼在粗大的樹幹後方。

接著迅速打開視窗，按下首頁下側的快捷方式圖標，啟動設定在第三個技能格子上的「隱蔽技能」，視界下方隨即出現一個小小的指標。上面表示的「70%」代表著「隱蔽率」，也就是我的角色有七成融入背後的樹幹。這個數值會因為防具的種類與顏色、周圍的地形與亮度，以及我的動作產生詳細的增減。

現在我冒著會被發現是萬惡封弊者的危險再次裝備了「午夜大衣」，但這是因為我對這件黑色皮革大衣提升隱蔽率的魔法屬性有所期待。由於周圍相當昏暗，附近也沒有其他人，所以隱蔽效果已經發揮出最大的機能。數值之所以只有百分之七十，是因為我的技能熟練度還相當低的緣故，隱蔽的修行相當單調且累人，所以應該還得花上一段時間才能完全習得。

不過以剛取得技能的狀態，應付第一層第二層的怪物也綽綽有餘了（除了非視覺型Mo

b），但面對人類時這個數字還是讓人有些不放心。感覺比較敏銳一點的……比如說像亞絲娜這樣的玩家，隱蔽率七成就有很高的機率會被識破。而且在街道上使用隱蔽是相當不禮貌的行為，最近圈內有時會看見自詡為風紀股長的玩家，一旦被他們識破，事情就會有點麻煩了。

當然我也不喜歡偷窺別人，但現在確實是有不得不這麼做的苦衷。因為我接下來就要開始SAO正式營運以來首次跟蹤其他玩家的行為了。

躲在樹木後面的我，視線前方是到了晚上八點就結束營業的工匠職玩家正迅速地進行關店的工作。當然，我注視的人正是艾恩葛朗特首名露天鐵匠涅茲哈先生。

關上攜帶型火爐的火，把鑄塊收進皮革袋子裡。接著把榔頭與其他打鐵道具收進專用的箱子。最後又將外面的招牌收起來橫放在毯子空下來的地方，並且仔細地把販賣的武器排好。

當所有做生意用的道具滿滿地在絨毯上堆了兩層後，涅茲哈便按了一下角落叫出選單。他應該是按下「收納」的選項了吧，只見毯子一邊吞下上面無數的道具一邊捲了起來，不到幾秒鐘的時間就變成筒狀。

嬌小的鐵匠直接把毯子拿起來並扛到右肩上。魔法道具「攤販地毯」不管獨立的道具欄收納了多少道具，重量都不會有所改變。那如果拿到迷宮去的話，不就能帶一大堆藥水與食材，並且可以盡情帶回怪物的掉寶了嗎？但當然不會有這麼便宜的事，地毯只有在街上或村子內部才能發揮效用。而且地毯本身無法收納到玩家的道具欄裡，所以得經常用手搬運這長一公尺半徑十公分的筒狀物體。

因此它原本是除了商人、工匠等職業之外就派不上什麼用場的道具——但還是有人想出了很多點子，封測時代就有人濫用「只有所有者能動放在地毯上的物品」這樣的規則，流行了一陣子以大型家具來封鎖道路的惡作劇。但是當然馬上就遭到了報應，地毯變成只能在「擁有一定面積以上的空間角落」攤開。

涅茲哈扛著隱藏了這些逸事的魔法絨毯，看來終於覺得有些疲累而呼了一口氣。接著直接以有些垂著頭的姿勢往前走，他前進的方向是廣場的南方拱門。

我等待他距離我二十公尺左右，才悄悄地把身體從樹幹上移開。視界中央的隱蔽率指標急遽下降，在歸零時隱蔽狀態就解除了。但我還是盡量躲在陰影處，在不至於太不自然的姿勢下壓低腳步聲，從後面追著小小的背影。

之所以想跟蹤鐵匠涅茲哈，當然不是為了向他抱怨亞絲娜的細劍強化失敗，也不是為了在沒有人的地方威脅他。

硬要說的話——大概就是一種不對勁的感覺吧。

就我所知，他光是在今天一天裡就失敗了兩次……不對，正確來說是失敗了五次武器強化。當亞絲娜的風花劍消滅時，還有白天留費歐爾先生的韌煉之劍＋4可憐地變成＋0時，總共失敗了五次。雖然在機率上來說的確是可能發生的事——但實在是太巧，不對，應該說太不湊巧了。

說起來，我今天下午之所以寧願變裝也要來到斯烏魯巴斯東廣場，就是因為在馬羅梅村聽見了「出現一名技巧高超的鐵匠」這樣的傳聞，所以才想來這裡委託他強化我的劍。我把追加後成功率可以到達百分之八十的素材塞進皮革袋子裡，一邊煩惱要提升銳利度還是耐久度一邊來到廣場時，剛好就目擊了留費歐爾先生的悲劇，接著又馬上遇見亞絲娜而失去了委託的機會……如果沒有這些事情發生，我應該也會毫不猶豫地委託涅茲哈進行強化吧。

如果這樣的話，我的劍可能同樣會強化失敗。雖然沒有任何根據，但我就是有這種預感。

既然連馬梅羅都能聽見「技術高超」這樣的傳聞了，那麼涅茲哈的強化成功率應該不低才對。雖然沒有檢驗的方法，但實際數字應該會高於ＮＰＣ鐵匠。但是，如果他只有在某個條件下才一定會失敗呢。可能是因為某種理由——講明一點，就是存在某種基於惡意的伎倆。

當然，這全是我的推測，不對，應該說是小人之心。就算真的有什麼詭計在，目前我也沒辦法找出證據。因為他就在我眼前把從亞絲娜那裡拿到的材料全放進火爐，然後把劍放進火爐裡加熱，再把它移動到鐵砧上用榔頭敲打。順序就跟指南上的一樣，完全沒有任何奇怪的動作。何況，故意破壞特定玩家的劍或者降低其性能對他又有什麼好處呢……

即使這些問題在腦袋裡糾結，我還是一直追著鐵匠的背影。

幸好他似乎完全沒有想到會被跟蹤，所以根本沒有往後轉，只是以一定的速度往前走。而我也因此沒有不自然地停下腳步，如果是怪物的話就還好，因為我沒有跟蹤過玩家，所以還是出了一身冷汗。雖然只要提升「隱蔽」技能的熟練度，就能在隱藏身形的狀態下走相當長的一段距離，但現在就只能把從間諜電影裡學到的知識拿來用了。

某「不可×的任務」的BGM在我腦裡響起，然後帥氣地從一個陰影裡移動到另一個陰影裡七八分鐘後。

幾乎已經走到烏魯巴斯東南區靠近外壁的涅茲哈，忽然在一個發出朦朧光線的招牌前停下腳步。我馬上就迅速貼在附近的行道樹上。我事後才發現，如果周圍還有看見這一幕的第三者，一定會覺得我的動作相當可疑。

油燈照耀下的招牌寫著「BAR」幾個大字，看來是一間酒館。我心裡再次湧起一股不對勁的感覺。當然，工作了一整天的玩家在酒館裡喝一杯並不是什麼不可思議的事情……但是涅茲哈散發出來的氣氛就很奇怪。如果表現出「好想早點喝杯冰啤酒！」而衝進去的模樣就還能理解，但是他卻像是完全不想進入店內一樣，在推門前佇立了十秒鐘以上。

──他不會回頭吧。

心裡有點害怕的我，發現視線前方的涅茲哈把肩上的毯子重新扛好後，就踏出看起來相當沉重的右腳。他來到酒館門前，左手緩緩把門推開。推門打開後，小小的身影就消失在酒館裡，由於門關上前有大約兩秒的空檔——所以身處二十公尺外的我也稍微聽見一些內部的聲音。

那是驟然響起的歡呼與拍手聲。接著就是——「涅仔，辛苦了！」的男性聲音。

「…………？」

我猛力吸了口氣。

我完全沒有料到會有這種情形出現，跟蹤涅茲哈的動機只不過是臨時想先打探出他住宿的地點而已。但是，他卻來到這個城郊的酒館，而且裡面還有好幾個認識他的玩家——按照剛才的感覺，至少有四五個人。這到底是怎麼回事呢……

稍微考慮了一下後，我便從陰影裡走出來，迅速朝著酒館的推門跑去。

雖然已經把背貼在牆上，但很可惜的是依然聽不見店內的對話。所有「關閉的門」原則上都會阻絕聲音，就連這道上下都有縫隙的門也不例外，要穿過這些門就只能靠學會「竊聽」技能了。

「可惡……」

雖然小聲咒罵了一下，但這種情況下也只有兩種選擇了。當然不可能「裝成客人進入店裡」。剩下的就是「放棄並且離開」，不然就是——

我下定決心，慢慢地伸出左手，開始一點一點將推門往裡面推。雖然看著角度從五度變成十度，但依然聽不見內部的聲音。等推到了十五度時，耳朵才終於再次聽見剛才那道男性的聲音。

「——涅仔，喝大口一點沒關係啦！反正這裡的酒喝再多也不會醉！」

這道聲音的主人嘴裡雖然這麼說，但看起來就好像已經醉了。的確，艾恩葛朗特裡的各種酒類，不論喝幾公升原則上都還是沒有攝取到任何一滴酒精，但還是經常有人因為現場的氣氛而酒醉。實際上，從稍微推開一些的門裡傳出來的高分貝吵鬧聲，就跟現實世界從鬧區裡喝完酒要回家的學生集團沒有兩樣。

我拚命豎起耳朵後，立刻聽見「嗯……嗯。」的細微應答。接著吵鬧聲的音量便暫時下降，然後再次傳出「哦～」的歡呼與拍手聲。

從狀況來推測，在酒館裡等待涅茲哈的這個集團大約有五個人，而且他們和涅茲哈是相當熟稔的朋友。原本對這名工匠有種一匹孤狼（當然肉食感沒有那麼強）的印象，現在這種情形真的讓我有點意外。雖然有些在意他同伴們的能力構成，但光憑聲音當然無法判斷。

於是我又更加冒險地，從推門上側瞄了酒館內部一眼。眨了一下眼睛，跟相機一樣把影像擷取下來後，馬上把頭縮了回去。

果然不出我所料，狹窄的店裡只有這一支玩家集團。要是裝成客人進入店裡的話，一定會受到眾人矚目。坐在右邊深處桌子前的人，包含背對入口的涅茲哈總共有六個人。除了他之外的五個人，職業全都是身穿皮革或金屬防具的戰士——

但這也不是什麼稀奇的事。MMORPG當中，本來就有許多公會會由戰士與工匠一起組成。雖然SAO裡要到第三層解決完某個任務後才能成立公會，但現在已經有許多玩家組成共同作戰的集團了……應該說像我和亞絲娜這樣的獨行玩家才是少數派。

伙伴裡有鐵匠或商人的話，就能輕鬆進行裝備的保養或者販賣掉寶，而且工匠還有能夠以極便宜的價格甚至免費獲得素材道具的優點。所以涅茲哈有伙伴，而且伙伴全都是戰士也沒有什麼值得懷疑的地方……原本應該是這樣，但梗在我胸口的不對勁感覺就是一直沒辦法消失。

當我為了找出造成這種不對勁感覺而準備集中精神思考時，因為涅茲哈一口氣喝完杯中飲料而大叫的一名伙伴忽然說出令人在意的話來。

「那……涅仔，今天的生意如何啊？」

「啊……嗯……嗯。賣了十二件製造的武器……然後也有不少修理和強化的委託。」

「哦～創新紀錄了耶！」

「看來又得去收集鑄塊了！」

另外兩名男性這麼大叫，接著再次響起掌聲。這種和氣融融的氣氛，讓我就像看見一幅「好友間互相慰問一天辛勞」的圖畫一樣。由於除了涅茲哈之外的五個人我都不曾見過，所以應該不是在最前線的攻略組，不過伙伴裡既然有一名技術高超的鐵匠，應該不久之後就會趕上來了吧。

——這果然是我以小人之心，度君子之腹嗎……

多少有些內疚的我在心裡這麼呢喃著。如果涅茲哈真的用某種手段來故意降低特定玩家的武器或者將其破壞，那一定是基於這個集團所有人的意思才會這麼做，但怎麼想他們都沒有這麼做的理由。

雖然不太願意想起，但是率領攻略第一層魔王攻略部隊的「騎士」迪亞貝爾，就大費周章地透過兩個人想要買下我的愛劍「韌煉之劍＋6」。我在迪亞貝爾死前才知道，他這麼做就是想要阻止我奪取魔王的最後一擊獎勵。

這麼說可能有點淪為結果論，但最後打倒魔王狗頭人領主，獲得稀有道具「午夜大衣」的人就是我，所以迪亞貝爾想要降低我的戰鬥力也有一定的合理性。

但話又說回來了，涅茲哈的同伴們根本不是前線的攻略組。當然也就跟樓層魔王的最後一擊獎勵無關，就算弱化、破壞了留費歐爾先生或亞絲娜的劍，對他們也沒有任何具體的好處才對。

——結果……一切都純粹只是偶然所造成的嗎……

我隨著無聲的嘆息這麼自言自語，然後準備把手移開保持些許開啟狀態的推門。但就在這個時候……

「…………但是，那已經沒辦法繼續了……」

聽見涅茲哈的聲音，我隨即停止動作。

在店裡面喧囂的男人們，音量也一口氣降了下來。經過短暫的沉默，剛才第一個出聲的男人似乎回答了些什麼，但因為聲音太過低沉而聽不清楚。我的左手自然更加用力，讓門板的傾斜度增加到二十度左右。

「——要緊啦，一定還可以的。」

「就是啊，涅仔。風聲根本沒有很緊嘛。」

這些衝進耳朵裡的發言讓我屏住了呼吸。直覺這是關於強化失敗的話題，於是便把精神全都集中在聽覺上。聽見男人們的鼓勵（？）後，涅茲哈便用細微的聲音回答：

「再繼續下去真的很危險……而且已經回本了……」

「你在說什麼啊，重頭戲才剛要開始吧？我們要賺一大筆錢，然後在第二層趕上前面的傢伙啊！」

回本？大賺一筆……？

無法了解他們這麼說究竟是什麼意思，於是我繼續把身體往前傾。

——是跟強化失敗無關的話題嗎？因為留費歐爾的事件時，涅茲哈最後買了結束品而賠了不少錢，亞絲娜的強化也只賺到一般的手續費而已啊。無論怎麼想，那個行為都不可能賺錢…………

…………不對。等等，說不定我的想法已經犯了某種基本的錯誤…………

當我想到這裡時。店裡忽然傳出訝異的聲音。

「……嗯？喂，門怎麼……」

一聽到這裡，我隨即盡可能以平順的動作把推門放回去，接著迅速往右邊跳去。然後貼在附近的行道樹上，當我發動「隱蔽」技能時，酒館內的門也從內側彈開。

探出頭來的是涅茲哈身邊那個貌似領袖且相當興奮的男人。身上穿著讓他略胖的身材看起來更加圓滾滾的盜賊盔甲，頭上的尖頭輕鋼盔更是引人發噱，不過眼光卻相當銳利。只見他皺起粗大的眉毛，視線不停在店家周圍巡梭。

當他的視線來到我藏身的樹木時，視界下方的隱蔽率已經降到了百分之六十。雖然這個地方位於圈內，所以就算被識破也不會有物理性的危險，但我還是不願意讓他們提高警覺。因為我好不容易才隱約掌握到「涅茲哈與五名伙伴」的企圖。雖然還沒弄清楚手段——至少已經了解目的了。

只要男人的眼睛一直停留在行道樹上，隱蔽率就會不斷降低。當不到百分之四十時，他就會覺得樹幹的輪廓有點不自然了。我持續凝視著數字，緩緩移動身體，試著讓自己移動到樹幹的另一邊。我就像是要安撫在百分之五十上下跳動的隱蔽率一般，緩緩從視線當中逃開。

當我好不容易到達樹幹後方時，領袖似乎也移開了視線，數字一口氣恢復到百分之七十。

幾秒鐘後，推門剛傳來關上的聲音，我馬上就全力衝刺到距離酒館一段距離的巷弄裡頭。

「呼…………」

我靠在牆壁上，用袖子擦了擦假想的冷汗並且呼出一口氣。一想到對老鼠亞魯戈小姐來說，這種偷窺就是她日常的工作，我就覺得自己絕對無法轉職成情報販子。

不過話又說回來了，我這個半路出家的情報員，也算是完成這次的任務了。不但確認了涅茲哈的據點——應該就是那間酒館二樓的旅館吧——也發現了他有同伴存在，最重要的是還獲得了一些關於強化失敗手段的情報。

當然，還有我所聽見的一連串對話都是關於這種手段的先決條件，如果真是如此，那麼他們就是能從故意讓武器強化失敗當中獲得具體的利益。而且利潤龐大到能讓他們以超過市場一倍的金額買下＋0的結束品。

如果真有這種事情……難道他們是受到別人的委託，然後在那個人的指定下讓特定玩家的戰力下降，然後才收取報酬……？等等，這太難實現了。方法太過迂迴，何況目標也不一定會前來拜託涅茲哈進行強化。既然要花錢的話，倒不如像迪亞貝爾那樣，直接和目標接觸還比較容易成功。

但這樣的話，其他還有什麼手段呢？

在腦袋高速運轉下，幾乎要從耳朵冒出煙來的我，開始回想起數十分鐘前的場景。

涅茲哈從亞絲娜手上接過風花劍。接著也收下強化素材，然後在左手持劍的情況下，用右手把素材放進火爐裡。當火爐充滿藍色光芒時，他就拔劍出鞘，然後把劍身放進火爐。光芒包圍劍身後，又將其移動到鐵砧上，以榔頭敲打劍身。幾秒鐘後，劍就像發出臨死前悲鳴一樣發出刺眼光芒——然後破碎、消滅。

我從頭到尾都注視著這一連串的動作。所以不認為有什麼可以搞鬼的地方。硬要找出可能性的話就是竊取強化素材，但充滿火爐的藍光又不可能偽裝——

「啊…………」

——不對，等一下……我自認為觀看了強化的全程，但只有那一瞬間……我和亞絲娜都不可避免地注視著露天商店的某一點……

這也就表示，對方竊取的並不是強化素材。

「…………嗚……！」

一瞬間，我直接跳躍這一連串的思考，落到了最後一個重點上。我一邊發出低沉的呻吟，一邊以用力敲打的手勢叫出主選單視窗，然後凝視著目前的時刻。

數位數字顯示——20：23。

——還來得及！

我右手一揮，馬上想傳送即時訊息，但在途中就改為往正下方移動來消除視窗。文字沒辦法正確敘述我想做的事情，還是得到現場去直接指導對方才行。

「應該還來得及……！」

我這次則是發出聲音這麼叫道，接著衝出巷子，直接在大路上往北方跑去。

專心全力猛衝的我，不到三分鐘就跑完了跟蹤時花了八分鐘的路徑，回到令人懷念的烏魯巴斯東廣場。但是我完全沒有停下腳步，而是從南穿越北邊，繼續衝進設計概念完全不同的街道。經過亞絲娜流淚的長椅，然後在二十公尺前方直角轉彎。一進到她住宿的旅館並來到深處的樓梯前，我立刻一次踩三階樓梯往上猛衝。

我一邊對為了保險起見事先問了她房號的自己大叫了聲「幹得好！」，一邊往掛著二〇七門牌的房間衝去。接著更像要把門敲破般使勁敲著房門。這當然也是扇「緊閉的門」，但敲門幾十秒後就能聽見聲音了。

「亞絲娜，是我！我要開門囉！」

我不等待回答就轉開門把，當用力推開門而跌進房內時，正好和從簡樸床鋪上彈起來的人物四目相交。對方栗色的眼睛瞪得老大，發現她嘴唇正在吸進空氣，我馬上「砰！」一聲把門關了起來。

「——呀啊啊啊啊！」

這樣的悲鳴因為被門擋住而完全傳不到外面去……雖然我的行為很像犯罪者，不對，應該說幾乎就是犯罪了，但這一切全都是為了亞絲娜好。

這名在胸前緊握雙拳，然後發出尖叫聲的細劍使大小姐，目前上半身穿著白色無袖T恤，下半身則是同色的……怎麼說呢，就是圓鼓鼓的短褲啦。因為看起來應該不是內衣，於是我便做出不礙事的判斷，迅速靠了過去並且用力抓住她的雙肩。

「亞絲娜，超緊急事態！沒時間了，快照我說的去做！」

這時悲鳴才暫時停了下來，但細劍使的臉上也露出猶豫著要繼續提高音量大叫，還是直接發動攻擊的神色。由於實在沒時間陪她耗下去，於是我立刻說出了主題。

「妳先把視窗叫出來，然後變成可視模式！快一點！」

「咦……咦…………？」

「來，快一點啊！」

我抓住亞絲娜在胸前緊握的右手，將其移動到適宜的位置，而她則像是被我影響般伸出兩根手指頭揮動了一下。紫色的矩形隨著清脆的聲音出現，但我只能看見沒有任何文字的面板。

我接著又把她的手移到其他玩家可視模式按鍵附近，然後讓她按了下去。

「但是，為什麼……我應該鎖門了才對…………」

我在下意識中回答了她茫然的呢喃：

「亞絲娜，我們還沒有解除小隊吧。旅館的門如果是初期設定的話，就是『公會、小隊成員可開門』喔。」

「什……什麼，你為什麼不先告訴……」

我迅速繞到佇立在現場的細劍使身邊，然後從正面凝視著可視化的主選單視窗。構成當然和我的相同，但她已經自己更換成有許多花紋的介面。還真是有閒情逸致，我到現在都還是最原始的設定呢，雖然一瞬間有了這樣的想法，但隨即又提醒自己「沒時間了！」並移動視線。

視窗右側表示著熟悉的裝備人偶。由於已經解除武裝，所以幾乎是一片空白。我不理會什麼細肩帶以及襯裙之類的道具名詞，直接瞪著右手的欄位。設定道具——無。也就是說亞絲娜把風花劍交給涅茲哈後，就沒有裝備過新的武器了。

「好，第一個條件沒問題了！時間是……」

我明明衝得那麼快了，畫面右下方的數字還是已經來到20：28。

我和亞絲娜在狩獵完風黃蜂並回到烏魯巴斯時已經是19：00了。吃完晚飯大概是19：30左右。接著馬上移動到廣場，委託涅茲哈進行強化……所以可能只剩下一兩分鐘的時間！

「糟糕，得快點操作！聽我的指示擊點畫面，首先移動到道具欄標籤！」

「咦……啊，嗯……好……」

可能是思緒還無法跟上這種突發的狀況，或者被我的氣勢給壓過去了吧，只見亞絲娜乖乖地滑動右手的食指。

「好，接下來是設定鍵……搜尋鍵……然後是名為手動道具欄的按鍵……」

纖細的手指連續按照我的指示不停按下按鍵，選單的階層也不停跟著移動。繼續往下三四個階層後，目標的按鍵終於出現了。

「就……就是那個！『所有道具實體化按鍵』！GO！」

受到我的大叫影響，亞絲娜的手指直接按下小小的按鍵。剛出現確認的YES／NO對話框時，我便用最大的音量叫道──

「YE──────S！」

啪嘰。

按下按鍵的同時，亞絲娜才低聲這麼說道：

「嗯……嗯嗯…………？所有……道具，是把所有道具實體化……？所有到什麼樣的程度……？」

聽見這個問題，我才露出「男人完成大事時的笑容」並且回答：

「當然是Completely、全部。也就是道具欄的一切。」

下一個瞬間，並排在亞絲娜道具欄裡的大量文字列全都消失了。

緊接著──

喀啦咚咚喀嚓喀鈴磅沙嚓呼咻等各式各樣的聲音，就這樣按照又硬又重↓又輕又軟的順序響起。這正是亞絲娜這名玩家道具欄裡所有的道具一面在旅館的地板上實體化一面堆積上去的聲音。

「什……什、什什、什……！」

所有者本人再次嚇得往後仰並且發出驚訝的聲音，但這當然也是我意料當中的現象——應該說，我就是為了這麼做才從烏魯巴斯東南方的酒館全力衝刺過來的。但是另一方面，實體化的道具數量實在有點超出……不對，應該說比我想像中的還多出兩三倍。

道具欄的容量取決於玩家的筋力值(STR)、擴張技能的熟練度以及各種魔法道具的補正。由於亞絲娜等級還相當低，當然也沒有多餘能力取得擴張技能，而且身為細劍使的她是以提升敏捷度為優先，所以她會有這麼多道具確實讓我一瞬間嚇了一跳，但我馬上就知道原因了。

其實容量不是以單位、體積，而是以重量來計算。金屬製的鎧甲、武器，或者液體的藥水以及錢幣等當然都會立刻縮減道具欄的空間，但皮革與布料防具、麵包與捲軸等輕道具就能夠保存相當多的數量。而亞絲娜儲存在道具欄裡的，幾乎都是大小不一的布料裝備……也就是衣服與內衣褲等等。

當然多少還是感到有些不好意思的我，就這樣看著堆了高達一公尺半左右的道具山。由於實體化時最重的物體會先落下，所以金屬裝備會在最下面，上面則是皮革，然後更上面就是各

種顏色的衣物，而厚厚的最上層是由白色與粉紅色為主的內衣褲所構成。話說回來，為什麼會儲存這麼多的數量呢？艾恩葛朗特裡當然不會有生物性代謝物出現，而且戰鬥中損耗的也只有最外側的防具而已，說極端一點，內衣褲只要有一套就夠了。我雖然擁有戰時用、日常用、睡眠用等三套，但在男玩家裡面這樣就已經算多了。

只不過——

事情既然進行到這裡，當然不可能就此收手。只要我的推論正確，視窗操作又在時間內結束的話，那個就應該會在這座山峰底下才對。

「……抱歉！」

我很紳士地知會一聲後隨即靠近道具山，然後把布料裝備移動到旁邊。這時我背後忽然傳來顫抖的聲音。

「我……我說……你……是不是想死……？還是想被人殺掉……？」

「怎麼會呢！」

我一臉嚴肅地回答，然後持續動著手。把所有衣物移開後，開始挖開出現的皮革防具、手套以及小箱子等，最後到達護胸甲等金屬道具層。

我又費了一番功夫把它們推開，終於到達這座小山的底部時，我的視線就看見了那個。亞絲娜所有的道具裡最重——但是跟我背上某樣同種類的道具比起來又跟羽毛一樣輕的一口細劍。

風花劍＋4──

我靜靜地用雙手抓住它綠色的劍鞘，然後從小山底部把它拖出來，然後站起來轉向後方。

似乎正在考慮怎麼殺了我的亞絲娜，一看見應該在一個小時前就被破壞的劍，眼睛立刻瞪大到極限。她接著就用幾乎快聽不見的聲音簡短地說道：

「……………不會吧……………」

之後——真的是很久很久以後，亞絲娜才這麼表示。她一邊微笑著，一邊說「如果桐人沒在那時候拿出我的劍，一定會被我從旅館的窗戶丟下去」。

實際上，這時候的我根本沒考慮過如果自己的推測錯誤該怎麼辦。與其說是對自己的推理能力有自信，倒不如說因為意識全都集中到以秒為單位迫近的期限上了。所以我才會不等亞絲娜回應就衝進房間，不管三七二十一就要她打開視窗，然後以高亢的情緒大叫著「YES！」。真的應該是這樣啦。

6

我把「風花劍＋4」交給亞絲娜後又過了三分鐘左右，混亂到極點的狀況才好不容易恢復秩序。

堆積在地面上的一整片道具群又全部被收納到道具欄裡，亞絲娜也恢復成平常皮上衣與裙子的裝扮並坐在床邊。雙手雖然很慎重地緊抱著奇蹟般復活的綠色細劍，但本人卻露出很複雜——恐怕是在感激與盛怒兩種極端感情之間不停來回的表情，然後持續保持著沉默。

至於我則是一邊挺直了背桿坐在房間角落的來客用椅子上，一邊因為自己的所作所為而冷汗直流。按下存在於選單深層的「所有道具完全實體化按鍵」前，因為時間緊迫而無法詳加說明也是不得已的事。但是之後就已經沒有任何時間限制，所以我沒有必要親自去搜尋細劍。

因此親手去處理道具山上部宛如冠雪般的某種白色布料裝備實在有點太過火了。但是另一方面，還是忍不住跟剛才一樣有著何必買這麼多的想法。以模糊的記憶粗略計算一下後，感覺好像即使每天更換也能夠撐個兩週左右。雖然小型的布料裝備幾乎是輕到讓人忘記它們的存在，但價格也不是都相當便宜。那種類似絲綢般光滑的布料在NPC商店裡需要相當高的價格才能買到，這樣我寧願把這些錢拿來用在防具的強化屬性＋1上——

「我考慮了很久……」

這樣的聲音忽然從房間的另一側傳出來，嚇了一跳的我立刻端正了坐姿。

「嗯，嗯……」

「……如果說我感覺到的憤怒是九十九G的話，那麼高興的心情就是一百G，我就對你表達這一G的感謝吧。」

面對以帶著深意的眼睛說出這種發言的細劍使，我為了確認而先問道：

「那……那個……妳說的G是什麼單位……？」

「那還用說嗎？要是怒氣較高的話，我早就狠狠揍你一頓了。」

「啊，所以不是金錢的Ｇ，而是衝擊加速度的Ｇ力啊……我……我了解了。」

「那真是太好了。這樣的話──就給我好好地說明。為什麼應該破碎的這把劍會在我的道具欄裡……然後你又為什麼要那樣衝進來呢？」

「那……那那是當然。不過話相當長喔。而且我也還沒有了解全部的方法……」

「沒關係，反正漫漫長夜才要開始。」

說完之後，取回愛劍的細劍使好不容易才露出些許微笑。

在旅館一樓的登記住宿櫃檯買了一小瓶香草紅酒，以及謎樣堅果拼盤的我，這次來到二〇七號房前面時就先敲門，聽見內部的許可後才走進去。

在兩個杯子裡倒進紅酒，接著和到現在眉間還是露出不高興氣氛的亞絲娜先為了生還的風花劍乾杯。以些許酸酸甜甜的無酒精紅酒滋潤舌頭後，認為迅速進入主題才是上策的我隨即開口說：

「──亞絲娜剛才說了『為什麼應該破碎的這把劍會在我的道具欄裡』對吧？」

「是說了……」

「這就是這個方法……或者應該說詭計……講難聽一點就是『強化詐欺』的重點。」

「詐欺」這個有明確方向性的名詞讓細劍使的眼睛瞇了起來，但還是用沉默來催促我繼續說下去。

「與其用嘴說，倒不如實際讓妳看還比較快。」

我一邊說，一邊揮動右手叫出自己的主選單，然後按下右側的按鍵讓它可視化。接著以雙手的食指上下觸碰視窗，把它整個翻轉過去。我隨即又調整角度，當它來到亞絲娜也能清楚看見的位置時，便指著一點說：

「這裡，我的裝備人偶右手的欄位是不是有『韌煉之劍＋6』的圖標？」

栗色眼睛瞄了一眼從我背上突出的劍柄並點了點頭。我把手放到背上，將劍連同固定在大衣附加裝置上的劍鞘一起拔下來，然後把劍放到地板上。幾秒鐘後，表示在視窗上右手欄位的圖標就變成了淡灰色。

「這就是『裝備武器的落下狀態』。就是戰鬥中手滑，或者中了Ｍｏｂ的解除武裝屬性攻擊會發生的情況。」

「……嗯。不習慣的話，很容易會緊張。」

「其實只要冷靜下來躲開下一波攻擊再把它撿起來就可以了，不過一開始真的有點難。在第一層中央湧出來的『沼澤狗頭獵人』是第一個能夠解除武裝的怪物，好像在那裡出現了不少犧牲者……」

「亞魯戈小姐的攻略冊裡也有寫別立刻去撿武器的警告……我和那傢伙戰鬥時，都會在稍遠處先放一把備用的細劍做為保險。」

「哦……哦哦……原來如此，帶許多相同的主武器就能使用這種方法嗎？」

眼前的細劍使超越初學者……或者應該說就因為是初學者才會出現的想像力讓我再次感到一陣佩服，接著才又急忙把話題拉回去。

「呃，有些離題了。那個……然後呢，這種落下狀態的劍要是放著不管，就會直接進入『放置狀態』而讓耐久度開始減少……亞絲娜，妳幫我撿一下劍。」

雖然對我的話皺起眉頭，但亞絲娜還是先把風花劍固定在腰部的附著點上，接著左手朝地板伸去。她一邊呢喃著「這很重嘛」，一邊用雙手撐住造型簡單的單手用直劍。

「這樣就可以了嗎？」

「嗯，妳看吧。」

說完便戳了一下我浮在桌上的選單視窗。剛才還浮現淡淡韌煉之劍名稱的右手欄位，在亞絲娜把劍撿起來後已經完全變成空欄了。

「這如果在戰鬥中的話，就是『武器被奪狀態』了。和解除武裝不同，要到相當上層才會出現使用奪取武器技能的敵人，不過獨自一人時武器被搶走會相當危險。在那種怪物出現前，一定得先取得武器技能衍生模組『快速切換』才行……啊，這不是重點……」

我乾咳了幾聲，把再次脫線的軌道拉了回來。

「就算不是在戰鬥中，也會有把裝備中的武器交給伙伴的時候吧？那時候就不是武器被奪，而是『交付武器狀態』，總之……掉落的武器被撿走或者直接交給別人，裝備人偶的武器欄就會變成空欄。就像剛才亞絲娜把風花劍交給鐵匠時一樣。」

「…………！」

可能是終於了解話題發展的方向了吧，一瞬間瞪大的栗色眼睛開始帶著銳利的目光。

「但是呢，聽好囉，重要的是就算武器欄像這樣變空，乍看之下似乎沒有任何裝備……其實韌煉之劍的『裝備者情報』並沒有被消除。這所謂的裝備權呢，比一般的道具所有權受到更強力的保護。比如說我把沒有裝備的武器從道具欄裡拿出來並且交給亞絲娜，我對那件武器的所有權就只有三百秒……也就是五分鐘就會被清除，接下來在進入其他人道具欄的瞬間，就會變成那個人的所有物。但是裝備中道具的權利持續時間就相當長了。要在放置或者交付狀態經過三千六百秒之後，或者同一隻手裝備上下一把武器的時候才會被清除。」

我說到這裡便閉上嘴巴，而亞絲娜則像是陷入沉思般垂下睫毛，一陣子後才說出令人意外的一句話：

「……這樣的話，你剛才所說的，主武裝被奪走然後以『快速切換』來更換預備武裝時，不就不要裝備在右手，而是裝備在左手比較好囉？」

「咦……？」

我一瞬間愣了一下，然後終於理解她的意思。的確，在武器被怪物奪走的狀態下把預備的武器裝備到同一隻手上時，被奪走的武器裝備者屬性就會被消除了。雖然立刻打倒那隻怪物並且把武器奪回來就可以了，但要是不得不撤退的話就會很淒慘。因為就算退避到安全地帶，也沒辦法使用最後的回收手段了。

「原……原來如此……的確是這樣。但是，要用不習慣的手揮劍相當困難喔。」

我嘴裡雖然這麼講，但內心卻盤算著應該有練習左手劍技的價值，就在這個時候——

「還有另一點。剛才你衝進我房間裡時，之所以立刻就偷看……不對，強硬地看了我的裝備人偶，就是要確認有沒有裝備上別的武器對吧？因為這是第一個要克服的條件……」

在她筆直的視線注視之下，我緩緩地點了點頭。

「嗯，沒錯。然後第二條件是武器交出去後三千六百秒——也就是一個小時以內。只要滿足這兩個條件，就還有方法把武器拿回來。那是不論裝備武器在哪裡，都可以強制讓它回到自己手邊……不對，回到自己腳邊的最後手段。亞絲那一開始曾說『為什麼應該破碎的這把劍會在我的道具欄裡』對吧……」

「實際上……我的劍根本沒碎，但是也沒有回到我的道具欄裡頭。是這樣嗎……」

她說到這裡就吸了一口氣，然後眼睛往上一直瞪著我。

「然後回收劍的最後且唯一的手段就是剛才的操作……『所有道具完全實體化按鍵』。因為處於劍的裝備者情報快要被消除這種分秒必爭的狀況，所以衝進房間和強行讓我操作視窗都是不得已的事……你想說的就是這些吧？」

「嗯……是啊，可以這麼說……吧？」

我盡可能露出純潔的表情並且歪著脖子，但是似乎對亞絲娜一點用處都沒有，只見她直接就用鼻子冷哼了一聲。幸好細劍使好像認為把握狀況比追究責任重要，所以她在把用雙手撐住的韌煉之劍還給我後就切換口氣問道：

「話說回來……那個完全實體化按鍵，為什麼會在那麼後面的階層呢？好像故意讓人很難去使用它……而且更不合理的是，為什麼一定得是『完全』呢？只要從所有道具裡選擇不在手邊的東西，內衣……不相關的裝備就不用被實體化了吧？」

「答案亞絲娜剛才自己就說出來了，也就是『難以使用』啊。」

「咦……？這是怎麼意思？」

我對著皺起姣好眉毛的細劍使聳了聳肩。

「說起來呢，剛才的就是所謂的『最後救濟手段』。不小心把重要的道具遺忘或是掉落在什麼地方，或者裝備的武器被怪物奪走而直接竄逃……因為這些都是自己的失誤，所以失去這些道具後原本就應該認命了。但遊戲製作單位應該是認為這樣難易度太高了吧，所以就準備了唯一的救濟手段……不過還是加上了無法輕易使用的限制。把它放在後面的階層，讓人難以使用，然後還是無法選擇道具得讓它們全部散落在腳邊的不人性化設定。封測時期就曾經發生過一件相當悲慘的事……」

我從桌上的小盤子裡拿出星形的堅果，把它高高彈起後才用嘴巴接住。像這種隨便的動作，在這個世界裡也會受到敏捷度(AGI)、周圍的亮度以及做為隱藏參數的幸運所影響。

「……第五層迷宮區裡，將會第一次出現能奪走武器的Ｍｏｂ。被那傢伙奪走主武器的玩家，因為沒有學會『快速切換』技能所以只能逃走，雖然成功甩開怪物，但因為不想多花時間回去安全的房間。所以就在迷宮裡乍看之下相當安全的廣場使用『完全實體化』，讓所持物全部在腳邊實體化，當然其中也包含了被奪走的劍……但是其實那座迷宮裡不只有會奪走武器的Ｍｏｂ，也會湧出撿拾道具的Ｍｏｂ！結果就從四面八方出現像電影小精靈裡頭的魔怪，這些怪物把地板上的道具裝進袋子裡後就逃走了……」

「……那……那的確很悲慘……啊——但是，只要回到安全地帶去再一次讓所有道具實體化不就可以了……？」

「但是呢，撿拾道具的Ｍｏｂ都有『強奪』技能，所以所有權立刻就會轉移。幸好那是其他玩家還未到達的區域，所以他又花了五個小時把那層的魔怪全部幹掉，親手把道具全拿回來了……那個時候真的差點哭出來……」

我嘆了口氣並且把另一顆堅果彈起來的瞬間，亞絲娜忽然丟出一句：

「好有真實感的評論喔。」

剎那間，可能連系統也感覺到我的動搖了吧，應該掉在嘴裡的堅果直接就落到頭髮裡面去。

我隨即用力搖頭，一臉嚴肅地回答：

「……我當然是聽說的啦。倒是，剛才說到哪裡了……」

「『完全實體化』雖然很方便，但為了不讓它過於方便而設下許多限制。」

亞絲娜以有些受不了的表情做出簡單的總結，然後伸出右手拿下我頭上的星形堅果。當我正在想她要怎麼處理堅果時，被她纖細手指彈出的堅果已經漂亮地進到我的嘴裡。我一邊想著真是恐怖的命中補正，一邊開始嚼起堅果。

「總之我了解把劍拿回來的原理了。」

細劍使輕輕點了點頭，喝了一口香草紅酒後才加強了目光的力道繼續表示：

「但這樣才算得知一半真相對吧？因為我確實看見交給鐵匠的劍在鐵砧上粉碎了。如果回來的這把風花劍是我原本裝備在身上的劍……那麼當時壞掉的劍又是打哪來呢？」

這是相當正常的疑問。我也緩緩點了點頭，然後盡可能統整腦袋裡依然零碎的情報與推測，接著開口表示：

「老實說，我也不是百分之百識破對方的手法。但我能肯定的是……亞絲娜的風花劍從交給涅茲哈到在鐵砧消滅的這段期間，一定被換成同種類的其他道具了。我一開始還以為他是想破壞特定玩家的武器，結果並非如此。他是艾恩葛朗特第一名玩家鐵匠，同時也是首次出現的『強化詐欺師』啊……」

強化詐欺。或者可以稱為屬性詐欺、鍛造詐欺、精鍊詐欺等等。

依照遊戲不同稱呼也會跟著改變，但這是從ＭＭＯＲＰＧ黎明期就不斷進行到現在的古典詐騙手段。

方法其實相當單純。掛出招牌表示願意幫忙強化的玩家鐵匠（或者類似的職業），從委託人那裡接過高價的武器，然後偽裝成「武器因為強化失敗而消失」，再將其占為己有。即使是失敗懲罰裡沒有武器破壞的遊戲，也出現許多裝成強化失敗而還給委託人＋數值較低的道具，或者不使用強化素材就直接將其詐取過來的情況。

因為在螢幕上遊玩的固有型非潛行遊戲裡，把武器交給鐵匠時，該武器就完全從玩家的視界裡消失了。所有作業都是在對手的畫面內結束，所以可以說根本沒有能夠檢查出詐欺行為的方法。

當然，不停進行詐欺的話，這個鐵匠的惡評馬上就會傳開，然後就不會再有人來委託他進行強化了，但是ＭＭＯ裡的稀有武器確實可以賣到難以想像的高價，所以只要偶爾進行詐欺就可以大撈一筆。鐵匠涅茲哈到現在都還沒有傳出不好的謠言，所以應該是相當壓抑詐欺行為的次數吧。但是——

「……問題是，SAO是世界上第一款VRMMO遊戲。在這裡就算把劍交給對方，它也還是存在於我們的視界當中。就算要偷換也不是那麼簡單……應該說實行起來非常困難。」

我漫長的說明在此稍作停頓，而亞絲娜也緊緊皺起眉頭。

「嗯……我把劍交給他之後也一直沒有移開視線。那個鐵匠用左手拿著我的劍，然後只用右手操作火爐和榔頭。在那種狀況之下，根本不可能打開視窗把我的劍放進道具欄，然後拿出假貨來代替。」

「是啊，這一點我也很清楚。露天商店裡商品架上雖然排了細劍，但最多也只到『鋼鐵細劍』，裡面沒有任何『風花劍』，所以不可能在那裡掉包……——只不過……」

「不過什麼……？」

「雖然只是極短暫的時間……但是我的視線曾經從劍上面離開。涅茲哈把從亞絲娜那裡拿到的強化素材放進火爐裡，然後火爐開始發出藍光為止的時間……最長也不過三秒鐘而已。因為在意辛苦收集來的素材是不是全部都被放進爐裡了……」

我用曖昧的口氣說完之後，亞絲娜隨即微微瞪大了眼睛。

「啊……！我……我那時候可能也一直看著火爐……但是理由和你不同，我是覺得藍光很漂亮。」

「這……這樣啊。總之呢──我們的視線只有在那幾秒鐘裡從他左手上的劍離開。應該說，那個時候不論誰都會注視火爐。素材燃燒、熔化，然後按照強化的屬性變成不同顏色，說起來這裡就是強化最引人注意的高潮。如果那個瞬間被拿來當成魔術裡的誘導手法的話……」

「你是說，他在我們的視線被誘導到火爐上的短短三秒鐘裡就把劍掉包了嗎？而且還沒有打開視窗？」

亞絲娜像是難以置信般準備搖頭，但馬上又停下動作。

「──但是，說起來的確只有那個時間點有機會。那三秒鐘裡一定隱藏著某種手法。現在雖然還不知道，但只要再看一次的話……」

「這次一定要把注意力集中在左手上，仔細地識破他的手法──我是這麼想的。不過應該很困難……」

「為什麼？」

「現在涅茲哈應該已經注意到騙到手的風花劍＋4已經消失了。這就表示，被詐騙的玩家……也就是亞絲娜已經使用了『完全實體化』指令，而他應該也會判斷詐欺行為很有可能已經被識破了。所以可能會提高警戒一陣子，不然就是即使做生意也不會進行強化詐欺。」

「…………說得也是。他似乎也不是那種想拚命詐騙的人……應該說，他一點都不像……」

很難得地，我馬上就察覺到亞絲娜吞回去的話是什麼。

亞絲娜要說的是，他一點都不像個詐欺犯。

「嗯……我也有同感。」

低聲說完後，亞絲娜低垂的視線便瞄了我一眼，然後露出些許微笑。我對著她點了點頭，然後低聲說道：

「那我暫時收集情報看看，不論是掉包的手法……還是涅茲哈本人的消息。不過明天還是得到前線去。」

「嗯……說得也是。根據今天在馬羅梅聽見的傳聞，明天上午將進行最後的練功場魔王攻略戰，然後下午就要進入迷宮區了。」

「哇，很快嘛……攻略部隊的領袖是誰？」

「牙王先生還有另一個……叫作凜德的人。」

亞絲娜所說的兩個人裡，第一個人我已經很熟了。但當我歪頭試著想另一個人那到底是誰時——

「凜德先生……是一層魔王戰時，迪亞貝爾先生隊伍裡的短彎刀使。」

亞絲娜有些顧忌地從嘴唇裡擠出這樣的話語。

我一聽見，耳朵裡就又響起一道聲音。對方混雜著眼淚叫出「為什麼你要見死不救，就這樣讓迪亞貝爾隊長喪命呢！」。

「這樣啊……是他嗎……」

「嗯……那個人好像繼承了迪亞貝爾先生的位子。現在已經像迪亞貝爾先生一樣把頭髮染成藍色，而且鎧甲也換成銀色的了。」

我一瞬間閉起眼睛，回想著那名身穿藍銀兩色點綴，目前已經過世的「騎士」，然後低聲說道：

「牙王也就算了……如果是那名短彎刀使擔任領袖的話，練功場魔王攻略隊應該沒有我的位子——亞絲娜會參加嗎？」

我還是問了一下跟我同樣是獨行玩家的細劍使，結果栗色長髮輕輕地左右晃動。

「我參加了練功場魔王的偵查隊，不過牠看起來就只是隻超大的牛，只要確實遵從指示的話應該就不需要太多人才對……而且——對方強硬地規定最後一擊獎勵的分配，所以我已經說了『那正式戰鬥時我不來了』。」

我像是能看見當時的情景一般，悄悄露出苦笑並且點了點頭。

「這樣啊。不過正如亞絲娜所說的，那隻練功場魔王不是太難對付。反而是樓層魔王還比較棘手……」

「很棘手嗎……？」

面對亞絲娜直率的問題，我不禁再次露出苦笑。

「那是當然啦，因為理論上一定比第一層的狗頭人領主還要強啊。」

「啊……對喔。說得也是……」

「攻擊力雖然不是那麼高，但會使用有點特殊的技能。不過能在對上迷宮區的定時湧出Mob時做練習，只要習慣就好了……」

如果和我同樣是封測玩家的迪亞貝爾還在，那麼他一定會把這些守則傳達給攻略前線的玩家們吧。但他已經過世的現在，就只能靠「亞魯戈的攻略冊」來讓外界得知封測時的情報了。只不過，還是有一些問題在。正如在四天前的激戰裡所知道的，魔王的戰鬥模式與封測時期已經有了微妙的變化…………

「這樣的話，我們就先把鐵匠的事情放到一邊，明天馬上開始練習吧。」

陷入沉思的我，半自動地對這句話點了點頭。

「嗯，說得也是……」

「那明天早上七點在烏魯巴斯南門集合可以吧。」

「嗯，好啊……」

「今天別熬夜了，要好好休息啊。敢遲到的話一定會讓你嘗嘗加速度一百G的威力。」

「嗯，好啊……——等等，咦，什……什麼？」

意識好不容易切回對話的我立刻抬起頭來。因為拿回愛劍而恢復平常模樣的細劍使大小姐，這時候已經在桌子的另一側迅速設定起床鬧鐘了。

7

艾恩葛朗特各層的圈外練功場裡，各個要點都配置有被稱為「練功場魔王」，也就是有名字的Ｍｏｂ。這些怪物算是前進到迷宮區之前的守門人。

而練功場魔王的棲息圈一定會夾帶著絕壁、急流或者其他無法通行的區域，所以不打倒魔王的話就沒辦法到達迷宮塔。也就是說，浮遊城看起來像廣大圓盤的各個樓層，其實是被分割成好幾個區域。

第二層是分為寬廣的北部與狹窄的南部區域，也就是說配置在這裡的練功場魔王只有一隻而已。牠的名字是「球首公牛．巴烏」。我想這應該是直接把公牛與球狀船首綜合起來所取的名字吧，正如名字所顯示，這隻巨大的牛會以圓形突出的下顎不斷進行充滿迫力的突進攻擊。

我從遠方俯視著這隻身體高達四公尺，將長了四支角的頭放低，以粗壯的前腳踢著地面的怪物牛，接著隨口呢喃道：

「那傢伙的毛皮是黑茶色，也就是黑毛和牛囉……」

結果旁邊傳來一道冰冷的回答：

「掉下肉來的話，你就請他們分給你吃吃看啊。」

「唔…………」

我一瞬間認真考慮了起來。艾恩葛朗特的動物型怪物，只要打倒牠就有可能會出現「〇〇之肉」或者「××的蛋」等食材道具，只要經過料理就能夠食用。至於味道嘛，跟圈內的NPC餐廳比起來可以說富有多元性——也就是有好吃，但也有難以下嚥的口味。

縱橫於第二層練功場的「顫抖公牛」的肉是有許多牛筋，所以怎麼咬也咬不斷的悲慘食材，但偶爾會出現的「母牛」味道就還過得去。這也就是說，球首公牛身為這層牛群的老大，身上的肉應該更加美味囉。早知道就應該在封測時期嚐嚐看，當我想到這裡時——

「別說閒話了，要開始囉。」

亞絲娜這麼說的同時也用手肘戳了我一下，於是我便急忙把視線拉回下方的練功場上。

我，也就是單手劍使桐人，以及不知道為什麼連續兩天和我組隊的細劍使亞絲娜，目前所在的位置正好能夠俯瞰練功場魔王棲息的盆地。這裡是一座小小圓桌型山脈的頂端，一直長到邊緣的矮木正好形成絕佳的掩蔽，我想從下面應該看不見我們才對。

即將發動攻擊的球首公牛就在這處長徑兩百公尺，短徑五十公尺左右的橢圓形盆地深處，而攻略部隊則是保持著整齊的戰線，一點一點地縮短與牠之間的距離。陣容是六人小隊×2與三名後備人員，總共十五個人。

想到第一層魔王狗頭人領主的攻略部隊足足超過四十個人，就會覺得這次的人數似乎有點少，但練功場魔王通常是設定成不必組成聯合部隊，只要一隻有適切等級的小隊就能打倒的強度。所以十五個人已經是相當充足的戰力了——但這當然必須先滿足所有人都確實把握魔王的攻擊模式與弱點，同時也能夠互相合作的條件。

「嗯……？」

在注視聯合部隊的我發出細微的聲音時，亞絲娜也低聲說道：

「那個小隊，到底誰是坦克，誰是打手啊？」

「嗯，是啊……兩邊的編成看起來很像耶。」

巨大黑毛和牛球首公牛．巴烏的身體就像座小山一樣，但基本上是只會進行突進↓回頭↓突進這種單純攻擊的魔王。如果以兩個小隊來攻略牠的話，最正統的方式是由坦克部隊持續吸引牠的攻擊並且想辦法躲開突進，然後攻擊部隊再從側面給予傷害。

但是現在看起來，各分成六個人來往前逼近的兩支小隊，在裝備上幾乎沒有太大的差異。兩支隊伍裡頭，重裝甲防禦型以及輕裝攻擊型的人數都差不多。

從距離三百公尺的山頂持續凝眼注視的我，最後終於注意到一件事而開口說道：

「啊……妳看那些傢伙鎧甲底下的布裝備。」

「咦？啊……真的耶，兩個小隊分別有不同的顏色。」

雖然被金屬與皮革防具擋住而不容易看見，但是正如亞絲娜所說，右邊六個人的緊身上衣是深藍，而左邊的六個人則全部是暗綠色。

如果是為了容易分辨所屬的小隊，那麼通常會在鎧甲上綁不同顏色的帶子，而且藍色和綠色也不是特別顯眼。也就是說，那些不是暫時性的顏色，而是為了要表示原來所屬的集團——

「……他們沒有分配好各自負責的任務就組成攻略部隊了。」

亞絲娜也用更為嚴肅的聲音肯定了我的推測。

「右邊的藍色小隊，全部都是凜德先生的……也就迪亞貝爾先生原本的同伴。而左邊的綠色小隊則是牙王先生的人馬。那兩個人確實本來就不是那麼合拍……」

「嗯……他們可能認為比較熟的伙伴組成小隊，六個人之間的合作會比較順利吧……」

「但這樣的話，小隊之間的合作就會變糟了吧？對上那隻魔王的時候，怎麼想也是被盯上的小隊與攻擊小隊之間的合作比較重要。」

「您說得一點都沒錯。」

我用力點了點頭後，慢慢前進的十二個人，前頭部隊終於進入魔王的反應圈裡了。

「噗嚕哞哦哦哦哦哦哦哦——！」的巨大吼叫聲，讓在遠處岩山上的我們都感覺到震動。

從鼻子噴出全白蒸汽的球首公牛．巴烏一揚起四支角，馬上就像山豬般……不對，像鬥牛般猛衝了過去。

魔王和部隊間的距離還有一百五十公尺左右，到正式接觸前似乎還有相當充裕的時間，不過這是因為我們從安全地帶觀看戰局才會有這樣的感覺吧。戰場上的玩家們，應該覺得從球首公牛開始移動到逼近只是一瞬間而已。

在隔了一段令我心焦的沉默後，兩支小隊的領袖才終於對同伴下達了命令。我當然聽不見命令的內容，但雙方的重裝戰士一來到前面，就同時高舉起盾牌並發出「嗚哦哦哦哦！」的吼叫聲。

那不只是單純的吼叫，而是名為「威嚇」的衍生技能。它能夠提升怪物的憎恨值，讓怪物以自己為攻擊目標。但是──

「喂……喂喂……怎麼兩邊都在吸引怪物的注意……」

正如我忍不住發出的呢喃所顯示，球首公牛因為猶豫要衝向哪一名盾戰士而左右擺頭，最後才選定藍色小隊為衝刺路線。使用威嚇的玩家，以及他身邊另一名持盾者同時蹲低身子。

兩秒鐘後──

巨牛隨著「滋鏘──────！」的轟天巨響撞上了兩名戰士。這時防禦力要是不足的話就會被撞上天空並且受到極大的損傷。但兩人被推了將近十公尺左右就奮力停下腳步，然後把牛頭推了回去。這時凜德隊剩下來的四個人立刻向前衝，對準巨牛露出空隙的側腹部轟出劍技。

「真讓人捏把冷汗……不過──好像沒問題喔……」

聽見亞絲娜有些僵硬的聲音，我便在微妙的角度下點了點頭。

「應該吧……牠原本就是一支小隊也能打倒的魔王……不過……」

當我一邊繃起臉一邊移動視線，馬上發現綠色的牙王小隊停留在稍遠處而沒有加入攻擊。坦克甚至在冷卻時間結束後就站到前面，擺出再次使用「威嚇」的姿勢。

「……這樣組成聯合部隊根本沒有意義啊……只是在互相爭奪Ｍｏｂ而已嘛。目前雖然撐得下去，但之後真的沒問題嗎……」

我隨著嘆息這麼說完後，忽然想起另外一件事。

一隊是十二個人，分別由凜德隊與牙王隊所組成，那麼後備人員的三個人是屬於哪一邊呢？我一瞬間把視線從戰場上移開，朝在後方待機的玩家們看去。

結果……

「嗚……！」

我發出低沉的聲音。感覺到身邊的亞絲娜以訝異的視線看向我，但我來不及回答就先探出身子。

三個人裡，站在正中央的是一名體格粗壯的單手劍士。那個身上穿著黑色盜賊盔甲，頭戴洋蔥狀尖頭輕鋼盔的傢伙——無疑就是昨天晚上我跟蹤鐵匠涅茲哈，在酒館裡等著他的五個人其中的領袖。

雖然身上的打扮頗令人發噱，但發現可能有人在竊聽，並且馬上衝出來的銳利眼神還是讓人難忘。以同樣的眼光注視站在洋蔥頭兩側的玩家後，就覺得他們應該也是涅茲哈在酒館裡頭的同伴。

「為什麼……那些傢伙會……？」

以低沉的聲音發出疑問後，亞絲娜便訝異地瞄了我一眼。於是我就用手指把她的視線誘導到戰場後方。

「妳知道在那邊待機的三個人叫什麼名字嗎？尤其是中間那個戴著輕鋼盔的傢伙。」

「輕……輕什麼……？那不是小孩用的床鋪嗎？」（註：Bassinet同時有嬰兒床與輕鋼盔之意）

「咦？不……不是啦……是那種頭頂尖尖，然後還有鳥嘴般面罩的頭盔啦……」

「這樣啊……可能是拼法不同吧。唉，這個世界裡，像這種時候還沒辦法查字典，就會覺得讓人很焦躁。不知道有沒有人可以幫忙編纂喔？」

「這個嘛……要手寫英和辭典實在太困難了……如果是簡單的百科全書，亞魯戈說過已經有些玩家計畫要編了……等等，這不是重點。」

我用力把脫線的話題拉了回來，然後再次指著盆地後方說：

「待機組正中間那個有點圓滾滾的傢伙，妳有看過他嗎？」

「有啊。」

由於亞絲娜馬上點了點頭，讓我一瞬間就僵住了。我轉過脖子，死命看著細劍使的臉並且快速問著：

「什……什麼時候？在哪裡？那傢伙是誰？」

「時間是昨天上午。地點正是他現在站的地方。我不是說進行了『球首公牛．巴烏』的偵查嗎？他就是那時候來的。名字叫奧……奧蘭多的樣子……」

「奧蘭多……？這次不是騎士而是聖騎士大人嗎……」

聽見我的呢喃後，亞絲娜便揚起眉毛，表示：「這是什麼意思？」

我同時注意著依然一片混亂的主戰場，以及一直待在後方待機的三個男人，然後迅速開口解釋：

「奧蘭多呢，是法蘭克王國查理大帝屬下的騎士。他是擁有聖劍杜蘭德爾的無敵英雄。」

「騎士……啊啊，原來如此。」

亞絲娜像是了解了什麼般的發言讓我露出狐疑的表情。細劍使伸直纖細的手指，指向站在洋蔥頭聖騎士奧蘭多右邊的矮小雙手劍使。

「自我介紹時，那個人自稱是貝武夫喔。那應該是英國附近的傳說勇者對吧？然後另一邊那個瘦瘦的槍使叫作庫胡林。我好像也在哪裡聽過這個名字……」

「啊～……那也是傳說中的英雄。我記得是凱爾特神話。」

我補充說明完後，表情沒有變化的亞絲娜聳了聳肩，然後說出最具決定性的一句話：

「那些人好像已經先決定好公會名稱了，我記得就叫作『傳說勇者』。」

「……這樣啊……嗯～……嗯嗯——嗯！」

我發出長長的沉吟聲，這是因為我想不出其他的反應了。

當然，MMO裡的角色要取什麼名字完全是個人自由……不對，應該說只要不牴觸營運公司定下的倫理規範就不受限制。所以不論是要自稱騎士或英雄，甚至把公會名稱取為「傳說勇者」也沒有任何問題。應該說，到現在還不能取這種角色名稱的遊戲還比較少見呢。

但是在角色與本人幾乎一體化的VRMMO裡，這算是相當需要勇氣的行為。

還是說——他們的名字是表現出強大的自信呢？因為認為將來一定會在這個世界成為符合自己姓名的英雄。但也確實沒有人能夠取笑他們「這是年輕氣盛所犯下的錯誤」。因為奧蘭多、貝武夫與庫胡林三個人，這個瞬間就抬頭挺胸地站在SAO這款死亡遊戲攻略最前線稍微往後一點的地方而已。只比較物理距離的話，我還比他們遠了兩百公尺。

「……那些人是昨天早上前線攻略玩家在馬羅梅村進行偵查前會議時自己跑過來，然後表示要一起攻略。」

不等待我發問，亞絲娜直接這麼低聲呢喃著。

「凜德先生確認他們的能力後，發現等級和技能熟練度都略低於攻略隊的平均值，但武裝已經經過相當的強化……所以認為馬上要當一軍有點困難，但擔任後備人員應該綽綽有餘了。我之所以沒有參加，有一部分也是因為這些人來了的關係。」

「……這樣啊……原來如此……」

我緩緩點了點頭，然後以相當複雜的心境凝視著三名勇者。

雖然還沒有跟亞絲娜說明，但他們都是鐵匠涅茲哈的伙伴……應該說，從酒館裡的模樣看來，涅茲哈應該也是「傳說勇者」其中一員。之所以會取「涅茲哈」這個不是騎士也不是勇者的名字，是因為只有他不從事戰鬥而是生產職的緣故嗎？

然後，我也這些線索裡做出了另一個推測。

我和亞絲娜原本都不知道名字，也就是說沒有參加第一層魔王攻略部隊的三個人，忽然間就能追上最前線玩家的理由就是……——

「噗嚕哞哦哦哦哦哦哦！」

突然響起一道強烈的吼叫，讓我把視線朝著盆地深處看去。結果我馬上發出了第二次的「喂喂……」

因為以不顯眼的藍色與綠色來區分的凜德隊與牙王隊，這時候全聚集在盆地中央而且還亂成一團。看來是搞不清楚哪隻隊伍成為魔王球首公牛．巴烏的目標，所以從左右兩邊進入和牛猛衝的路線並且撞在一起了。持盾的坦克姿勢大亂——重裝戰士需要一段時間才能從翻倒當中恢復——所以根本沒有擺出防禦姿勢。

「危險……！」

亞絲娜發出尖銳的呢喃……

「打手快點衝到旁邊躲開攻擊啊！」

他們當然不可能聽見我的叫聲，但牙王與凜德終於揮動右手，這時包含他們在內的八名中・輕裝戰士才準備往左右散開。

但還是有點來不及——

當盾戰士好不容易站起身時，球首公牛已經穿越他們之間的空隙，用足足有四根的角抵住前方的兩名劍士。牠的頭隨即垂直抬起，兩個人也因此被高高彈上天空。

「…………！」

我和亞絲娜同時屏住呼吸。一瞬間預測兩名玩家在空中，或者落下的瞬間就會變成玻璃碎片並且四散——但幸好下方是一片牧草，所以兩人沒有受到太大的傷害，反彈了幾下後立刻站了起來。但是精神上似乎受到很大的衝擊，因此腳步顯得相當虛浮。

凜德立刻揮了一下手——應該是後退與進行POT回復的指示——這時牙王也往後方看去並且轉了一下右手的劍。

趁著巨牛衝到盆地深處的機會，受傷的兩名玩家退到後方，同時也有相同數量的後備人員前來代替他們。

那是戴著輕鋼盔的聖騎士奧蘭多與拿著雙手劍的勇士貝武夫。他們跑了數公尺後，像是猶豫了一下般停下腳步。但馬上又發出連我和亞絲娜潛伏的山頂都能聽見的吼叫，然後再次朝前線衝去。

奧蘭多的右手朝之前一直被圓盾擋住的左腰伸去。迅速被拔出的黑鐵色單手用直劍，無疑是和我背上那把相同——也就是只能在第一層的任務裡獲得的準稀有武器「韌煉之劍」。劍似乎經過相當的強化，只見聖騎士高舉起帶著深邃亮光的劍身，果敢地朝大型魔王猛衝。

艾恩葛朗特第二層唯一的練功場魔王「球首公牛・巴烏」那小山般的巨大身軀是在戰鬥開始二十五分鐘後才四散開來。

以攻略部隊的規模與等級、武裝來說，這次的攻略有點花太多時間了，但這是因為我在上面看戲，所以才能輕鬆地這麼說吧。因為現在這個世界裡，已經出現一條封測時期不存在，但是比所有事物都重要的大前提了。那個前提就是——無論如何，都不能有任何死者出現。

從這層意義上來看，我必須說公會……不對，目前還只是隊伍的「傳說勇者」確實三個人都提供了相當大的貢獻。雖然動作多少有些僵硬，但他們漂亮地代替了因為出乎意料之外的事故而讓ＨＰ落入黃色區域的一軍成員。

「……真是讓人捏把冷汗……但是，能夠順利結束真是太好了。」

身旁的亞絲娜這麼呢喃，然後從圓桌型山脈邊緣往後退了兩步，直接在附近的岩石上坐了下來。她交叉雙腿，眼睛朝上瞪著我說：

「然後呢？桐人先生為什麼會在意那些勇者？」

「這……這個嘛……」

我游移的視線再次朝眼睛下方的練功場看去。十五名攻略玩家正聚在細長盆地的深處，一起發出勝利的歡呼。用全身來表達喜悅的只有身穿深藍色緊身上衣的凜德隊，以及還沒有小隊色的勇士們，暗綠色的牙王隊高興的程度和他們有些差距。理由就是殺掉魔王……也就是說，獲得最後一擊的是凜德的彎刀，專有名稱叫作「蒼白彎刀」的武器。雖然從遠方看不出強化數字，但從反射效果的強度來看，應該是經過了相當的鍛鍊才對。

我又凝視了一陣子站在凜德身邊昂首高舉手中長劍的聖騎士奧蘭多，然後才轉向亞絲娜。現在羊毛斗篷的帽子已經放在背後，所以她淡棕色的眼睛在早晨陽光照耀下也發出強烈的光芒。此時她的視線就像是要貫穿我寄宿在角色上的意識般，於是我知道已經不能再矇混過去了。我下定決心，低聲告訴她：

「……鐵匠涅茲哈是『傳說勇者』的一員。」

「咦……！你的意思是……」

我輕輕點頭肯定她沒有提出來的問題。

「我認為涅茲哈所進行的強化詐欺，是根據集團……也就是身為領袖的奧蘭多指示。妳知道『涅茲哈的打鐵舖』是什麼時候出現在街上的嗎？」

「嗯……我想是第二層開通的那一天吧……」

「也就是說還不到一週，但是──一天裡只要能詐騙到一兩把風花劍或者韌煉之劍等級……而且還是經過強化的劍，應該就能賺到一大筆錢了。大概比平常去狩獵賺到的錢多出十……不對，二十倍左右……亞絲娜剛才也說了吧，奧蘭多他們用武裝的強化度來彌補能力的不足。只有戰鬥才能提升武器技能的熟練度，但強化的話……」

「……只要有錢，就可以不斷進行。你的意思是這樣吧？」

亞絲娜以緊繃的聲音說完後，隨即迅速站了起來。她朝眼睛下方的戰場瞪了一眼，然後馬上要朝走下岩山的坡道走去，我急忙阻止她並且說：

「等……等一下！我知道妳的心情，但我們還沒有證據。」

「那也不能就這樣放任他們……」

「至少也要識破他們強化詐欺的手法，否則我們反而會被指責毀損名譽。這個世界雖然沒有GM，但被多數人敵視還是相當危險。我是無所謂了，但沒必要連亞絲娜都被當成封弊……」

亞絲娜用食指對我一指。

迅速伸到我嘴邊的食指，讓我沒辦法把話說完。

「等一下都要一起進入迷宮，你就不用擔心這種事了。不過——我了解你還沒說的事情了。目前不要說證據，連手法都不清楚，這樣的確會被說是誣賴……」

她把拉回去的右手放到自己的下巴。然後閉起眼睛，以壓抑的語氣繼續說道：

「我也會想點辦法。不只是識破對方掉包武器的手法，還要找出明確的證據。」

細劍使堅定地說完後，眼睛裡隨即燃燒著與剛才不同的火焰，而我只能點頭回答：「這……這樣啊。」

成功討伐球首公牛．巴烏的兩支小隊十三個人，為了進行補給與保養而先回到馬梅羅村去，而我和亞絲娜便趁這時候走下岩山。

我們壓低身子，急速跑過喪失守護者的細長盆地。說起來呢，首先踏入第二層南部練功場的權利是屬於凜德與牙王等人，但我實在沒有等待他們整裝完成的耐心。而且那兩個人原本就互不相讓了，所以除了最後一擊的寶物之外，一定也會爭奪該由誰先進入南方練功場。

盆地深處是蜿蜒的狹小山谷，左右兩側是幾乎呈垂直的斷崖，光滑的岩石上不要說是小徑了，甚至連可以施力的地方都沒有，所以絕對不可能爬得上去。

我和亞絲娜一口氣衝過不會有Ｍｏｂ出現的谷底，然後在出口前停下腳步，暫時注視著首次——正確來說我已經是第二次——出現在眼前的光景。

兩三層圓桌型山脈連綿不絕的地形雖然沒有變化，但是和北方練功場充滿牧草地的悠閒氣氛完全不同，平地全被蒼鬱的密林覆蓋住了。山脈的岩石上全爬滿了蔓藤，而且密布的霧氣也讓視線變得相當糟糕。

不過還是能清楚地看見屹立在叢林遠方的第二層迷宮塔剪影。它筆直地延伸到第三層在一百公尺上方的寬廣底部，雖然比第一層的塔稍微細了一點，但直徑也有兩百五十公尺吧。所以與其說是塔，倒不如說是圓形競技場還比較貼切。

和我一樣默默凝視著遠方巨塔的亞絲娜忽然呢喃道：

「……那個是什麼？」

我發現她口裡說的「那個」，是在問從巨塔上部前方伸出來的兩根彎曲突起，於是便簡單地回答：

「牛角。」

「牛……牛？」

「靠近之後，就會看見那裡有巨大的牛隻浮雕。因為那是第二層的主題啊。」

「……我還以為剛才的巨大牛被打倒之後，就不會再有牛形怪物了……」

「太天真了，接下來才是第二層牛牛天堂的重頭戲呢。應該說……接下來出現的怪物看起來都不是很好吃。」

原本想再補一句「雖然也算是牛」，但最後還是用乾咳來把事情帶過，然後拍著手說：

「那麼，我們差不多該走了。東南一公里左右有一座最後的村子，再往前就是迷宮區了。就算接下村子裡所有的任務，應該也可以在中午前到達迷宮塔。跟從正面的道路進入森林比起來，由左側迂迴過去的話還比較安全且快速。」

當我要邁開腳步時，才注意到亞絲娜正用微妙的表情看著我，於是我便問道：

「……怎麼了？」

「沒有啦……」

細劍使乾咳了一下，然後以嚴肅的表情回答：

「接下來要說的絕對不是諷刺或者指桑罵槐，是發自我內心的感想……」

「呃……嗯……」

「你知道很多事情真的很方便耶。有種希望每個人家裡都有一台的感覺。」

我無法立刻判斷出該對這樣的評語做出何種解釋，結果亞絲娜已經快步走過我面前，稍微把頭轉向我並且說：

「那我們快走吧，希望能在凜德先生他們追上來前先進入迷宮塔。」

8

「討厭……不要過來……！不要靠近我啊……！」

一道壯碩黑影快步朝因為恐懼而瞪大雙眼，嘴裡還發出顫抖聲音的美少女逼近。

這幾乎讓人以為是懸疑或者恐怖電影的一幕，如果以好萊塢式的劇本來看，接下去發生的情節實在有點……不對，應該說太過於非主流了。

「不是說過……要你別靠過來了嗎！」

少女發出帶著憤怒的聲音，沒有往後退而是向前猛衝。魁梧的襲擊者對她的動作有所反應而揮動粗糙的雙手用戰槌，但在軌道到達頂點之前，少女的右手就已經閃出一道雷光。

隨著無聲的喊叫所施放出來的突刺技，直接在襲擊者完全外露的胸膛上炸裂。純白的光芒飛散，戰槌的速度略微變慢。一般人會在這時候飛退來躲開攻擊，但少女卻繼續往前踏出一步，然後不顧一切地拉回細劍繼續進行追擊。這次換成二連擊轟在胸膛的上下兩側，襲擊者半裸的肉體立刻晃動了起來。

「噗……哞哦哦哦哦！」

有著短角與金屬鼻環的頭部往後仰，接著發出臨死前的悲鳴。緩緩後傾的巨大身軀在空中倏然停止。光滑的肌肉一邊轉變成堅硬的玻璃一邊碎裂，然後從裂痕裡迸出藍光——爆散。

以單發技「線性攻擊」加上二連擊技「平行刺擊」的組合，打倒牛頭人身的怪物「下級公牛．攻擊者」後，細劍使暫時站在現場喘了一陣子氣——最後才迅速抬起臉來，瞪著我叫道：

「……這根本不是牛嘛！」

我和亞絲娜，應該是所有玩家最先進入艾恩葛朗特第二層迷宮區的兩個人，來到這裡已經經過兩個小時了。

現在牙王隊和凜德隊說不定已經看見一樓被開啟的寶箱而恨得咬牙切齒，但我本來就是邪惡的黑色封弊者，當然沒有白白通過寶箱的禮讓精神。由於寶箱的初期ＰＯＰ位置有八成跟封測時沒有兩樣，所以我們便在不斷開啟寶箱的過程中順便進行戰鬥，當順利來到了二樓時，就遇上了這座塔的主人兼居民公牛一族——

「……哎……哎呀，要說是牛還是人的話，牠們的確有八成是人啦……」

因為完全不清楚亞絲娜生氣的理由，所以我只能搔搔自己的頭部。

「但是，網路遊戲裡的牛頭人（Minotaurus）大概都是這樣啊，然後把牛頭人系的Ｍｏｂ稱為『牛』也已經是慣例……」

「……牛頭人？你是說希臘神話裡頭的怪物？」

她憤怒的眼神終於變得柔和一些，看來這個細劍使很喜歡稍微有點知性的話題。雖然我對神話傳說也不是相當了解，但妹妹倒是很喜歡這方面的書籍，而從小我就時常讀給她聽。這時我點了點頭，然後想辦法擠出當時的知識。

「對……對啊。神話裡頭的牛頭人，是住在克里特島的地下迷宮……正確名稱是『拉比凜特斯』，總之就是住在地下迷宮的怪物，然後被勇者賽修斯給殺掉了對吧？這些都是很適合拿來做成遊戲的要素，所以從很久之前牛頭人就在很多RPG裡出現過了。只是這個遊戲不知道為什麼把Mino去掉，然後又把『taurus』改成英文唸法，所以才會變成『公牛族』啦。」

「還是拿掉比較好，因為Minotaurus的Miro指的是米諾斯（Minos）王的米諾對吧。」

「咦……那把Minotaurus省略成『Mino』不就不恰當了？」

「那是當然，據說米諾斯王死後變成了冥界的判官，只用米諾來稱呼他的話，他一定會生氣的。」

在進行這樣的對話當中，亞絲娜的火氣終於變淡了。認為這是個好機會的我立刻畏畏縮縮地問道：

「那麼……亞絲娜小姐，剛才的米諾……不對，剛才那隻公牛不知道哪裡讓您不滿意了……？」

結果細劍使側目瞪了我一眼才回答：

「因為那傢伙……幾乎都沒穿衣服不是嗎！只有腰部捲了條布而已，根本是性騷擾嘛。真想發動性騷擾防範指令把牠送到黑鐵宮去。」

「原……原來如此…………」

和第一層就會出現的狗頭人族與哥布林族比起來，下級公牛族身上的衣物確實少了很多，如果沒有牛頭的話就是「幾乎全裸的肌肉男」了。對於在女校長大的大小姐（我想應該是吧）來說，的確很難接受這樣的打扮。

但如果是這樣的話，剛才打開寶箱後出現的防具「強力皮帶內衣」就又是一個新的問題了。這東西的防禦力還算不錯，而且還有令人高興的筋力獎勵，但裝備上去的話上半身就固定是「只用皮帶綁住各處的半裸」狀態，根本無法穿上其他緊身衣或者鎧甲。覺得在迷宮的這段時間裡應該沒關係的我，正準備在下一個安全房間裡把它換上——但是看見亞絲娜的反應之後，就覺得還是打消這個念頭比較好。但好不容易才得到這個稀有寶物，不拿來用的話實在太可惜了。就純粹從提升小隊戰力的觀點來看，自己是不是應該把這個道具讓給她呢？

「亞絲娜啊……剛才不是從箱子裡拿到帶有魔法效果的皮帶系鎧甲嗎……」

這時細劍使眼睛立刻發出比屠殺公牛族時要冰冷三倍的光芒。

「是拿到了，怎麼樣？」

「…………那個……我是在想有誰適合這種道具啦。啊，對了，那個人如何？就是第一層魔王攻略部隊裡的那個坦克隊隊長……」

「你是說艾基爾先生？嗯……那個人穿起來應該滿合適的。我在昨天『球首公牛・巴烏』的偵查裡有遇見他喔。」

內心一邊對自己沒有誤踩地雷鬆了口氣，一邊綳著臉表現出自己的驚訝。

「這……這樣啊。但是，他也沒參加剛才正式的討伐戰對吧？」

「那個人好像和凜德先生與牙王先生不合。但他還是有表示將參加樓層魔王的攻略，所以桐人先生應該可以在那裡遇見他吧。那時候再交給他怎麼樣？」

「說……說得也是。嗯。那——能夠對付米諾……不對，公牛族的『麻痺衝擊』了嗎？」

「算了，叫米諾就可以了啦。再看兩三次應該就沒問題了。」

「這樣啊。雖然魔王的『麻痺』範圍廣到不像話，但時機和雜兵米諾一樣。那麼我們就到下一個區域去看看吧。」

完全沒有露出疲態的亞絲娜聽見我的話後點了點頭，接著率先往房間的出口走去。

又打倒四隻公牛族（由於是定時湧出的Ｍｏｂ，所以很難大量狩獵）後，因為掉寶與各處的寶箱快把道具欄塞滿的我和亞絲娜，在沒有遇見其他前線玩家的情形下順利離開迷宮區。

在入口附近的安全地帶打開地圖標籤之後，發現高塔一樓二樓的空白部分幾乎都被填滿了。雖然將它捲軸化後應該能賣到不錯的價錢，但連我這個黑心的封弊者也沒市儈到拿地圖檔案來做買賣。決定把這些資料免費提供給「老鼠亞魯戈」後，我便關上了標籤。

大概明天就能在最近的村子裡，買到亞魯戈整理從我以及其他封測玩家那裡獲得的情報後做成的「攻略冊」了，但老實說我一直覺得自己還得花五百珂爾去買這些資料實在有點不合理。但她表示會用前線組付出的錢增刷來免費提供給中層玩家，所以我也沒辦法抱怨。

切換標籤，傳了即時訊息告訴亞魯戈要把地圖檔案交給她並關閉視窗後，我便人大伸了個懶腰並且仰望著天空。

蒼鬱的密林上方，實際上不是天空而是被第三層的底部所覆蓋。但是現在從外圈照射進來的夕陽已經把底部染成橘色，看起來倒也是一幅美麗的景象。

「今天是十二月九日……星期五。外面一定已經是冬天了。」

身邊的亞絲娜這麼呢喃著，我稍微想了一下後才回答她：

「之前不知道是在網路消息還是什麼媒體上看到過，艾恩葛朗特的樓層也會呈現不同的季節。所以再繼續往上爬的話，說不定就能遇見冬天了。」

「……不知道該不該感到高興耶。啊，不過……」

由於亞絲娜說到這裡就中斷了，於是我便轉過頭去看著她。亞絲娜不知道為什麼以像是生氣又像是害羞的表情噘起嘴，最後終於靜靜地表示：

「沒什麼啦，只是想到如果在聖誕節之前能夠到達有季節的樓層，然後那裡下著雪的話……」

「這樣啊……說得也是，已經十二月了……距離聖誕節只剩十五天……在那之前應該能攻略這一層才對……」

「說這什麼話，太沒志氣了吧？再一週，不對，再五天就要攻略這一層了。我受夠這些牛了。」

「是受夠裸體牛了吧。」

我忍不住這麼說道，結果亞絲娜先是茫然看著我的臉，幾秒鐘後便滿臉通紅，用幾乎要造成傷害的強度用力踩了我的右腳。接著更直接往村子的方向前進，而我只能急忙從細劍使身後追了上去。

極力迴避戰鬥的我們花了二十分鐘穿越離開密林的石頭路，來到最近的村莊——將成為魔王攻略據點的「塔蘭」村內，然後才鬆了一口氣。

雖然早已經預料到，不過村子的主要街道上果然可以看見不少玩家在走動。今天上午打倒中魔王「球首公牛．巴烏」之後，原本把前一個村子馬羅梅當成據點的玩家，已經全都移動到這裡來了吧。我依然解除了裝備在身上的黑色皮大衣，然後用亞絲娜覺得很不適合的頭巾蓋住上半部的臉孔。

說起來她也用戰鬥時會拿下來的連帽斗篷完全蓋住頭部，所以我們可以說是半斤八兩。雖然遮住臉的理由完全相反讓人有點難過就是了。

「那個……我接下來和亞魯戈那個傢伙約好要見面了……」

我邊走在路旁邊小聲這麼說道，結果亞絲娜便在帽子深處輕輕點了點頭。

「那剛剛好，我也有事要找她……應該說有事要委託她，我跟你一起去吧。」

「這……這樣啊。」

說起來我應該沒有害怕亞絲娜與亞魯戈同席的理由才對，但不知道為什麼就是會覺得緊張。背部悄悄發著抖的我點了點頭，正準備說出「那我們一起去約好的酒館」時——

忽然聽見一道細微的聲音，於是我急忙捕捉這道差點錯過的聲響。

那是相當規則的連續金屬聲。這不像樂器一樣輕快，而是包含了道具強硬度的聲音是——

「————！」

我和亞絲娜同時看向對方，身體也一起朝向聲音來源……塔蘭村的東廣場轉去。

雖然壓抑住想全力衝刺的心情，但還是快步走到廣場的我們，在那裡看見預期之中的光景後還是佇立了好一陣子。

兩張榻榻米大小的毯子上排滿了鐵製的武器，另外還有一塊簡單的木製招牌。當然還有攜帶型火爐與鐵砧。一名矮小男性玩家正坐在折疊式椅子上專心揮動槌子，我們從側臉就知道他是鐵匠涅茲哈了。他不但是「傳說勇者」的一員，同時也是艾恩葛朗特首次出現的「強化詐欺師」——

「……還是光明正大地出來做生意了。明明昨天才被你識破進行詐欺而已，結果不要說暫時停業了，甚至還跑到最前線來開店耶。」

當我們移動到廣場柱子的陰影處時，亞絲娜便憤怒地這麼說道。我原本打算點頭回應，但半途就稍微改變了角度。

「不對……就是因為有所警戒，才會來到這座塔蘭村吧？對方絕對想不到我們也同時來到這座村子了。可能是打算避開詐欺被人發現的烏魯巴斯，所以才暫時來這裡做生意。」

「就算是這樣，也無法改變他厚臉皮的事實。因為竟然還來到另一座村落開店……這就表示他還要繼續進行掉包武器的勾當吧？」

說到最後一句話時幾乎已經沒有聲音的亞絲娜，隨即輕輕咬住嘴唇。

她的側臉當然露出了憤怒的神情，但似乎也參雜了好幾種其他的感情。對辨認他人表情的技能熟練度幾乎是零的我來說，當然沒有辦法看出她到底在想些什麼。但是，我發現她在兜帽深處發出微光的眼睛似乎透露了有些悲傷的色彩後，隨即稍微屏住了呼吸。

我再次把視線移到二十公尺前方的涅茲哈身上，接著繼續說道：

「我想……應該還是會做吧。當然也會挑選對象啦……」

「……？這是什麼意思？」

「如果涅茲哈所屬的『傳說勇者』的目的，是一口氣加入最前線攻略玩家的陣容，那麼應該就不會把前線組當成詐欺的對象。要是因此而損及小隊的信用根本就是本末倒置了。」

當我說到這裡時，隨即在腦袋裡默默地呢喃著忽然閃過的可能性。

——如果奧蘭多他們將來要拋棄涅茲哈的話就又另當別論了。

因為就算是伙伴，目前系統上也還沒辦法組成公會，所以顏色浮標上也不會表現出同樣的紋章。如果沒有涅茲哈與奧蘭多、貝武夫等人是同伴的證據，那麼奧蘭多等人也可以要求涅茲哈不管委託人的身分一律詐騙武器，等到完全失去信用後才把他從隊伍踢出去……

「等等……應該不至於吧……」

我隨著嘆息說出這麼一句話來否定自己邪惡的推測。

昨天跟蹤涅茲哈到酒館去後目擊到的六個人，表現出來的熟稔氣氛感覺上就不像只是網路遊戲內的集團。甚至讓我覺得他們幾個人在進入SAO之前就已經是朋友了。

所以應該不可能……不對，是絕對不可能發生這種事情。

忽然感覺有視線看著臉頰附近，轉過頭去之後，發現亞絲娜正在厚厚的兜帽下直盯著我看。

她可能是聽見我剛才的呢喃了吧，不過她倒是沒繼續追問下去，只是把視線移開並說：

「……這樣的話，我在他們的眼裡就不是前線攻略玩家囉。因為他們把我的劍騙走了。」

發現這些推論是根據我剛才所說的話之後，我便急忙搖著頭說：

「沒……沒有啦，我所說的前線玩家呢，指的是剛才那些穿藍色與綠色衣服的人啦。沒有像他們那樣強烈地表現出來的話根本不會知道……所以涅茲哈一定也不會覺得我是攻略組的一員。不過，這可能本來就是事實了……」

「為什麼這麼說，你不是會參加樓層魔王的討伐戰嗎？」

亞絲娜狠狠瞪了我一眼，讓我反射性點了點頭——但還是免不了用曖昧的口氣回答：

「是……是打算參加啦……但凜德和牙王要是說『不需要』的話，我也沒辦法。應該說，他們有很高的機率會拒絕我吧……」

話說到一半時，亞絲娜的眉毛已經提高到了相當危險的角度，不過馬上就又恢復成平常的模樣。她隨即用有些不滿，但是相當冷靜的聲音表示：

「凜德先生也就算了，但是牙王先生應該知道攻略魔王時絕對需要你的力量與知識。」

「咦，是……是這樣嗎？」

「因為那個人在打倒狗頭人領主之後，不是特別要我來告訴你『謝謝你今天救了我』嗎？」

她堅持原音重現的關西腔讓我忍不住想發笑，於是我也配合著她回答：

「但他接著還這樣說囉：『但我還是沒辦法認同你。我會用自己的方法來攻略遊戲……』」

「如果『完全攻略』是大家最終的目的，那麼樓層魔王戰的時候，他們應該也不會因為無聊的自尊而不讓你參加吧？」

「希望如此……」

雖然腦中浮現今天上午在「球首公牛．巴烏」攻略戰時發生的鬧劇，但我還是點了點頭。

指揮藍色隊伍的短彎刀使凜德和我，曾經在狗頭人領主攻略戰之後有過一番對話——或許應該說是我單方面被他指責，不過我還是能明確地想像出他的目標。他想把和自己同樣是騎士迪亞貝爾同伴的玩家們培養成最強的攻略集團。他連中魔王的ＬＡ獎勵都不願意放棄的模樣，直接就散發出這種堅強的意志了。到了第三層之後，他一定會馬上挑戰公會會長任務，然後建立以迪亞貝爾身上銀色與藍色為代表色的公會。

說起來呢，反而是在第一層裡曾經數次與其交談的牙王還比較難以捉摸。

他的心底無疑藏著對前封測玩家的憎恨，所以才會打從一開始就敵視我這個封測玩家，並且支持由非封測玩家出身的迪亞貝爾所統率的攻略隊。我甚至覺得他在第一層攻略結束後就會加入迪亞貝爾的隊伍。

但就算是迪亞貝爾仍在世，他的願望應該也不會實現吧。因為迪亞貝爾其實也是封測玩家。再加牙王可能會從迪亞貝爾不擇手段也要贏得第一層魔王ＬＡ獎勵的行為裡查覺到這一點。

上……雖然這麼說可能有點自大，但幾乎崩毀的戰線之所以能撐下來，靠的正是我這封測玩家，桐人的「作弊知識」。

所以牙王才會因為自己「不依賴封測玩家」的信念，選擇不加入舊迪亞貝爾隊──也就是今天的凜德隊，反而建立起自己的集團，而那就是我們早上看見的那隻暗綠色緊身衣小隊了。他應該費了不少的心力吧，從剛才的中魔王戰看起來，他們的戰力與凜德隊可以說是在伯仲之間。但是，正因為這樣，那兩支隊伍今後一定也容不下對方。

前頭的兩大集團，不對，已經可以稱為公會了，兩大公會之間的衝突與競爭應該能加速提升全體攻略玩家的戰鬥力才對，但同時也會損害組成聯合部隊時的合作關係。不知道這樣的發展究竟是好還是壞呢？另外第三集團，聖騎士奧蘭多所率領的「傳說勇者」又會在最前線扮演什麼樣的角色……

「啊，話說回來……」

我忽然注意到一件事，於是便對凝視著露天打鐵舖的亞絲娜問道：

「凜德和牙王的小隊也有名字了嗎？」

「嗯……凜德先生我不清楚。但我聽說過牙王先生的小隊名稱了。」

細劍使微微一笑，接著說出聽見的名稱。

「有點誇張喔，是叫作『艾恩葛朗特解放隊』。」

「這……這樣啊……」

「他好像有許多雄偉的計畫呢。」

「真……真的嗎？」

「說是要把據點固定在第一層的『起始的城鎮』，然後也會積極從停留在那裡的幾千名玩家裡招募成員。另外還會配給武器防具，進行集團戰鬥的訓練，好增加最前線玩家的人數……」

「……原來如此，這就是『用自己的方法來攻略遊戲』嗎……」

我點了點頭，再次陷入沉思。

這確實也是一種「方法」。因為在前線戰鬥的人數越多，攻略的速度當然也會越快。但是同時也會產生另一個巨大的困境。就是人數增加的話，死亡人數當然也一定會跟著上升……

「不過這真讓人有點不舒服。」

亞絲娜突然這麼表示，而我只能眨了眨眼睛。

「咦？什麼不舒服？」

「名字啊。什麼『最前線攻略玩家』啦、『前線組』啦、『攻略集團』啦，大家都亂取一通。雖然能了解他們的心意，但實在太隨便了。凜德隊的人甚至還自稱『頂級玩家』呢。」

「啊，嗯……的確是這樣。亞魯戈那傢伙好像稱他們『領先者』……等等，糟糕了！」

我急忙打開視窗，確認目前的時間。距離跟情報販子，老鼠亞魯戈約定見面的時間只剩下兩分半鐘而已。

「那……那個……亞絲娜也要去對吧？」

「……要啊，怎麼了？」

面對她一臉稀鬆平常的反問，我也只能夠點頭同意了。

我最後又看了一眼不停揮動榔頭的矮小鐵匠，然後說道：

「盡快解決和亞魯戈的見面，我想多觀察一下涅茲哈。說不定能夠識破他詐欺的手法。」

9

亞魯戈發出「哦～」的聲音。

「不是妳想的那樣」，我這麼表示。

如果補充雙方第一句話省略的部分，那就會是這個樣子。

——哦～封測玩家桐人和獨行的亞絲娜變成搭檔了啊。這條情報能值多少錢呢？

——不是妳想的那樣。我們只是剛好一起過來而已，絕對不是變成搭檔什麼的。

說起來呢，雖然否定了她話裡頭的含意，但我們一起行動的確是事實。而且這種狀況還是從昨天下午在烏魯巴斯東廣場遇見之後就一直持續到現在，差不多已經連續二十七個小時了。

在這樣的情形下——也難怪人家會有過多的揣測，但依照我的內心基準，單純的「兩人小隊」與「搭檔」可是有很大的差異。

小隊是在各自有利益的情況下組成，等戰鬥結束之後各分東西，關係也就消失了；但搭檔的話就是以互相存在為前提條件來進行各種細部調整。具體來說就是，為了彌補伙伴的弱點並且發揮其特性來替換裝備與技能組合，並非各自狩獵自己的獵物（就像昨天我和亞絲娜面對黃蜂那樣），而是兩個人以劍技來合作打倒獨自作戰會相當辛苦的強大Ｍｏｂ。

由於我認為要做到這種程度才能夠稱為搭檔，所以從這方面來看，我和亞絲娜應該永遠不可能變成搭檔吧。就算撇開封弊者之類的事情不談，我也不認為這名對自身劍技有強烈自信的細劍使，會放棄自己磨練以久的戰鬥模式而以與我之間的合作為優先。

——雖然不知道對方能夠了解多少我一瞬間的思考，或者可以說藉口，但我還是一臉平靜地坐到亞魯戈對面，等身邊暫時性的小隊成員也就座後，隨即開口點了黑麥芽酒。接著亞絲娜也點了果實酒沙瓦，結果ＮＰＣ店員退下去才不到十秒鐘，飲料就已經送到我們桌前了。雖然覺得這樣的話乾脆就廢除店員，改採飲料忽然出現在桌面的系統就可以了，但這可能就是創造者的堅持吧。反正這些ＮＰＣ也不需要人事費用。

我和亞絲娜各自拿起杯子後，亞魯戈也稍微舉起已經在她面前的麥芽酒，然後以視線催促我繼續說下去。於是我只能乾咳幾聲，然後表示：

「那麼……讓我們為到達第二層迷宮區乾杯！」

「乾杯！」

「乾杯……」

雖然興奮度多少有點落差，但我還是在其他兩人的配合下一口氣將中杯黑麥芽酒喝了一半。現實世界裡，媽媽會在晚餐時開啤酒來喝，我趁機嚐過一點後，就覺得其實啤酒這種東西（這裡雖然稱為麥芽酒但實在不清楚有什麼不同）只是又苦又酸的碳酸飲料，但一整天在練功場或是迷宮裡四處戰鬥後，不知道為什麼喝起來就是特別美味。不過二十歲以上的玩家似乎表示「喝多少都不會醉的酒根本沒有存在的意義！」

從這個觀點來看，在我對面大口喝完一整杯金黃色氣泡飲料並且叫著「噗哈～！」的情報販子，可能也是不需要酒裡有酒精的青少年吧，但這傢伙說到底還是很難以捉摸。就算被金褐色捲毛包圍的臉頰上沒有那三根依然清晰的顏料鬍子，從外表也沒辦法推測出她真實的年齡。

這時亞魯戈迅速把空下來的杯子放回桌上，接著又叫了一杯後才說道：

「轉移門開通後五天就到達迷宮區，說起來真的很快喔。」

「跟第一層比起來當然快多了。在下面一層花了那麼多時間，也有很多玩家超過10級了。原本只要7、8級左右就能攻略第二層了吧？」

「嗯……數字上是這樣沒錯。只不過，再怎麼說那也不過是可能的數字。」

亞魯戈說到這裡便停下來，開始喝起第二杯麥芽酒，這時換成亞絲娜對我問了一句：

「封測時期，你們挑戰了幾次才打倒第二層的魔王？」

「嗯……從第一次挑戰開始算的話，光是我參加的戰鬥就失敗了十次……不過一開始是5級就有勇無謀地去挑戰魔王了。」

而那全都是為了獲得LA獎勵，我當然沒有把這個實情說出口。

「我記得打倒魔王的時候，部隊平均已經超過7級了。」

「這樣啊……這次的攻略——平均應該會超過10級吧。」

亞絲娜的問題讓我瞄了一眼依然表示在視界裡的小隊用HP條。我的等級因為在迷宮區裡到處奔走狩獵米諾，不對，狩獵公牛而上升了1級，目前是14級。亞絲娜好像已經來到12級。我想應該會成為攻略部隊主力的凜德隊、牙王隊也跟我們差不多才對——

「嗯……我想應該會超過10級吧。光看數值上的能力的話，應該算進入安全範圍了……但是雜兵Mob的常識不能拿來用在樓層魔王身上……」

感覺好像是很久遠以前的事情了，但我們在攻打第一層魔王「狗頭人領主·伊爾凡古」時，部隊平均等級也遠超過封測時期。而且擔任隊長的騎士迪亞貝爾和獨行的我同樣是12級。但是狗頭人領主的大刀技能連擊卻完全削除了迪亞貝爾的HP。這也就表示，半吊子的「安全範圍」對上魔王的瞬間攻擊力後根本一點用處都沒有。

在一瞬間沉默下來的我與亞絲娜對面，把第二杯啤酒喝得剩下三成左右的亞魯戈又像是要補上追加攻擊般說道：

「而且對上這一層的魔王時，裝備的強化比等級更重要喔。」

「就是說啊……」

我也隨著嘆息點了點頭。第二層魔王所使用的專用劍技「麻痺轟爆」並不著重於攻擊力，但也因此而不能光用ＨＰ量來應付，還得藉由武器防具的強化獎勵來提升阻礙耐性。

關於這些事情，等眼前的情報販子發行攻略冊之後大家應該就會知道了。屆時前線攻略組將會大舉進行裝備的強化，而移動到這座村子的鐵匠涅茲哈，打鐵舖的生意應該也會變得相當火熱……

「…………嗚……」

當想到這裡的瞬間，我便在無意識當中發出了呻吟。

如果涅茲哈從烏魯巴斯轉移到塔蘭的理由，並不是要等傳聞冷卻……而是打從一開始就猜到最前線玩家將進行大量的強化呢？他已經完全不顧鐵匠的信用，只是拚了命地詐取稀有的強化武器……結果就會造成「傳說勇者」超越凜德隊與牙王隊，一口氣變成最強公會，到時候鐵匠涅茲哈將會——

「亞魯戈……」

摩擦手臂將爬上上臂的惡寒甩落後，我便在桌上打開視窗。

「先把迷宮區一樓、二樓的地圖檔案交給妳。」

我迅速把實體化的小捲軸放到亞魯戈面前。這名情報販子將捲軸拿起來，然後像變魔術般讓它消失後才說道：

「桐仔，謝謝你總是提供資訊給我。我之前也說過，我隨時可以按照規定付你情報費……」

「不用了……我不想拿地圖檔案來賣錢。如果有玩家因為沒買地圖而喪生，我一定會內疚得睡不著覺……不過，雖然不會收錢，但這次我希望妳能答應我一個有附帶條件的委託。」

「哦~？你先跟姊姊說說看吧？」

雖然她向我拋出的嬌豔媚眼讓身邊的亞絲娜發出某種波動，但我不知道為什麼很害怕轉過頭去，所以只能把視線固定在前方並且回答：

「我想亞魯戈應該也知道他們的存在了……」

這時我壓低聲音，再次確認酒館內部。由於是位於狹窄巷弄裡的店家，所以沒有其他玩家的身影。

「……我想要參加今天早上『球首公牛・巴烏』討伐戰的『傳說勇者』小隊的資料。包括所有成員的名字以及組成隊伍的經過。」

「嗯，你說的條件是……？」

「不要告訴任何人我打探他們的情報，尤其是他們幾個人。」

情報販子「老鼠亞魯戈」恐怖的地方是，字典裡面不但沒有保護委託人的祕密這條規則，甚至還奉「委託人的姓名亦是商品」為圭臬。所以我本來沒有辦法在保密的情況下向亞魯戈購買「傳說勇者」的情報。因為她會遵從自己的規則，對傳說勇者那些傢伙表示「有個人想買你們的情報，你們要知道他的名字嗎？」當然，這時我只要付出比他們還要高的價碼，就能夠隱藏自己的姓名，但是「有人正在偵查傳說勇者」這件事情還是會被對方發現。就現狀來說，還是得避免這種事情發生。

我的條件也就是——幫忙探查傳說勇者的消息，但是不要跟他們有任何接觸。這件委託明顯違反了亞魯戈的信條。

「嗯……嗯嗯～～～」

情報販子用指尖拉著捲髮並且煩惱了一陣子，最後很乾脆地說：「嗯，好吧。」當我鬆了一口氣時，她又露出燦爛的笑容表示：

「不過你要記住，姊姊把跟桐仔的私交看得比做生意的信條還要重要這件事。」

這時再度從右側傳來恐怖的氣息。把視線從全身僵硬的我身上移開後，亞魯戈又帶著笑容說道：

「那麼，小亞要委託我做什麼事啊？」

十分鐘後——

我和亞絲娜從郊外的酒館再次回到塔蘭村東廣場。

雖說是村落，但圈內在規模上還是比主街區烏魯巴斯還要小。不過「將圓桌形山脈內部刨空」的基本構造則完全相同，這也就是說，垂直向的空間會比建築在平地上的村莊要多出一倍以上。

當然圓形廣場也不例外，周圍全被相當高的建築物包圍。它們全都不是ＮＰＣ經營的旅館或商店，而且目前也不是玩家小屋，所以任何人都能夠自由進入。

實際上，有不少玩家就把這種「空屋」當成旅館來使用。但這種地方和ＮＰＣ經營的旅館有一個決定性的差異，就是空屋沒有受到系統保護。

當然，就算是這樣也沒有人能夠對裡面的玩家造成傷害，但在門不能上鎖的房裡睡覺總是覺得無法安心，而且床也硬得讓人傷心。其實我為了節省住宿費也嘗試過好幾次住在這種地方，但別說是建築物裡面了，就連外面的通道有點風吹草動也會整個人跳起來，可以說根本沒辦法熟睡。老實說這真是太不合理了——現實世界裡的我肉體應該躺在安全且清潔的醫院床上，而且聽覺與視覺全都被阻絕，但是在假想世界裡卻還要因為床鋪的品質與外部的噪音而苦惱。

於是我從很久之前就因為這樣的理由而放棄節儉，每天晚上不是到旅館就是去ＮＰＣ的租賃房間過夜。

但是除了住宿的目的之外，街上的空屋還是有許多有效的利用方式。比如說想要開個小會、分配掉寶道具——或者是監視某個人。

「很不錯的角度耶。」

坐在移動到窗前的椅子上，注意不讓自己太靠近窗戶的亞絲娜一邊看著下方的廣場一邊簡短地說道。

「這裡應該是最佳地點了吧。如果是正後方的話，會因為角度太小而看不清楚……我把晚餐放在這裡喔。」

從酒館移動到這裡的路上，我從路邊的小販那裡買了內容物不明的包子。話說完後我就堆了四五個在圓桌上。

它們的表皮是普通的乳白色，不停上升的蒸汽也沒有什麼奇怪的味道……應該說看起來頗為美味。道具的專有名稱是「Steamed bun of Taran」，翻成日文的話就是「塔蘭包子」吧。

亞絲娜把視線從窗戶外不停響起榔頭聲的地點移開後，隨即用有些懷疑的眼神注視著桌上的包子並且低聲說道：

「這……是什麼餡料？」

「我也不知道。不過既然是以牛隻為主題的樓層，如果是肉包的話應該就是牛肉吧？對了，關西提到『肉』的話指的就是牛肉，關東所謂的肉包在他們那裡都要寫成豬肉包。」

「然後呢？這座村子是屬於關東還是關西？」

對方以冷冷的聲音直接吐嘈了我精心準備的小常識，讓我只能一邊道歉一邊把塔蘭包子堆成的小山往亞絲娜那裡推去。

「來來來，趁熱吃一個吧。」

「那我不客氣了……」

解除皮革手套的手拿起最上方的包子。等她拿完後，我自己也抓起一個。

今天從早上就一直窩在迷宮裡頭，而且途中也沒有吃任何點心，所以肚子真的快餓扁了。如果遊戲角色能夠呈現感情之外的生理現象，在和亞魯戈談話的時候，我的胃一定會不停地咕嚕咕嚕叫。還站著的我直接張開大嘴，準備咬下又熱又軟的包子，就在這個時候……

「嗚喵！」

忽然聽見一道奇怪的聲音，我便迅速將視線移了過去。一看之下，原來是坐在椅子上的亞絲娜雙手拿著肉包僵在那裡了。直徑十二公分左右的大型包子，目前已經減少了一小口的體積——似乎是從開口部分噴出來的黏稠奶油色流動體就這樣沾在細劍使的臉龐以及脖子上……

在僵硬的我注視下，亞絲娜雖然露出想哭的表情，但還是仔細地動著嘴巴把最初咬下的一口吞進喉嚨，接著用細微的聲音說：

「……裡面是暖暖的卡士達醬……然後還有某種酸酸甜甜的水果……」

「……………………」

我默默地拉開距離我嘴巴還有三公分左右的塔蘭包子。當我將它放回桌上，並且把手抽回來時，宛如細劍般銳利且細微的聲音直接貫穿了我的耳朵。

「如果……如果你在封測時期就吃過這個，然後其實知道裡面是什麼餡料卻沒有告訴我，讓我直接就這麼吃下去……那麼我就不敢保證還能壓抑自己喔……」

「我發誓真的不知道。真的、絕對、Absolutely……」

我一面搖頭，一面從腰包裡拿出小條手帕來遞給亞絲娜。不知道該不該說是幸運，這個世界裡頭的「髒汙效果」即使放置不管也會在短時間內完全消失，而且只要用「Ｃｌｏｔｈ」類的道具擦拭也能立刻消除。雖然在消除髒汙時布料道具的耐久度將會減少，不過裡面似乎也存在能夠永遠使用的魔法手帕。由於Ｍｏｂ與特殊地形帶來的髒汙通常會帶有阻礙效果，所以無限手帕是我相當渴望的道具，但它似乎是相當稀有的掉寶道具……

「嗯……」

我逃避性的思考就這樣被忽然遞回來的手帕打斷了。經過幾秒鐘的擦拭後，沾在亞絲娜臉上的奶油已經完全消失了。

細劍使又順便瞪了我一眼後，才面對窗戶像發表宣言般說道：

「下一次跟監的時候，我會自己帶食物來。因為我不想再吃這種莫名奇妙的東西了。」

即使是只有十四歲的我，也了解這時候千萬不能說什麼「料理技能是零就可能會做出恐怖食物」的話。於是我便表示：

「那……那真是令人期待。」

結果一這麼說，第二支箭就飛過來貫穿了我的笑容。

「沒人說會準備你的份。」

「知道了…………」

我縮起肩膀並點了點頭，然後嘗試了一下冷掉的「塔蘭包子」，結果這次很順利地把它們吃完……應該說味道相當不錯。當然，是做為甜點來說啦。

它的外皮相當有嚼勁，不會太甜的奶油也凝結成固狀而不會亂噴，類似草莓的酸甜水果更是與奶油融合出最完美的味道。我想塔蘭包子預先設定好的味覺檔案一開始應該是類似「加了草莓的奶油麵包」，但不知道是工作人員的設定錯誤還是系統的惡作劇，讓它變成加熱後才販賣的商品。最後亞絲娜也吃了兩個，心情也似乎變好了一些。

這雖然讓我鬆了口氣——但這次跟監的目的看來是要以失敗告終了。

我們的目的當然是要找出在下面廣場營業當中的鐵匠涅茲哈，究竟是用什麼樣的手段來掉包進行強化時所拿到的武器。

雖然打鐵舖的生意還算不錯，但幾乎都是回復耐久度的客人，從我們開始監視的一個小時內，只有兩名玩家前來委託他進行武器強化。而且兩個人的強化都相當成功。雖然我認為是因為它們都只是中階武器的緣故，但這樣下去還是會讓人感覺詐欺行為可能一開始就不曾存在。

亞絲娜的劍碎裂以及能用「所有道具完全實體化」按鍵將其回復，都是因為某種系統上的錯誤……也就是 Bug 所造成的……

「——不會的，不可能會這樣……」

我小聲呢喃著來甩開自己的軟弱。

雖然還不清楚掉包武器的手法，目前只知道那個時候的風花劍為什麼馬上就碎裂的理由。因為那是小亞……不對，亞絲娜從亞魯戈那裡買來的情報。

在那間酒館裡，當亞絲娜被亞魯戈詢問要委託她什麼事情時，亞絲娜說出了我完全沒預料到的要求。她說「我想請妳調查，武器強化失敗的懲罰裡是否有『破壞』這個項目」。

結果亞魯戈也說出了意料之外的回答。

「不用調查，我早就檢驗過了。」

亞魯戈先說了就用這裡的酒錢來付情報費吧，然後才對啞然的我們說道：

「如果是經過謹慎強化過程的失敗，那絕對不會有武器破壞這樣的懲罰。不過嘗試強化時，有種情形一定會造成破壞的結果。就是拿已經沒有強化次數的劍來繼續進行強化的時候。」

這也就是說……

昨天晚上，在我和亞絲娜眼前碎裂的風花劍，果然是在某道過程當中被掉包了……而且那是已經把設定為六次的強化次數全部用盡的「結束品」。順帶一提，現在亞絲娜腰上的風花劍

＋4還剩下兩次可以強化的次數。所以就算強化失敗，也不可出現武器破壞的情形。

當出現結束品這個關鍵字後，最令我在意的是，在亞絲娜之前委託涅茲哈的留費歐爾所發生的那件事。

現在還不清楚涅茲哈當時是不是掉包了留費歐爾的韌煉之劍，但結果武器沒有被破壞而是連續失敗三次。可能是周遭有許多耳目的關係，也有可能是因為手邊沒有「韌煉之劍的結束品」能夠掉包。

如果是這樣的話，就能說明為什麼涅茲哈會用高於市價相當多的金額來向失意的留費先生購買＋0的韌煉之劍了。那不是為了補償他的損失，而是為了下一次的機會做準備………

「桐人先生——」

尖銳的呢喃讓我停下思緒。

我眨了眨眼睛，對準視線的焦點。眼睛下方的廣場不知道什麼時候已經完全被夜色包圍，往來的玩家數量也變少許多。

在這樣的情況當中，可以看見一名玩家正筆直跨越圓形廣場。他身上有反射街燈光線的高級金屬鎧甲，以及現在看起來像是暗藍色的緊身衣。不會錯的，從那身服裝就知道來者是屬於在最前線組裡也名列前茅的「凜德隊」——

在我和亞絲娜吞著口水注視之下，男人先是走近「涅茲哈的打鐵舖」，接著馬上從扣環上把劍拿下來。

但是那把劍比我背上的韌煉之劍還要短了一點，而且也比較寬。雖然因為距離與天色而不敢斷言，但是那把有著大型護手的劍應該是「厚實劍」吧。在直劍當中被分類為闊劍的子類別，算是棄攻擊次數而著重一擊威力的武器。就稀有度來說，它大概跟風花劍相同或者略遜一籌吧——

「應該足以成為掉包的目標了……」

身邊的亞絲娜迅速呢喃道。雖然她一眼就辨認出劍的種類讓我有點驚訝，但我還是用最小的動作點了點頭。

「嗯，接下來就要看是委託他進行保養還是強化了……」

設置在廣場西北角的打鐵舖與從西南上空往下看的我們之間大概有二十公尺以上的距離。雖然經由搜敵技能的補正而抑制了一些細部流失，但當然無法聽見通常音量的對話。

「妳知道那個凜德隊的人叫什麼名字嗎？」

亞絲娜稍微考慮了一下後才回答我的問題：

「我記得是叫席娃達。」

「娃、娃？不是席巴達？」

「你看他的拼音是Ｓｈｉｖａｔａ啊，那是啥娃吧？」

「的確是……」

當我們交互咬著下唇發出正確的Ｖ字音時，涅茲哈與席娃達的交涉似乎已經完成，「厚實劍」也連同劍鞘一起交到鐵匠手裡。

重頭戲現在才要開始。我們靠近窗戶到從廣場幾乎快可以看見我們的位置，然後凝視著鐵匠的手。這時我和亞絲娜不要說肩膀了，就連頭髮都碰在一起，但只有這個時刻，這名心高氣傲的細劍使才會容忍這種情況出現吧。

如果是保養的話，涅茲哈應該會馬上把劍拔出來，然後放到附在鐵砧旁邊的小型旋轉式磨刀石上面。但是他背對委託人之後，右手便朝著並排在地毯上的幾個皮革袋子其中之一伸去。那裡面裝的應該是進行各種強化項目時的素材道具。這也就是說——

「……是強化！」

壓低聲音這麼叫完後，亞絲娜也點了點頭，低聲表示：

「左手，眼睛不要離開他的左手！」

其實根本不用她說，我早已經死命把快被活動中的右手吸引過去的視線固定在左手上了。

從席娃達接過來的闊劍在未出鞘的情況下輕輕掛在他手上。手臂的位置和角度沒有任何不自然的感覺。

劍的附近雖然排滿了販賣用的既成品，但絕對不可能從裡面拿武器出來掉包。因為那些全是廉價的鐵製武器，不要說「厚實劍」了，就連同等級的稀有武器都沒有。而且「把交到手上的劍放到地毯上，再拿起旁邊的劍」這樣的動作實在太過顯眼。昨天晚上，在他要詐取風花劍的時候，我和亞絲娜兩個人不可能都沒看見這種掉包的動作……

涅茲哈拿著闊劍的左手沒有任何動作，這段期間裡右手則是不停地忙碌著。他選出目標的皮袋並且把內容物全丟進鐵砧旁邊的火爐裡。十幾個素材道具越來越火紅，最後熔成一整塊——看不見這些工程的我只能做出這樣的推測。不過接下來就是強化的重頭戲了。小型的火爐一瞬間迸發出「重量」強化時會發出的深紅光芒，然後立刻收縮進入待機狀態……

「…………！」

這個瞬間，我的全身都稍微僵住了。

因為我感覺紅色光芒變強的同時，涅茲哈的左手似乎有了什麼改變。亞絲娜可能也有同樣的感覺吧，她和我碰在一起的肩膀也震動了一下。

「剛才……」「劍……」

視線依然沒有移動的我們同時這麼呢喃道。但接著就說不出話來了。面對強烈的光線效果，我還是被影響了半秒鐘不到的時間，結果也因此而無法看清楚最重要的一幕。

咬緊牙關的我視線前方，鐵匠小心翼翼地抬起左手上的「厚實劍」。就算曾發生過「什麼」，這把劍與席娃達交給他的看起來也沒什麼兩樣。

他用右手握住劍柄，緩緩將劍抽出。然後把寬大厚實的劍刃放到盈滿紅光的火爐裡。數秒鐘後光芒便轉移到劍身上。他隨即把劍放到鐵砧上面，右手換拿榔頭後，就開始隨著清脆的聲音敲著劍身。五次、八次，最後來到……十次。

雖然早就預料到會發生這種事，但是「厚實劍」深灰色劍刃粉碎的瞬間，我和亞絲娜還是忍不住移開了視線。

「…………怎麼辦……？」

窗邊的亞絲娜一面往下看著回歸平靜的廣場一面這麼低聲說道。

省略的受詞其實相當明顯了。亞絲娜以優秀的自制力壓抑了憤怒與不平——向我詢問是否該追上沒向涅茲哈抱怨什麼就離開的席娃達先生，直接告訴他對方的詐欺行為。

因為在掉包之後的一個小時內，都可以利用「所有道具完全實體化」指令來把愛劍取回，所以心理上當然會想幫忙對方。但是知道被欺騙的席娃達當然不可能只把劍拿回來就算了。他一定會返回廣場逼近涅茲哈並且加以詰問，連我也不知道他會怪罪涅茲哈到什麼樣的地步。

當然，鐵匠涅茲哈的行為絕對是錯的，所以應該受到適當的懲罰。但是這個世界裡沒有進行裁決的GM，又如何判定什麼叫「適當」呢？

身為工匠的涅茲哈也不可能一直停留在圈內。萬一有人在他到圈外去的時候，藉由玩家可以實行的方法給予他「懲罰」，而那個懲罰又太過火的話呢？

在這個時候跟席娃達說出所有實情，很有可能會扣下艾恩葛朗特首次「PK」的扳機。亞絲娜就是了解這一點，才會詢問我「怎麼辦」，而我也沒辦法立刻找到答案……

這個時候，被猶豫與焦躁所困的我忽然聽見了閒靜的鐘聲。時間是晚上八點了。

同一時間，傳遍廣場的榔頭聲也停了下來。移動到亞絲娜身邊往下看之後，可以發現涅茲哈已經開始收拾店鋪。鐵匠默默關掉爐火、整理道具與素材、收起招牌並且捲起毯子的身影看起來是那麼地矮小。

「……為什麼涅茲哈……『傳說勇者』會想進行強化詐欺……不對，他們已經實行了……」

我的呢喃讓亞絲娜露出狐疑的表情。

「因為就算可以想出掉包武器的手法，『系統上的可行性』與『實際進行』之間還是有很高的一道牆在吧？SAO已經不只是普通的網路遊戲，而是攸關人命的死亡遊戲啊。做出騙取他人武器這種明確的壞事，他們不可能沒想過一旦被發現的話會發生什麼事情吧……」

「可能是想過了……還是越過了那道牆喔。」

「咦……？」

「只要不去顧慮道德的問題，實際上的阻礙就只有被發現時可能會危及生命而已吧？這樣的話……只要在被發現前，變得比這個世界的任何人都還要強，就可以排除這個危險了。就算在圈外遭襲，只要擁有能反過來壓倒對方的能力，就沒什麼好怕了對吧？『傳說勇者』的六……不對，五個人大概已經到達距離這種情況不遠的位置了。」

當亞絲娜的話浸透到我的意識當中後，我的角色立刻有種起雞皮疙瘩的感覺。

「喂……喂，別說這種話嘛。可以輕易做出壞事的集團，要是變得比最前線組還要強的話……那不就……」

從梗住的喉嚨裡擠出來的聲音，已經僵硬且沙啞到自己都快聽不見了。

「——不就是世界的支配者了嗎？」

關於這次的強化詐欺騷動，我雖然不至於認為不關自己的事，但也覺得只要不把劍交給鐵匠涅茲哈，自己就不會有什麼具體的損害。

但是這種看法實在太過於短視近利了。

三十三天前——被關在這座浮遊城的那一天，我便幾乎是以拋棄的形式，離開了最初且唯一的好友，海賊刀使克萊因，進而跑出「起始的城鎮」。目的是為了避開城鎮附近瞬間就會枯竭的練功場，直接把據點移到「下一個城鎮」，也就是霍魯卡。換言之，就是以最快、最有效率的方法來強化自己的裝備與能力，並且提升生存率——

為了活用所有封測時代的知識，解決多數任務並且狩獵大量Ｍｏｂ，我只是拚了命地往前跑。即使有了很好的開始，我到今天依然沒有放慢腳步的打算。

但是，我的強化速度說到底也是遵循遊戲規則（我沒辦法用道德這個名詞）所獲得。反過來說的話，只要無視規則，效率就可能遠遠超過我這個「封弊者」。比如說，強行占據優秀的練功場——或者騙取他人的稀有武器。

當然，詐騙武器所能獲得的只是珂爾以及武器本身，經驗值與技能熟練度都不會上升。但是就像亞絲娜過去曾經說的，只要有珂爾就能夠無限次進行裝備的強化。

我現在的主要武器雖然已經強化到＋6，但防具平均只強化到＋3左右。如果在這種狀況下和等級略遜，但是全身裝備已經完全強化的玩家交手——那我應該沒辦法，不對，應該說絕對沒辦法獲勝。

換言之，放任涅茲哈所屬的「傳說勇者」繼續進行強化詐欺，就等於是容忍比自己還要強，而且不受道德規範的玩家集團誕生……

「…………抱歉，我到現在才發現這件事真的很嚴重。」

我的呢喃讓細劍使像是感到很訝異般皺起了眉毛。

「那為什麼要跟我說『抱歉』呢？」

「沒有啦，因為亞絲娜的劍曾經差點就被奪走對吧？但我之前卻還一直有種事不關己的感覺……」

雖然是順口說出來的話，但亞絲娜聽見之後眉頭便皺得更深並且眨了兩三次眼睛，最後忽然別過頭去，不知道為什麼像是很生氣般快速回答：

「你根本沒必要道歉吧？你和我也不是什麼外人……不對，應該說本來就認識，而且也是小隊成員，但除此之外就沒有什麼別的……啊啊，都怪你說些奇怪的話，害我搞不清楚了啦！」

雖然覺得想說「搞不清楚」的人應該是我，但就在我準備反駁之前，亞絲娜看向窗外的雙眼忽然瞇了起來。

「……那條地毯……」

「咦……？」

「不只能防止道具減少耐久度，另外也有那種機能對吧。」

這句話讓我再次把視線移回塔蘭東廣場上。西北角落裡，整理好做生意道具的涅茲哈，目前正在操作著「攤販地毯」的彈出視窗。毯子隨即從底端開始捲起，放在上面的無數物體也各自被歸類至獨立道具欄裡。

「我說啊……掉包武器是不是也利用了那個機能？」

我立刻搖頭否定了亞絲娜的呢喃。

「我想應該不可能。就像涅茲哈剛才操作的那樣，地毯的收納機能必須要從選單發動，而且一旦發動就會一口氣把放在上面的所有道具都收進去。所以……不可能只收納一把劍，然後取出另一把……來代替…………」

當我說到這裡時，嘴巴自然停了下來。

攤販地毯的收納機能無法拿來掉包武器。

但是，如果是使用自己本來的道具欄……也就是選單視窗裡頭的道具欄標籤呢……？

我連滾帶爬地離開窗邊，整個人跪到地上。

「你……你在做什麼？」

我沒有回答亞絲娜的問題，直接揮動右手叫出視窗之後，隨即切換到道具欄。接著就像昨夜她讓我看裝備人偶時那樣，用手指觸碰視窗的上下兩側來移動表示位置。把它移動到幾乎貼在左側的地板上後……當我的左手自然往下垂時，它剛好就在我手的正下方。

最後我又從背後把韌煉之劍連同劍鞘一起拿下來，接著在保持蹲姿的情況下將它掛在左手。雖然沒有折疊椅，但涅茲哈為了進行強化而拿到劍時的姿勢，大概就跟我現在一樣。

這時亞絲娜似乎察覺到我的企圖，於是便猛然吸了一口氣。我抬頭看著她的臉，低聲說道：

「看仔細，然後幫我計時。」

「知道了。」

「要開始囉……三、二、一、零！」

在我大叫的同時，也將左手上的劍放到正下方的視窗上。一碰到視窗的瞬間，劍就灑出光粒並且消失，變成了道具欄裡的文字列。我立刻又用食指觸碰劍的道具名，接著由浮出來的選單裡選擇實體化，最後左手抓起再次隨著光線效果實體化的劍——

「……怎麼樣？」

猛然抬起臉後，便和細劍使瞪大的眼睛四目相交。栗色的眼睛緩緩眨了眨，接著移動到我左手……最後整個臉往側面搖了搖。

「現象倒是很類似。但是……實在太慢了。從劍消失到再次出現總共花了一秒鐘以上。」

「那說不定……只要經過練習，加快操作速度就可以了……」

「其他也有不同的地方。放進視窗與讓劍實體化時，全都出現了很明顯的光芒特效對吧？就算再怎麼配合強化素材發出強光的時間，也沒辦法掩蓋過剛才的特效。而且還亮了兩次耶。」

「……………這樣啊……」

隨著嘆息這麼說完之後，我就用右手敲了一下地板上的視窗來把它消除掉。接著站起身子，把劍放回背上的附加裝置上。

「原本認為很有可能是用這種方法啊……而且也可以用排在地毯上的商品來遮住叫出來的視窗……」

「但是這也很困難吧？因為要是把商品放到道具欄模式的視窗上，就會全部被收納到裡面去吧？」

「嗚咕…………」

我用點頭來代替「妳說得一點都沒錯」，接著再次往窗外看去。

這時涅茲哈正扛著捲起來的地毯從廣場離開。他像是無法承受右肩上的重量般深深垂著頭，並且踩著落寞步伐的模樣，看起來實在不像剛釣到「厚實劍」這條大魚的詐欺師。

「……既然沒辦法識破詐欺的手法，也只能跟席娃達先生說出一切了吧……」

「能讓劍回到他手上的話，至少可以證明是詐欺行為了。只不過，責任就得全集中在涅茲哈身上，可能沒辦法追究傳說勇者的五個人。當然，涅茲哈的所作所為絕對不正確。但是……該怎麼說呢，我實在……」

這時亞絲娜從正面凝視著說到這裡就難以為繼的我，感覺她發出強烈光芒的眼睛一瞬間變得柔和一些。

「……你認為，進行強化詐欺並非出於涅茲哈先生的本意……對吧？」

「咦…………」

被對方識破心思的我忍不住瞪大了眼睛，這時亞絲娜移開了視線並且把背靠到牆上。她抬頭看著空房間黑暗的天花板，然後緩緩地繼續說道：

「你還記得嗎？昨天我想委託他進行風花劍的強化時，那個人曾經說過『購……購物還是保養呢？』簡直就像……不想進行強化一樣……」

「對喔……說得也是……因為亞絲娜委託他進行強化時，他還露出相當困擾的表情……」

「我覺得如果從席娃達先生這件事揭穿了詐騙，而『傳說勇者』等人又為了保護涅茲哈而表示『全是誣賴』的話，那事情還好多了。但是……如果傳說勇者的成員背叛涅茲哈先生，把罪全都推到他身上的話……」

最慘的情況下，涅茲哈可能會承受所有前線玩家的怒氣，最後遭到眾人的「處刑」。不對，應該說其實很有可能出現這種結果。因為——

「……戰士的五個人全都使用了傳說中勇者或英雄的名字，但是身為工匠的涅茲哈卻不被允許這麼做……」

「啊……關於這件事……」

亞絲娜像是忽然想起什麼事情一般，豎起一根指頭來。

「咦？」

「我聽到你說他也是『傳說勇者』的成員時，就覺得涅茲哈……Nezha這個名字有點奇怪了。所以就請亞魯戈小姐……」

這時視界右端出現了閃爍的圖標，我說了聲「抱歉」來打斷亞絲娜的發言。剛點了信件圖案，一封長長的朋友訊息隨即呈現在我眼前。寄件人——正是亞魯戈。

「前略　第一則情報」

首先看見這樣的開頭，接著就是我所委託的，關於「傳說勇者」成員的情報。雖然只有名字、等級以及大致上的角色構成，但能在這麼短的時間內查出這麼多情報已經算是相當了不起了。

我將視窗轉為可視化，然後用手招呼亞絲娜一起過來看訊息。名單上的第一個成員，正是身為隊長的奧蘭多。他是等級11，持盾，略偏重裝型的單手劍使。

除了這些資料之外，也大概簡述了名字的由來。這部分正是亞絲娜的委託。正如我以曖昧的記憶所解釋的那樣，名字是來自於「查理大帝的十二勇士」之一，而Ｏｒｌａｎｄｏ是義大利文，如果是法文的話就會變成Ｒｏｌａｎｄ了。

「……亞魯戈這個傢伙，到底是從哪裡找來這些情報的？」

我帶著苦笑這麼說完後，亞絲娜也輕笑了一下並且回答：

「一定有專精於歷史的智囊吧。原本以為貝武夫是英國附近……結果是丹麥的傳說嗎？而庫胡林……的確是凱爾特神話……」

忍不住就不去理會角色檔案而確認起名字的我們，在訊息最後面找到涅茲哈的名字，並且呼出一口氣。

之所以能到達還算不錯的第10級，是因為工匠在製造道具的過程中也能獲得經驗值的緣故。但是戰鬥用技能的熟練度不會因此而上升，所以很難在前線戰鬥。能力構成當然是鐵匠類型。而寫在最後的姓名由來………

「──────咦！」

「什麼…………！」

亞絲娜和我同時叫了起來，因為上面寫了完全無法相信的一段文章。

「也就是說……我們完全搞錯讀音了……？」

「但……但是，傳說勇者那些傢伙也叫他『涅仔』啊……？」

我們互相看著對方一陣子後，又再次盯著訊息視窗。如果比其他五個人都還要長的由來是真實的情報……那麼就代表我對那個矮小的鐵匠有了很大的誤解。

下一個瞬間。

之前在我的腦袋裡各自記錄著一些情報的碎片就這樣互相牽引、融合並且綻放出光芒。

「啊…………！」

我一邊凝視著抬起的左手，一邊將它握緊。然後打開並再次握緊。

這個瞬間，我終於確信自己破解了鐵匠涅茲哈掉包武器的手法了。

「這樣啊……原來是用這種方法嗎……！」

10

「麻煩你進行強化。」

我隨著冷冷的發言將劍連同劍鞘一起遞出去，而鐵匠涅茲哈則是以有些驚訝的表情抬起頭來。

之所以會露出訝異的表情，完全是因為我的臉，不對，應該說是因為我完全蓋住臉部的簡陋十字軍頭盔的緣故。這種只有眼睛部分有些開孔的頭盔防禦力雖然高，但是視線卻受到相當大的限制。如果目前是在集團戰鬥當中，而我又是只要注視前方的坦克也就算了，但實在很少有玩家會在街道上戴著這種東西。

輕裝速度型的我——桐人之所以會裝備上十字軍頭盔，當然不是為了提升防禦力，而是要變裝的緣故。三天前和亞絲娜一起來委託涅茲哈強化風花劍時，他已經看過我的長相，所以跟平常一樣只用頭巾做變裝的話，恐怕會被他認出來是「那個時候的男性」。

雖然覺得「那也不用扮成這樣啊」，但幫忙打扮的亞絲娜卻一臉稀鬆平常地說：「只有頭盔的話太奇怪了，只要全身統一的話，就能夠硬是表示『這是自己的興趣』了吧。」

所以現在我不只是戴著十字軍頭盔，全身還穿了厚重的板甲，甚至還背著像門板一樣的巨盾。它們全是ＮＰＣ商店裡販賣的便宜貨，所以才能勉強不超過裝備重量的限制，但這種難以呼吸的情況與壓迫感，還是讓我覺得只要穿上半天就會得到幽閉恐懼症。

我在心裡一邊感謝魔王攻略聯合部隊裡擔任坦克的重裝戰士們，一邊等待涅茲哈畏畏縮縮地把唯一是真貨的稀有武器韌煉之劍接過去。

「那麼請容我看一下屬性。」

由於我沒多說什麼，鐵匠在說了聲抱歉後就碰了一下劍柄。他才剛瞄了一眼視窗，有些下垂的眉毛便往上揚起。

「韌煉之劍＋6……強化次數還有兩次嗎？而且屬性是S（銳利度）3、D（耐久度）3。雖然得看使用者的能力，但確實是一把很棒的劍……」

看見涅茲哈邊說邊露出微笑的模樣，我便再次確認之前對他的印象並沒有錯誤。這名鐵匠絕對不是什麼大壞蛋。

但是一秒鐘之後，涅茲哈感嘆的笑容就消失得無影無蹤，取而代之的是強忍著銳利疼痛的僵硬表情。

接著又從他下垂的臉上，那張悄悄緊閉的嘴巴裡擠出低沉的聲音：

「…………請問強化的種類是？」

十二月十一日，星期日，時間即將來到晚上八點。

冷颼颼的塔蘭村東廣場完全被夜色所包圍，不要說其他玩家了，就連NPC也不見人影。只有原本快要關店的鐵匠涅茲哈與身為神祕委託人的我還在廣場上。亞絲娜目前應該在廣場周圍建築物的某間房裡看著我們兩個人，但我卻因為厚重的金屬裝備而感覺不到她的視線。

第一層的魔王被打倒，然後前往第二層主階區的轉移門開通是在上星期日發生的事，所以一週的時間真的轉眼就過去了。我在烏魯巴斯東廣場遇見亞絲娜是三天前的事情，另外兩天前則是在這個塔蘭村識破涅茲哈強化詐欺的手段。

正確來說應該是「確信自己已經識破」，之所以隔了兩天才直接過來驗證，當然是因為我必須也學會涅茲哈用來掉包武器的某種「技能」的緣故。

當然，如果涅茲哈不接受我的強化委託，那麼一切都只是空談。不過我為了預防他拒絕所做的全身變裝看來已經發揮了功效，於是我便一面在心裡鬆了一口氣，一面簡單地回答了鐵匠的問題：

「請幫我強化速度。素材由我向你購買，幫我提升到百分之九十。」

涅茲哈在三天前的晚上應該聽過我的聲音，但完全蓋住臉部的十字軍頭盔應該產生了相當強的聲音特效，所以他似乎沒有注意到我當時就在那名委託他強化風花劍的女性細劍使身邊。

「……我知道了。成功率提升到百分之九十，費用……在加上手續費之後，總共是兩千七百珂爾……」

涅茲哈以緊繃的聲音這麼說明，而我則是極力用平板的語調回答：「好吧。」

但是厚重胸甲下方的心臟正劇烈跳動著，而且護手裡頭也早因為冷汗而濕透了。如果我的推測全部——從頭到尾完全錯誤，涅茲哈根本不是什麼強化詐欺師，而且強化失敗的懲罰當中真的被追加了「武器破壞」的話，幾分鐘後我的愛劍韌煉之劍＋6可能會碎裂並且消失得無影無蹤。

等等——

絕對不可能會這樣。因為亞絲娜原本已經碎裂的風花劍都用「所有道具完全實體化」指令復原了。就算詐欺手法的假說錯誤了，也可以在一個小時內用同樣的指令來回收我的劍。

所以我應該做的，就只有冷靜下來看接著要發生的一切，然後在適當的時機按下某個圖標就可以了。

我揮動左手叫出視窗，移動到交易標籤後，就按照涅茲哈所說的支付了金額。一般來說這時候就會消除視窗，但我只是恢復到首頁畫面就丟下它不管。幸好涅茲哈也沒有對我的行動感到懷疑。

「……確實收到兩千七百珂爾了。」

簡單回答完後，矮小的身體就面向深處的攜帶型火爐。在極為自然的動作下，我那把握在他左手的劍就這樣吊在地毯上滿滿商品的幾公分上方。

好戲即將開始了。

我強行把上次被涅茲哈在操作攜帶型火爐時被吸引過去的視線固定在他左手上。雖然十字軍頭盔的視線孔相當窄，所以能看見的範圍不大，但也因此而能不被攜帶型火爐——誘導手法所影響。

涅茲哈應該從商品架上拿出強化素材並且把它們丟進火爐裡面，感覺視界右上方出現炫目的綠色光芒。如果一直注視火爐的話，強烈的特效光芒一定會讓視線一瞬間遭受到迷惑。

下一刻——

涅茲哈的左手食指迅速伸直，輕輕碰了一下地毯上劍與劍之間的縫隙。

雖然只有一瞬間，但握在他手上的韌煉之劍確實閃動了一下。

這時他已經完成武器掉包的工作了。竟然有如此巧妙且難以識破的技法。這樣即使是在白天，甚至是一百個人注視之下實行，也絕對不會被發現。

我從簡陋的頭盔裡，悄悄發出類似涅茲哈看見韌煉之劍屬性明細時所做的感嘆。但現在沒辦法多說些什麼，只能默默注視鐵匠進行強化手續。

當綠光像液體一樣囤積在火爐裡面時，涅茲哈隨即拿起掛在左手上的劍，然後用右手將它抽出來。劍身帶著韌煉之劍特有的些許黑灰色。但是光芒卻比我印象中還要黯淡了一些。

這是因為涅茲哈目前握在手裡的不是我那把＋6的劍——而是三天前，從有著三隻角的留費歐爾先生那裡買來的＋0結束品。雖然這只不過是我的推論，但應該不會錯才對。

把劍橫放在攜帶型火爐裡之後，綠色光輝迅速包圍了劍身。涅茲哈又把劍移動到旁邊的鐵砧上，開始用榔頭敲打。「鏘、鏘」的清澈打鐵聲與強化亞絲娜的風花劍時沒有兩樣。

當時我曾經對造成風花劍粉碎後就表示願意歸還手續費的涅茲哈這麼說過。我說「不用了，你也很努力地揮動榔頭了，所以沒必要這麼做。雖然敲打的次數都一樣，但玩家鐵匠也有人只是隨便敲一敲而已……」。

涅茲哈的榔頭聲聽起來雖然帶著工匠的心意，但是卻不是在祈求強化成功。他一定是在心中悼念這把為了讓詐欺成功而故意將其粉碎的劍。

使用完強化次數的結束品，如果硬是要繼續強化的話就一定會粉碎。這是前天晚上從老鼠亞魯戈那裡得到的情報。而這樣的現象就快要呈現在我眼前了。

……八次、九次、十次。

最後的榔頭聲傳出最為高亢的聲響。

鐵砧上的劍立刻脆弱地粉碎了。

涅茲哈的背開始發抖並且縮成一團。當他緩緩放下右手榔頭的同時，左手上附屬於劍的劍

鞘也消滅了。

　低著頭直接把身體轉向我的涅茲哈用力吸了口氣，然後露出扭曲的表情。在他從顫抖的嘴裡迸發出「真的很對不起！」的叫聲前——我就已經平靜地說道：

「你沒有必要道歉。」

「…………咦…………」

　在茫然僵在現場的鐵匠面前，我首先從依然沒有消失的裝備人偶下方開始操作起。類似滑雪靴的巨大護脛套、下部板甲、護手、上部板甲、逆襲盾……變裝用的金屬防具不斷消失。

　當十字軍頭盔消失的瞬間，我便甩了一甩垂下來的瀏海並且呼一聲嘆了口氣。最後又裝備上「午夜大衣」，並且用力翻動漆黑的下襬。

　結果涅茲哈細長的眼睛立刻瞪得老大。

「…………你……你…………你是…………那個時候的…………」

「抱歉，竟然還改變了裝扮。不過要是被你看見長相，你應該就不會接受我的委託了。」

　我自認為已經用最為沉穩的口氣說出這段話了，但涅茲哈一聽見，臉上立刻露出帶著驚愕與恐懼的表情。他應該已經了解，我看破了「強化詐欺」的存在以及實行的手法了。

　我依然盯著以半吊子的姿勢僵在現場的鐵匠，左手朝依然表示在身體前方的選單視窗伸去，並且以食指按下下部的一個圖標——武器技能Ｍｏｄ的發動按鍵。

立刻有一把劍隨著「咻哇！」的細微聲響出現在我右手上。那是一把有著黑色皮革劍鞘，而且相當沉重的單手用直劍。從開始攻略這款死亡遊戲，就一直擔任我的伙伴，和我一起經歷許多戰役的韌煉之劍＋6。

涅茲哈的臉整個扭曲了。

我一邊以悲痛的心情看著他的表情一邊說道：

「沒人想得到一名鐵匠能這麼快就學會『快速切換』的Ｍｏｄ……而且把發動時需要的選單視窗藏在地毯與商品之間也是很棒的點子。我覺得能想到這些方法的傢伙真的是個天才……」

在我說話的這段期間，肩膀逐漸下垂的涅茲哈終於整個人變得垂頭喪氣。

技能Ｍｏｄ是Ｍｏｄｉｆｙ的簡稱，只要提升各種技能的熟練度到一定等級後，就能夠有取得的機會，也就是類似「技能的強化選擇權」。

比如鍛鍊搜敵技能後，當熟練度來到50時，就能取得最初的Ｍｏｄ。屆時將可以從複數的選項，像是「同時搜敵數獎勵」、「搜敵距離獎勵」以及「應用能力：追蹤」等許多有用的Ｍｏｄ裡選擇一種，而煩惱應該如何做選擇也算是一種惱人的快樂。

當然許多的武器技能也設定了Ｍｏｄ。

剛才提到的「快速切換」就是其中之一。它是幾乎所有單手武器都能在初期學會的共通Ｍ

ｏｄ，但只有少數玩家會在一開始選擇它。因為艾恩葛朗特要到第五層左右，才會出現需要用到快速切換的場面。

而我也按照常規，當單手直劍技能熟練度在攻略第一層當中到達50時，沒有煩惱多久就取得了「縮短劍技冷卻時間」的Ｍｏｄ。然後預定在下一次的取得機會，也就是熟練度１００時取得「會心一擊率上升」，到了熟練１５０時才打算取得快速切換。

行動Ｍｏｄ，快速切換的效果是——只要按下配置在選單視窗首頁的快捷鍵圖標，就能瞬間變更裝備武器。

想要變更武器時，原本需要①打開視窗②觸碰裝備人偶的右手欄（或是左手）③從顯示出來的選項裡選擇「裝備變更」④再從繼續出現的道具欄裡找出想更換的武器⑤選擇之後按下ＯＫ鍵等漫長的程序。當被使用奪取武器技能的怪物奪走武器，又想要裝備備用的武器時，如果從頭開始進行這些操作，就得在無防備狀態下至少承受對方一次的攻擊。

但是只要取得快速切換的Ｍｏｄ，變更武器就只要①打開視窗②按下快捷鍵，這樣的兩步驟就能完成。習慣操作的話只要零點五秒就能更換武器，所以在武器被奪走的下一個瞬間就能握住備用的武器繼續戰鬥。

而且快速切換能夠事先設定「按下圖標時哪一隻手會出現什麼武器」等各種詳細的選項，也可以指定特定的武器為裝備對象或者恢復成空手——甚至是從道具欄內自動選擇跟剛才同樣的武器。

這就是涅茲哈掉包武器方法的最大祕密了。

他用左手握住委託強化的客人所交過來的武器，首先在這個階段製造出一時的「左手裝備狀態」。當然武器的所有權還是在客人手上，但是和在戰鬥中與伙伴之間借貸武器時會成為「交付武器狀態」相同，系統上還是可以發動劍技……或者是使用快速切換。

接著涅茲哈握住武器的左手就伸出食指，按下隱藏在大量商品下方的視窗上那個快捷鍵圖標。這個瞬間，交到他手上的劍就被收進道具欄裡，並且有同種類的劍自動從道具欄內實體化到他左手上，但是那把劍卻是只要進行強化就一定會粉碎的結束品。

明明是過程相當繁複的手法，但外在看起來劍只會閃爍一下，同時傳出「咻哇」的細微效果音而已。由於這個時候他用右手投進火爐裡的強化素材已經發出更大的聲音與光芒，所以如果不是打從一開始就有所懷疑的話，絕對不會注意到劍已經被掉包了。

而且——

就算委託人注意到掉包的現象並且加以責問，涅茲哈也只要再次發動快速切換就可以了。劍馬上就會再度切換，變回委託人交給他的原品。另外，如果掉包品已經在鐵砧上碎裂，那無論對方說什麼也沒有證據了。

也就是說，我為了證明涅茲哈的強化詐欺，就只能當場實行「所有道具完全實體化」指令，把所有的道具撒在自己腳下——不然就是我也使用快速切換，把劍硬是從涅茲哈的道具欄裡拉出來。

注意到手法後之所以又花了兩天的時間才像這樣加以實踐，完全是因為我選擇了第二個方法的緣故。昨天和今天，我都在第二層迷宮區裡不停地和半裸牛男，也就是公牛族對戰，硬是把單手劍的熟練度提升到１００，然後比預定還要快上許多取得了快速切換的Ｍｏｄ。

而瘋狂狩獵的副產物就是拿到了還算稀有的掉寶武器，另外二十層的迷宮塔也被我拓展了不少的地圖，而地圖檔案也全部免費提供給亞魯戈了，不過統領前線攻略集團的藍色凜德隊與綠色牙王隊似乎也因此而變得有些暴躁。

因為他們發現總是有除了自己之外的某個人先跑到上頭的一兩層去。目前似乎還沒有注意到那個人就是「萬惡的黑色封弊者」桐人，但被發現只是時間上的問題。不過就算被發現，我和他們之間的關係也不會變得更糟了。

總而言之——

兩天以來的辛苦總算沒有白費，終於成功破解涅茲哈「強化詐欺」手法的我，一邊看著在鐵砧旁邊低著頭的鐵匠一邊輕輕呼出一口氣。

這樣子也算是達成目的了。由於不是正規任務，所以當然沒有報酬或是經驗值獎勵……而且我還自己花了手續費＋素材費總共兩千七百珂爾，但對我來說，最重要的是涅茲哈今後不再從事這種危險的詐欺行為。

以手法來說的確相當高竿，但是如果以現在的速度繼續詐取稀有武器的話，總有一天一定會讓某個除了我以外的人發現。屆時涅茲哈可能會被那個人在許多玩家面前揭發，然後遭受到某種「刑罰」。

我能想得到的最糟事態，就是所有玩家都同意以處刑來做為他的處罰，而且這個判例將這樣固定下來。

我當然也不認為可以無罪釋放涅茲哈。只要想到愛劍被奪的留費歐爾與席娃達……以及雖然把劍拿回來，但曾經相信劍因為強化失敗而粉碎，更因此而流淚的亞絲娜，我就覺得應該給他適當的懲罰才行。

但是懲罰絕對不能是玩家殺害玩家。一旦產生容忍這種事情發生的氣氛，之後在狩獵場裡發生紛爭或者因為掉寶道具而爭吵時將不再只是談判，而是以暴力來解決事情。變成這種情況的話，我寧願承受封弊者這樣的蔑稱，也要迴避非封測玩家們肅清封測玩家的努力就白費了。

因此我認為手法被識破的涅茲哈，如果今後能好好經營鐵匠的事業，或者直接放下榔頭轉職為戰士，我就願意原諒他了。這當然是和亞絲娜商量之後做出的決定，只要沒有來自詐欺行為的收入，身為他同伴的「傳說勇者」成員們不久後也會回歸自己原本的位置了吧……

這時右手依然拿著愛劍，腦袋裡有了這些想法的我，耳朵忽然聽見了細微的呢喃聲。

「……這不是道歉就能獲得原諒的事情對吧。」

發言者當然是依然垂著頭的涅茲哈。簡直像當場想找洞鑽進去的他，矮小身軀整個縮成一團，然後以沙啞的聲音繼續表示：

「…………我很想把騙來的劍還給大家……但是也辦不到了。因為它們幾乎都被換成現金……所以這是我唯一能做的事……！」

最後幾乎是用吼叫來說完這些話的涅茲哈搖搖晃晃地站了起來。右手上的榔頭雖然已經滑落，但是他卻看也不看一眼，忽然就跑了起來。

但是他的猛衝只持續不到幾公尺的距離，因為忽然有另一名玩家從正上方降落到他面前。只見來者在連帽斗篷下的長髮經過街燈的照耀之後發出了耀眼光芒，這個人當然就是細劍使亞絲娜了。

亞絲娜輕鬆完成從建築物二樓窗戶躍下的驚人之舉後，隨即擋住涅茲哈的去路並且毅然說道：

「就算你去尋死，也沒辦法解決任何問題。」

她的聲音與兜帽下露出來的臉龐似乎立刻就讓涅茲哈查覺到，對方正是三天前被自己騙走風花劍（雖然只是暫時）的女性劍士。

他原本就相當軟弱的臉頓時扭曲地更加厲害了。連基本上算相當遲鈍的我，都能感覺他正受到心中罪惡感、絕望與自暴自棄的煎熬。

涅茲哈像是要逃離亞絲娜的視線般，把臉盡可能往右下方轉去，然後擠出緊繃的聲音：

「………我打從一開始，就決定要是被人發現我的詐欺行為……就要自己結束生命來謝罪了。」

「在現在的艾恩葛朗特，自殺是比詐欺還要嚴重的罪喔。如果強化詐欺是背叛委託人，那麼自殺就是背叛了所有想要攻略這款遊戲的玩家。」

細劍使的話鋒就像她的得意技「線性攻擊」一樣犀利。涅茲哈身體震動了一下，接著整個縮成一團——然後又像彈簧一樣抬起臉來說：

「反正像我這種廢物將來也一定會死！不管是被怪物所殺還是自殺，早死晚死不都是一樣嗎！」

這句話——

讓我終於忍不住發出了細微的笑聲。

亞絲娜狠狠瞪了我一眼，接著涅茲哈也把皺成一團的臉轉向我。我急忙抬起雙手，對著在焦慮中又浮現受傷表情的鐵匠道歉。

「抱歉，我不是在笑你說的話。只是那位大姊在一週前也說過跟你類似的話……」

「咦………」

涅茲哈像是嚇了一跳般瞪大了眼睛，然後再次把臉轉向亞絲娜。只見他吸了好幾口氣之後，才畏畏縮縮地問道：

「那個……妳是前線攻略集團的亞絲娜小姐對吧……？」

「咦……………」

這次換成亞絲娜眨了眨眼睛，然後上半身一邊往後退一邊反問：

「你怎麼知道？」

「因為穿著連帽斗篷的細劍使很有名啊……何況還是最前線唯一的女性玩家……」

「…………這……這樣啊……」

亞絲娜一邊發出相當複雜的聲音，一邊用力把兜帽往前拉，這時我往她走近了幾步並且表示：

「妳的裝扮好像已經被人記住了。在出現『小灰帽』這樣的外號前，還是換一種打扮比較好吧？」

「不用你．雞．婆！我很喜歡這身裝扮！而且也很暖和！」

「這……這樣啊……」

我沒有繼續詢問「那到了春天怎麼辦」，直接把視線轉到茫然呆立在現場的涅茲哈身上。

這是因為我無法抑制自己無論如何都想問問看的衝動。

「那個……那你知道我是誰嗎……？」

我並不是想確認自己的知名度，這個問題只是想探查「封弊者一號」這件事從攻略隊傳出來後，在一般玩家之間的普及程度。

「呃，嗯……抱歉，我不知道……」

老實說，這樣的回答讓我同時感覺到安心與衝擊，不過這時我只能露出微妙的表情。而亞絲娜則像要報一箭之仇般，拍著我的肩膀說：

「看吧，我之前不是就告訴過你。是你想太多了。」

「我……我也很喜歡那條頭巾啊。」

「那我就幫你取個綽號吧，你覺得『烏克蘭武士』如何？」

「……為……為什麼是烏克蘭啊？」

「那條頭巾是藍色跟黃色條紋對吧？那不就是烏克蘭國旗的顏色嗎？不喜歡的話，不然『瑞典武士』也可以喲。」

「……抱歉，兩個我都沒辦法接受，請饒了我吧……」

鐵匠涅茲哈只能啞然聽著我和亞絲娜之間的對話，最後終於畏畏縮縮地插嘴道：

「那……那個……剛才說的是事實嗎？亞絲娜小姐……也曾經說過『反正都會死』……」

這個問題她本人應該很難回答吧。為了幫忙化解尷尬，我便特別用很開朗的口氣說：

「是啊，真的真的。那時候她真的很誇張，不但連續四天住在迷宮區裡狩獵，而且還在我面前昏倒。而我又不能丟下她不管，然後也沒有輕鬆抱起一名玩家的ＳＴＲ。在沒辦法的情況下，只能以一人用的睡袋……」

喀。

踩了我的腳讓我閉嘴之後，亞絲娜隨即正色以沉穩的口氣說：

「……老實說，現在這種心情依然沒有消失。因為這裡才只是第二層，終點的第一百層還在遙遠的上方。拚了命也要到那裡的心情，以及一定會在什麼地方氣力用盡的心情總是在心裡交戰。但是……」

兜帽深處的栗色眼睛綻放出閃耀的光芒。光芒的強度和在迷宮深處遇見她時沒有兩樣，但是我認為色澤已經有明顯的不同。

「……但是我不再為了尋死而戰鬥了。雖然還沒有正面到能夠說是為了活著，或者為了攻略遊戲而戰……但是我已經找到唯一一個小小的目標了，我目前就是為了這個目標而戰。」

「咦……是這樣嗎？妳說的目標是……吃完一整個『顫抖草莓蛋糕』嗎？」

雖然我問得相當認真，但亞絲娜不知道為什麼先嘆了口氣，然後才回答了一句「不是啦」，

她隨即再次轉向涅茲哈並且說：

「你一定也能找到自己的目標。不對，我想你心中一定有……想要為其而戰的目標才對。

因為你不是自己離開『起始的城鎮』了嗎？」

「………………」

涅茲哈沒有馬上回答，只是再度低下頭去。但是他沒有閉上眼睛，而是一直凝視著包裹住雙腳的皮靴。我注意到那不是在街道上使用的鞋子道具，而是真正的防具。

「……我的確也有過目標。」

他回答的聲音裡除了放棄的意念之外，還帶著極微小……但是卻相當堅定的火苗。但是涅茲哈就像是自己要把它吹熄一樣，用力搖了好幾次頭。

「但是，它在我來到這個世界前就消失了。而且是很早之前……就在購買NERvGear的那一天。我……在一開始的連線測試，就被判定為ＦＮＣ了……」

ＦＮＣ。也就是不適合完全潛行(Non Confirming)。

以超微弱電磁波來直接與腦部進行訊號交流的完全潛行機器，原本就是得按照不同著裝者進行細微調整的纖細機械。

但是賣出數萬台的民生用NERvGear不可能進行這樣的程序。所以遊戲機本身搭載了自動調整機能，只要經過首次漫長且無趣的連線測試與校正之後，從第二次開始就只要開啟電源便能立刻潛行。

有極少數人在初次連線測試時會出現「不適合」的判定。通常是五感當中的某一感無法完全發揮作用，或者與腦部的通訊出現些微延遲，雖然算不上重大的障礙，但其中好像也有完全無法潛行的例子。

既然人已經在艾恩葛朗特裡，那就表示涅茲哈的FNC應該沒有嚴重到這種程度——不過說不定乾脆被判定無法潛行還比較幸運，因為這樣的話就不會被關在這款死亡遊戲裡頭了。

用地毯收納露天商店的所有道具之後，我們便移動到某間靠近廣場的空屋，然後在其中一間房間裡繼續聽涅茲哈把話說下去。

「…………我個人的狀況是聽、觸、嗅覺都能正常發揮作用，但是最重要的視覺卻出現異常…………」

涅茲哈一邊說，一邊把手朝亞絲娜準備在圓桌上的茶杯伸去。但是他卻沒辦法直接抓住右側的把手，手指得先從前方慢慢地靠近，等指尖碰到把手後才慎重地把它拿起來。

「雖然不是看不見，雙眼視機能……也就是遠近感、立體感沒辦法發揮作用。搞不清楚角色的手和對面的物體究竟相差多遠……」

我一瞬間湧起「只是這樣的話……」的念頭，但馬上就又改變了想法。

如果SAO是極為常見的奇幻MMORPG，那麼涅茲哈的機能不全就不是什麼大問題。因為有必中的遠距離攻擊，也就是能使用魔法的職業可以選擇。

但是ＳＡＯ裡除了沒有魔法使之外，甚至連弓箭使都沒有。所有的戰鬥性質玩家都只能用手握住武器來戰鬥。

而不論是用劍、斧還是槍，沒有遠近感——換言之也就是無法摸清與怪物之間的距離確實是很大的問題。因為這個世界戰鬥的基本原則，就是要先用身體記住自己武器的攻擊範圍。

涅茲哈喝了一口茶之後，又慎重地把茶杯放回茶碟上，然後露出無力的笑容。

「我就連要用短短的榔頭敲打鐵砧上不會動的武器都相當吃力了……」

「……就是因為這樣，你才會那麼慎重地進行強化的程序嗎……」

「是啊……當然多少還是對破碎的劍有點內疚……但是……」

這時他抬起頭來，交互看著我和亞絲娜，臉上雖然出現沮喪的表情，但還是微笑著說：

「……雖然我沒資格說這種話，但你們真的很厲害……竟然能夠識破掉包的手法。而且還不是在今天……而是在三天前，遠距離回收亞絲娜小姐的風花劍＋４時就發現了對吧……？」

「嗯……那個時候還是只有『說不定是這樣』的程度啦。當我注意到時，已經快超過一個小時的所有權持續期限了，所以就衝進亞絲娜房間，讓她使用了完全實體化指令，結果……」

這時我感覺右側傳來帶有突刺屬性的視線，讓我在千鈞一髮之際迴避了詳細描述她道具欄內容的錯誤。

「……風花劍就這樣回來了。然後我就確定這是強化詐欺……不過是前天才發現你是用了

『快速切換』這樣的方法。而識破的關鍵就是你的名字，涅茲哈……不對，是『哪吒』。」

「…………！」

聽見我呼喚的涅茲哈，不對，應該說是哪吒立刻迅速吸了一口氣。

只見他握緊放在桌上的拳頭，然後稍微站了起來。但馬上又重新坐下，像是很不好意思般看著下方。

「…………沒想到，竟然連這件事都被你們發現了…………」

「沒有啦，這一點是委託情報販子調查的。因為連你的同伴……『傳說勇者』的五個人都叫你涅仔啊。這也就表示，他們也不知道你涅茲……不對，他們也不知道哪吒這個角色名稱的由來對吧？」

「叫我涅茲哈就可以了，本來就是想讓人這麼唸才會取這個名字。」

先這麼說完後，鐵匠才點了點頭並且表示：

「……是的，你說得沒錯……」

哪吒，亦稱哪吒太子。

是在中國明朝奇幻小說《封神演義》裡登場的少年神明。祂不但能操縱多樣名為「寶貝」的武器，而且還能乘坐在兩個輪子上飛翔於空中。是一名不輸給聖騎士奧蘭多與勇者貝武夫的

「傳說勇者」。

祂的英文拼音寫作Nezha，但我看也只有超級的神話狂熱者才知道要唸成哪吒，至於艾恩葛朗特這個無法依靠搜尋引擎的世界就更不用說了。雖然情報販子亞魯戈究竟擁有什麼樣的智囊也很令人在意，但當她傳送「傳說勇者」成員的情報過來，而我又在尾端看見一直唸作涅茲哈的鐵匠真正姓名時，我立刻就恍然大悟了。

他一開始並不是以成為工匠為志願，原本想當戰士的他，應該是因為某種原因才不得不變成鐵匠。

這樣的話，身為鐵匠的他就很有可能也提升了武器技能。經過這樣的思考，我才終於推測到純粹用在戰鬥上的技能Mod「快速切換」可能就是掉包武器的關鍵。

「……『傳說勇者』原本是在SAO正式營運前三個月所推出的NERvGear用動作遊戲裡所組成的隊伍。」

涅茲哈又喝了一口茶之後，才開始緩緩說道：

「它是一款只供下載的低價格軟體，是在只有一條路的地圖上用劍或者斧頭瘋狂砍殺大量怪物來比賽得分的簡單遊戲……但對我來說負擔還是太重了。看不出遠近的我，只能一直揮劍落空，然後讓怪物靠近到身邊來傷害我……就因為我的拖累，隊伍的分數一直沒辦法衝進排行榜前幾名。我和奧蘭多他們在現實世界裡並不認識，所以應該離隊，或者直接放棄這款遊戲才對……但是……」

涅茲哈再次握緊拳頭，然後以顫抖的聲音繼續說道：

「……我就因為沒有人要我離開而一直死賴在隊上。並不是因為喜歡那款遊戲，而是因為隊上所有成員已經決定在三個月後……轉移到NERvGear第一款……不對，應該說是世界第一款ＶＲＭＭＯ，也就是『Sword Art Online 刀劍神域』去了。我……我實在很想體驗ＳＡＯ這款遊戲。但是因為被判定為ＦＮＣ，所以沒有勇氣一個人玩。只想著倚靠他人的我……認為在ＳＡＯ裡也加入奧蘭多他們的隊伍，就算沒辦法好好戰鬥……應該也能變強……」

我和亞絲娜只能默默聽著他心痛的自白。

我當然能夠了解他的心情。因為我在網路上看過ＳＡＯ第一次推出的廣告影片後，就下定決心無論發生什麼事都一定要到那個世界去了。就算被判定出比涅茲哈還要嚴重的ＦＮＣ，只要能夠潛行，我還是會登入到ＳＡＯ裡面吧。

但是我沒辦法表達出這樣的心情。因為我在這個世界裡的第一個朋友曾經像涅茲哈這樣向我求救，但是我卻在起始的城鎮拋棄了他。

不知道對我的沉默做出了什麼樣的解釋，只見涅茲哈臉上出現不知道是第幾次的自嘲笑容，接著又說道：

「……我在前一個遊戲裡，使用了另一個名字……是像奧蘭多與庫胡林那樣，眾所皆知的英雄名字。之所以會改成Ｎｅｚｈａ，說起來是對奧蘭多他們的服從與奉承。大概就是我不像大家那樣使用英雄的名字，所以請讓我留下來的意思。被詢問名字的由來時，我也只回答是源自於本名。這當然是個謊言，當大家叫我涅仔、涅仔時，我心裡其實想著，我的名字也是個英雄喔。我真的……很沒用對吧……」

我就不用說了，就連亞絲娜也沒辦法對涅茲哈極為自虐的發言做出評論。在室內依然戴著兜帽的她只是從底下靜靜地問道：

「但是ＳＡＯ變成死亡遊戲後，狀況應該就改變了吧？你放棄繼續到練功場去，轉而成為一名工匠。鐵匠的話，就算不用戰鬥也能幫忙同伴對吧？但是……為什麼會一下子就跳躍到進行強化詐欺呢？說起來，詐欺到底是誰的主意？是你嗎？還是奧蘭多呢？」

像是發揮了細劍使神速本領般直逼核心的問題，讓涅茲哈暫時緊閉起嘴巴。

一陣子後傳出來的回答卻完全出乎我和亞絲娜的意料之外。

「不是我也不是奧蘭多……甚至不是我們的伙伴。」

「咦……那到底是誰……？」

「……一開始的兩週，我的目標其實是成為一名戰士。這個世界裡有一種唯一能夠使用飛行道具的技能……所以我便覺得如果使用那個的話，就算沒有遠近感也能戰鬥……」

聽見這有些離題的發言後，我便代替亞絲娜開口表示：
「原來如此，是『飛劍』技能嗎？但是……那還是……」
「嗯……我在起始的城鎮盡力買了一堆最便宜的小刀來修練技能，但只要庫存丟光了就只能束手待斃……而且練功場上可以撿到的石塊攻擊力又太低，那根本就不是能夠做為主武器的技能……所以熟練度提升到50後我就放棄了。而且傳說勇者的成員們還因為陪我修行而沒辦法加入最前線集團……」
雖然覺得傳說勇者之所以沒辦法在遊戲一開始就全力衝等，除了陪涅茲哈修行飛劍之外，還有一部分是包含我在內的封測玩家在成為死亡遊戲的首日便開始瘋狂狩獵的緣故，但現在這麼說的話一定又會被亞絲娜瞪，所以我還是決定保持沉默。
「……我在開會時說出要放棄飛劍技能，結果現場的氣氛變得相當緊張。雖然沒有人說出口，但我想眾人心裡都認為公會就是有我在，才會拖累了大家。即使說了要轉職成為鐵匠，但是生產技能的修行又得花錢……大家似乎都在等待別人說出乾脆把這傢伙丟在起始的城鎮算了。」
涅茲哈輕咳了一下嘴唇才又說：
「……其實應該由我主動提出來才對……但我實在說不出口。因為我很害怕變成孤單一人……結果——當我們在開會時，之前一直待在酒館角落，還以為他是ＮＰＣ的一個人忽然靠過來並且說『這傢伙如果成為擁有戰鬥技能的鐵匠，就有一種很酷的賺錢方法喲』。」

「…………！」

我和亞絲娜忍不住面面相覷，因為沒想到使用快速切換的強化詐欺手段竟然是來自於「傳說勇者」成員之外的人。

「那……那個人是誰……？」

「我也不知道他的名字……他說完掉包武器的手法之後就馬上離開了。之後我就再也沒有見到他。不過，他真的……是個很奇妙的人。不論是說話的方式……還是外表。他披著一件黑色有光澤，類似雨衣般的連帽大衣……」

「……雨衣……？」

我和亞絲娜異口同聲地重複了一遍。

連帽大衣這種裝備在包含SAO在內的奇幻系RPG都不是什麼稀有——甚至可以說是常見道具。坐在我身邊的亞絲娜，身上就穿了一件下襬比較短，但屬於同種類裝備的連帽斗篷。她剛才雖然說了「很暖和」，但穿上斗篷的目的當然不是用來防寒或防雨，而是用來遮住臉孔。

而那一名和傳說勇者接觸的所謂黑雨衣男一定也是為了這樣的目的……

亞絲娜可能是看穿我的思緒了吧，只見她輕輕用鼻子哼了一聲後就把灰色兜帽退到背後去了。即使在只有一盞油燈的空屋裡，栗色長髮與擁有透明感的白色肌膚都像是自動發出光芒般刺眼。

看見亞絲娜真面目的涅茲哈，原本瞪大的雙眼立刻像看見什麼刺眼的物體般瞇了起來。在將玩家姓名預設為非顯示的ＳＡＯ裡，要辨認出某個人的最大要素首先就是臉，接著就是體格。當然最後武裝與戰鬥方式也會變成個性的一部分，但現在每個人都頻繁地更新裝備，有時候甚至連主要的武器技能都會加以更動。也有人到昨天為止都還是裝備著皮鎧與短劍的盜賊打扮，結果今天忽然就變成穿著板甲的重戰士了。

因此如果體格相當普通的話，只要把臉好好遮住，就能以匿名玩家X的身分來進行活動。雖然還是有聲音這個辨認要素，但還是有幾種手段（比如像我方才戴著十字軍頭盔那樣）能夠加以偽裝。

但是今後還是有機會能遇見那個傳授涅茲哈他們強化詐欺手法的男人。想到這裡的我，隨即對到現在還痴痴望著亞絲娜的涅茲哈問道：

「關於那個黑雨衣男……」

「啊……是……是的……」

「那傢伙，要你們怎麼把分紅……也就是他那份強化詐欺的利益交給他？」

亞絲娜像是了解我的用意般輕輕點了點頭。如果是親手交付所得的話，就可以埋伏在現場來看清楚那個男人。

——但這個絕佳的點子馬上就被涅茲哈的回答摧毀了。

「嗯……但是他沒有提到這方面的事情……」

「咦……沒有提到？這是什麼意思……？」

「正如我剛才所說……他只是說明用『快速切換』與『攤販地毯』來掉包手上道具的方法，然後完全沒有提到分紅或是提供點子的費用。」

「…………」

這讓說不出話來的我再次跟亞絲娜面面相覷。

剛才也對涅茲哈說過，這樣的強化詐欺手法確實相當完美。明明在封測期間也能夠進行同樣的詐欺，但從多達一千人的封測玩家沒有人想得出這個點子來看，就能知道發想者的才能有多令人驚嘆了。老實說，如果涅茲哈真是改變本名後所創造出來的名字，或者亞絲娜沒有委託亞魯戈調查「哪吒」的情報，那我絕對無法看破這個手法。

但也就是因為這樣，那名傳授這種方法的雨衣男竟然不要求任何代價也讓我有種難以言喻的奇怪感覺。如果不要求金錢的話……那麼那個傢伙提供點子給傳說勇者究竟可以得到什麼代價呢？

可以確定的是，絕對不是出於「無私的善意」這種冠冕堂皇的動機。因為要做的事情可是詐欺啊。

「也就是說……那個人在傳說勇者開會時忽然打岔，然後在說明完掉包武器的方法後馬上就消失了……是這樣嗎……？」

亞絲娜進行確認之後，涅茲哈原本準備點頭，但頭部卻在中途停了下來。

「……嗯……正確來說，他另外還說了一些話。因為要做的事情畢竟是詐欺，所以奧蘭多他們一開始時也表示了反對。他們都說『這不是犯罪嗎』。結果那個傢伙就從帽子下方發出非常爽朗的笑聲……雖然應該不是特別裝出來的，但那的確是像電影一樣美麗且快樂的笑法。」

「美麗的……笑法……？」

「嗯。怎麼說呢……光是聽見，就會覺得很多事情其實不是那麼嚴重……回過神來之後，阿奧先生、阿貝先生、其他三個人……還有我也都笑起來了。而那個傢伙就在這樣的情形中說話了。他說……『這裡是網路遊戲裡面喲，所以系統老早就把不能做的事情限制住了不是嗎？這也就表示，能夠實行的事情就是可以做的事……你們不覺得嗎？』……」

「這……這根本是詭辯嘛！」

在涅茲哈閉上嘴巴前，亞絲娜已經以尖銳的聲音大叫。

「因為，如果是這樣的話，不就可以隨便做出從旁攻擊別人正與其作戰的怪物，或者把拖住的怪推給別人等違反禮貌的行為了嗎！不對，真要說的話，防止犯罪指令在圈外沒有作用，說極端一點也可以把玩家……」

她的話說到這裡就停住了。

簡直就像害怕繼續說下去的話，這件事就會變成事實一樣。

這時亞絲娜原本就相當白皙的肌膚已經變得更加蒼白，而我則是在無意識當中用指尖輕碰了一下亞絲娜的左臂。平常的話她應該會立刻拉開八十公分左右吧，但現在這個接觸點似乎變成接地線一樣，讓細劍使忽然放鬆了身體的力道。

我把手縮回來，凝視著涅茲哈並且問：

「雨衣男就說了這些話……？」

「啊……是……是的。我們點了點頭後，他就站起來說了聲祝你們好運……然後就直接離開酒館了。之後我們就再也沒有遇見他……」

涅茲哈像是在探索當時的記憶般一邊游移著視線一邊繼續說：

「……現在回想起來，真覺得有點不可思議……那傢伙消失之後，公會的氣氛就改變了……大家忽然興致勃勃地說如果能辦得到的話就試試看吧。說起來丟臉，我也覺得與其當拖累大家的包袱，還是擔任詐欺的主角來大撈一筆比較好。但是……」

這時涅茲哈臉上恢復成原來的表情。他用力閉起雙眼，扯開嘴角說——

「……但是，首次實行詐欺的那一天……看見委託人目擊掉包的結束品碎裂時的臉，我才終於注意到，這種事情就算系統允許也絕對不能做。如果那時候就把劍還給對方，然後坦承一切就好了……但我實在沒那種勇氣，所以就一邊想著只做這一次就結束，一邊回到公會的聚集地。但是……但是，大家一看見我騙回來的劍，都非常……非常高興，還不斷稱讚我……所以……所以我……！」

涅茲哈忽然用力將自己的額頭朝著桌子撞去。「砰！」一聲劇烈的聲音響起，接著就是紫色閃光瞬間照亮房間。他雖然重複了兩三次同樣的行為，但是被「指令」保護的涅茲哈ＨＰ並沒有減少。

他一定是不知道該怎麼辦才好吧。被我們阻止了自殺，然後也早就沒辦法賠償受害者，再加上現在也沒辦法回到伙伴身邊了。

如果要說有什麼贖罪的方式，大概就只有廣為宣傳自己的所作所為並且向眾人謝罪而已吧。但是，我不會要他這麼做。我無法斷言為了解放艾恩葛朗特而戰鬥的眾多玩家——當然包含受害者在內——都能原諒涅茲哈……如果不願意原諒他的話，老實說我很難想像他會受到什麼樣的「懲罰」。

結果最有可能實現的解決方法，大概就只剩從烏魯巴斯的轉移門回到起始的城鎮，然後躲藏在那片廣大街道的角落裡頭而已吧。雖然也想到乾脆再反過來從鐵匠轉職成戰士，只要能對攻略遊戲提供相當大的貢獻的話……但涅茲哈唯一能使用的武器「飛劍」目前只是能用來讓怪物盯上自己的輔助技能…………

當我想到這裡時。

忽然想起今天在迷宮區的戰鬥裡，從難纏的敵人「強力投環公牛」身上掉下來的某件稀有寶物。那件有點不一樣而且有趣的遠距離型武器雖然相當稀有，但是賣不到什麼好價錢，而我自己也沒打算要使用。

「涅茲哈…………」

我一這麼叫，鐵匠便稍微抬起壓在桌面上的額頭。

我凝視著他被淚水濡濕的臉並且問道：

「你現在的等級是？」

「……10級。」

「那技能格子應該是三格對吧。你現在選了哪些技能……？」

「……『單手武器製作』和『所持容量擴張』，還有……『飛劍』……」

「這樣啊。如果……我說有你也能夠使用的武器，你能下定決心捨棄武器製作……也就是鐵匠技能嗎……？」

11

二〇二二年十二月十四日，星期日。

打倒第一層樓層魔王之後的第十天，同時也是這款死亡遊戲開始以來的第三十八天——包含我和亞絲娜在內，也就是所謂「前線攻略集團」的玩家們，終於突破了擠滿強壯牛頭男的廣大迷宮塔，來到第二層樓層魔王等待著我們的大廳。

挑戰攻略魔王怪物的八聯結小隊，也就是「聯合部隊」的人數已經來到將近系統上限的四十七人。即使騎士迪亞貝爾喪命，以及好幾名玩家因此受到打擊而離開了攻略集團，部隊的人數還是比上一次更多，這是因為有聖騎士奧蘭多所率領的五名「傳說勇者」成員加入的緣故。

至於部隊的詳細陣容嘛，首先是由過去擔任迪亞貝爾副官的短彎刀使凜德所指揮的藍色集團，他們有三支小隊共十八個人。聽說順利突破第二層，接著在第三層裡完成公會任務之後，他們就會組成一個名叫「龍騎士」的大公會。「騎士」這個名字應該是為了表示繼承了自稱騎士的初代隊長迪亞貝爾的遺志，至於「龍」的話我就不知道從何而來了。

另外高舉著反封測玩家主義大旗的綠色集團也同樣湊齊了十八個人。他們是由跟我一樣以單手直劍為主要武器的牙王所率領，而且也已經決定將公會取名為「艾恩葛朗特解放隊」。

以上的六小隊總共有三十六人。然後還有高大的斧頭使艾基爾與他的三名朋友（不知道為什麼，全都是跟艾基爾同類型的極度筋力強化派），再加上集團內唯一的女性玩家細劍使亞絲娜，以及邪惡的黑色封弊者桐人後共是四十二人。最後再加上傳說勇者的五人，變成了僅差一人就能到達聯合部隊上限的四十七人。

各個集團分別聚集在魔王房間前面的廣大安全地帶，進行裝備檢查與藥水的分配等工作。我從角落一邊看著忙碌的部隊成員，一邊對身邊依然用兜帽深深蓋住臉龐的亞絲娜低聲說：

「真可惜，還差一個人就能湊滿四十八個人了。」

「是啊……他果然沒趕上嗎？」

「因為到達魔王房間的速度比想像中還要了快許多……只有三天的話，很難完成那個任務。」

我隨著嘆息這麼說道，而亞絲娜則是在兜帽下狠狠瞪了我一眼。

「因為連某個人也花了三天兩夜啊。」

三天之前。

在距離迷宮區不遠的塔蘭村裡，我把某種特殊的遠距離武器與一張地圖交給了鐵匠涅茲哈。

地圖上標示著隱藏在第二層外圍岩山裡的NPC住處以及能到達那裡的隱藏通道。這裡指的NPC當然就是在我臉上塗了不能擦掉的墨水，讓我變成「桐仔A夢」的特別技能「體術」大師，鬍子師父了。

我詢問涅茲哈是否有放棄辛苦育成的「單手武器製造」技能，改為修行「體術」的決心。因為我在第二層迷宮裡撿到的稀有武器，除了飛劍技能之外還必須提升體術技能才能夠使用。

就算是只用一兩天就能練回的熟練度，要捨棄曾經修行過的技能也是讓人感到相當猶豫的行為。何況打鐵等生產系技能的修行除了時間之外，還得投入不小的金額。如果是其他MMO的話，遇上這種狀況應該都會另創一個角色吧，就算是目前一個帳號只能創造一個角色的SAO，直接忍耐到等級到達下一個能力格子出現也是比刪除技能要合理的選擇。何況涅茲哈還有另一個增加道具欄容量的「所持容量擴張」技能，也可以選擇刪除它才對吧。

但我還是故意向涅茲哈提出刪除打鐵技能的要求來做為贈送武器與地圖的條件。

這是因為現在的SAO裡，同時兼任工匠與戰士實在太危險了。要到練功場的話，應該要把技能的構成、裝備的種類乃至於道具欄的內容等所有容量都集中在「活下去」這個重點上。就算是這樣，還是有許多玩家因為些微的攻擊力、防禦力不足或者缺少一瓶藥水而喪生。

但是涅茲哈只是深呼吸了一下後，就答應了我提出的這個可以說相當嚴苛的條件。

「只要能在這個世界裡成為劍士，我就別無所求了。」

他這麼說完之後，隨即又笑著加了一句「但是這個武器可能也沒辦法稱作劍士吧」。亞絲娜聽見之後，竟然說出「為了攻略遊戲而奮戰的人都是劍士，我想連純生產職也算」這種出乎意料之外的話。

我和亞絲娜帶領不習慣戰鬥的涅茲哈來到隱藏通道的入口就和他分開了。

他的等級應該足以完成修練，而且如果體術技能的修行能夠在第二層魔王攻略戰之前完成的話，我也想過要邀他加入攻略部隊，但是看起來他還是沒辦法在三天內打破那塊岩石。但是我也不著急，因為涅茲哈再也不會從事那種危險的強化詐欺了。

「……他一定會參加第三層的攻略。那種武器只要能上手的話就有相當強的威力，他一定會加入某個公會吧。當然，應該會是傳說勇者以外的公會就是了……」

「嗯……我也這麼認為。」

我和點頭的亞絲娜同時看向待在安全地帶另一側的五名玩家。戴著尖頭輕鋼盔，腰上和我一樣掛著韌煉之劍的壯碩男人正是奧蘭多。站在他身邊的那個矮小雙手劍使是貝武夫，再旁邊的瘦削雙手槍使則是庫胡林。而中魔王「球首公牛・巴烏」攻略戰時不在現場的持盾戰槌使叫基加美修，至於身穿皮革裝備的小刀使似乎是叫作恩奇度。

今天早上開會的時候也感覺到，傳說勇者的五個人似乎都散發出一股參雜著不安與不高興的氣氛，而理由當然是因為第六名成員涅茲哈忽然消失的緣故吧。如果他們是正式公會的話就能用位置追蹤機能了，但是第二層的每個公會都只是空有名字的存在。

雖然可以理解奧蘭多等人不安的原因，但我沒必要去讓他們安心。因為這一週裡，他們讓涅茲哈獨自進行了一旦被發現就很可能被拖到圈外去「處刑」的危險詐欺。

「……先別管他們了，桐人先生。我們也沒有多餘的心思可以去擔心別人的小隊喔。」

「咦？為什麼？」

這唐突的發言讓我不停眨著眼睛，結果亞絲娜像是很無奈般聳了聳肩並且說：

「暫定的領袖凜德先生表示要在魔王戰之前才編組聯合部隊，你想想看，現在藍色集團有三小隊，綠色集團有三小隊，傳說勇者有一支小隊，然後艾基爾先生他們應該也算一支小隊。這樣已經有八支小隊囉。」

「嗚……對……對喔……」

亞絲娜沒說之前我完全沒有想到，聯合部隊的上限是八小隊。第一層魔王戰時因為人數比較少，所以只有我和亞絲娜兩個人的拖油瓶小隊也能加入聯合部隊，但這次已經行不通了。

由於SAO裡不存在其他MMO常見的「對部隊全體都能發揮效果的治癒魔法、支援魔法」，所以就算在魔王戰時沒有被編入部隊還是可以參加戰鬥。但問題是這樣就看不見其他成員的HP條，而對方也沒辦法檢視自己的HP。這樣的話很難算準POT輪值的時間。

因此還是得去跟艾基爾的小隊交涉，至少要讓亞絲娜加入小隊才行。正當想到這裡的我移動視線尋找那名高大的斧頭戰士時……

「嗨，兩位，好久不見了。」

優美的男中音就從身後傳了過來。一轉過頭去，馬上發現站在那裡的就是艾基爾本人。閃亮的光頭下那張嚴肅的臉露出笑容後，斧頭戰士又接著說：

「聽說你們變成搭檔啦？首先要恭喜你們囉。」

「不……不是搭……」

在我把話說完前……

亞絲娜就快一步以嚴厲的口氣宣布：

「我們不是搭檔，只不過暫時互相幫忙。你好啊，艾基爾先生。」

結果艾基爾又笑了一下，然後看著我揚起一邊的眉毛。他的動作雖然帶著調侃的意味，但我卻有種受到安慰的感覺，於是便先乾咳了一聲才說：

「那……那個……事情就是這樣啦。然後呢，我想等一下應該會有聯合部隊的編成，而這次的人數已經快到達八支小隊的上限……」

所以可不可以讓亞絲娜加入你們的小隊呢？我原本要說出這樣的請求，但這次也同樣沒能把話說完。

「嗯，我就是知道這一點才來找你們。剛好我們這裡有四個人，你們兩個就加入我們的小隊吧。」

由於他邀約的態度實在太過於輕鬆，反而讓我感到有些猶豫。

「咦……能加入當然是很好啦，但是真的沒關係嗎？你也知道，我在立場上……」

結果身邊的亞絲娜嘆了口氣，而艾基爾則是聳了聳肩並且張開雙臂。除了容貌之外，能自然表現出這種肢體語言也顯示出他與日本人的差異，但他一方面又使用著完美的日文，所以散發出一種混雜著異國風情與親切感的魅力。

「我沒記錯的話……你是被稱為封弊者對吧？其實呢，以這種稱呼來責怪你的只有一小部分人而已啦。」

「封弊者」這個名詞從艾基爾嘴裡說出來時也帶有一種新鮮感。包含我在內的大部分玩家都和唸「作弊者」時一樣是發平板音，但是艾基爾卻是把高音放在「封弊」上，到了「者」時才壓低聲音，所以聽起來像是什麼帥氣的名稱一樣。

「事實上，我身邊的人都是用另外一個綽號來稱呼你。」

「哦，是什麼綽號？」

馬上這麼問的人不是我而是亞絲娜，艾基爾把視線移過去然後一邊笑一邊回答：

「『黑漆漆』或者是『黑小子』。」

這時細劍使立刻噗哧一聲笑了出來。雖然不太願意被取這種綽號——因為從狗頭人領主身上掉下來的長大衣顏色也不是我選的——但跟這件事比起來，反而是亞絲娜的笑聲比較吸引我的注意，於是我忍不住就直盯著兜帽深處看。

結果亞絲娜馬上就恢復原來的表情，順便瞪了我一眼後才對艾基爾說道：

「艾基爾先生，謝謝你的邀請。那我和黑小子就恭敬不如從命，決定加入你們的小隊了。」

「喂……喂，妳不會以後都用這個綽號來叫我吧？」

忍不住插嘴之後，亞絲娜隨即一臉輕鬆地回答：

「哎呀，黑小子不就跟舞台上的黑子很像嗎？很適合不喜歡出風頭的你啊。」

「…………是……是這樣嗎？等等……但是這跟那是兩碼子事……」

「嗯……無論如何都要我叫你『桐人先生』的話我是可以照辦啦。」

「…………等等，我都說這是兩碼子事了……」

邊笑邊聽我和亞絲娜對話的艾基爾，這時終於忍不住哈哈大笑了起來。

「這麼有默契的話，我看切換的時機似乎可以交給你們自己決定了。我們四個人會貫徹坦克的工作，打手就拜託你們兩個人了。」

他說完就伸出了雙手，這時亞絲娜用右手，而我則是以左手來同時和他握手。也低頭對並排在他身後的三名同伴行了個禮後，他們便各自對我揮手或是豎起大拇指。在第一層攻略戰裡幾乎沒和他們說到話，不過他們不愧是好漢艾基爾的朋友，看起來就是很好相處的樣子。

答應艾基爾傳過來的小隊申請，視界左邊增加了六條ＨＰ條後，距離預定時間只剩下十五分鐘。由於安全地帶前方的喧囂聲已經安靜下來，我隨即把視線移了過去，結果立刻看見兩名玩家走到擋住魔王房間的大門前面。

其中一人是穿著銀色金屬鎧甲，身披藍色披風的短彎刀使凜德。而另一個人則是在暗綠色外套上加了黝黑鎧甲的牙王。

「嗚咿，難道這次也是雙領袖嗎？」

我忍不住小聲這麼說道，身邊的亞絲娜則歪著頭說：

「但是系統上只有一個人能擔任部隊的領袖吧？」

「這倒是真的……」

這時我也皺起了眉頭，結果凜德就像是聽見我們的疑問般舉起右手並大聲地說起話來。和第一層魔王房間前面不同，這個地方是安全地帶，所以就算傳出聲音也不用擔心會有牛頭男靠過來。

「由於時間已經到了，所以我想開始進行聯合部隊的編成！我先向大家自我介紹，我是這次被選為領袖的凜德，請大家多多指教！」

哇～想不到牙王竟然會讓出領袖的寶座，當我這麼想時，那個仙人掌頭就插話表示：

「說是被選上，其實也不過就是丟銅板決定的。」

這個吐嘈讓一半玩家笑了起來，而另一半則是露出不愉快的表情。凜德雖然也瞪了一眼身邊的牙王，但是沒有受到他的挑釁，只是繼續表示：

「……就是有各位頂級玩家的努力，才能夠像這樣在第二層開通十天後就來到魔王房間！只要各位肯把這樣的力量借給我，我相信一定能打倒魔王。各位，讓我們在今天就前進到第三層吧！」

凜德一舉起右拳，剛才沒有因為牙王的吐嘈而發笑的群眾馬上就一起發出「哦～！」的叫聲。

可能有一部分是因為把十天前原本是茶色的長髮染成鮮豔藍色的緣故吧，這時發表演說的凜德直接就散發出騎士迪亞貝爾繼承人的氣息。但是從他所說的話裡，也能感受到當初迪亞貝爾身上沒有的強烈自我意識。

「好，那我們來編成部隊吧！八支隊伍當中的A、B、C隊由我們『龍騎士』來負責，D、E、F隊則交給牙王先生的『解放隊』，而首次率領『傳說勇者』來參加攻略的奧蘭多先生則是G隊，然後H隊是……」

凜德這時候看向站在集團最後方的我們。感覺眼神才剛和我對上，他臉上爽朗的笑容便一瞬間消失了，不過他馬上就又移開了視線。

「……由剩下來的人負責。至於負責的工作嘛……我想由A隊到F隊負責攻擊魔王，而G和H隊則解決魔王身邊的Mob……」

早就料到會有這種指示的我，心裡只有「果然如此」的想法，但這時卻從意想不到的地方傳出了聲音。

「可以稍等一下嗎！」

說話的人不是艾基爾，也不是亞絲娜，而是聚集在我們對面牆邊的五人小隊隊長奧蘭多。可以看見尖頭輕鋼盔帽沿下方，幾天前差點識破我掩蔽技能的小眼睛正發出銳利的光芒，他隨即又接著說道：

「我們是為了和魔王戰鬥而來。大家輪流的話也就算了，我不願意接受到最後都在面對護衛的指示。」

渾厚的聲音撞上迷宮的牆壁後變成回音並且消失，這時藍、綠玩家立刻產生一陣騷動。裡面也參雜了不少「那些傢伙自以為是誰啊」、「明明是新來的」等呢喃聲。

我在這樣的情形中，暗自在內心說了一聲「原來如此」。

鐵匠涅茲哈消失後，知道不能再靠強化詐欺來賺取超高收入的奧蘭多等人，決定要在這時候一口氣成為攻略集團的領袖。怪物掉下來的金錢雖然會自動分配給聯合部隊所有成員，但沒辦法獲得經驗值與熟練度加成。魔王所擁有的龐大經驗值，將按照給予魔王的傷害值，或者抵擋下來的傷害值比例來分配給眾人，而且面對強敵時才會出現的技能熟練度大幅加成現象，當然也得直接和魔王對戰才會發生。

傳說勇者的五個人，全身裝備幾乎都已經到達強化的上限，但等級在這個集團裡還是稍微低於平均。他們應該是想在這裡對戰魔王來獲取大量的獎勵經驗值，然後讓等級也追上其他人吧。

只不過——對聯合部隊領袖的指示提出異議可以說是極為蠻橫的行為。一般來說，很可能會出現怒罵聲此起彼落的情形，但是藍、綠兩隊的玩家們除了改變表情和竊竊私語之外就沒有其他反應了。

這很可能是因為，傳說勇者的五個人散發出某種壓迫感的緣故。

從外表當然沒辦法看出等級、能力與技能熟練度。但是裝備的強化值就不一樣了。已經強化到接近強化次數上限的武器或防具，將會綻放出某種顯示其價值的強烈光輝。

就現狀來看，包含我在內的所有玩家，大概只有主要武器，或者再加上盾牌能強化到外表產生變化的程度，但是傳說勇者就不一樣了。他們在這一週內賺取了大量的珂爾，而那些錢應該全都拿來購買稀有裝備與進行強化了。他們全身的裝備都帶著確實加上支援效果般的光澤，而這同時也讓他們五個人散發出「絕非池中之物」的氣息。

當然，裝備的數值能力並不代表全部的實力。ＳＡＯ裡最重要的還是經驗與反應力等所謂的玩家技能。但是從另一方面來看，在接下來我們要挑戰的魔王──「公牛將軍・巴蘭」的戰役裡，防具的強化值的確是相當重要的要素。

這是因為將軍巴蘭能夠使用公牛族特殊攻擊的強化版……

「……我知道了。這樣的話，那就請奧蘭多先生率領的G隊也加入攻擊魔王的陣容。」

由於聽見凜德用稍微有些僵硬的聲音這麼說道，我便抬起不知道何時垂下的頭部。結果眼神也再次和藍髮的短彎刀使對上了。

和外表爽朗的迪亞貝爾比起來，髮型雖然類似但是頑固程度增加五成左右的凜德，這次沒有移開視線而直接開口表示：

「戰前情報裡寫了魔王只有一隻護衛，而且不會再次湧出。H隊單獨對付護衛的話會不會太吃力了？」

想著「什麼！」的我與露出「這是什麼話」表情的亞絲娜同時吸了一口氣，但是H隊隊長艾基爾已經先輕輕舉起左手制止了我們。然後又用非常沉穩的聲音與態度對凜德提出確認：

「雖說只有一隻，但戰前情報裡也寫了那不是雜兵而是中魔王等級的怪物。何況這次也同樣不能保證只有一隻而已，一支小隊單獨對付的話負擔實在太大了。」

凜德和艾基爾所說的「戰前情報」，指的當然是昨天在塔蘭村裡發放的「亞魯戈的攻略冊，第二層魔王篇」了。雖然詳細記載了魔王與護衛Ｍｏｂ的攻擊模式與弱點，但封面背後也清楚地寫了一條但書，表示情報完全是根據封測時期的檔案。

事實上，第一層魔王狗頭人領主就瘋狂使用了封測時期沒有的大刀技能，而騎士迪亞貝爾也就因此而喪命，所以這次也必須先做好和封測時期有所不同的心理準備。甚至有可能會像艾基爾所說的，出現兩隻以上的護衛怪物「公牛上校．那托」。

但是凜德聽見艾基爾的反駁後也只是輕輕點了點頭。

「我當然不會重蹈第一層的覆轍。首次挑戰時，要是發現與戰前情報不同的模式，我們便先行撤退然後重新擬定戰略。注意到一支小隊沒辦法應付護衛的話，我會馬上再派一隊給你們。這樣可以嗎？」

既然對方都這麼說了，現階段也沒辦法繼續拒絕對方的提案。艾基爾點了點頭表示「了解了」，而我和亞絲娜也呼出屏住的氣息。

接著就是魔王攻擊模式的說明，以及各小隊行動的最後確認，這時距離預定時刻下午兩點只剩下兩分鐘了。

當然這只是大概的時間，提前或是延後一些也完全沒有問題。凜德這個時候靜靜舉起右手……

「雖然快了一點……」

當他說到這裡時。

雖然這麼說有點失禮，但至今為止竟然都乖乖聽從凜德指示的牙王，忽然又用曾經在第一層時聽過的發言打斷了凜德。

「給我等一下！」

「牙王先生……有什麼事嗎？」

「從剛才開始，凜德先生就完全依靠那本『攻略冊』。雖然這麼說可能不太好聽，但這本書的作者是沒進去過魔王房間的情報販子對吧？情報真的這樣就足夠了嗎？」

這些話讓凜德不高興地歪起嘴回答：

「我沒有說這樣就夠了，但也沒有更多的情報了吧？還是說牙王先生願意先獨自一人去進行魔王的偵查？」

結果這次換成身穿綠夾克的「解放隊」隊員發出低吼，但牙王本人只是露出高傲的笑容並且回答：

「所以我想說的是，現場至少有一個人曾經親眼看見過魔王。那我們是不是可以聽聽看那個傢伙怎麼說呢？」

————什麼！

再次有這種想法的我立刻往左後方橫移，準備把身體隱藏在亞絲娜後面。

但是牙王已經抬起右手朝我這裡指來。結果亞絲娜立刻無情地快步躲開集合了數十人的視線。

「怎麼樣啊，黑色封弊者先生！可不可以就魔王攻略給我們一點建議啊！」

牙王這麼大叫著，我無法從他這時的表情看出他內心的想法。

「……到底想做什麼……」

小聲呢喃完之後，身邊的亞絲娜也微微歪著脖子露出狐疑的表情。

我聽說牙王所率領的「艾恩葛朗特解放隊」是奉反封測玩家主義為圭臬的集團。為了對抗獨占資源而領先眾人的封測玩家，他們積極地從停留在起始的城鎮裡的數千名玩家中募集成員，然後公平分配金錢與道具，希望藉由數量來攻略遊戲……這就是牙王的理念。

但是他現在為什麼會要我這個明顯是封測玩家的人說話呢？一般來說這應該是有什麼陷阱才對……但意外的是，仙人掌頭的單手劍士這時候的眼神看起來頗為認真。

如果是用演技裝出這種表情，那這個小哥就真的是危險人物了。

我一邊在內心這麼咒罵著一邊下定決心。接著往前走了一步、兩步、三步，在能看見所有聯合部隊成員的地方停了下來。

「……話先說在前面，我也只知道封測時期的魔王。所以這次的魔王可能還是有某種……甚至完全改變了也說不定。」

一開始說話，原本相當吵雜的玩家們就慢慢靜了下來。原本以為會插嘴的凜德似乎也沒有阻止我的意思。

「但是，至少迷宮區裡湧出的雜兵公牛在攻擊模式上和封測時期沒有兩樣，所以魔王一定會用類似這些傢伙但更為強力的劍技來攻擊我們。正如剛才所確認的，基本上『只要看見動作就要迴避』，但更重要的是不小心受到第一擊時的應對。絕對要避免同時中了兩種阻礙效果。封測時期從昏迷變成麻痺的玩家都……」

幾乎必死無疑。

我急忙把要說出口的話吞回去，改為這麼表示：

「……總之只要冷靜下來觀察戰槌，絕對可以避開第二擊。只要注意這一點，目前的陣容應該可以在沒有死者的情況下打倒魔王才對。」

結果我也沒說什麼亞魯戈攻略冊之外的情報，但在我閉上嘴巴的時候，幾乎所有玩家都用力點了點頭。

雖然還是看不出牙王的表情究竟是什麼意思，但凜德以有些意外的臉孔瞥了我一眼後，隨即「啪」一聲用力拍了一下手。

「好，大家聽好了，一定要躲開第二擊！那麼——我們開始吧！」

他轉過身子，正對著巨大的雙開門。接著「鏘！」一聲拔出腰間的短彎刀，將其高高舉起並且說：

「……讓我們打倒第二層的魔王吧！」

嗚哦——！

這樣的喊叫聲立刻震動微暗的通道。

凜德拖著藍色頭髮，以左手推著門的背影，跟在第一層同樣一個地點看見的迪亞貝爾是那麼地相似。

12

怪物對玩家的攻擊大致上可以分為兩種系統。

第一種是會減少HP，也就是所謂的「直接攻擊」。

而另一種是受到攻擊後HP不會減少，但有時反而會招致更大危機的「間接攻擊」……也就是阻礙效果。

設計這款死亡遊戲的茅場晶彥，可能還是有那麼一丁點對初學者玩家的慈悲吧，所以棲息在第一層迷宮區裡的所有狗頭人族幾乎都不會使用阻礙效果攻擊。造成迪亞貝爾喪命的「行動延遲」說起來也是阻礙效果，但只要連續受到巨大威力的攻擊就有很高的機率會出現這種狀態異常，所以也不算狗頭人領主固有的特殊攻擊。

因此棲息在第二層迷宮裡的牛頭男——公牛族們就是眾玩家首次面對的真正阻礙效果使用者了。

「要來了！」

我看見巨大雙手用戰槌垂直往下揮落的軌道後馬上大叫了起來。

小隊成員的五個人隨著「嗯，知道了」的聲音用力往後跳。戰槌在遙遠上空暫停了一瞬間，接著它的敲擊面便帶著數重鮮艷的黃色閃電。

「嗚嗚嗚嗚哦哦哦哦哦哦哦────────！」

本身可能算是某種遠距離攻擊的吼叫聲震動著空氣，接著戰槌就落了下來。帶著閃電的金屬塊劇烈地敲打在藍黑色石板上。這是公牛族固有的，帶有阻礙效果的劍技「麻痺衝擊（Numbing Impact）」。Numbing正是麻痺的意思──

直接被戰槌擊中的範圍內當然沒有任何人在，但還是有細小的閃電由撞擊點往外擴散。一條在地板上奔馳的閃電逐漸變淡，在快要消失之前稍微掠過我的靴子。

我立刻感到令人不舒服的麻痺感。但是因為已經幾乎快退到阻礙效果範圍之外了，所以HP條下方沒有出現昏迷的圖標。由於伙伴們都退得比我還遠，所以大家應該都平安無事才對。

「再來一次全力攻擊！」

再次下指示後，以半圓形狀圍住牛頭男的六個人便一口氣往前猛衝。接著大家就像是要給對方一點顏色瞧瞧般，各自使出武器被設定的最大威力劍技。艾基爾的雙手斧、他三名朋友的同種類武器、亞絲娜的風花劍，以及我的韌煉之劍全都拖著各種顏色的特效光線轟在怪物身上。

這時牛頭男三條HP裡的第一條終於消失，第二條也開始減少。

「……看起來沒問題喔！」

曾幾何時，我的左側已經變成亞絲娜在共同作戰時的固定位置，這時她就在那裡這麼低聲叫道。

「嗯，但千萬別大意！到了第三條時，牠就會連續使出『麻痺衝擊』！還有……」

接下來我便把音量提升到艾基爾等人也能聽見的程度。

「……根據第一層的情形，來到第三條ＨＰ條的時候，很有可能會出現未知的攻擊！到時候我們就先退後！」

「噢！」

牛頭男從行動延遲裡恢復過來之後，我們的技能冷卻時間也結束了。看出牠接下來要使出橫掃戰槌的廣範圍攻擊後，艾基爾等坦克部隊隨即在軌道上擺出防禦姿勢。而我和亞絲娜則稍微拉開距離，開始計算反擊的時機。

第二層魔王攻略戰開始到現在大約過了五分多鐘。

現在我們Ｈ隊的戰鬥一直相當順利。「麻痺衝擊」就不用說了，也沒有同伴受到意料之外的重大傷害。當然，擔任坦克的四個人每擋下敵人的大技後ＨＰ就會跟著減少，但目前一個人脫離戰線的ＰＯＴ輪值依然游刃有餘。

只不過——就算我們的戰鬥順利也沒有太大的意義。

因為H隊六個人對抗的這隻，名字叫作「公牛上校．那托」的全藍色牛頭男，說起來也不過是魔王怪物的跟班……護衛Mob而已。

「迴避！迴避————！」

從廣大魔王房間的另一側，傳出了有些沙啞的吼叫聲。在與那托上校戰鬥的空檔當中往那邊瞄了一眼後，馬上就能看見數十名玩家頭上那個令人驚愕的巨大黑影。

渾身是肌肉的牠，身上有著深紅色短毛。腰部雖然纏著豪華的金色布料，但上半身果然還是按照公牛族的鐵則而一絲不掛，另外從肩膀垂下來的鎖鍊也是由黃金所打造，而且雙手上所握的戰槌同樣閃爍著金黃色光芒。

除了這些顏色之外，牠的外表看起來就跟我們面對的那托上校沒有兩樣，但還是有一個相當大的差異。那就是尺寸。第二層魔王怪物「公牛將軍．巴蘭」……通稱巴蘭將軍的身高足足有那托上校的兩倍大。

由於艾恩葛朗特迷宮塔裡有天花板這樣的物理限制在，所以牠還比做為練功場魔王的超大型黑毛和牛「球首公牛．巴烏」還要小，但身高超過五公尺的人型怪物還是會引發本能上的恐懼。就連已經感覺相當高大的第一層魔王狗頭人領主，都不過只有兩公尺數十公分而已。

當然，巴蘭將軍手持的黃金戰槌，同樣是槌頭足足有一個酒桶那麼大的恐怖武器。當它往上揮起時，敲擊面就出現黃色閃電。這時坦克部隊與攻擊部隊全都在凜德的號令下往後跳去。

下一個瞬間──

「嗚嗚哦哦哦哦嚕嗚啊啊嚕啊啊啊啊啊啊啊────！」

迸發出迫力同樣大於那托上校兩倍的咆哮後，魔王便猛力擊打地面。撞擊造成的衝擊波甚至傳到位於遠方的我們身上，接著就是緊追衝擊波而來的閃電往外擴張。它的效果範圍比屬下的技能寬廣了足足一倍，這就是巴蘭將軍特有的技能「麻痺轟爆」。

雖然事前的戰略已經說明得相當清楚，但還是有兩個人來不及退避到安全範圍外，可以看見他們的腳部隨即被黃色閃電所吞噬。閃電立刻像繩子般纏住他們全身，讓玩家整個人僵在現場。這就是多數的阻礙效果裡最為常見，所以玩家被擊中的次數也最多，但是卻絕對不可輕視的「昏迷」了。轟爆帶來的昏迷效果其實只有三秒，和其他多數的阻礙效果不同，經過這段時間後就會自動回復。

然而──如果是在狩獵軟弱雜兵怪物那就算不了什麼，但在面對目前最強存在的樓層魔王時，三秒鐘就會感覺像一個世紀那麼長。光是側目從遠方看著這一切的我，都能切身感覺到昏迷中的兩個人有多麼害怕與焦躁。

一秒、兩秒……在數到第三秒前。陷入僵硬狀態的一名玩家，右手上的單手用短槍就滑落到地面，發出了清脆的聲響。這是昏迷中有一定機率會出現的附加效果「武器掉落」。接著昏迷狀態解除，該名玩家……鎧甲下方穿著藍色上衣的凜德隊其中一人，直接就蹲下想把槍撿起來。

「笨……」

——快退後，第二擊要來了！

我拚命壓抑想這麼大叫的心情。因為從這麼遠的地方大叫他也聽不見，而且會讓H隊的伙伴誤認為是對他們的指示。在我對準那托上校的側腹使出用盡全力的「斜斬」時，遠方的巴蘭將軍也再次揮動戰槌——

「滋鏘！」一聲後，第二記「轟爆」隨即炸裂。

黃色閃電立刻從轟在與剛才相同位置的戰槌上擴散開來，這時好不容易把短槍撿起來的凜德隊成員便再次被吞噬並且僵在現場。

但剛才只是站著不能動彈的他，這次馬上就倒到地板上了。此時覆蓋角色的也不再是黃色，而是淺綠色的特效光。他目前已經不是昏迷，而是陷入更加強力且更嚴重的阻礙效果「麻痺」當中。

公牛族能使用的麻痺系技能真正恐怖的地方，其實是只要連續承受兩次阻礙效果，就會陷入「麻痺」狀態。

和昏迷不同，麻痺經過幾秒鐘後也不會恢復。雖然效果不會永遠持續下去，但就算是最弱的麻痺也得經過十分鐘……也就是六百秒才會消失。在戰鬥中昏倒這麼長一段時間當然免不了會死亡，所以一定得使用道具來回復。

主要的回復手段有治療藥水，或者是淨化水晶。但後者必須到更上面的樓層才能獲得，所以現階段只能依靠ＰＯＴ，不過麻痺中只能緩緩移動慣用手，因此必須花費一番功夫才能從腰包裡拿出藥水瓶並且飲用。當然也就不可能自己離開魔王的攻擊範圍。

——不是說過不要馬上撿武器，要先確認魔王的戰槌會不會發動第二波攻擊了嗎！

我從口中發出這樣的叫聲，但已經沒有任何意義了。而且撿拾掉落的武器幾乎是出自於本能的行動，我在封測時期就不知道犯過多少次同樣的錯誤並且遭受強烈的追擊。得等到取得能夠從道具欄裡瞬間裝備預備武器的「快速切換」Ｍｏｄ後，才能冷靜地處理這種情形。

巴蘭將軍立刻以麻痺的短槍使為目標，準備使出右腳的踩踏攻擊。但是小隊成員在千鈞一髮之際把他從魔王面前拖出來，然後直接移動到後方。

我一邊鬆了口氣一邊用視線追著他們的身影，但是馬上就又瞪大了眼睛。

牆壁邊已經有七八名玩家倒在那裡，有的人正用無法順利活動的手臂拿著綠色藥水飲用，有的人正等待藥水發揮效果讓麻痺消失。當我們Ｈ隊一點一點把那托上校引誘過來的期間，就已經有這麼多人中了「雙重麻痺」了。

「本隊的情況好像越來越糟了……」

結束ＰＯＴ輪值，回到戰線來的艾基爾以渾厚的聲音呢喃道。我則是點了點頭，迅速地回答：

「是啊，但是再戰鬥一陣子應該就能掌握時機了。目前和封測時期沒有什麼兩樣，應該有辦法……」

撐過去才對吧。這時亞絲娜緊張的聲音打斷了我樂觀的推測。

「但是桐人先生。麻痺的人數要是再增加的話……暫時撤退也會變困難吧？」

「…………！」

身體不由得緊繃的我，趕緊重新握好右手的韌煉之劍。只要不是自己想放手（或者不是因為外在因素而脫手），武器就不會掉落，但看見剛才那一幕後手不自覺就會加強力道。

但現在最應該思考的，其實是亞絲娜的質疑。

雖然是到目前為止的狀況，但艾恩葛朗特各層的魔王房間就算開始戰鬥也不會把人關在裡面。這也就表示，只要情況危急就能暫時撤退，但是逃走當然也不是件簡單的事。與魔王的交戰區域距離出口有相當長的一段距離，所以要是毫無組織地各自逃亡，就會被魔王從背後追擊並且陷入行動延遲、昏迷狀態，甚至有可能會因此死亡。

所以從魔王房間撤退在某種程度上可以說比攻擊時還需要精細的合作……而他們真的能抱著麻痺的伙伴做到那樣的事情嗎？

何況用雙臂抱起無法行動的玩家並且加以搬運的行動需要相當高的筋力值(STR)。我還清晰地記得自己纖細的手臂無法抱起在第一層迷宮區昏迷的亞絲娜，最後只能利用睡袋這種非常手段。

而且我大致觀察了一下後，發現凜德隊與牙王隊有將近八成的玩家都是平均型或者是速度型，很少有完全強化ＳＴＲ的坦克型玩家。正如亞絲娜所說的，麻痺的玩家繼續增加的話，離開魔王房間的困難度可能會越來越高……

「——還是趁現在退出戰場，徹底完成對轟爆的對應比較好吧？」

我一邊用腳步躲開那托上校的戰槌三連擊一邊這麼說道，身邊和我踩著同樣腳步的亞絲娜也點了點頭。

「我也這麼認為。但是……這時候用本隊所有人都能聽見的聲音大叫的話，只會造成指揮系統的混亂。得先向凜德先生提出提議才行。」

栗色眼珠迅速移動，確認了一下Ｈ隊所有人以及那托上校的ＨＰ。

「……這邊五個人也能撐下去。桐人先生，你去跟凜德先生說吧。」

「咦……真……真的可以嗎？」

「嗯，No problem！」

在背後這麼大叫的，是不知道什麼時候已經聽著我們對話的艾基爾。

「只有防禦的話，我們四個人就能撐住了！所以離開個兩三分鐘不成問題喔！」

轉過頭去的我，在看見巧克力色肌膚的巨漢與他的朋友點了點頭後便下定了決心。對巴蘭戰獲勝的基本條件是不能有麻痺者出現。目前是因為部隊人數眾多且平均等級較高才能撐住戰線，如果是封測時期的陣容，現在部隊很可能已經陷入潰滅狀態了。

「我知道了，那就麻煩你們辛苦一下！我馬上就會回來！」

在離開之前，我先朝著連擊揮空而僵硬的那托上校背部賞了一記「圓弧斬」，然後才全力往前衝刺。

我橫越直徑超過一百公尺的競技場型大廳，朝著最深處的主戰場前進。現實世界裡虛弱且足不出戶的我，狀況好的時候可能也要十四秒左右才能跑完一百公尺，但略偏ＡＧＩ型的劍士桐人只花了十秒鐘就來到戰線後方的藍色披風身邊，然後緊急剎車停了下來。

仔細想了一下──才發現這是我第一次近距離面對身為這支聯合部隊領袖的短彎刀使，也就是過去曾是騎士迪亞貝爾心腹，名字叫作凜德的男人。

十天前，第一層魔王被打倒之後，他就對著我大叫。

──為什麼你要見死不救，就這樣讓迪亞貝爾隊長喪命呢！

──你不是知道那個魔王使用的劍技嗎！你要是一開始就提供這些情報的話，迪亞貝爾隊長就不會死了！

聽見這些話後，我沒有道歉也沒有說出任何藉口，反而冷笑著回答：

──我是「封弊者」，拜託別拿我和那些外行人相提並論好嗎？

話剛說完，我就披上現在裝備的稀有防具「午夜大衣」，然後離開第一層魔王的房間。自從那次之後，這是我再次直接和凜德接觸。

所以看見忽然出現在旁邊的人是我後，也難怪凜德的臉會一瞬間產生強烈的扭曲了。他細長銳利的雙眼整個瞪大，如劍尖般尖銳的下顎開始顫抖，單薄的嘴唇也完全緊閉了起來。

但是展現出來的真實感情立刻潛藏到角色心底深處。不論是牙王還是這個男人，那種硬是把對我的真實想法壓抑下來的態度實在讓我很不能接受——我真的找不出他們如此做的理由——但現在不是想這些事情的時候了。

「……不是拜託你對付護衛嗎？你到這裡來做什……」

面對低聲這麼說道的凜德，我隨即連珠砲般說出準備好的話：

「我們還是先離開吧，麻痺者繼續增加的話會越來越難撤退。」

結果指揮官稍微瞄了一眼後方等待回復的七八名玩家，接著又確認了前線的狀況。結果我也跟著他確認著巴蘭將軍表示在視界上方的ＨＰ條。原本有五條的ＨＰ，現在第三條已經剩下一半——也就是說很快地已經削除了牠百分之五十的ＨＰ。

「只剩下一半而已，真的有必要在這時候撤退嗎？」

聽他這麼說，我便也出現了兩成左右覺得「太可惜了」的想法。開戰到現在大約過了十分鐘，雖然出現了麻痺者，但還沒有人的ＨＰ落入紅色危險範圍，對魔王造成的傷害也超出我的預測，直接撐到最後的可能性絕對不算低……

這時背後一道聲音像是看透我的猶豫般傳了過來。

「再出現一名麻痺者就撤退，這個提議如何？」

我轉過頭去之後，馬上看見把淡茶色頭髮梳得像劍山一樣的牙王。他的內心一定還對我這個封測玩家中的封測玩家有許多反感，但現在的表情卻相當嚴肅。

「大家已經掌握『轟爆』的範圍與時機了。現在精神相當集中而且士氣也很高。雖然有不少人在進行麻痺治療POT與回復POT，但這時候撤退的話，可能要明天才能再次進攻。」

「…………」

我再次花了零點五秒，全力思考目前的狀況。

什麼挑戰次數與必須花費的經費都比不上人命重要，目前艾恩葛朗特在魔王戰時的大前提——就是不能有任何死者出現。

但是凜德與牙王應該也相當清楚這件事才對。在這樣的前提下，領袖與副領袖都還做出「能夠直接打倒魔王」的判斷，那我這個吊車尾小隊的打手繼續堅持己見也只會對指揮造成阻礙，這樣反而會給部隊造成更大的傷害。而且我自身的第六感也告訴我，只要能維持現狀，就能在不出現犧牲者的情況下打倒巴蘭將軍。

「我知道了……那就再一個人。還有，魔王的HP剩下最後一條時就要多加小心啊。」

我迅速說完後，牙王便大叫「知道啦！」，接著便回到自己負責的位置上去了。這時凜德也默默對我點了點頭，然後再次開始指揮。

「好了，E隊，準備退後！G隊，準備前進！下一次魔王的行動延遲就交換囉！」

我聽著背後傳來迅速的指示，一邊再次橫越競技場與H隊會合。結果亞絲娜馬上就問我：

「怎麼樣了？」

「他們說再出現一個麻痺者就撤退！不過照目前的速度看起來，應該可以撐過去才對！」

「這樣啊…………」

細劍使雖然一瞬間用陰沉的表情看了一下遙遠的主戰場，但還是馬上點了點頭。

「了解了。那就趕快解決這隻藍色的傢伙，我們也趕到那邊去和他們會合吧。」

「ＯＫ！」

互相用猛烈的速度溝通完之後，我們便轉向大技剛被艾基爾等人擋下來的那托上校。牠的ＨＰ只剩下一條再多一點。我和亞絲娜配合得天衣無縫，向前猛衝後以劍技轟向牠兩邊的側腹部。

這次的攻擊讓三條ＨＰ終於來到最後一條，藍色牛頭男直接把鼻孔對準天花板並發出凶猛的吼叫。牠像水桶一樣大的蹄用力踩著地面，長著角的頭部一低下來就開始蓄力。雖然是至今為止都沒出現過的攻擊模式，但我不是第一次看見這種攻擊了。

「牠要衝刺了！不要看頭，要看牠的尾巴！牠會從尾巴的對角線衝過來！」

下一刻，公牛便迅速繞向左邊，瞄準艾基爾後猛然衝了過去。但是先看出衝刺軌道的巨斧戰士輕鬆避開了攻擊，然後以雙手斧劍技「龍捲風」連續擊中衝刺完的牛屁股。他一退下來，進行切換而衝進去的我和亞絲娜也跟著發動攻擊。連續受到重大傷害後，就連那托上校也陷入頭部周圍出現黃色旋轉閃光並且腳步虛浮的情況，這是以其人之道還至其身的昏迷狀態。

「機會來了！大家來兩記全力攻擊吧！」

「沒問題！」

渾厚的吼叫聲過後六個人便包圍住牛頭男，接著紅、藍、綠等鮮豔的光芒特效就在牠身上炸裂。怪物的ＨＰ條也以驚人的速度減少，最後終於進入只剩下一半的黃色區域。

順利結束全力猛攻的我們一拉開距離，牛頭男立刻露出全身肌肉變成紫色並且更加狂暴的模樣。這是瀕死的暴走狀態，不過這也和封測時期一樣。雖然攻擊的速度是平常的一．五倍，但只要冷靜就能夠應付得過來。

這時競技場另一邊的玩家們全都大叫了起來。

雖然嚇了一跳，但我馬上注意到那是充滿鬥志的吼叫聲。看來魔王巴蘭將軍的最後一條ＨＰ也進入黃色區域了。而且退避到西側牆壁邊的麻痺者不但沒有增加，甚至還減少到只剩下五個人。

「太好了，看來這次和封測時期沒有兩樣。」

當艾基爾等人在後面等待劍技冷卻時，亞絲娜這麼對我低聲說道。我把視線拉回來並點了點頭。

「是啊……不過，狗頭人領主的時候也是一樣，只要仔細觀察應該就會發現武器從彎刀變成武士刀了。而那個巴蘭將軍怎麼看也和封測時沒有兩樣，所以……」

當我說到這裡，才注意到亞絲娜臉上還帶著一絲擔心的表情。

「……怎麼了？」

「沒有啦……沒什麼事。一定是我想太多……只是第一層的魔王是領主，那第二層……」

轟轟！

突然傳出的巨大聲響打斷了我們的對話，我們就像彈起來一樣朝聲音的來源——競技場的中央看去。

但是那裡什麼都沒有，只有由公牛造型的藍黑色石材所排成的同心圓……

——不對。等一下，地板好像在動。畫出三重圓型的石磚一邊慢慢改變速度一邊朝反時鐘方向橫移，接著石頭又從地面上緩緩隆起，最後形成三層樓梯。

樓梯上空的背景慢慢產生扭曲。

「嗚…………」

我不由得發出呻吟，那種特效是有巨大物體要湧出的前兆。結果果然不出我所料，空間的搖晃急速擴大，開始從內部滲出黑影。

影子隨即獲得人型實體，宛如大樹樹幹那麼粗的兩隻腳重重地踏到樓梯上。來者的腰部被發出黑光的鍊甲纏住，不過上半身果然還是全裸。但扭曲的鬍子一路垂到了肚子附近，頭部當然還是牛的模樣，但是竟然有六隻角，頭部中央還有似乎是白金打造的圓形裝飾品……也就是王冠正發出閃閃光芒。

這第三隻，同時也是最大的公牛族宛如塗了墨汁一樣的漆黑身體整個往後仰，接著迸發出足以震動地面的怒吼。可能只是出現時的特效吧，只見牛頭男周圍不斷有閃電落下，讓競技場內充斥白色閃光。

最後在接近天花板的地方出現了六條ＨＰ條與文字列，而我只能茫然看著那些字。

「公牛國王・亞斯特里歐斯」。

——腦袋不要停下來！快點繼續思考！

我以只能咬緊牙關才能發出的聲音鞭策著自己。

發生什麼事……其實已經相當明顯了。至今為止，所有成員以及身為封弊者在內的我都認為是第二層魔王的巴蘭將軍，從ＳＡＯ正式開始營運後就變成跟那托上校同樣的開場怪物了。

讓真正魔王出現的條件，應該是巴蘭最後一條ＨＰ變成黃色的時候吧。那時真正的樓層魔王，也就是漆黑的公牛「亞斯特里歐斯王」才會湧出。但是這些推測已經沒有意義了，目前最重要的就是接下來該怎麼辦。

不用想也知道，一定要從魔王房間撤退。直接對上完全不清楚攻擊模式……而且實力絕對比將軍還要強的公牛族國王實在是太危險了。

但問題是，亞斯特里歐斯出現的位置是在競技場中央，而聯合部隊的本隊是在房間最深處與將軍戰鬥。如果要回到出口就非得突破亞斯特里歐斯的攻擊範圍。我們這支目前正在出口附近和那托上校戰鬥的Ｈ隊可能是唯一能安全撤退的隊伍……但如果這麼做而讓Ａ隊到Ｇ隊全讓魔王擊潰的話，攻略這款死亡遊戲的希望也會完全消失。

四十七名聯合部隊成員成功脫離戰場。

為了實現這個目標，我們現在要做的就是盡可能快速地排除眼前的敵人。

在幾乎被壓縮到停止狀態的時間當中想到這些事情的我，立刻用力握緊右手的劍並大叫：

「——全員，全力攻擊！」

我把視線從在三層樓梯上開始活動的亞斯特里歐斯王身上移開，由極近距離凝視著正要進入瀕死狂暴狀態的那托上校。然後像是要追上牠揮動的戰槌般，用盡全身的力量跳了起來。

真要分類的話應該是速度型，而且身上幾乎沒有沉重金屬防具的我，在沒有助跑的情況下也能跳到將近兩公尺的高度。上校的身高雖然有兩公尺半，但只要加上劍的長度，就能夠攻擊到牠的頭部了。

在空中使出的單發劍技「斜斬」直接命中發出黑光的雙角之間，上校因此而中斷了攻擊動作，一邊發出「嗚嚕哞哦哦！」的叫聲一邊往後仰。棲息在第二層迷宮區的公牛族，除了少數的例外（裝備著厚重金屬頭盔的「公牛鋼鐵守衛」），弱點全是在兩隻角中間的額頭部分。之前的戰鬥之所以一直沒有瞄準額頭，是因為跳躍攻擊有其風險，而且就算劍技完全擊中該處也不見得一定會造成行動延遲，但現在就算要承受風險也得咬牙硬拚了。

在我著地的同時，亞絲娜與艾基爾等人的劍技也跟著炸裂，而那托上校的ＨＰ條也終於變成紅色。牛頭男的行動延遲在這時結束，於是馬上隨著憤怒的咆哮開始了「麻痺衝擊」的動作。一般來說這時候應該要開始後退，但我卻再次往地面踢去。

「嗚……哦哦哦！」

隨著怒吼聲高高跳起後，我隨即用盡吃奶的力氣使出「平面斬」。就算這招劍技命中額頭，怪物也不會連續往後仰，所以沒辦法用它來停下對方的劍技。但是我瞄準的不是額頭，而是那托上校準備往下揮落的戰槌。雖然時機的判定非常嚴格——但是可以用劍技來抵消正要開始的劍技。

「喀鏘——————！」一聲足以讓腦子也麻痺的撞擊聲後，我的劍直接就被彈了回來。但是上校的戰槌也被推回到上空。五名伙伴不錯過這個機會，再次進行全力攻擊，最後上校的ＨＰ只剩下一丁點。

一般來說，劍技沒有辦法連接另一招劍技。但是前幾天狩獵風黃蜂時，已經確認過只要是不同種類的武器就能突破這種限制。我在空中縮起身體，然後踢出左腳。這在後空翻當中使出的直踢，也就是體術技能「弦月」在最後一刻擊中了那托上校的額頭。

上半身完全後仰的牛頭男在發出更為尖銳的吼叫後就停止動作——然後撒出龐大的多邊形碎片並且爆炸開來。看來牠不只是一般雜兵而是屬於中魔王的等級，所以我的視界裡也浮現出最後一擊獎勵的字樣，但我連看都不看一眼，在落地的同時就轉過頭去。

首先看到的是即使遠在數十公尺外也得抬頭仰望的背影，亞斯特里歐斯王已經開始移動了。幸好縮在東側牆壁邊的五名麻痺者沒有被當成目標，但國王正是朝著三十六名正在和巴蘭將軍交戰的本隊成員走去。

我最害怕的情況是本隊開始毫無秩序地逃亡，然後被國王與將軍夾擊，但這種最糟糕的情況似乎已經迴避了。但是每跨出腳步就會造成地面震動的國王，應該馬上就能夠攻擊到本隊的成員了。如果沒在牠到達前打倒將軍，那麼我害怕的情況同樣會發生。

「……走吧，桐人先生！」

來到我身邊的亞絲娜以緊繃的聲音叫道，但我一瞬間不知道自己是不是該點頭。我並不是捨不得犧牲自己的生命，自己也很難解釋清楚，但我胸口忽然間湧現一股感情，使我不想讓這名細劍使投身於不知道能不能生還的戰局當中。

我當然相當清楚亞絲娜的實力。老實說，一對一單挑的話我都不認為自己能夠贏過她。但就算是這樣，我還是無法壓抑想讓亞絲娜一個人單獨從出口撤退的心情。

這款死亡遊戲開始當天我就拋棄了最初認識的友人，而且幾個小時後就面對差點被同樣是封測玩家殺害的情況，之後我便決定成為不依靠任何人的獨行玩家。這一週之所以會和亞絲娜成為暫時的拍檔，完全是因為有阻止涅茲哈強化詐欺這個共同目的的緣故。

但為什麼我到這種時候還被這樣的感情……不對，應該說還被絕對不想讓亞絲娜死亡的感傷所支配呢——

「亞絲娜，妳……」

快逃吧。

在這句話快要從我嘴裡說出來前，凝視著我的栗色眼睛忽然發出強烈的光芒。

簡直就好像識破我要說些什麼一樣……不對，應該說她確實已經知道了。亞絲娜沒有露出生氣或是難過的模樣，反而是雙眼當中沸騰著更加純粹的感情，接著再次低聲說道：

「走吧。」

她毅然的聲音，堅強到足以把我快要滿出來的擔心給壓回去。

「……我明白了。」

我點了點頭，然後瞄了身後的艾基爾等人。高大的雙手斧戰士也完全沒有害怕的模樣，直接也對我點點頭。

「從右側繞過去，首先打倒巴蘭。魔王要是在那之前發動攻擊，我們就盡可能把牠拖到遠處去爭取一點時間。」

「了解！」

我就像是被五個人的回答推出去般用力往地板踢去。當我的奔跑來到最快速度時，心裡再也沒有猶豫了。

一般來說，怪物的反應圈，也就是所謂的攻擊範圍是肉眼無法看見的。但是累積戰鬥經驗後，就會產生某種類似第六感的感覺。我就遵從這種沒有根據的直覺，繞向緩緩前進的亞斯特里歐斯王右側並且超越牠，直接來到本隊的戰場。

巴蘭將軍表示在視界裡的ＨＰ條也已經變成紅色。但是將軍也跟瀕死前的那托上校一樣進入狂暴狀態，讓本隊一時之間無法解決連續發動「麻痺轟爆」的牠。

距離魔王發動攻擊只剩下三十秒的時間了。

做出這個判斷後，隨即衝過因為看見我而瞪大眼睛的凜德與牙王之間，來到將軍面前就立刻往地面踢去。我的目標當然是兩隻發出橘色熱光的牛角中間。但是將軍的身體比上校大了兩倍左右。就算全力跳躍再加上劍的長度也打不中牠的額頭。

「哦……啦啊啊！」

在來到頂點時，我隨即慎重地控制姿勢，好不容易才成功發動了劍技。韌煉之劍發出綠色光芒，我的身體就像被透明的手推動一般再次加速，這是單手劍突進技「音速衝擊」。

使出全力的一擊轟中弱點，讓將軍的身體整個往後傾。這個行動延遲就是最後的機會。

即使沒有下達指示，追著我趕過來的亞絲娜等五個人也使出全力的追擊並且立刻離開。這時本隊的成員也跟著突進，各色的特效光隨即包圍將軍巨大的身軀。

但是這次也沒辦法讓牠喪命，ＨＰ條還剩下一兩滴血。

「怎麼又是這樣……！」

我咒罵了一聲然後握住左拳。發出大技之後失去平衡的身體就只能使出這招基本技了，在空中隨著低吼所揮出的「閃打」直接命中將軍的胸膛。結果造成的傷害似乎剛好足夠消耗完所有的ＨＰ，只見被單純的左刺拳打中的巨大身軀整個膨脹——然後破碎。

我像是要衝破再次出現的ＬＡ獎勵訊息般，一落地就深深吸了口氣，然後準備大叫「所有人靠牆壁跑到外面去！」。這個時候我已經沒有時間去想這樣的行為是否僭越了一個小小打手的本分了。

但是……

一看見眼前的景象，我立刻感到無法呼吸。

應該還要十秒鐘才會與我們接觸的漆黑公牛國王，這時已經完全後仰身體，而強壯的胸肌也膨脹地像是酒桶一樣。那個動作是——

吐息，也就是遠距離攻擊。

而背對著國王，一直凝視著我的細劍使目前就站在攻擊的軌道上。

現在不馬上行動的話就避不開了，這時候就算衝過去也於事無補。

但我還是拋下這種合理的判斷，直接展開行動。

「亞絲娜，快往右邊跳！」

我一邊猛衝一邊這麼大叫。當然我所預測的吐息軌道上也站了許多其他玩家，但我狹窄的視野就只能看見身穿連帽斗篷的細劍使而已。亞絲娜應該也從我的聲音和表情查覺到由背後迫近的危機了吧，所以她也沒有浪費時間轉過頭去，直接照我所說的往地面踢去。

當她的靴子離開藍黑色石頭地板時，我也及時趕到了。我用左臂抱住她纖細的身軀，然後往同一個方向跨出腳步。明明是使盡全力的跳躍，但移動的速度卻慢得讓人焦躁不已。地板上的阿拉伯式圖案慢慢、慢慢地流動——……

接著視界右側就變成一片白色。

「嗶鏘——！」的清脆撞擊聲就像雷鳴一般，亞斯特里歐斯王的吐息不是毒液也不是火焰而是閃電。當發現這件事時，我、亞絲娜以及超過二十名玩家都已經被白光吞噬。

這款名為Sword Art Online刀劍神域的遊戲裡，沒有「攻擊、回復、支援魔法」的存在。但也不是排除了所有的魔法要素。比如說有許多光是裝備就能提升能力，或者發揮各種支援效果的魔法道具，在大城鎮的教會裡接受神父祝福的話，武器也能暫時帶有神聖屬性。

但是這些超常的力量不是都只會幫助玩家，應該說反而有比較多的情形是造成阻礙。簡單來說，就是許多怪物能夠使用的特殊攻擊技能。像是毒液、火焰、冰雪，以及最具代表性的閃電。

吐息攻擊當中，直接攻擊力最高的應該是火焰，但閃電也絕對不容忽視。首先它的速度相當快，才剛看它發射出來就已經來到最大射程距離。而且被擊中的話，有很高的機率會陷入昏迷狀態，甚至有時候會出現更加危險的阻礙效果——

我和亞絲娜下半身遭受亞斯特里歐斯王的閃電吐息直擊後，HP條立刻減少了兩成左右。緊接著，HP條周圍的綠色框線開始閃爍，然後出現同色的阻礙效果。

全身的感覺忽然離自己遠去。就算想擺出著地的姿勢，腳也完全不聽使喚。我和亞絲娜就在相擁的情況下由背部摔落到地板上，這不是普通的「翻倒」，而是自己不停要別人注意的「麻痺」。

「亞絲……娜……」

我以斷斷續續的聲音對著被我壓在胸膛下，同樣也陷入麻痺狀態的細劍使做出指示。

「快點進行ＰＯＴ……治療……」

我一邊說，一邊拚命動著反應遲鈍的右手。繫在右腰上的腰包裡，準備了兩瓶回復ＨＰ用的紅色藥水，以及一瓶治療麻痺用的綠色藥水。在我用手找出綠色藥水並把它拖出來，拔開瓶蓋後塞到嘴裡的期間，沉重的腳步聲也不斷朝這裡逼近。

吞下薄荷口味的液體後，我便畏畏縮縮地移動視線，結果發現公牛國王巨大的身軀竟然已經來到距離我們十公尺的前方。由於其他也有不少玩家陷入麻痺狀態，所以國王和我們之間的直線上整整躺了十名以上的無力玩家。

沒有被閃電吐息波及的三十幾個人，雖然遠遠繞著緩慢移動的魔王，但是卻無法判斷該採取什麼行動。我馬上就知道他們出現這種反應的理由，因為擔任聯合部隊領袖的藍隊隊長凜德，以及身為副領袖的綠隊隊長牙王也都陷入麻痺狀態，而且還倒在距離魔王最近的地方。他們兩個人雖然都拚命想做出指示，但麻痺中也只能發出耳語般的聲音。當然，停留在魔王攻擊範圍之外的聯合部隊本隊也就聽不見兩個人的指示。

我的左耳旁邊忽然傳來一道細微的美麗聲音。

「為什麼，要過來……」

視線拉回來後，立刻發現栗色大眼睛就在我眼前。和我疊在一起倒在地上的亞絲娜，右手握著已經喝光的藥水瓶，然後又重覆了一次。

「為什麼……」

亞絲娜問的應該是我為什麼注意到公牛國王的攻擊卻沒有迴避，反而跑到她身邊來的理由吧。我也試著問了一下自己，但一直找不到答案。所以我也只能回答一句話：

「我不知道。」

結果細劍使也在我不清楚理由的情況下，從灰色兜帽深處露出溫柔的微笑。她接著又閉上眼睛，把頭靠在我左肩上。

我再次朝亞絲娜背後的遠處看去，發現這時亞斯特里歐斯王正高舉起右手上的大金槌。那把比巴蘭將軍的武器還大了一倍以上的槌子，目標正是躺在腳邊的凜德與牙王。

——到此為止了嗎？

我在心裡這麼呢喃著。

兩個領袖都被擊斃的話，目前僵在現場的聯合部隊本隊應該都會退到魔王房間外面吧。當然，包含我、亞絲娜以及其他將近十名目前仍然未從麻痺狀態恢復過來的玩家，應該都會死在魔王的手下……但是真正魔王的存在以及牠的攻擊模式等情報，應該都會在不知道何時舉行的第二次攻略作戰裡派上用場。

心中最大的遺憾是沒辦法解救這名隱含的可能性比我大上許多的細劍使。正如我在第一層魔王房間裡和亞絲娜分別時所說的，亞絲娜將來一定會在某個大公會展露頭角，然後成為領導許多玩家的存在。這個死亡遊戲的天空沒有亮光，但她會像是一顆永遠不會燃燒殆盡的流星般持續綻放光芒……

可能是沒頭沒腦地想著這些事情的緣故吧。

我忽然覺得魔王房間微暗的天花板上有一道不可思議的光芒幻影。

但是就算我用力睜大眼睛，畫出平緩弧形的光線也沒有消失。不久後光線就由上升改為下降，然後就像被正要揮落戰槌的亞斯特里歐斯王額頭上的王冠吸進去般……

當競技場中響徹尖銳的金屬聲，巨大魔王的上半身也跟著搖晃的瞬間，我才了解光芒並不是幻影。

那是目前SAO裡應該還沒有人能夠使用的遠距離攻擊……「飛劍」類別的劍技。而且一般的投擲型武器在擊中應該是魔王弱點的王冠後應該就會掉下來，但它卻像是被透明的繩子拖住般又往後彈去。

亞斯特里歐斯王從短暫的行動延遲中回復過來後，立刻發出憤怒的聲音並且轉過身去。我現在才發現這是對這隻魔王的第一道攻擊，所以光是一擊就能讓牠轉移目標了。

這時忽然從後面伸出一對強壯的手臂，把我和亞絲娜從地板上拖起來。

能同時抱起兩名玩家的大力士，這時又用相當有磁性的男中音叫道：

「抱歉！我剛才也嚇傻了！」

直接把我們抱到東側牆壁邊的，當然就是雙手斧使艾基爾了。一看之下，他的三個朋友也開始幫忙麻痺而無法行動的玩家避難，但他們只能一次帶走一個人而已。藍隊與綠隊的好幾名成員似乎也被他們的動作觸發，直接朝著剩餘的麻痺者跑去。

在巨漢的腋下像貨物般被抱著的我，拚了命抬起頭。

隨著他的移動，原本被魔王巨大身軀遮住的競技場南側終於出現在我眼前。

距離出口十公尺左右的地方，有一名矮小的玩家右手握著奇妙武器，然後以緊張的表情抬頭看著朝自己逼近的巨大魔王。

「……那個人是……！」

艾基爾一邊把我和亞絲娜放到牆邊的地板上，一邊發出驚訝的叫聲。這時不只是雙手斧戰士，所有人在看見突然出現在魔王房間裡的第四十八名玩家後，臉上都出現了驚訝的表情。

理由不是有人衝進來參加幾乎要潰敗的魔王戰，也不是神祕的飛行道具。是因為衝進來的人幾天前仍是在塔蘭村裡專心敲著鐵砧的工匠，也就是鐵匠涅茲哈。

當然，他現在的打扮也跟當時不一樣了。只見他以青銅製胸甲來代替皮革圍裙，兩手上也戴著同色系的護手，頭上甚至還有一頂掀罩式頭盔。但是矮小卻不瘦削的體型，以及經常露出困擾表情的圓臉所營造出來的「沒有鬍子的矮人族」印象則是完全沒有改變。不對，應該說改變裝備後，這種印象反而更加強烈了。

因此才會有許多聯合部隊成員對「鐵匠參加魔王攻略戰」感到驚訝，但是當然也有例外。首先是建議涅茲哈轉職為戰士的我以及亞絲娜。我們雖然感到驚訝，不過是對涅茲哈短短三天就完成「修行」，以及單身突破迷宮區這兩件事。

除了我們之外，現場應該也有因為其他事情而感到驚訝的玩家存在。

當我這麼想時，就有一個集團零零散散地從停留在競技場中央的聯合部隊本隊裡跑出來。跑出來的正是G隊……也就是傳說勇者的五個人，當他們能夠看見魔王對面的涅茲哈時，立刻像被冰凍住一樣呆立在現場。

「涅……………」

隊長奧蘭多原本準備呼叫失蹤了好幾天的伙伴，但聲音馬上就中斷了。看來即使到了這種時候，他們還是打算繼續隱瞞鐵匠涅茲哈是公會成員的事實。

看見接下來就不再多說什麼的舊友們，涅茲哈一瞬間露出沉痛的表情，但馬上就用堅毅的聲音叫道：

「我會盡量拖住魔王！請大家趁著這段時間重整態勢！」

目前亞斯特里歐斯王的移動速度——可能只有第一條HP的期間吧——確實相當慢。只要有效利用直徑一百公尺的超大競技場，涅茲哈一個人或許也可以暫時拖住魔王。只要所有麻痺者都這在段期間回復過來，說不定整支聯合部隊都能脫離魔王房間……………

不對。不能這麼做。魔王的腳步確實相當慢，但牠還有足以彌補這個缺點的遠距離攻擊手段——閃電吐息。那不是第一次看見就能躲開的招式。而從涅茲哈登場的時間來看，他應該沒有目擊到第一次的吐息。

「……艾基爾，告訴他吐息攻擊的……」

正準備說出「時機」時，一切都已經太晚了。停下來的亞斯特里歐斯王再次後仰上半身並用力吸進空氣。牠的胸口整個膨脹，然後從鼻孔噴出許多細微的閃電。而涅茲哈只是站在那裡往上看著魔王的頭部。

「快躲…………」

我用沙啞的聲音發出呻吟。

「快躲開！」

聯合部隊的某個成員這麼大叫，但涅茲哈已經快一步以敏捷的動作往左邊跳去，接著魔王完全張開的嘴裡便迸發出純白閃電。閃電吐息瞬間來到房間的出口附近，但涅茲哈在吐息離自己還有兩公尺以上的距離時就已經輕鬆地避開了。

——從剛才的動作看來……他知道躲避吐息的時機？

當我瞪大眼睛時……身邊忽然傳出非常熟悉……但是不應該會出現在這裡的一道聲音。

「在發射吐息前，魔王的眼睛會發光。」

依然躺在地板上的我移動視線後，發現前方牆壁的磁磚產生扭曲，接著就有一道比涅茲哈還要矮小的身影像忽然從空中湧出般出現在我面前。這下子我（亞絲娜和艾基爾應該也是一樣）除了眼睛之外連嘴巴也完全張開，然後就這樣茫然凝視著兩頰有三道清晰鬍子顏料的玩家……情報販子「老鼠亞魯戈」。

這是我事後才聽到的消息，第二層迷宮區附近的密林裡設定有一進入該地便開始的活動，只要解決某個連續跑腿的任務，似乎就能獲得真正的魔王怪物「公牛國王·亞斯特里歐斯」的情報。內容不只是魔王的攻擊模式，還詳細記載了攻略法……也就是「只要用投擲武器擊中額頭的王冠就能讓牠陷入行動延遲」。

發現這個任務後，情報販子亞魯戈便用最快的速度不停地幫忙送東西，等到她終於完成任務時，攻略魔王的聯合部隊已經進入迷宮區了。但是訊息沒有辦法傳送到迷宮區裡，而且把點數全部用在ＡＧＩ上的亞魯戈也沒辦法單獨到達魔王房間。

當亞魯戈在迷宮區入口徘徊時，剛好發現了單獨，而且帶著不安表情準備進入迷宮塔的涅茲哈，於是便主動向他搭話。結果兩個人就互相幫助（好像是利用亞魯戈的隱蔽技能與涅茲哈的投擲武器來避開或者誘導Ｍｏｂ，最後在幾乎沒有戰鬥的情況下走完迷宮）來到魔王房間——結果一到達就發現真正的魔王亞斯特里歐斯正要開始大開殺戒。

「你要躺到什麼時候？麻痺已經解除囉。」

亞魯戈一這麼說，我才注意到ＨＰ條下方的阻礙效果圖標已經消失了。我就像彈簧般彈了起來，接著衝回受到吐息攻擊的地點把掉在那裡的韌煉之劍，以及附近的風花劍撿起來，然後再次回到牆邊。把風花劍交給亞絲娜時，原本覺得應該對剛才簡短的對話做些評論，但馬上又認為現在不是做這種事的時候。

我看了一下周圍，隨即發現除了我們之外的麻痺者也幾乎都回復了。這時凜德與牙王也已經站起身子，但看見亞魯戈迅速朝他們兩人靠近之後，我一瞬間忘記涅茲哈正在拖住魔王而緊張地屏住呼吸。

這是因為老鼠亞魯戈也和身為黑色封弊者的我一樣是封測玩家的代表性人物，而凜德與牙王則是反封測玩家勢力的代表。結果凜德正如我所預料的毫不掩飾厭惡感，但牙王卻不知道為什麼很尷尬般，露出了相當複雜的表情。

「嗨，刺蝟頭。好久不見了。」

亞魯戈完全無視凜德的存在，直接對牙王這麼搭話，聽見她這麼說後我才終於想起來。

牙王他正是委託亞魯戈前來收購我韌煉之劍的人。而亞魯戈很可能把身為領袖的他這種不光彩的過去賣給任何人。

這時亞魯戈又輕鬆地對保持沉默的牙王說：

「想撤退的話就得快一點。不過如果要繼續戰鬥下去的話，那我可以把魔王的情報賣給你。至於價格嘛……就特別算你免費吧。」

凜德與牙王被魔王的閃電吐息麻痺的瞬間，應該比聯合部隊的任何人都還要感受到深沉的死亡氣息。

因此當我看見他們在幾秒鐘內就做出繼續戰鬥的判斷時，還真的有點驚訝。當然，在魔王戰結束前，不會知道這樣的判斷是否正確。但目前的狀況和魔王剛出現時已經有了很大的改變。託涅茲哈吸引魔王注意兩分鐘以上的福，聯合部隊的所有人都從麻痺中恢復過來，而且也完成HP的回復，最重要的是我們已經有魔王攻擊模式的情報了。

「好了……要開始攻擊囉！A隊D隊前進！」

重裝甲部隊立刻遵從凜德的指示，朝著亞斯特里歐斯王衝去。當他們近似身體衝撞的近距離攻擊打中魔王的腳部時，魔王才終於不再把涅茲哈視為攻擊目標。

下一個瞬間，這名矮小的角色就像整個人脫力般開始搖晃起來，而我和亞絲娜則急忙趕到他身邊。

「涅茲哈！」

我剛這麼叫完，抬起頭的前鐵匠臉上就露出依然相當弱小……卻又堅定的笑容，接著更舉起右手的投擲武器給我看。

我贈送給他的稀有道具，是由略厚刀刃所構成，直徑二十公分左右的圓形武器。目前就只有打倒偶爾會出現在第二層迷宮區的「強力投環公牛」才能獲得。這款被分類為「飛劍」子類別的「圓月輪」，和現實世界裡存在於古代印度的環刃不同，一部分的圓環捲著皮革來當成把手。所以可以握住該處來進行投擲，或者用手拿著來當成揮拳用的武器。

因此光靠「飛劍」技能無法操縱這款ＳＡＯ內的環刃，還需要向隱居在第二層深山裡的鬍子師父習得特別技能「體術」。我之所以會推薦涅茲哈使用這種帶有嚴苛條件的武器，其實只有一個原因。

正如三天前他自己所說的，只要是飛劍類別的武器，就幾乎可以無視遠近感的機能不全而命中怪物。但是一般的飛刀系武器還有「剩餘數量」的限制，所以很難做為主要武器。但環刃就沒有這方面的問題，因為它就像迴力鏢一樣，投出去後還會回到手上。這樣的話，就不用在意剩餘數量而可以不斷投擲了。

涅茲哈在我面前用力踩穩有些踉蹌的雙腳，接著擺出右手的環刃。它圓形的刀刃上還帶著黃色光芒。這應該是專屬於它的劍技吧，不過就連把武器贈送給涅茲哈的我也不清楚這招劍技的名稱。

「喝！」

他的右手隨著頗像一回事的吼叫聲一閃，接著光亮的圓環便高高飛上天空。亞斯特里歐斯王原本準備揮動大型戰槌，但飛翔的環刃在競技場上空拖出鮮豔的軌跡，最後漂亮地擊中牠頭上的王冠。「咕嗡！」的尖銳金屬聲響起，魔王強壯的身軀立即整個往後仰。而在牠腳邊大叫「幹得好！」的人，正是牙王隊裡的某個打手。

涅茲哈穩穩抓住（應該說這些動作全都有系統輔助）以猛烈速度飛回來的環刃，再次看了我和亞絲娜一眼，然後露出笑中帶淚的表情。

「我好像在作夢，我……竟在能在魔王戰裡……」

他用顫抖的聲音說到這裡，就把後半句話吞了回去，接著放聲大叫：

「……我不要緊！大家也到前線去吧！」

「──我知道了。看見閃電吐息就優先讓魔王陷入行動延遲，拜託你了！」

說完我便朝背後看了一眼。這時不只是亞絲娜，就連艾基爾等以肌肉為傲的H隊隊員都在旁邊待機了。

……話說回來，這支小隊的隊長應該是艾基爾才對喔？之後我還得為自己的擅權向他道歉才行。

我在腦裡閃過這樣的念頭，接著便對其他人叫道：

「我們也上吧！」

聽著背後傳來響亮的「噢！」一聲，我隨即投身於不斷有許多特效光炸裂的前線當中。

艾恩葛朗特第二層真正的樓層魔王「公牛國王・亞斯特里歐斯」那比封測時期魔王「公牛將軍・巴蘭」大了三成左右的巨大身軀，以及一擊就能讓人麻痺的閃電吐息曾經讓所有聯合部隊成員陷入恐慌，但根據亞魯戈情報的攻略模式確定下來之後，牠的ＨＰ就開始慢慢減少了。

最大的功勞者無疑就是涅茲哈和他的投擲武器了，但在進入最緊要的關頭時，Ｇ隊……也就是傳說勇者的存在感甚至超過了主力的凜德隊與牙王隊。

和巴蘭一樣，魔王也能使用範圍更加寬廣的「麻痺轟爆」，但奧蘭多等五個人就算在至近距離被轟爆擊中也幾乎不會陷入昏迷。魔王的戰槌垂直揮動時，其他小隊都只能無奈地退避，只有Ｇ隊依然緊貼在魔王身邊進行猛攻。這時候就連凜德也不知道該在什麼時間點對他們提出退後的命令。

傳說勇者成員之所以都擁有相當高的阻礙抵抗值，當然是因為他們從頭到腳的防具都經過強化的緣故。雖然還是無法接受資金是來自於涅茲哈用詐欺得來的龐大珂爾這個事實，但涅茲哈本人已經放棄鐵匠身分的現在，也沒有機會再用這件事情來指責他們了。

「總覺得有種很複雜的心情…………」

亞絲娜應該也跟我有相同的感覺吧，在為了回復ＨＰ而退後時，她忽然就低聲丟出這麼一句話來。

「是啊，不過……至少之後再也不能做出那種事了……」

這裡說的那種事，指的當然就是強化詐欺。

「……他們既然像這樣幫忙攻略遊戲，可能也只能就這樣饒了他們了。雖然很對不起武器被騙走的人就是了。」

「是啊……」

由於點頭的細劍使臉上依然露出陰沉的表情，忽然有了某個想法的我立刻把臉靠過去並且說：

「但還是不甘心這樣被他們拿走ＭＶＰ，所以要不要稍微抵抗一下？不過時機要配合得很好才行。」

「你說的抵抗是……？」

我用指尖抬起她稍微傾斜的帽子，然後對著深處的耳朵竊竊私語。

結果栗色眼睛雖然浮現「真受不了你」的光芒，但亞絲娜最後還是點了點頭。感覺上——再次深深拉下的兜帽底下已經露出了微笑，但我可不敢做出再次窺視內部的行動。

「那個……桐人……」

嘴裡依然咬著藥水空瓶的艾基爾忽然從背後用奇怪的聲音叫我。

「……你說你們兩個人不是搭檔對吧？」

這時亞絲娜立刻挺起背桿，用左腳跟為中心軸來反轉過身體，然後又以有些過於強硬的聲音宣布：

「的確不是。」

幸好在我被要求有所反應之前，主戰場就傳來巨大的歡呼聲。一看之下，原來是亞斯特里歐斯六條ＨＰ裡的最後一條已經變紅了。相對的我們六個人的ＨＰ則是完全復原，只能說這個時間點真是對我們太有利了。

「Ｅ隊，準備退後！Ｈ隊，準備前進！」

看見凜德舉起左手來做出指示，我隨即緊握住愛劍韌煉之劍＋６。雖然原本就應該輪到我們上場，但從這個時候還願意給我們機會這一點來看，凜德他的確是名相當公平的領袖。

「好，要上囉……ＧＯ！」

算準時機後，我們就一口氣往前猛衝。

我們立刻代替綠色的Ｅ隊緊緊跟在魔王的左側面，我和亞絲娜首先對牠宛如巨木般的腳使出一記單發劍技。當魔王隨著憤怒的叫聲使出橫掃攻擊時，我們便和艾基爾等人進行切換，由他們牢牢擋下了魔王的攻擊。

亞斯特里歐斯的巨大身軀確實很恐怖，但怪物只要身體越大，能夠同時攻擊的小隊數量也就越多。比如說那托上校是一小隊，巴蘭將軍則是適合由兩小隊發動攻擊，而魔王如此巨大的身軀已經可以由三支小隊同時進攻了。

左側是我們H隊，正面是藍色的B隊，而右邊則是奧蘭多等一直貼在魔王身邊的G隊。進入狂暴狀態的魔王，黑色肌膚到處變得像石炭般火紅燃燒著，看來應該就是由這三支小隊來結束牠的生命了。

「嗚哦嗚嗚嚕嚕哇啊啊啊啊啊啊——————！」

發出更加恐怖的吼叫聲後，魔王便開始吸入大量空氣。不用看牠嘴角冒出來的閃電就能知道這是閃電吐息的預備動作。但是馬上就有環刃飛過來擊中牠的王冠，讓閃電在後仰的魔王鼻子上爆發。

——如果這是一般的MMO，這招「環刃百分百行動延遲技」威力一定馬上就會被下修吧。

我忽然浮現這樣的想法，但SAO的樓層魔王只要被打倒就不會再次復活。如果遊戲管理者茅場晶彥正如他首日所說的那樣，正從外部觀賞這場戰役的話，那麼不斷後仰而無法發出必殺技的魔王一定會讓他恨得咬牙切齒吧。還是說，他會為偶然發現這種攻略法的玩家們鼓掌叫好呢？

——————茅場……我們十天就要突破第二層囉！

我用聽不見的聲音大叫，並且瞪著魔王的HP條。框架左側剩下來的紅色部分看起來隨時都可能消失不見。魔王越來越是狂暴，連續發動三記踩踏攻擊後又再次高高舉起戰槌。看見「轟爆」的動作後，正面的B隊只能懊惱地退避。相對的，右側的G隊則認為這是個機會而擺出準備使用大招劍技的姿勢。

此時獲得最後一擊獎勵的話，在「球首公牛‧巴烏」戰裡還只是替補的傳說勇者就能一口氣成為主力了吧。但我也不是那種會乖乖在旁邊祝福他們的好人。因為我可是萬惡的黑色封弊者啊。

「亞絲娜，就是現在！」

我叫完後便全力跳了起來。身邊的細劍使也毫不落後地往地面踢去。不對，她跳躍的速度甚至比我還快。可能是速度太快了吧，連帽斗篷的兜帽因此脫落，讓她閃亮的栗色長髮直接飄散在空中。

「嗚哦啦————————！」

亞斯特里歐斯手裡的戰槌隨著咆哮聲揮落，直接被打中的地板上出現同心圓狀震動波，接著更有閃電的漣漪往外擴張。可能是最後一擊的緣故吧，兩名被吞噬的傳說勇者成員沒辦法防禦而陷入昏迷。如果是「衝擊」的話也就算了，但一般跳躍沒有辦法躲開「轟爆」，所以我跟亞絲娜落地之後應該也會跟他們有同樣的下場。

但是——

「嘿……呀啊啊啊啊！」

亞絲娜首先隨著強烈的氣勢在空中發動細劍突進技「流星」。

「哦哦哦……呀啊啊啊啊！」

接著我也發動單手劍突進技「音速衝擊」。我們就這樣拖著藍色與綠色，以將近直角的角度在空中飛翔。瞄準的當然是被亞斯特里歐斯王最大弱點的王冠——所保護的額頭。

傳說勇者另外三名成員的劍技光芒已經不停在視界下方閃爍。

接著劍尖合在一起的韌煉之劍與風花劍就貫穿巨大王冠，深深陷入魔王的額頭裡。

清脆的聲音過後，首先是王冠粉碎——

接著亞斯特里歐斯王巨大的身軀也以足夠波及整座競技場的規模爆散開來。

13

「Congratulation！」

一起著地就直接癱軟到地上的我以及亞絲娜，隨即聽見背後傳來第一層魔王房間裡也曾出現過的標準發音祝福詞。

整個身體轉過去後，出現在眼前的當然是好漢艾基爾的笑容。由於他強壯的右手已經豎起大拇指，所以我也做出同樣的動作來回應他。亞絲娜雖然沒有這麼做，但兜帽摘下來後露出來的美麗臉龐上，已經出現不曾見過的明確笑容。

艾基爾點了點頭，放下手之後隨即一邊往遠處看去一邊說：

「你們兩個人的劍技合作還是那麼地完美。不過……這次的勝利不是屬於你，應該算是他的功勞才對。」

「嗯。如果那個人沒有來的話，可能起碼會出現十個犧牲者……」

我一說完，亞絲娜也點頭同意我的看法。在因為勝利而歡欣鼓舞的本隊後面，可以看見一名矮小的玩家正獨自站在那裡，他當然就是前鐵匠涅茲哈了。右手依然緊握住金屬環的他，正抬頭瞇起眼睛看著魔王消滅後依然飄散在競技場天花板附近的特效殘渣。

這個時候又傳來一陣更為巨大的歡呼聲，我移動視線後就看見凜德與牙王兩個人在本隊中心緊緊互勾著右手臂。由於藍色與綠色小隊成員都在他們兩個人身邊使勁地拍手，於是我也跟著眾人一起鼓掌並低聲說了句：

「什麼啊，感情明明很好嘛……」

「我看只是在第三層之前而已吧。」

亞絲娜直白的評語讓我忍不住露出苦笑。我使勁站了起來，心裡默默對右手上的韌煉之劍說了聲「辛苦了」，然後把它收回劍鞘裡。伸手把亞絲娜拉起來後，兩個人便輕輕互碰了一下拳頭，這時我才終於有勝利……不對，應該說有了生還的感慨。

這下子總算是突破第二層了。我們總共花了十天，而魔王攻略戰的死亡者人數是零。想到在第一層整整花了一個月的時間，而且在魔王戰時還損失了聯合部隊領袖迪亞貝爾，就會覺得這是比想像中還要好的結果。但是正如我剛才所說的，這次雖然勝利了，但真的差一點就潰不成軍。凜德和牙王兩個人差點就被沒人預料（當然我和亞絲娜也一樣）到會出現的真正魔王，亞斯特里歐斯王所殺。

我在第二層魔王戰裡學到了兩個教訓。

第一個是，今後在每一個樓層都要完成最後一個村莊或者迷宮區周邊的任務，收集完關於怪物的情報才行。

而第二個，當然就是應該做好第三層後阻擋在面前的魔王怪物都會和封測時有所不同的心理準備。說起來，我在封測時期也只有見過到第九層為止的魔王，所以從第十層開始我也是第一次照面了。

因此除了解決任務來收集情報之外，今後也必須進行關於魔王的事前偵查。但後者絕對不是件簡單的事。幾乎所有的魔王怪物都必須進到房間最深處，然後破壞主要物件後才會湧出，所以偵查隊不見得每次都能夠安然離開。雖然有不少以腳力為傲的斥侯型玩家，但很少有人能夠使用飛行道具。

從第三層之後，不只是情報販子亞魯戈，就連環刃使涅茲哈的存在也會越來越重要才對。

我一邊這麼想一邊環視魔王房間，但「老鼠」似乎已經在某個地方隱藏起身形，就連我的搜敵技能也無法發現她。心裡雖然覺得無奈，但我還是催促亞絲娜一起來到涅茲哈身邊。

前鐵匠一看見我們，就像是附在身體上的邪靈消失了般露出爽朗且帶有某種透明感的笑容。他隨即低下頭來，對著我說：

「辛苦了，桐人先生、亞絲娜小姐。最後的空中劍技真的很厲害。」

「啊～沒有啦，那是……」

無法表明那只是為了和奧蘭多等人互別苗頭的一擊，於是我只能不停搔著頭，結果亞絲娜代替我開口說：

「沒有啦，真正厲害的人是你。竟然能完美地使用才剛拿到不久的武器……練習一定很辛苦吧？」

「不會，我一點都不覺得累。因為我終於能夠成為一名戰士了。真的……很謝謝你們，這樣我就……」

涅茲哈閉上了嘴，再次向我們深深低下頭來，接著就稍微瞄了一眼房間的中央。

我順著他的眼神看過去後，隨即發現聚在距離我們二十公尺左右的五個人。奧蘭多與凜德、貝武夫與牙王以及其他三名幹部級玩家橫排成一列，緊緊握住對方的手。所有人臉上都露出符合勇者身分的傲然笑容。

這時確認亞斯特里歐斯戰的成果畫面，就能發現G隊——傳說勇者在防禦分數與攻擊分數上都領先其他小隊吧。這下子他們已經是名副其實的攻略集團主力了，雖然不知道今後會加入凜德的「龍騎士」還是牙王的「解放隊」，又或者是五個人自己組織公會，但是——

「……涅茲哈，你應該也可以待在那裡吧？」

我低聲說完後，這場戰役最大的功勞者只是默默搖了搖頭。

「不用了。我還有另一件非做不可的事情……」

「咦？什麼事……？」

依序看了轉向他的我，以及似乎注意到什麼而皺起眉頭的亞絲娜後，涅茲哈又再次低下頭來，接著用左手指尖輕柔地撫摸著環刃的刀刃，然後開始緩緩往前走去。

這時我才終於注意到，聯合部隊本隊裡有三名玩家正朝我們這裡靠近。原本以為他們終於要過來慰勞涅茲哈的辛勞，但我隨即又發現他們臉上的表情都相當險峻。仔細看了看站在最前面那個腰間裝備闊劍的高大男子後，我才終於想起來，板甲下方穿著凜德隊藍色上衣的他，正是五天前委託鐵匠涅茲哈替劍進行強化的席娃達。而走在他旁邊的人也穿著藍衣服，至於第三個人則是綠衣……也就是牙王隊的成員。他們的表情也同樣相當險峻。

席娃達低頭看著主動走近的矮小鐵匠，以僵硬的聲音表示：

「你是……幾天前還在烏魯巴斯與塔蘭營業的鐵匠對吧？」

「是的……」

他又繼續對點頭的涅茲哈問道：

「那為什麼忽然轉職成戰士？而且還有那麼稀有的武器……那是只會從怪物身上掉下來的吧？鐵匠真的能賺那麼多錢嗎？」

——這下糟了。

從對話的內容來看，席娃達應該早已經懷疑涅茲哈了。雖然沒有發覺掉包武器的手法，但應該懷疑是某種詐欺行為了吧。

實際上，涅茲哈手上的環刃雖然相當稀有，但是價格並不高。因為要使用它必須同時具備被當成輔助技能的「飛劍」以及特別技能「體術」。但現在就算指出這一點，應該也無法消除席娃達的疑心了吧。

不知道什麼時候，因為勝利而極度興奮的其他聯合部隊成員、牙王與凜德，以及傳說勇者的五個人都沉默了下來，在旁邊注視事情的發展。幾乎所有的玩家都臉露訝異之色，但是即使在遠處也能看出奧蘭多等人的臉顯得相當緊繃。

這時候不只是我，應該連亞絲娜都無法立刻決定該怎麼辦才好。

——那把環刃是我讓給他的。

要開口這麼表示當然相當容易。但是這樣轉移席娃達的焦點，讓他不再追究下去真的是正確的解決方式嗎？涅茲哈的確用快速切換詐騙了席娃達費盡心血進行強化的愛劍「厚實劍」，然後以結束品來代替並且將其敲碎。

那個時候席娃達拚命地壓抑自己，沒有責備涅茲哈一聲就離開了。現在他腰上的闊劍，是比厚實劍低了兩個層級的既成品。席娃達他用這五天裡應該拚命進行強化的劍，順利度過了艱苦的魔王戰，這時候旁人真的有權利插嘴來矇蔽他嗎……？

當我因為這樣的猶豫而只能呆立在現場時，涅茲哈已經先一步有所行動了。

他把環刃靜靜放在地上，然後在旁邊跪了下來，接著把手撐在地板上深深低頭——

「……我在強化前用結束品掉包了席娃達先生以及另外兩位的劍，把它們騙了過來。」

比魔王戰之前更加緊張，甚至讓耳朵產生疼痛感的沉重寂靜籠罩著整座競技場。

SAO玩家所獲得的假想身體雖然縝密地呈現出現實世界裡的容貌，但是在感情表現上就沒有那麼精確了。具體來說，喜怒哀樂等表情變化都太過誇張了。雖然我還沒有經歷過，但悲傷的時候似乎很容易就產生眼淚效果，高興時臉上則會出現明確的笑容，而憤怒時臉不但會變紅，額頭甚至還會浮現血管。

所以即使聽見涅茲哈的自白，眉間也只是出現深邃皺紋的席娃達的確可以說相當有自制力。他左右兩邊那兩名似乎同樣也是強化詐欺受害者的玩家已經露出快要爆發的表情，但還是死命壓抑住自己的怒氣。

還沒能整理好思緒的我瞄了一眼身邊的亞絲娜，隨即發現她也壓抑了臉上的表情，不過臉色已經變得比平常還要蒼白。我想我一定也跟她一樣吧。

這時打破沉默的，是來自於席娃達的沙啞聲音。

「……騙走的武器還在你身上嗎？」

結果手撐在地板上的涅茲哈直接搖了搖頭。

「沒有……我把它們換成現金了……」

細微的聲音傳出來時，席娃達一瞬間用力閉上了雙眼，看來他應該早就預料到會有這種答案了吧。他簡短回答了一聲「這樣嗎」，接著沉默了一陣子才又繼續表示：

「那你可以用現金賠償我嗎？」

這次涅茲哈沒有馬上回答。我和亞絲娜一起倒吸了一口氣，而席娃達身後相當遠的地方，站在聯合部隊本隊左側的奧蘭多等人也露出明顯的緊張表情。

要說到能不能賠償的話——如果只是賠償受害武器的金額，那麼應該可以辦得到才對。

涅茲哈他，不對，應該說傳說勇者開始強化詐欺到現在也不過十天左右的時間。道具的市場價格應該沒有太大的波動才對，只要把詐騙武器後買到的眾多裝備再次賣掉的話，幾乎可以獲得同樣價格的珂爾。

但還是有一個相當大的問題存在。

涅茲哈沒有使用詐欺得來的巨額珂爾，它們全被傳說勇者的五個人用掉了。這五個人全身閃爍深邃光芒的強化防具正是這些金錢所換來。要用珂爾賠償詐欺受害人的話，奧蘭多等人就必須賣掉身上所有的裝備。剛剛在魔王戰裡大為活躍，展示出強烈存在感的他們，真的能夠放棄這些成為他們力量來源的武器和防具嗎？不對，目前最重要的，應該是涅茲哈準備如何度過這場危機呢……？

在甚至忘了呼吸的我凝視下，矮小的前鐵匠一邊將額頭抵在地板上一邊回答：

「抱歉……我也沒辦法賠償了。錢全部被我拿去高級餐廳吃喝，以及住宿高級旅館了。」

身邊的亞絲娜用力吸了一口氣。

涅茲哈他——根本沒考慮要度過眼前的危機。

為了那些把他當成拖油瓶，並且強迫他實際進行詐欺的伙伴，他決定獨自擔下詐欺的所有罪過，讓席娃達……不對，讓攻略集團把怒氣全都發洩在自己身上。

這時站在席娃達右邊那名高大的凜德隊成員終於再也無法忍耐。

「你這傢伙………你這傢伙、你這傢伙！」

他舉起緊握的拳頭，右腳的靴子也不停踩著地板。

「你知不知道！我們……我們看見辛苦養成的劍壞掉之後心裡有多痛苦！但是……你卻用賣掉我們的劍所得到的錢來享受美食！住高級的旅館！最後甚至還用剩下來的錢買稀有武器，闖進魔王戰裡想當英雄！」

接著左邊的牙王隊成員也以沙啞的聲音大叫：

「我原本認為沒了劍之後，就沒辦法繼續待在前線作戰了！結果是伙伴們拚命幫忙我收集強化素材……你不只對不起我們……也背叛了所有攻略組玩家！」

兩個人的怒吼似乎成為了導火線——

在後方注意事情發展的眾多玩家們一口氣爆發了。

——背叛者！

──你知道自己做了什麼嗎！

──你拖累了攻略的速度！

──現在道歉又有什麼用！

數十個人的叫聲重疊在一起後，形成震耳欲聾的噪音撼動整個房間。承受巨大怒氣的涅茲哈，背部像是再也無法抵抗壓力般縮了起來。

過去在第一層魔王攻略會議裡頭，當封測玩家快要成為眾人責備的對象時，曾經以冷靜發言讓現場沉靜下來的艾基爾，這個時候似乎也沒辦法多說些什麼。他在離集團稍遠的地方，和三名同伴一起露出憂慮的表情。

而奧蘭多等人也同樣保持著沉默。五個人似乎開始低聲對話了起來，但是在四處傳出的怒吼聲阻撓下，根本沒辦法聽見他們在說什麼。

至於我呢，這個時候也只能呆呆站在現場。

事情到了這個地步，已經沒有什麼帶有魔力的發言可以讓事態平息下來了。只要席娃達等人的武器被奪走這個鐵一般的事實存在，就只有賠償同額的珂爾，或者付出同樣沉重的代價才能……

當我想到這裡時，腦袋裡隨即重新浮現涅茲哈幾分鐘前說過的話。

「因為我終於能夠成為一名戰士了。真的……很謝謝你們。這樣我就……」

……沒有任何遺憾了。

那個時間點沒辦法聽清楚的最後一句話，這時不知道為什麼清晰地響起。

「涅茲哈……你該不會……」

當我低聲這麼說道時。

有能力讓事情沉靜下來的兩個人其中之一終於高舉起右手走了出來。他有一頭藍色長髮，以及同色系的披風。腰間則可以看見發出銀色光芒的短彎刀。這個人正是擔任聯合部隊領袖的凜德。

席娃達等三個人讓出空間給走出來的凜德，這時充滿大房間的怒吼才慢慢平靜了下來。雖然還沒回復完全沉默狀態，但等到大概能聽得見對話時，短彎刀使便開口說道：

「請先告訴我你的名字吧。」

聽見他這麼說，我才想起就系統上來說，涅茲哈沒有加入聯合部隊就跟魔王進行戰鬥了。交付完情報後就馬上消失的亞魯戈也就算了，主動負起攻擊魔王弱點這個重要任務的涅茲哈應該要讓他加入聯合部隊才對，而且人數本來就差一個人才到達上限。至於現場只有五個人的小隊是……G隊，也就是傳說勇者。

奧蘭多等人竟然沒有對在參加ＳＡＯ前就認識的涅茲哈提出加入小隊的邀請，這讓我感到相當不對勁。但目前最重要的是要看凜德如何處理這個事件。

「…………我叫涅茲哈。」

依然趴在地上的前鐵匠以細微的聲音報上姓名後，凜德便點了兩三下頭。長相十分聰穎的他，現在看起來似乎比在魔王戰時還要緊張。他乾咳了幾聲，接著低聲說：

「這樣啊。涅茲哈，你的浮標現在還是綠色……但你的罪也因此而更沉重。犯下系統規定的罪過而讓浮標變成橘色的話，就必須完成贖罪任務才能恢復成綠色，但無論什麼樣的任務都無法洗清你的罪過。而且你還表示已經無法賠償……那就只能用另外的方法來贖罪了。」

不會吧——

我咬緊牙根，凝視著凜德的臉。他單薄的嘴唇暫時閉起，然後再次張開……

「你從席娃達他們身上奪走的不只是劍。還有他們灌注在劍上的漫長時間。所以你……」

我聽到這裡才稍微放鬆肩膀的力道。

凜德應該會要求涅茲哈對今後的攻略有所貢獻，並且從收入裡定期撥出賠償金吧。我想十天前還是藍色集團領袖的迪亞貝爾，應該也會做出這樣的裁決才對。

但是……

在凜德接下去把話說完前，某個人已經從後面用尖銳的聲音叫道：

「不是吧……這傢伙奪走的不只有時間！」

迅速跑到前面來的，是穿著綠色衣服的牙王隊成員。他左右晃動瘦削的身體，然後用尖銳的叫聲吼著——

「我……我很清楚！其他還有很多人的武器都被這傢伙騙了！然後其中一個受害者只能拿店裡販賣的便宜武器出去狩獵，結果就被之前能夠打倒的Ｍｏｂ殺掉了！」

喪失主人的大房間再次陷入沉靜。

幾秒鐘後，站在席娃達身邊的藍衣成員率先以沙啞的聲音說道：

「……出……出現死者的話……這傢伙已經不是詐欺犯，而是……Ｐ……Ｐ……」

異常瘦削的綠衣成員一邊伸出右手食指，一邊叫出藍衣成員想說卻說不出口的話。

「沒錯！這傢伙是殺人犯！是ＰＫ！」

被囚禁在浮遊城之後，這還是我第一次在公共場合聽見「ＰＫ」這個名詞。

在多數的網路遊戲用語裡，這應該是最為有名的用語之一吧。這不是Penalty kick，也不是Psychokinesis的簡稱。而是Player Kill或是Player Killer……亦即殺害的對象不是怪物而是玩家的行為或是實行者。

最近幾年的ＭＭＯＲＰＧ裡，這款ＳＡＯ算是少數能夠進行ＰＫ的遊戲。在城鎮裡雖然受到名為「防止犯罪指令」的系統嚴密保護，但只要一踏出圈外保護就會消失了。屆時就只有自己的裝備、技能以及能夠信任的同伴可以保護玩家。

一個月裡的封測時期裡，大約有一千名玩家互相幫助、競爭來爭奪「上位」，但競爭在最前線有時候會變成劇烈的鬥爭，所以也出現不少玩家之間交戰的場面。但是在雙方同意下進行的決鬥中殺害對手也不算是ＰＫ。所謂的 Player Killer，是用來稱呼在荒野或者迷宮裡忽然襲擊其他玩家，享受殺害對方的樂趣並且搶奪金錢與道具的積極殺人者。

在封測期間，我也在決鬥之外遭受到幾次真正的ＰＫ襲擊，但正式營運之後就沒有這種經驗了。只有在第一天晚上，和我組隊的封測玩家以利用怪物的「ＭＰＫ」手段想殺掉我，但那是為了獲得任務道具……為了生存下去的消極行為。

在遊戲一開始便拚命升等所帶來的混亂已經穩定下來的現在，應該不會出現為了享樂而積極殺害他人的真正ＰＫ才對。

因為ＳＡＯ變成死亡遊戲的現在，ＰＫ行為就等於真正的殺人。一般的ＭＭＯ裡，ＰＫ也是一種角色扮演，但ＳＡＯ沒辦法接受這種觀點。因為在這裡殺害其他玩家……而且還是按照自身意志到圈外戰鬥的人，很明顯是在拖延攻略遊戲，也就是從這裡被解放出來的日子啊。

在主要城鎮烏魯巴斯遇見亞絲娜當天，最後得和她一起去狩獵風黃蜂的我，曾經說過「但是戴麻袋變裝的話可能會被誤認為ＰＫ耶」。當時之所以能開這種玩笑，就是因為我相信目前的艾恩葛朗特裡沒有真正的ＰＫ存在。我真的沒想到會在這種情形下聽見這令人厭惡的略稱。

綠隊的瘦削小刀使保持用食指指著涅茲哈的姿勢繼續大叫：

「怎麼能因為下跪就原諒ＰＫ呢！不論你怎麼道歉，或者賠償多少金額，死掉的人都沒辦法復生了！看你怎麼辦！你要怎麼負責！你倒是說說看哪！」

這像是用小刀刮鐵板般，參雜著尖銳噪音的聲音又刺激了我的記憶。因為焦慮而發冷且麻痺的腦袋角落忽然感覺曾聽過這個聲音，於是我馬上就想起來。

這個小刀使在十天前打倒第一層魔王之後，也對我說過同樣的話。他那「我……我知道！這傢伙是封測玩家」的叫聲目前還在我耳朵深處迴響。當時我是用「拜託別拿我和那些外行人相提並論好嗎」這種傲慢的言論來讓他安靜下來。但是現在已經沒辦法用同樣的方法了。

以矮小的背部承受小刀使所有指責的涅茲哈，先是在石頭地板上握緊雙手，然後用有些顫抖的聲音說：

「……我願意接受各位任何的制裁。」

現場再次陷入沉默。

在場的所有人應該都感受到他「制裁」這個名詞帶有何種意義了，競技場的空氣因此變得更加緊繃。一股透明的能量來到臨界點，每個人都在等其他人開口。

要插手的話，現在就是最後的機會了。

有了這種感覺的我，在沒有任何點子的情況下就準備大叫「等一下！」。

但我還是遲了半秒鐘。不知道什麼時候已經慢慢靠近涅茲哈的數十名聯合部隊本隊成員裡，忽然傳出簡短的一句話。

「那你就負責吧。」

這雖然是極為簡短，而且本身沒有什麼太大意義的一句話，但是卻成為銳利的針刺破了膨脹到極點的氣球。

下一個瞬間——整個房間充斥著「嗚哇！」般的巨大聲響。這些全都是由玩家們發出來的叫聲。「沒錯，負起責任！」「去跟死者道歉！」「ＰＫ就用符合ＰＫ身分的方式做個了斷吧！」——這些熱量越來越高的聲音最後終於越過了分水嶺。

「償命吧，詐欺師！」

「只有用死亡來贖罪了，臭ＰＫ！」

「殺了他！殺掉這個可惡的詐欺犯！」

感覺嘴裡這麼叫道的玩家們，浮現在臉上的不只是對詐欺行為的憤怒。裡頭應該也包含了對「Sword Art Online 刀劍神域」這款遊戲的憤怒與憎恨。被關在這座浮遊城裡，到今天已經是第三十八天了。還剩下九十八層等著我們去攻略。這種絕望的狀況所帶來的壓力，在得到詐欺師同時也是殺人犯這個明確的目標後終於爆發了。

凜德與牙王似乎也已經無法收拾這種狀況。其實不只是他們，就連我在涅茲哈自白強化詐欺之後，就只是在旁邊默默看著事情發展。我游移的視線捕捉到聚集在本隊左側的五名傳說勇者成員。他們雖然沒有像其他玩家那樣大叫，但所有人都深深低下頭，把視線從涅茲哈身上移開。

——奧蘭多，你真的沒預想到……總有一天會發生這樣的事情嗎？

雖然在內心提出這樣的問題，但是當然得不到答案。不對，真要說的話，這個問題也應該要問那個教他們掉包武器方法的黑色雨衣男。既然大方到能免費傳授他們詐欺的技巧，為什麼沒有對他們說明這麼做的危險性——……

——不對。

說不定……

這個狀況……如果攻略集團的眾人全都要求處刑涅茲哈的光景，正是黑色雨衣男想要的報酬呢？

如果是這樣的話，那個傢伙的目的就不是幫助傳說勇者而是想陷害他們了。他想讓實行詐欺的涅茲哈在前線玩家一致同意的情況下遭到殺害，然後藉此來造成「玩家殺害玩家」的既定事實，讓艾恩葛朗特降低對於殺人的心理障礙。

如果我的想像正確……造成這種狀況的黑雨衣男才是真正的ＰＫ。他不弄髒自己的手，而是引誘其他玩家跟他做出同樣的行為。

不行。我不能允許這種事情發生。絕對不能趁了他的意，讓涅茲哈在這個地方被處刑。因為勸涅茲哈轉職為戰士，然後幫助攻略死亡遊戲來彌補詐欺罪的人就是我，所以我有無論如何都必須阻止涅茲哈被處刑的責任。

在完全沒有沉靜跡象的謾罵聲當中，終於有所行動的——不是凜德也不是牙王，甚至不是涅茲哈本人，而是傳說勇者的五名成員。

他們慢慢橫越大房間，身上的重裝金屬防具也跟著發出聲音，只見五個人就這樣靠近趴在地上的涅茲哈。由於輕鋼盔的面罩放下一半，所以沒辦法看清楚隊長奧蘭多的臉。其他四個人也低著頭，只是默默地走著。

可能是感覺到不尋常的氣氛了吧，在涅茲哈身邊圍成半圓形的凜德、小刀使、席娃達等三個人也讓出了空間。

喀鏘、喀鏘的沉重腳步聲終於停了下來。

涅茲哈應該感覺到過去的同伴靠過來了才對，但他還是沒有抬起頭來。雙拳撐在地上的他只是一直垂著頭。隔著依然放在正面的環刃，停下腳步的奧蘭多——開始將右手往左腰上移動。

這時亞絲娜在我身邊輕輕呼出一口氣。

造型簡單的護手握住劍柄，一口氣把劍拔了出來。

奧蘭多的劍和我的愛劍同樣是韌煉之劍，而且強化的程度應該也跟我差不多。如果他對著輕裝而且毫無防備的涅茲哈背部砍下去，大概四……不對，三劍就能把他的ＨＰ耗盡了。

「……奧蘭多……」

我用低沉又沙啞的聲音，喊著這名數分鐘前幫忙打倒魔王怪物的聖騎士。

——你和涅茲哈相處的時間應該比我長多了。但是不論我之後得面對什麼樣的下場，我都沒辦法默默看著你在這裡殺掉涅茲哈。

為了在奧蘭多把劍抬起來的瞬間就衝出去，我已經慢慢把體重轉移到右腳上。

這時身邊的亞絲娜也改變了姿勢，於是我便對她呢喃道：

「亞絲娜，妳不要動。」

但是她馬上就以堅定的態度回答我：

「我要。」

「妳懂不懂啊，這時插手的話就再也無法待在攻略集團裡了。甚至有可能被當成罪犯而遭到眾人追殺。」

「就算是這樣我也要行動。一開始遇見你時我就說過了吧……我是為了不迷失自我才會離開起始的城鎮。」

「…………」

聽她這麼回答，我就知道沒有多餘的時間與材料來說服她了。我輕輕嘆了口氣，一瞬間露出苦笑後就點了點頭。

曾幾何時，充滿競技場的怒罵聲已經完全消失了。每個人都瞪大眼睛，吞著口水，等待決定性的瞬間來臨。

可能是精神過於集中了吧——

依我的距離來說，應該不可能聽見由奧蘭多頭盔深處發出來的細微聲音才對，但我確實是聽見了。

「……對不起……真的很對不起，涅茲哈。」

接著聖騎士就默默地把右手上的劍橫放在腳邊的環刃旁。他往前走幾步，移動到涅茲哈右側後，隨即把身體轉往同一個方向並且跪了下去。然後又拿下輕鋼盔，將其放到地板上並順勢也把雙手撐在地面。

接著貝武夫、庫胡林、基加美修、恩奇度等四個人也各自放下武器與頭盔，以涅茲哈為中心排成橫列，然後也跪到了地上。

寂靜當中，所有人只能茫然望著朝聯合部隊本隊深深低下頭的五名……不對，六名傳說勇者成員。

最後奧蘭多顫抖但卻相當堅定的聲音才響徹在競技場當中。

「涅茲哈……涅茲哈他是我們的伙伴。是我們要涅茲哈實行強化詐欺的。」

14

「真是的……為什麼我們得做這種類似跑腿的事情呢？」

亞絲娜一邊走一邊抱怨，我則是聳了聳肩並且回答：

「有什麼辦法嘛，我們是拖油瓶小隊啊。」

「才不是呢！第一層魔王戰的時候的確只有兩個人，但這次我們可是有六個人耶！」

「這也是託艾基爾好心邀我們加入小隊的福吧？等事情告一段落之後，還是得好好向他道謝才行。」

隨口這麼表示後，亞絲娜便輕輕揚起眉毛。

「……怎……怎麼啦？」

「沒什麼。只是覺得你跟人相處的技能，熟練度是不是稍微上升一點了。」

「我……」

「我才想這麼說哩」，急忙把這句話吞回去後，我以乾咳把事情帶過才又表示：

「我可是連要送給艾基爾的謝禮都準備好囉。」

「嗯，你要送他什麼？是之前在迷宮區拿到的『強力皮帶內衣』嗎？」

「…………哦哦，妳猜是那個嗎？這個主意也不錯，那就連那個也送給他吧。」

我啪一聲拍了一下手，亞絲娜先是露出明顯的懷疑表情，然後才像想到什麼事情般開口表示：

「啊，我知道了！你是想把一直放在旅館櫃子裡的那個塞給艾基爾吧！」

「答對了。」

亞絲娜所說的那個，就是放棄打鐵鋪而前往修練「體術」的涅茲哈送給我的大型道具——「攤販地毯」。雖然它的價格昂貴而且也相當方便，但是對純粹從事戰鬥的玩家來說實在沒什麼用處。而且也不能收納到自己的道具欄裡，要帶著它就只能捲起來扛在自己肩上。

「雖然艾基爾也是戰士，但那傢伙很可能會認識有潛力的工匠對吧？能讓那個人使用的話，涅茲哈一定會很高興的。」

「你說得倒輕鬆，到時候艾基爾先生自己下海變成商人怎麼辦。」

「…………那個時候，我就當他的天字第一號客戶啊。」

極其隨便地回答後，我就一邊聽著亞絲娜嘆氣，一邊朝前進的方向瞄了一眼。

我們兩個人所走的，不對，應該說所爬的，正是從第二層魔王房間通往第三層的螺旋樓梯。

但是，不知道設計者究竟是什麼意思，樓梯沿著直徑長達兩百五十公尺的迷宮塔外壁繞了一圈，所以我們必須走過七百八十五公尺的距離……外加上高度。

但是這條樓梯裡不會有怪物湧出，離開塔的時間還是比從魔王房間下到一樓要快多了。

攻略集團裡講好聽一點是游擊隊，不經過美化的話就是拖油瓶部隊的我和亞絲娜，在指揮官凜德的請託下所負責的工作其實相當簡單。就是離開迷宮區這個無法傳送即時訊息的區域，盡快向在各個城鎮裡引頸期盼的眾多玩家，傳達第二層攻略成功的消息——

這原本應該是凜德與牙王的工作，或者應該說權利。但是包含他們在內的本隊成員，還要數十分鐘才能離開魔王房間。當然不是被關在裡面，只是還在進行突發性的會談。而主題當然是關於前鐵匠涅茲哈與他的伙伴傳說勇者成員的處置——

但是我已經不再擔心會談的結果了。奧蘭多等五個人放下劍，表明自己罪過的瞬間，整個事件的結局幾乎就決定了。就算場面再怎麼失控，在場的所有人也沒有嗜血到想一次「處刑」六個人的地步，何況傳說勇者主動認罪後，情況就完全不一樣了。因為這下子就能夠賠償席娃達等人被騙走的劍了。

將強化詐欺的內情完全吐露出來後，奧蘭多就把劍以及頭盔之外的重裝鎧也解除，並且把它們排在地板上。其他四個人也仿效他的做法，競技場的地板上頓時排滿了無法立刻計算出時價總共多少錢的高級強化裝備。

而且奧蘭多也說只要把這些道具全部賣掉，就能換得比詐欺受害金額還要高，因為包含他們自己賺來的份）的珂爾，所以他們能多付一筆費用來做為所有受害玩家的補償金，如果這麼做後錢依然有結餘，那麼就把它當做下次攻略魔王用的藥水費用。

雖然這樣就算是解決了受害者的賠償，但問題是還有因為武器被奪而戰鬥力減弱，並且因此死亡的玩家。

現在的ＳＡＯ裡，不論付出多少珂爾都無法換回生命。於是奧蘭多等人又表示，即使是這樣傳說勇者的成員也得去找出那名玩家與其伙伴，並向他們謝罪。但是當他們向那名透露情報的綠隊小刀使確認死者姓名時——他卻吞吞吐吐地回答「我也只是聽說，所以不知道名字」。

就這樣，決定把死者的事情交給情報販子調查後，艾恩葛朗特第一件強化詐欺事件就在沒有流血的情況下暫時告一段落，不過最後還是有一個難題仍未解決。

就是該怎麼把奧蘭多等人交出來的數十件武器與防具換成現金呢？

當然可以讓街上的ＮＰＣ商人把它們買下來。但是為了保持一定的貨幣價值，ＮＰＣ的收購價格一直都被系統以「看不見的手」壓抑得比市場價格還要低。如果要追求最大的利益，還是全部在玩家之間做交易比較好。

而目前艾恩葛朗特最有錢，同時最需要強化裝備的就是攻略集團的玩家了。於是凜德與牙王便想先趁著數十人聚集在魔王房間裡的機會把能處理的道具處理掉，然後完成席娃達等三個人的賠償。當然也有攻略集團之外的玩家被詐騙了武器，等回到街上後也會盡快進行對他們的謝罪以及賠償工作。

讓他們長期停留在魔王房間裡的追加會談，其實就是突發性的拍賣會。很可惜的是我和亞絲娜都是以皮革防具為主的速度型玩家，所以沒有能吸引我們的道具——其實就算有也不會想買下來裝備就是了——當看見事件和平解決而鬆了一口氣的我們呆呆站在現場時，凜德便靠過來對我們說……「你們兩個沒事的話，可不可以先離開迷宮去跟經營報紙的玩家傳遞攻略成功的消息？」。

由於沒有什麼拒絕委託的理由，所以我就推著有些不高興的亞絲娜背部，朝著魔王房間深處通往下一層的門走去。雖然對艾基爾與他的伙伴做了「再見」的手勢，但是沒有機會與因為情勢而有了許多交流的前鐵匠涅茲哈交談。

因為涅茲哈在奧蘭多等五個人和他並排跪在地面上後，小小的背部就開始顫抖並且持續發出嗚咽的聲音。

「看來詐欺事件應該能順利落幕……但涅茲哈先生與傳說勇者今後不知道會怎麼樣喔？」

在平緩階梯上踩出腳步聲的亞絲娜這麼低聲說道。

我思考了一下後才回答：

「只能看他們自己了，前線附近的玩家應該都會知道傳說勇者做了強化詐欺的事情吧。他們可以為了避免指指點點而回到第一層……也就是起始的城鎮，不然就是努力從頭開始，再次以加入攻略集團為目標。剛才在離開前我已經跟凜德確認過了，他表示如果傳說勇者有這個意願的話，他願意還給他們能購買最低限度裝備的珂爾。嗯……反正不管做出什麼樣的選擇，他們五個人應該都不會把涅茲哈當成拖油瓶了。」

「這樣啊……老實說——我對奧蘭多先生他們還是存在有點複雜的心情……但是，如果他們回到前線的話，我會努力試著和他們一起攻略遊戲。因為就連你都能和凜德先生與牙王先生和平共處了。」

忽然聽見這樣的話，讓我差一點就要一腳踩空。

「我……我可沒有改變態度喔！說起來是他們兩個人自己很奇怪。牙王明明是超級反對封測玩家的人，而凜德如果想培養精銳集團的話，獨行玩家的我就會是他的阻礙，但是他們兩個人卻都表現出很平常的態度……」

說到「獨行」兩個字時，亞絲娜一瞬間露出恐怖的表情，但馬上呼一聲吐出一口氣，像是很受不了我一樣開口表示：

「你還是一樣不會看人……不對，不會看角色的臉色耶。」

「咦？這是什麼意思？」

「如果攻略集團只有凜德先生或者牙王先生一個絕對的領袖，那麼他們就會以明顯的態度來排擠你。但是現在藍衣服的『龍騎士』與綠衣服的『艾恩葛朗特解放隊』除了合作之外也互相競爭吧？」

「嗯……是啊……」

「就是因為這種狀況，所以兩個人才會都保持警戒。他們都害怕要是跟桐人先生的關係太差的話，你就會加入對方的陣營。」

「我會加入藍色或是綠色隊伍？」

我不禁停下腳步，然後發出短短的笑聲並反駁：

「哈哈，不可能啦。他們請我加入我也會馬上拒絕，因為我可是邪惡的封弊者啊。就拿今天來說好了，最後還是……」

我這時立刻閉上嘴巴，再次大步爬起樓梯。亞絲娜露出訝異的表情來到我身邊，最後像發現了什麼事情般豎起一根指頭來。

「對了，話說回來，最後魔王……公牛國王．亞斯特里歐斯的ＬＡ獎勵到底是什麼？沒有出現在我的視界裡耶。」

「咦～啊～嗯……」

「現在想起來，那托上校與巴蘭將軍的ＬＡ好像也是你拿走的吧？不會連國王都……」

「唔，哎呀，怎麼說呢……啊，那應該是出口吧？」

「喂，別想把事情帶過！一定是被你拿走了吧！掉下什麼東西來了，快點告訴我！」

不知道什麼時候，我和亞絲娜已經變成小跑步了。緩緩轉彎的樓梯盡頭，漸漸出現一面上面有雕刻的厚重大門。雕刻的圖案可以看出是兩名劍士交叉手中長劍，並且站在有許多樹節的古木當中。左邊的劍士皮膚黝黑，而右邊的則是白皙，兩個人都是纖細的體型，而且耳朵又長又尖。

我緊盯著預告第三層故事的大門浮雕，然後在心裡低聲說道。

——涅茲哈。不對，哪吒。第二層攻略的真正ＭＶＰ是你啊。

——你一定要回來喔。最前線雖然恐怖又嚴峻，而且有許多危險……但是的確存在你追求的目標，而且前線也需要你，因為……

「——某種意義來說，真正的ＳＡＯ要從第三層才開始……」

發出聲音這麼說完後，追上我的亞絲娜便不再追問ＬＡ獎勵的事，反而微微歪著頭問我：

「是這樣嗎？為什麼？」

「嗯……這是因為……」

我一邊用這時已經相當習慣的解說口吻說著話，一邊一步一步踏上艾恩葛朗特第二層的最後十公尺。

後記

我是川原礫，為您獻上《Sword Art Online 刀劍神域 Progressive 1》。

用 Progressive 這個詞好像是在講影像格式一樣，但就單字來說它也有「循序漸進」的意思。這個書名代表本書是描寫從浮遊城艾恩葛朗特第一層開始依序攻略下去的系列，就請大家簡稱它為ＳＡＯＰ吧！

那麼，首先讓我來說明一下為什麼會著手創作這個系列吧。

ＳＡＯ的第一集裡已經提過，原本ＳＡＯ這個故事是為了參加電擊小說大賞而寫，所以第一集裡遊戲一下子就被完全攻略了。之後雖然寫了幾篇回溯時間的短篇（這些短篇收錄在第二集與第八集當中），但它們全都是像副本一樣的故事，並沒有提到遊戲攻略這個主題。

所以我心裡一直有想寫桐人他們是如何踏遍各個樓層並且打敗魔王的欲望。但是一直很難付諸實行，這是因為重新寫第一層的攻略存在了好幾個問題。

最大的問題就是女主角亞絲娜該怎麼辦。在出版的書裡，已經有桐人和亞絲娜是到了相當高的樓層才變熟稔的描寫。也就是說，第一、第二層的故事裡要是讓亞絲娜當桐人的搭檔，就會跟之前的書出現矛盾之處。

是要迴避這個矛盾而在Progressive篇裡創造除了亞絲娜之外的新女主角，或者完全不顧矛盾而讓亞絲娜登場呢？老實說這讓我煩惱了很久。但是……我還是最希望待在桐人身邊的是亞絲娜，我想這應該也是許多讀者的願望吧，於是最後有了這種想法的我，還是在一開始的場景就讓桐人跟亞絲娜相遇了。

當然，我想也會有不少讀者無法容忍跟已經出版的內容出現矛盾的情形。但我會盡最大的努力讓設定在之後的故事裡能夠搭配得起來，所以還是希望大家能夠支持這個新的系列。

——既然慣例的道歉專欄結束了，我們就來簡單介紹一下本書的兩篇故事吧。

第一層攻略篇〈無星夜的詠嘆調〉是收錄在ＳＡＯ第八集〈起始之日〉後面所發生的故事。之後會成為「軍隊」領袖的牙王，情報販子老鼠亞魯戈等之前只有名字出現過的角色，商人魂尚未覺醒的艾基爾，以及網路遊戲初學者的亞絲娜將會輪番登場，所以我也是帶著新鮮又懷念的心情來寫這段故事。不過桐人打從一開始就是桐人了。

在Progressive篇裡，同時也有更加詳細描寫ＳＡＯ遊戲系統的主題，所以我把〈詠嘆調〉的焦點放在「攻略魔王的聯合部隊」上。如果能讓各位感受到六人小隊×八隊的集團戰氣氛，那我就很滿足了。至於「還是感受不到！」的讀者，請務必觀賞動畫版ＳＡＯ的第二集（笑）。

第二層攻略篇〈幻矓劍之迴旋曲〉裡出現了大量的新角色。要把新角色之一的鐵匠涅茲哈設定為男性還是女性讓我煩惱了許久，但直覺設定成女孩子的話好像會增加不少無謂的麻煩，所以就把他設定成男性了（笑）。

在系統上原本是著重於「武器強化」的描寫，但是卻有點變成探查「強化詐欺」之謎的推理小說，這就只能怪我自己能力不足了……由於前半段的戰鬥不多，所以就有「盡情描寫魔王戰！」的想法，結果讓第二層就出現了極為凶惡的魔王。如果玩真正的ＭＭＯ時出現這樣的情節，我有自信能讓玩家完全喪失攻略遊戲的信心！

ＳＡＯＰ第一集就收錄了以上兩篇故事，第三層攻略篇目前只決定了〈黑白協奏曲〉這個標題，而系統上的主題預定會是「活動型任務」。

……雖然寫了類似預告的內容，但Progressive篇可能一年一本就是極限了……因此以一年前進兩層的速度來計算的話，要幾年後才能到達七十五層呢……一想到就覺得非常恐怖，所以我就不想了！那麼第二集也請大家多多指教囉！

當然，ＳＡＯ的本篇也會繼續下去。Alicization 篇第三部的第十一集預定會在十二月出版。（註：此指日文版狀況）桐人與尤吉歐……應該終於要逼近地底世界的祕密了，所以也請大家多多支持他們喔。

另外呢，因為ＳＡＯ的連續出版，所以加速世界就暫停了一次，真的很對不起大家！不過之前也曾經連續出版加速世界第九、第十集，所以這樣也只是恢復原本出版的月份。雖然之後隔月出版的速度不知道能維持多久（應該說已經有點不妙了）……不過我會在能力所及的範圍內盡量努力！

豪爽地答應下兩冊連續出版這種嚴酷計畫的插畫家ａｂｅｃ老師，一口就答應本書可以超過五百頁（應該啦）的責任編輯三木先生，還有因為我回信很慢而每天胃痛（猜想）的副責編土屋先生，這次也受你們照顧了！另外還要給看完這本厚厚小說的你充滿感謝的ＬＡ獎勵！

二〇一二年八月某日　川原　礫

Kadokawa Light Novels

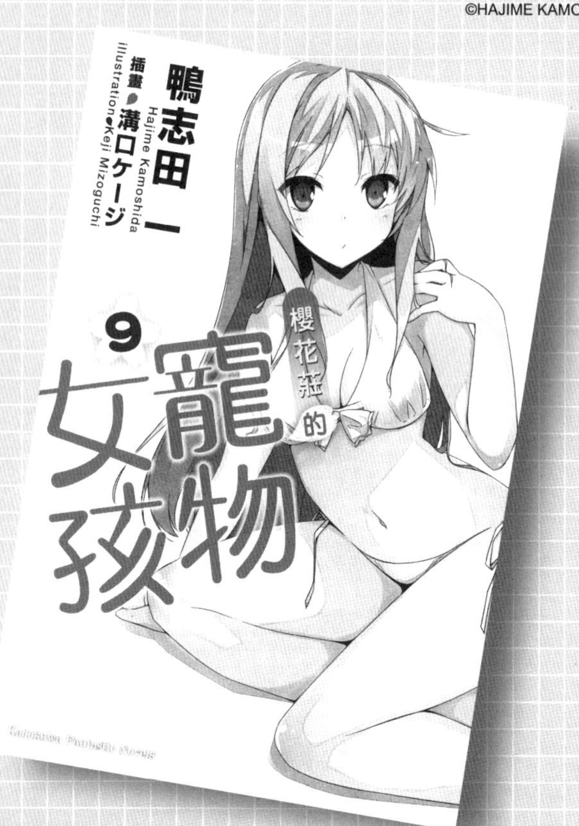

櫻花莊的寵物女孩 1~9 待續

Kadokawa Fantastic Novels

作者：鴨志田 一　插畫：溝口ケージ

變態、天才及凡人齊聚一堂，
為您獻上青春學園的戀愛喜劇！

我與真白終於成為男女朋友，然而所謂的交往到底是怎麼一回事!?另一方面，我開始與龍之介聯手做遊戲，才正想拜託伊織創作音樂，沒想到他為了幫栞奈而把手臂弄傷了。暑假來臨，失控女麗塔也朝櫻花莊來襲！即將邁向最高潮的第9集登場！

各 **NT$200~260/HK$55~78**

台灣角川

國家圖書館出版品預行編目資料

Sword Art Online刀劍神域Progressive / 川原礫
作 ; 周庭旭譯. -- 初版. -- 臺北市 : 臺灣角川,
2014.07-
冊 ; 公分

譯自：ソードアート・オンライン プログレッ
シブ
ISBN 978-986-366-044-6（第一冊：平裝）

861.57 103010682

Kadokawa
Fantastic
Novels

Sword Art Online刀劍神域 Progressive 1

（原著名：ソードアート・オンライン　プログレッシブ 1）

2014年8月7日　初版第1刷發行
2023年9月22日　初版第8刷發行

作者：川原 礫
插畫：abec
日版設計：BEE-PEE
譯者：周庭旭

發行人：岩崎剛人
總編輯：蔡佩芬
副總編輯：朱哲成
美術設計：吳佳昫
印務：李明修（主任）、張加恩（主任）、張凱棋

發行所：台灣角川股份有限公司
地址：104台北市中山區松江路223號3樓
電話：（02）2515-3000
傳真：（02）2515-0033
網址：www.kadokawa.com.tw
劃撥帳戶：台灣角川股份有限公司
劃撥帳號：19487412
法律顧問：有澤法律事務所
製版：尚騰印刷事業有限公司
ISBN：978-986-366-044-6